PARADOX 13

PARADOX 13

KEIGO **H**IGASHINO

Traducción del japonés a cargo de Francisco Barberán
Galeradas revisadas por Antonio Torrubia

NOVA

Título original: パラドックス13
Traducción: Francisco Barberán
1.ª edición: noviembre, 2017

© Keigo Higashino 2009
© 2017, Sipan Barcelona Network S.L.
 Travessera de Gràcia, 47-49. 08021 Barcelona
 Sipan Barcelona Network S.L. es una empresa
 del grupo Penguin Random House Grupo Editorial, S. A. U.

Printed in Spain
ISBN: 978-84-666-6244-4
DL B 18681-2017

Impreso por Unigraf S.L.
Avda. Cámara de la Industria n° 38,
Pol. Ind. Arroyomolinos n°1
28938 - Móstoles, Madrid

Todos los derechos reservados. Bajo las sanciones establecidas
en el ordenamiento jurídico, queda rigurosamente prohibida,
sin autorización escrita de los titulares del *copyrigh*t, la reproducción
total o parcial de esta obra por cualquier medio o procedimiento,
comprendidos la reprografía y el tratamiento informático, así como
la distribución de ejemplares mediante alquiler o préstamo públicos.

Galería de personajes principales

Fuyuki Kuga. Joven agente de la policía local de Tokio, hermano de Seiya Kuga. Quería ser profesor, pero acabó haciéndose policía. Mantiene continuos rifirrafes con su hermano.

Seiya Kuga. Oficial de carrera del Cuerpo Nacional de Policía, destinado como inspector en la Jefatura de Tokio. Su capacidad para enjuiciar las situaciones con lógica y frialdad lo convierte de hecho en líder del grupo.

Asuka Nakahara. Estudiante de instituto. Jugaba al fútbol sala.

Shigeo Yamanishi. Anciano cuyas reflexivas alocuciones infunden coraje a todos a la hora de tomar decisiones.

Haruko Yamanishi. Anciana esposa del anterior.

Masakatsu Toda. Alto directivo de una gran empresa constructora. Cascarrabias pesimista y dado a la bebida.

Yoshiyuki Komine. Empleado de la empresa de Masakatsu Toda y subordinado de este.

Nanami Tomita. Enfermera del hospital de Teito. Tras conocer cierto hecho desgraciado, pierde el deseo de vivir.

Taichi Shindo. Joven obeso que vive prácticamente al día. Optimista y glotón recalcitrante, su gula acaba generándole problemas.

Emiko Shiraki. Madre de Mio Shiraki. Mujer rescatada por Fuyuki.

Mio Shiraki. Hija de Emiko Shiraki que, debido a un fuerte *shock*, ha perdido el habla.
Yuto. Bebé varón abandonado en un apartamento.
Kawase. Miembro de la *yakuza*. De joven le gustaban las novelas de ciencia ficción y leía a menudo a Asimov.
Ootsuki. Primer ministro de Japón.
Taue. Secretario jefe del primer ministro.

1

Al escuchar lo que le contaba el secretario jefe Taue, Ootsuki torció el gesto. Se disponía a dar los últimos retoques a un escrito en su despacho de la residencia oficial. Era sobre la estrategia en África. Tenía previsto dar un discurso en Adís Abeba la semana próxima.

Ootsuki, que hasta ese momento había permanecido inclinado sobre el escritorio de ébano, hizo girar su silla abrupta y repentinamente. Taue estaba allí, de pie, con su enorme cuerpo ligeramente encorvado.

—A ver, ¿qué quiere ahora Horikoshi? ¿Otra vez pasa algo en alguna central?

Tadao Horikoshi era el ministro de Ciencia y Tecnología. Ootsuki se había acordado de que unos días atrás había asistido a la Asamblea General del Organismo Internacional de la Energía Atómica y pensaba que el asunto tendría que ver con él.

—No; parece que esta vez se trata de algo distinto. Los que le acompañan son de la JAXA.

—¿La JAXA?

—Sí, la Agencia Japonesa de Exploración Aeroespacial.

—Ah... ¿Y qué quiere esa gente? ¿Es por lo del cohete H-II?

—Yo también creía que sería por eso, pero parece que no —respondió Taue sacando la libreta para consultar sus notas—. Dicen que hay algo de lo que quieren informarnos desde un centro investigador denominado Departamento de Astronomía de Alta Energía de la Sede Central de Investigaciones Científicas Espaciales.

—¿Y eso qué es? —preguntó Ootsuki al tiempo que esbozaba, de modo involuntario, una sonrisa. Aquella extraña denominación le resultaba graciosa.

—Bueno, el caso es que es muy urgente y...

—¿Y no has preguntado los detalles?

—Sí, lo he hecho, pero dicen que es algo imposible de comunicar oralmente. Insisten en que quieren ver al primer ministro e informarle de forma directa.

—Hum...

—Lo cierto es que... —Taue vaciló—. Parece que el ministro Horikoshi tampoco acaba de comprender bien cuál es la situación. Nos han ofrecido una explicación en líneas generales, pero como hay muchos aspectos difíciles de entender, ha dicho que preferiría volver a oírla junto al primer ministro.

—Muy bien. O sea, que como él no los entiende, me los endilga a mí y que los atienda yo, ¿no?

—Lo único seguro es que estamos ante una emergencia. Según el ministro Horikoshi, se trata de un problema que no afecta solo a nuestro país, sino a todo el planeta.

Al oír la palabra «planeta», Ootsuki enarcó una ceja.

—Entonces, ¿es algo sobre el calentamiento global? —preguntó.

Si era eso, menudo rollo, pensó. Estados Unidos era muy indolente en lo referente a medidas contra el calentamiento global, especialmente si se trataba de la disminución de las emisiones de dióxido de carbono. En este aspecto se trataba de un país completamente aislado. Sin embargo, la postura de Ootsuki era la de no plantearse siquiera el enfrentamiento.

—No lo sé. Pero, por el ambiente en que se comentó, me dio la impresión de que tampoco se trataba de eso. Parece que en esta ocasión quieren informar directamente al primer ministro de algo que han descubierto durante una investigación conjunta de Estados Unidos y Japón. Y dicen que, como es tremendamente grave, los responsables de ambos equipos, antes de hacerlo público, han decidido comunicarlo al máximo dirigente de sus respectivos países. O sea, que el mismo informe se va a presentar también en la Casa Blanca.

—¿En la Casa Blanca? ¿O sea que van a informar de lo mismo al presidente de allí?

—Eso parece.

Ootsuki ya se había levantado de la silla.

—¡Pues haber empezado por ahí!

El señor que compareció para informar dijo llamarse Matsuyama y ser el investigador principal del Departamento de Astronomía de Alta Energía de la Sede Central de Investigaciones Científicas Espaciales. Era menudo y delgado, de unos cuarenta años, estaba muy nervioso y, aunque el calor no era excesivo, ya antes de empezar las sienes le brillaban por el sudor.

Apagaron las luces y la sala se oscureció. Casi de inmediato se encendió el proyector y en la pantalla que había instalada en la pared aparecieron unas imágenes en blanco y negro. Parecían un cúmulo de nubes con una especie de manchas blancas esparcidas en torno a ellas.

—Esta foto es una espectroscopia exitosa de un agujero negro, obtenida mediante satélite astronómico de rayos X. Para ser exactos, no se trata del agujero negro en sí mismo, sino del entorno espacial afectado por su influjo —dijo Matsuyama, iniciando su exposición con voz ligeramente temblorosa.

A Ootsuki la explicación posterior le resultó inconcebible. No por inesperada, sino porque hasta ese momento nunca se había planteado la posibilidad de que algo así pudiera suceder en la vida real. Se vio obligado a interrumpir la exposición en numerosas ocasiones, pidiendo un poco de tiempo para ordenar las ideas, mientras se apretaba los ojos cerrados con los dedos corazón y pulgar. Si no hacía eso, temía perder la noción de la realidad.

Una vez hubo terminado su exposición, Matsuyama soltó un largo suspiro.

—Bien, pues hasta aquí las líneas generales del Fenómeno P-13. Lo de que exista una probabilidad del 99,95 por ciento de que se manifieste es la respuesta que arrojan nuestros ordenadores. En Estados Unidos, Gran Bretaña y China también han hecho sus cálculos y han llegado a la misma conclusión —terminó Matsuyama, manteniendo el tono firme.

Nagano, el director de la Sede Central de Investigaciones Científicas Espaciales, volvió la mirada hacia Ootsuki, que permanecía en silencio, y le preguntó:

—¿Ha comprendido bien la explicación?

Ootsuki apoyó un puño en su barbilla y emitió un gruñido en tono grave. Luego miró a Taue, sentado a su lado, y dijo:

—¿Tú lo has entendido?

Taue parpadeó.

—Los detalles no —repuso—, pero creo que más o menos he captado lo que puede llegar a ocurrir.

Horikoshi, el ministro de Ciencia y Tecnología, asintió con la cabeza en señal de conformidad con esa apreciación.

—Eso es —dijo—. Para ser franco, he de reconocer que yo tampoco entiendo bien las cuestiones técnicas. Por mucho que me digan que matemáticamente es así, no me acaba de cuadrar.

Ootsuki cruzó los brazos y alzó la mirada hacia Matsuyama, que permanecía de pie en su sitio.

—Bueno, pero, en definitiva, ¿qué? ¿Qué se supone que cambiará con este fenómeno? ¿Va a generar graves accidentes o catástrofes?

Matsuyama miró a Nagano como si solicitara autorización para responder a la pregunta. Este asintió levemente con la cabeza. Matsuyama inspiró profundamente y dijo:

—Empezando por la conclusión, he de decir que es imposible hacer un pronóstico sobre qué va a cambiar. Sería lo mismo que adivinar el futuro.

—Entonces, ¿cómo podemos adoptar medidas para paliar los efectos? No digo que tengamos que preverlo todo de antemano, pero sí que intentemos imaginar los casos que puedan llegar a producirse. Porque, si ahora adoptamos medidas preventivas, llegado el momento tal vez logremos actuar sin tanta precipitación.

—No. Porque, aunque creemos que algo va a cambiar, la lógica matemática no nos permite determinar concretamente el qué.

—¿La qué? —inquirió Ootsuki frunciendo extrañado el entrecejo. En sus habituales discusiones sobre política nunca había oído ni empleado expresiones como «lógica matemática».

—Por ejemplo... —dijo Matsuyama tras humedecerse los labios—. Supongamos que, debido a este fenómeno, el lugar en que está sentado el señor primer ministro se desplazara unos diez metros. Más o menos hasta la zona de aquella pared.

—O sea, que me daría contra ella, ¿no?

—No. Porque la pared también se habría desplazado diez metros. Al igual que todos nosotros. En definitiva, todo se habría desplazado simultáneamente, por lo que, en la práctica, nadie percibiría el cambio.

—¿Porque la Tierra entera se habría desplazado?

—Más bien porque el espacio entero se habría desplazado.

Mirando la expresión grave de Matsuyama al pronunciar aquellas palabras, Ootsuki llegó a dudar de que aquella gente estuviera hablando en serio. Lo que decían no parecía para nada una hipótesis verosímil.

—Y no solo el espacio —añadió Matsuyama—, lo mismo cabe decir del tiempo. Supongamos que el reloj del señor primer ministro se retrasara trece segundos, y los demás relojes también, todos trece segundos. Supongamos, en definitiva, que todos los fenómenos se estuvieran produciendo con trece segundos de retraso. En tal caso, nadie estaría en disposición de advertir que el reloj del señor primer ministro se había retrasado esos trece segundos.

Ootsuki dirigió la mirada hacia su reloj de pulsera, un Omega que le había regalado su esposa.

—¿Y si estuviera mirando fijamente las agujas como ahora? —preguntó—. ¿Tampoco me daría cuenta?

—Las agujas no sufrirían ningún cambio —respondió Matsuyama—. Porque nosotros no nos trasladaríamos ni al pasado ni al futuro.

—No acabo de entenderlo... —dijo Ootsuki con gesto pensativo—. ¿Significa eso que, en definitiva, no va a ocurrir nada extraño?

—No es que no vaya a ocurrir. Es que no lo percibiremos.

Ootsuki se rascó la cabeza y luego se apretó suavemente los lagrimales con la yema de los dedos. Era una manía que tenía cuando intentaba concentrarse para ordenar sus ideas. Tras unos instantes, alzó la cabeza y se volvió hacia Taue.

—Convoca a los demás miembros del Gabinete. Habrá que pensar en alguna excusa para no levantar las sospechas de los medios de comunicación.

—Entendido.

—Y vosotros asistid también a la reunión del Gabinete —dijo Ootsuki mirando alternativamente a Matsuyama y Nagano—. Basta con que les deis la misma explicación que a mí hoy. De todos modos, supongo que casi nadie lo entenderá...

La reacción de los ministros en la sesión extraordinaria del Gabinete que se celebró tres días después fue la esperada por Ootsuki. Probablemente debido a su experiencia al informar a este la vez anterior, los miembros de JAXA Nagano y Matsuyama traían preparada esta vez una exposición bastante más sencilla y comprensible. Aun así, la práctica totalidad de los presentes la escuchó con cara de perplejidad.

—No es necesario entender la teoría —dijo Ootsuki con una sonrisa al tiempo que dirigía una mirada a sus ministros. Por el momento contaba con el margen que le proporcionaban sus conocimientos previos sobre el asunto, aunque no fueran gran cosa—. Para ser sincero, he de reconocer que yo tampoco lo entiendo muy bien. Así que, al menos por ahora, basta con que os quedéis con la idea de que un evento de estas características va a ocurrir en breve. Tal como acaban de explicarnos, no es que vaya a producirse ningún tipo de cambio. Lo habrá, pero no seremos conscientes de él.

—Pero, primer ministro, aun así no podremos evitar el desconcierto y la confusión de la ciudadanía —intervino el ministro de Infraestructuras, Transporte y Turismo—. Es lo mismo que ocurrió con el llamado efecto 2000. Aunque finalmente no se produjo ningún problema relevante, en el mundo de la industria se generaron muchos temores y preocupaciones.

Ootsuki cruzó las piernas y comenzó a balancear suavemente la de encima.

—Exactamente. En aquel momento los medios de comunicación agitaron a la opinión pública apelando en exceso al peligro que se corría. Y, para colmo, políticos y funcionarios les siguieron la corriente. No me gustaría cometer otra vez el mismo error.

—¿Y cómo lo hacemos público? Porque, tratándose de algo tan difícil de explicar, la mayoría de la ciudadanía será incapaz de comprenderlo. ¿Y si solo conseguimos aumentar su intranquilidad y acabamos provocando el pánico?

—Tal vez ocurra eso...

—¿Tal vez? —dijo el ministro de Infraestructuras, Transporte y Turismo, visiblemente desconcertado.

Ootsuki compuso una expresión severa y dirigió una mirada a todos los asistentes.

—Si lo divulgamos —dijo—, seguro que cundirá el pánico. Podrían producirse daños a consecuencia de rumores infundados o malintencionados, e incluso que alguien se aprovechara de ello para delinquir. Divulgarlo no tiene ninguna ventaja. Creo que debemos calificar este asunto como estrictamente confidencial. La verdad es que anoche estuve hablando con los americanos y ellos opinan lo mismo. Coincidimos en que la divulgación debe producirse cuando todo haya pasado y que, hasta entonces, ha de bloquearse por completo la emisión de información. A partir de ahora también tendremos que tratar el asunto con otros países, pero la política de confidencialidad ha mantenerse.

No hubo rostros de sorpresa entre los ministros presentes. Lo de bloquear información a la ciudadanía mediante el uso de la declaración de confidencialidad era el pan suyo de cada día. Lo que acudió en ese momento a sus mentes fue más bien otra cosa.

—Pero ¿lo conseguiremos? —murmuró en voz baja el ministro de Defensa—. Porque es imposible prever desde dónde puede filtrarse este tipo de información.

—Por eso quiero que extreméis al máximo vuestra cautela —dijo Ootsuki con rotundidad—. Confío a vuestro prudente arbitrio la decisión de hasta qué nivel de personal vais a trasladar esta información en vuestros respectivos ministerios. Pero quiero que estéis muy atentos para que no se filtre al exterior de ninguna de las maneras. Y que seáis especialmente precavidos con internet. Si empieza a circular por la red, la cosa escapará a nuestro control. Quiero formar un grupo de observación especializado para que, si por azar encuentran algún tipo de información relacionada con este asunto, se analice la fuente y se suprima de inmediato. Como acabo de decir, este no es un problema que afecte solo a nuestro país. Si se filtrara información desde aquí, sería muy probable que el problema se internacionalizara.

Tras estas palabras, la tensión se hizo aún más patente en los rostros de los asistentes.

—¿Y quiénes están en este momento al corriente del asunto? —preguntó la ministra de Cultura.

—Solo una parte de los miembros de JAXA y quienes nos encontramos hoy aquí. Nadie más. Al menos en nuestro país.

Todos los ministros se mostraron uniformemente pensativos. En cierto sentido, lo de gestionar la información era una de las tareas más difíciles para los responsables, de modo que con ello también se iba a poner a prueba la habilidad personal de cada uno de ellos.

—Primer ministro, tal vez debería comentar también lo del asunto en cuestión... —susurró a su oído el ministro Horikoshi, que estaba sentado al lado de Ootsuki.

—Ya lo sé —repuso en voz baja Ootsuki, y echó otro vistazo a los rostros de los presentes.

—Aparte de la protección de la información, hay algo que me gustaría que todos tuvierais presente. Quiero rogaros que prestéis la máxima atención para que, mientras tenga lugar el fenómeno P-13, no se produzcan accidentes graves ni otro tipo de problemas. Como ya nos han explicado numerosas veces, nosotros no percibiremos los cambios generados por el Fenómeno. Y, en caso de que durante el mismo ocurra un evento susceptible de alterar el curso de la historia, tampoco tenemos modo de prever sus consecuencias. Así que, por favor, esforzaos por que no ocurra nada durante el tiempo que dure el fenómeno. —Ootsuki se volvió hacia el ministro de Infraestructuras, Transporte y Turismo y añadió—: Anzai, tu área es especialmente importante en todo esto.

—¿Establecemos algún tipo de restricciones al tráfico ese día?

—Lo que tú creas oportuno —respondió Ootsuki—. Y supongo que también necesitaremos que la Agencia Nacional de Policía y el Ministerio de Defensa elaboren planes especiales.

Los responsables de los organismos mencionados alzaron la cabeza. Ootsuki prosiguió sin dejar de mirarlos.

—Parece que en Estados Unidos también contemplan la posibilidad de que la información relativa al Fenómeno P-13 sea rastreada por grupos terroristas. Han hablado de establecer el máximo nivel de alerta.

—¿Y cuáles son los planes de los terroristas? —preguntó el ministro de Defensa.

—No lo sabemos —contestó Ootsuki—. Pero tampoco es de extrañar que haya gente que piense que una combinación del Fenómeno P-13 con una explosión nuclear pueda cambiar el mundo, ¿no crees? —Advirtió que el ministro de Defensa se ponía tenso. Rio y añadió—: No te preocupes, solo serán trece segundos. Hablamos de que basta con que todo el mundo permanezca inmóvil únicamente durante ese breve lapso de tiempo.

—Esto... ¿podría repetirlo, por favor? ¿Cuándo era...? —preguntó la ministra de Cultura ajustándose las gafas para ver de cerca.

—A las trece horas, trece minutos y trece segundos del día 13 de marzo, hora japonesa —dijo Ootsuki consultando sus notas—. Los trece segundos posteriores constituirán la hora de la verdad para el planeta Tierra.

2

Seiya Kuga no apartaba la vista de los tres monitores. Aunque estaban en marzo, dentro del vehículo hacía el mismo calor sofocante que en la temporada de lluvias. Se había despojado de la americana y la corbata, incluso se había desabrochado dos botones de la camisa, pero aun así el sudor corría por su nuca. Quería poner el aire acondicionado, pero no podía permanecer todo el tiempo aparcado en la calle con el motor al ralentí. Especialmente dentro de una furgoneta camuflada de empresa de reparto de paquetería.

—Nada de movimiento, ¿eh? —dijo Ueno, el subordinado que estaba a su lado mirando fijamente los monitores.

—No te impacientes. Tienen que dirigirse al lugar del trato a las dos como muy tarde. Esperaremos hasta entonces —respondió Kuga sin apartar la mirada de los monitores.

Lo que aparecía en las tres pantallas eran la puerta principal, la puerta trasera y una ventana del tercer piso de un edificio situado a unos veinte metros de distancia de la furgoneta en que se encontraban.

Una semana antes, habían asaltado una joyería en Okachimachi. Los atracadores iban armados con pistolas y dos vigilantes de seguridad de la tienda resultaron muertos. Se apropiaron de lingotes de oro, joyas y otros bienes por un importe aproximado de ciento cincuenta millones de yenes, tasados a precio de coste.

Por el *modus operandi*, la policía consideró muy probable que estuviera implicado alguien que conocía bien los entresijos del establecimiento, por lo que se investigó a fondo a varios antiguos trabajadores. Gracias a ello, se supo que un cabello encontrado en el lugar de los hechos pertenecía a un hombre que había trabajado allí hasta hacía un año. Una vez imputado, reconoció su implicación.

El individuo en cuestión era japonés, pero se había unido a un grupo criminal integrado mayormente por ciudadanos chinos, la banda que había asaltado la joyería. Según el hombre, era la primera vez que participaba en un asalto como aquel y, tras recibir su parte del botín, no había vuelto a ver a los demás.

Gracias a su confesión, se pudo conocer la identidad del resto de los miembros del grupo. Pero para cuando la policía dio con su guarida, ya se habían esfumado.

Afortunadamente para el equipo de investigación, el japonés detenido conocía el lugar y la fecha en que pretendían llevar a cabo la venta de los lingotes de oro. Al frente de la sección primera del grupo de investigación criminal, Kuga fue cribando a conciencia los lugares en que podían hallarse los delincuentes, sacando para ello a las calles a una gran cantidad de agentes en busca de información. Como resultado, consiguieron detectar un edificio del que, al parecer, salían y entraban habitualmente aquellos delincuentes chinos.

Kuga fijó la mirada en el monitor cuya cámara enfocaba a la ventana del tercer piso. Sabían que el apartamento estaba en esa planta. Pero la ventana de la habitación tenía la cortina permanentemente cerrada. Por eso, lo que mostraba el monitor era la ventana del pasillo.

Un hombre apareció en la ventana. Pronto se le unió otro, y ambos comenzaron a hablar de pie en el pasillo.

—Son Chao... Hanfang y Zhou... Huiying —dijo Ueno en tono de excitación.

Kuga cogió el micrófono.

—Aquí Kuga. Los tenemos a la vista. Pero no hagáis nada todavía. Como ya hemos dicho, puede que cuenten con más gente de la que nos consta. Y es mejor suponer que todos van armados. De modo que, aunque se dejen ver, no actuéis de inmediato. Los rodearemos en cuanto suban al coche.

Instantes después se escuchó por la radio el «recibido».

Kuga extrajo su móvil y consultó la hora. Se quitó el reloj de pulsera y ajustó las saetas. Eran las 12.40. En situaciones como esa, tenía por costumbre ajustar incluso los segundos.

Cuando se disponía a guardar de nuevo su teléfono en el bolsillo, este sonó. Kuga chasqueó la lengua, contrariado. Menudo momento para ponerse a atender llamadas...

Inicialmente pensó no contestar, pero cambió de idea al mirar la pantalla y comprobar de quién se trataba. Era el jefe de la sección primera. Estaba al corriente de la situación, así que debía de tratarse de algo urgente.

—Hola, aquí Kuga.

—Soy yo. Perdona que te moleste en plena faena.

—¿Qué pasa? En este preciso momento estamos a punto de echarles el guante a los del robo con homicidio... —dijo Kuga sin apartar la mirada del monitor. Los dos sospechosos volvieron a la habitación.

—Me lo imaginaba. Por eso he llamado a toda prisa. Verás, hace un momento me ha llamado el inspector jefe y me ha dado unas instrucciones bastante extrañas.

—¿Concretamente?

—Que no actuemos a lo loco entre la una y la una y veinte.

—¿Eh? —Sin darse cuenta, Kuga se había quedado con la boca abierta—. ¿Y eso qué significa?

—Pues lo que significa, literalmente. Para ser más exactos, sus instrucciones han sido que entre las 13 horas en punto y las 13.20 de hoy, nuestros agentes no se expongan a ningún tipo de peligro.

Kuga todavía lo entendía menos.

—Pero ¿esas órdenes de dónde vienen?

—Supongo que de algún sitio por encima de la Agencia Nacional de Policía. El inspector jefe tampoco parecía muy al corriente de los detalles.

—O sea, que entre la una y la una y veinte... ¿Y por qué no podemos actuar durante esos veinte minutos?

—Yo tampoco sé muy bien por qué. Tal vez tenga que ver con ese aviso que había de atentado terrorista.

—Ah, pero eso venía de Estados Unidos, ¿no? ¿O es que existe la posibilidad de que se cometa un atentado hoy?

—La fuente de la información tampoco nos la han aclarado. Como sabes, a consecuencia del aviso se ha reforzado la vigilancia en las zonas comerciales y las de especial afluencia de personas. Pero lo más sorprendente es que hayan dicho que, superada la una y media, ya no hará falta mantener la vigilancia, así que solo cabe pensar que existe algún tipo de relación entre ambas cosas.

—Pero ¿qué tienen que ver las medidas antiterroristas con la detención de los autores de un robo con homicidio?

—Yo tampoco lo sé. Al parecer, se trata solo de que no hagamos nada peligroso durante esos veinte minutos. Y que, aun cuando no hubiera más remedio, desde luego intentemos evitar el riesgo en los instantes anteriores y posteriores a la una y trece minutos en punto.

—Pero ¿es que hay algo en concreto a la una y trece?

—Ya te digo que no lo sé. Parece que los detalles nos los explicarán después.

—Ya, pero es que nosotros estamos ahora mismo en una situación en la que no nos va a quedar más remedio que intervenir. Esa gente va a salir de su guarida de un momento a otro. Y, como dejemos escapar esta oportunidad, no sé cuándo volveremos a tener ocasión de detenerlos. Sería tremendo que cometiéramos el error de dejarlos ir y que acabaran causando algún otro daño irreparable a la gente.

—Soy consciente. Por eso tampoco te estoy diciendo que no los detengáis. Simplemente me gustaría que, si tenéis algún modo de retrasarlo, lo consideréis. Por supuesto, lo prioritario es la detención de esos tipos. Si luego surge algún problema, la responsabilidad es mía.

—Entendido. Lo tendré presente.

—Lamento aguarte la fiesta. Por favor, actuad con calma y serenidad, ¿vale?

—De acuerdo —dijo Kuga, y colgó el teléfono. Sin darse cuenta, había ladeado la cabeza en un instintivo gesto de duda. A juzgar por el modo en que le había contado las cosas el jefe, tenía la impresión de que detrás de todo aquello estaban actuando altas instancias políticas. En cualquier caso, no alcanzaba a comprender cuál sería el propósito de la orden de no actuar durante esos veinte minutos. O, mejor dicho, de no actuar especialmente durante los instantes previos y posteriores a la una y trece minutos.

Ueno, que había escuchado la conversación, se volvió hacia Kuga con gesto de intranquilidad.

—¿Pasa algo?

—No, nada —respondió Kuga haciendo un gesto de negación con la mano sin dejar de mirar fijamente al monitor—. Era el jefe, para darnos ánimos. Por cierto, ¿hoy qué día es? ¿Se conmemora algo especial?

—¿Hoy? Trece de marzo... Mañana es el White Day,* pero... ah, ahora que lo dice, hoy es viernes. Viernes trece.

—Pues no me había dado cuenta.

—¿Y qué pasa con eso?

—Nada —respondió Kuga mientras negaba con la cabeza. Ni el White Day ni el viernes trece podían tener nada que ver con aquello.

---

* Festividad similar al día de San Valentín, que se celebra el 14 de marzo y en la que los hombres acostumbran a hacer regalos a las mujeres.

Los ojos de Kuga se dirigieron hacia el monitor que mostraba la puerta trasera del edificio. Lo observó atentamente inclinándose hacia delante.

—¿Eh? ¿Qué hace ahí ese tipo?

—¿Qué pasa? —dijo Ueno acercando también su rostro al monitor.

La pantalla mostraba a un hombre joven tratando de ocultarse tras un vehículo que estaba aparcando. Estaba agachado y vestía americana.

—¿Quién será? No parece de los nuestros...

Kuga dejó escapar un suspiro.

—Es un agente de la policía local. Y, como tal, solo debería colaborar en las actuaciones preparatorias.

—Ah, entonces se trata de...

—Decidle a alguien que me lo traiga aquí, por favor. Un aficionado en semejante lugar puede acabar dando al traste con todo el trabajo de los verdaderos profesionales.

—Muy bien.

Ueno cogió la radio y contactó con un agente que debía de estar oculto en las inmediaciones de la puerta trasera del edificio. Al poco tiempo apareció en el monitor la imagen de un subordinado de Kuga llevándose al joven que se ocultaba tras los vehículos.

—Bueno... Supongo que solo pretendía dar una buena imagen ante su hermano mayor —dijo Ueno intentando proteger al joven.

—Menudo estúpido —soltó Kuga con sequedad.

Ootsuki se encontraba en una de las habitaciones de la residencia oficial. Tenía un monitor de grandes dimensiones ante sí, en el que un gráfico expresaba matemáticamente los cambios en el espacio-tiempo del sistema solar. Pero, lamentablemente, él apenas comprendía lo que significaban esos gráficos.

Gracias a las explicaciones de los responsables, al menos había conseguido entender que se aproximaba algo que iba a provocar lo que denominaban «Fenómeno P-13». Y, según aquello, en poco más de diez minutos iba a producirse un acontecimiento histórico. Ahora bien, los investigadores también opinaban que, matemáticamente, era imposible que el acontecimiento en cuestión quedara reflejado de algún modo para la historia.

Ootsuki alzó su mirada hacia Taue, de pie a su lado.

—¿Habremos hecho todo lo que debíamos?

—Eso espero.

—No me quito de encima esa sensación de que todavía hay algo que se nos escapa...

—¿Quiere que pida a los ministerios que comprueben todo una vez más?

—No. No es que no me fíe de la cadena de transmisión. Además, a estas alturas, aunque nos diéramos cuenta de que nos habíamos dejado algo, supongo que ya no llegaríamos a tiempo de subsanarlo. Solo queda encomendarse a Dios.

—Hemos ejecutado las contramedidas siguiendo al pie de la letra el manual que nos pasaron de Estados Unidos.

—¿Qué era lo que ibais a hacer con las autopistas?

—Tengo entendido que el Ministerio ha establecido limitaciones de velocidad y restricciones de carriles con la excusa de llevar a cabo inspecciones de seguridad. Y en los aeropuertos van a evitar los despegues y los aterrizajes durante la franja temporal en cuestión, pues, para las aeronaves, esos son los momentos en que pueden producirse los accidentes más graves.

Ootsuki asintió mientras imaginaba otro supuesto potencial de accidente grave. Lo que vino entonces a su mente fueron las centrales nucleares. Pero enseguida forzó el borrado de esa idea de su cabeza. Había decidido que era mejor no pararse siquiera a pensar en ello.

—¿Habéis extremado la vigilancia en todas las regiones?

—De eso se ocupa la policía, que debe de haber informado a las jefaturas y comisarías centrales de cada prefectura.

Ootsuki asintió de nuevo con la cabeza. Aceptaba resignado que, a esas alturas, por más que se azorase y perdiera los papeles, ya no iba a cambiar nada.

—Faltan exactamente diez minutos... —murmuró mientras miraba el monitor.

Cuando se abrió la puerta de la furgoneta, pudo ver a los dos hombres que había dentro. Solo con verle la espalda, Fuyuki Kuga se dio cuenta de que uno de ellos era su hermano mayor, Seiya. El interior del vehículo estaba equipado con radio y monitores de televisión y Seiya estaba mirándolos fijamente.

—Traigo al agente que se encontraba en la parte de atrás. —dijo el detective que había arrastrado a Fuyuki hasta la furgoneta.

Seiya le lanzó una mirada fugaz.

—¿Qué quieres de mí? —dijo Fuyuki con tono enfurruñado.

Seiya se dirigió a él sin apartar la mirada del monitor.

—¿Yo? ¿Qué voy a querer de ti? Me conformo con que no estorbes.

—¿Y cuándo he estorbado yo? Si lo único que he hecho ha sido vigilar la puerta trasera.

—Pues eso es exactamente estorbar. A partir de ahora deja que se ocupen de esto los profesionales, ¿vale? Si cometes un error metiendo las narices donde no te llaman, podrías resultar herido.

—Oye, que yo también soy policía...

—Lo sé. Aquí valoramos mucho la contribución de la policía local. Pero, de ahora en adelante, ya no hace falta que os ocupéis de esto. Vuestra tarea aquí ha terminado.

—No, aún no. Todavía no los hemos detenido, ¿no?

—Pero ¿es que no lo entiendes o qué? Detener a un grupo criminal armado no es lo mismo que atrapar a un ratero de barrio.

—Eso ya...

Seiya hizo un gesto con una mano para refrenar el intento de Fuyuki de completar su frase con un «lo sé», y cogió el micrófono de la radio con la otra.

—Acaban de salir del apartamento de la tercera planta. Son cinco. Todos a sus puestos. Nosotros también nos movemos.
—Luego Seiya se dirigió al conductor—: Hay que tomarles la delantera. Vamos para allá.

El encendido del motor se escuchó al mismo tiempo que la mano de Seiya agarraba el tirador de la puerta del vehículo. Antes de cerrarla, miró a su hermano con gesto persuasivo.

—Quédate aquí. Y no se te ocurra moverte para nada, ¿entendido?

Fuyuki le devolvió la mirada con cara de enfado. Seiya lo ignoró cerrando el vehículo de un portazo.

Tras acompañar con la mirada a la furgoneta que se alejaba a toda prisa, Fuyuki miró alrededor. En algún momento el detective que lo había llevado hasta allí también había desaparecido. Una vez se hubo cerciorado de ello, Fuyuki también salió corriendo.

Se desplazó hasta un lugar desde donde poder atisbar la entrada principal del edificio. Justamente entonces salían de allí tres hombres. Dos de ellos portaban grandes bolsas. Seguramente contendrían lo robado en la joyería. El tercero tenía la cabeza completamente afeitada, no llevaba nada en las manos y miraba constantemente alrededor con aire precavido.

Qué raro, pensó Fuyuki. Hacía unos instantes, Seiya había informado a sus hombres de que quienes salían del apartamento eran cinco. ¿Dónde estaban los otros dos?

Volvió a la parte de atrás del edificio para observar la situa-

— 27 —

ción. Por lo que pudo ver, los agentes que antes estaban allí apostados se habían ido. Puede que todos se hubieran trasladado a la zona de la fachada principal.

Un hombre apareció por la puerta trasera. Vestía una cazadora de cuero negro y no parecía llevar nada en las manos. Se aproximó a un descapotable aparcado allí y subió sin dejar de mirar alrededor con gesto preocupado.

En ese momento, la abertura de su cazadora dejó entrever algo.

«¡Lleva una pistola!», pensó Fuyuki, sintiendo cómo toda la sangre de su cuerpo se alteraba. En ese preciso momento oyó el motor del coche que el hombre acababa de encender.

No tuvo margen para calibrar su siguiente acción. Fuyuki ya había saltado a la calzada y se había interpuesto en el camino del coche que se disponía a iniciar la marcha en ese preciso instante.

—¡Policía! ¡Apague el motor y levante las manos!

En un primer momento, el hombre pareció sorprendido, pero su semblante se tornó inexpresivo. Apagó el motor.

Fuyuki se aproximó a la ventanilla del conductor y abrió la cazadora del hombre. Comprobó que llevaba una pistola en una sobaquera.

—Queda detenido por tenencia ilícita de armas.

Fuyuki se dispuso a sacar las esposas, pero de repente sintió un terrible dolor en el costado. Cuando se quiso dar cuenta, estaba acuclillado, en el suelo y con el cuerpo encogido. Para cuando se percató de que se trataba de una táser,* el hombre ya había vuelto a encender el motor.

«Tú no vas a ninguna parte», pensó Fuyuki mientras saltaba para asirse con fuerza a la trasera del vehículo.

* Pistola eléctrica aturdidora *(stun gun)*.

3

Kuga miraba fijamente el aparcamiento que había unos diez metros más adelante. Era un pequeño *parking* de monedas instalado en un estrecho hueco entre edificios. Había un Mercedes blanco aparcado en él. Ya habían confirmado que se trataba del vehículo de aquella banda integrada por chinos. No podían tardar en llegar.

Había unos treinta agentes apostados en las inmediaciones, incluida una brigada especial. Kuga comprobó al tacto su pistola por encima de la americana. Había que evitar a toda costa que se produjera un tiroteo, pero era imposible predecir cómo iba a reaccionar aquella gente.

Del apartamento habían salido cinco hombres. Pero por la puerta principal del edificio solo aparecieron tres. Era de suponer que los dos restantes saldrían por la trasera. Dividirse en dos grupos para dirigirse al lugar donde iban a llevar a cabo una transacción formaba parte de su habitual *modus operandi*. De ahí que el operativo policial contara también con varios agentes apostados en la parte de atrás del edificio.

Al aparecer los tres hombres, Kuga cogió el micrófono de la radio.

—Saldremos en cuanto hayan subido al coche. Hasta entonces no os mováis —ordenó.

Solo un instante después, la voz de uno de sus hombres sobresaltaba sus oídos.

—Aquí Okamoto. Mientras vigilaba la puerta trasera he visto como un agente de la local se acercaba a un hombre que salía por ella.

—¡¿Cómo?! Pero ¿qué narices...?

—No lo sé. Nosotros estábamos esperando a que se les unieran los otros dos, tal como se nos ordenó, pero...

—¿Y qué ha pasado?

El agente no tuvo tiempo de contestar. Por la avenida apareció de repente un descapotable rugiendo con fuerza. Asido fuertemente a la parte trasera se veía a Fuyuki.

—Pero ¿qué coño hace este tío?

—Faltan diez segundos. —La seca voz del encargado resonó en toda la estancia.

Ootsuki miraba fijamente aquel monitor de grandes dimensiones. No comprendía el significado de los gráficos, pero sabía que los números que aparecían en la esquina de abajo indicaban una cuenta regresiva.

El contador seguía, implacable: 009, 008, 007...

Ootsuki rezaba apretando ambas manos con fuerza. Rogaba desde lo más profundo de su corazón que, cuando el contador marcara 000, el mundo continuara sin cambios. Deseó fervientemente que no se produjeran fenómenos extraños en ningún lugar del mundo, que el orden del país se mantuviera como hasta ahora y que, al igual que ayer, él continuara siendo el principal dirigente del Estado.

El descapotable se detuvo al lado del Mercedes. Los tres hombres se disponían a subir a él cuando, de repente, del asiento del conductor, bajó el hombre de la cabeza rapada. Kuga pudo ver que empuñaba una pistola. Fuyuki parecía extenuado.

Kuga gritó al micrófono de la radio: «¡Ahora! ¡Detenedlos ahora!» Y también bajó de un salto de la furgoneta.

Al verlo, el conductor del descapotable pisó de nuevo el acelerador. El coche arrancó a toda velocidad, pero Fuyuki no tenía intención de desasirse.

Los agentes que se encontraban ocultos en los alrededores aparecieron en escena a la vez. El de la cabeza rapada puso cara de desconcierto y disparó su arma.

Al instante, Kuga sintió una conmoción en todo su cuerpo y cayó abatido de espaldas.

Fuyuki, que se dio la vuelta al oír los disparos, dudó de lo que estaban viendo sus ojos. Seiya yacía en el suelo con el pecho teñido de un rojo intenso. Inmediatamente comprendió que le habían disparado.

En medio de la confusión de su mente, llevado por el *shock* y por la desesperación, dirigió una fiera mirada de odio hacia el frente e intentó encaramarse más al coche, apurando para ello hasta la última de sus fuerzas.

El conductor empuñó entonces su arma con una mano, sin dejar de sujetar el volante con la otra. Sus labios esbozaron una despiadada sonrisa.

Fuyuki pudo ver cómo asentaba el dedo en el gatillo.

El fuego brotó de la boca del arma.

Tuvo la sensación de que algo atravesaba su cuerpo. Como si una especie de membrana invisible lo hubiera recorrido desde la cabeza, pasando luego por el tronco, las piernas y los pies. Ese algo había atravesado todas y cada una de las células de su cuerpo.

De inmediato, Fuyuki volvió en sí. Continuaba como antes, agarrado a la trasera del coche, que seguía circulando. Pero, al mirar al frente, se quedó sin aliento. El hombre que estaba al volante hasta hacía solo un momento había desaparecido.

El coche parecía disminuir la velocidad poco a poco, pero tampoco daba la impresión de ir a detenerse. Justo cuando pensó que tenía que intentar llegar al asiento del conductor de algún modo, el coche golpeó contra algo. Pero no por ello se detuvo. Continuó avanzando mientras arrastraba la cosa con que había chocado y que hacía ruido al rozar contra el asfalto.

Pronto el coche chocó contra un pretil y, finalmente, se detuvo.

Fuyuki se soltó y fue hasta la parte delantera. Había una bicicleta rota atrapada entre el parachoques del vehículo y el pretil.

¿Por qué habría una bicicleta tirada en medio de la calzada?

De todos modos, dudas como esa no eran importantes. Fuyuki, que acababa de volverse al oír el sonido de una tremenda explosión a su espalda, se quedó estupefacto al ver la escena que se desarrollaba ante sus ojos.

Todos los coches circulaban descontrolados, colisionando por todas partes. Había camiones empotrados en edificios y autobuses atravesando hileras de taxis. Las motocicletas volcadas eran incontables; algunas todavía tenían sus ruedas girando, prueba de que habían estado circulando hasta hacía muy poco.

Un coche había irrumpido violentamente por la acera y se dirigía hacia Fuyuki arramblando con todo lo que encontraba a su paso. Fuyuki lo esquivó como pudo y, segundos después, se estrelló violentamente contra el descapotable al que se había aferrado él hasta hacía solo un momento. El asiento del conductor estaba vacío.

Aquello apestaba a gasolina. Fuyuki echó a correr sobresaltado. Poco después, oyó un gran estruendo y vio que el coche estaba envuelto en llamas.

Ni siquiera pudo permitirse el lujo de sentirse aliviado por haber logrado salvar la vida en el último momento. De todas partes venía un fuerte olor a gasolina. Era lógico, porque en casi cualquier parte de la calzada podían verse coches accidentados que habían chocado entre sí.

Fuyuki se refugió en un edificio cercano. Una vez dentro, se dio cuenta de que se trataba de unos grandes almacenes. El interior estaba perfectamente iluminado, como si no pasara nada, y en la sección de cosméticos un expositor giratorio daba vueltas exhibiendo sus productos.

Sin embargo, había algo terriblemente extraño: no se veía ni una sola persona.

Fuyuki se adentró. Las escaleras mecánicas estaban en funcionamiento. Decidió tomarlas y subir hasta la segunda planta. Era la sección de ropa femenina. No había dependientes ni clientes, pero la música ambiental seguía sonando.

Siguió ascendiendo. La situación era la misma en todas las plantas: no había gente, pero todo lo mecánico seguía funcionando.

En la quinta planta había una sección de electrodomésticos. Fuyuki se dirigió a ella. En un televisor estaban poniendo un anuncio. Un famoso que le resultaba conocido bebía con gusto una cerveza. Al verlo, Fuyuki se sintió algo aliviado. Aunque se trataba de una imagen, al menos le permitía constatar que había otras personas además de él.

Sin embargo, el sentimiento de alivio se esfumó en cuanto cambió de canal con el mando a distancia. Parecía tratarse de un programa en directo, pero en pantalla solo se veía el estudio. En condiciones normales, allí debería aparecer algún presentador famoso, de esos que gozan de gran popularidad por sus dotes de comunicación. Pero no lo había. Como tampoco estaban los habituales tertulianos que suelen acompañar al presentador en ese tipo de programas. Únicamente se veían las sillas en que deberían estar sentados.

Fuyuki fue cambiando de canal, uno tras otro. Había emisoras que emitían sus programas como siempre y las había también que habían dejado de emitir por completo. En cualquier caso, parecía que no iba a ser posible averiguar qué había pasado viendo programas de televisión.

«Pero ¿qué está pasando?», se preguntó.

El sudor frío que le provocaba la ansiedad empapaba todo su cuerpo. Se enjugó la frente con el dorso de la mano y extrajo su móvil. Probó a llamar a sus contactos. El tono de llamada se oía, pero ninguno contestaba.

En su lista de contactos aparecía también el nombre de Seiya Kuga. Cuando lo vio, una escena revivió nítida en su interior: la imagen de un Seiya al que habían disparado, con el pecho cubierto de sangre.

¿Qué habría sido de él después de aquello? A juzgar por la situación, no parecía probable que se hubiera salvado. Dudó si debía probar a telefonearle o no y, finalmente, desechó la idea. En su lugar, se puso a teclear un mensaje: «A cualquiera que vea esto. Si lees este mensaje, por favor, ponte en contacto conmigo. Fuyuki Kuga.»

Lo envió a todos sus contactos y comenzó a descender por las escaleras mecánicas. Llevaba fuertemente apretado el móvil en la mano izquierda, con la esperanza de recibir la llamada de alguien de un momento a otro. Pero, tras descender hasta la planta baja y salir de los grandes almacenes, seguía sin haber ninguna respuesta.

La situación en el exterior había empeorado.

Por todas partes había coches estrellados emitiendo humo negro. También se habían producido varios incendios. El humo era tan denso que impedía ver bien el entorno. Un insoportable olor a productos químicos ardiendo le anegaba el olfato y hacía que le dolieran la garganta y los ojos.

A un lado de la acera había aparcada una bicicleta. No tenía ningún candado ni parecía estar estropeada. Fuyuki montó en ella y comenzó a pedalear.

Ya no quedaban coches circulando por las calles. Casi todos se habían detenido tras chocar contra algo. Eran ya muchos los lugares en que los incendios se habían avivado. Había un árbol quemándose y sus llamas se expandían por el toldo de una cafetería. Era muy probable que, de un momento a otro, esas llamas alcanzaran el edificio, pero Fuyuki no podía hacer nada por evitarlo.

Decidió regresar por el mismo camino por el que había llegado hasta aquel lugar. Le preocupaba Seiya.

El *parking* apareció ante sus ojos. Recordó que allí estaba aparcado antes el Mercedes de los chinos.

El coche seguía en el mismo sitio. Fuyuki bajó de la bicicleta y se aproximó lentamente. Ni rastro de los chinos. Tras cerciorarse de ello, abrió la puerta del vehículo.

En los asientos traseros había dos maletines. Los abrió y vio que contenían lingotes de oro. No había duda de que se trataba de los efectos robados.

Fuyuki se alejó del Mercedes y miró alrededor. Su mirada se detuvo en la furgoneta usada por Seiya y su gente. Pero el cuerpo de Seiya, que debería hallarse tendido por allí cerca, no estaba. Y tampoco había restos de sangre en el suelo.

Se quedó atónito. No alcanzaba a comprender qué estaba pasando. La gente había desaparecido del mundo. Era lo único que cabía pensar a la vista de aquello.

—¡Eeeeeoooo! —gritó—. ¡¿Hay alguien ahí?! —volvió a gritar elevando al máximo su voz. Pero no obtuvo respuesta. Lo único que se oía era el sonido de los incendios y los múltiples accidentes.

Volvió a subirse a la bicicleta. Iba gritando mientras pedaleaba. Pero no había nadie en ninguna parte. En aquella ciudad desierta y medio destruida, la única voz que resonaba era la suya.

Fuera donde fuere, parecía una ciudad abandonada. Sin embargo, los indicios indicaban que hasta hacía muy poco había habido personas allí. En las mesas de la terraza de una cafetería había sándwiches y vasos con refrescos en los que aún no se había derretido el hielo.

Salía humo de su interior. Al parecer, algo se estaba quemando en la cocina. Era posible que el fuego de los quemadores se hubiera propagado a alguna otra cosa. Fuyuki pensó si debía intentar extinguirlo o no y, finalmente, decidió abandonar el lugar sin más. Era evidente que se estaban produciendo incendios como ese en muchos otros lugares, por lo que no tenía mucho sentido detenerse a apagar solo aquel.

Frenó al ver un cartel que ponía INTERNET CAFÉ. Afortunadamente, el local no parecía estar incendiándose.

Como no había ningún dependiente, pasó directamente al interior. Tampoco había ningún cliente. Se sentó ante el primer ordenador que vio. Intentó averiguar a través de internet qué estaba sucediendo. Pero no encontró ninguna información satisfactoria. Dada su situación en ese momento, toda la información que obtenía a través del ordenador le resultó irrelevante y carente de interés.

De repente se fue la luz y los ordenadores también se apagaron. Se había producido un apagón.

Fuyuki salió rápidamente al exterior y entró en la tienda 24 horas que había en el edificio contiguo. Allí aún había luz. Al parecer, el apagón había afectado solo al otro edificio. Había incendios y accidentes por toda la ciudad, así que no era de extrañar que en algunos lugares se produjeran cortes del tendido eléctrico o averías similares. Cabía pensar que, en algún momento, se empezarían a producir cortes de electricidad por todas partes. Y no solo eso. Tampoco era posible saber hasta cuándo se mantendrían activos los sistemas de producción y distribución de energía eléctrica. A fin de cuentas, la gente había desaparecido, de modo que no sería solo la electricidad, sino también el gas y el agua los que dejarían de suministrarse en algún momento.

Fuyuki pensó que algo le ocurría a su cabeza y estaba sufriendo alucinaciones.

Continuó circulando en la bicicleta. El sudor le brotaba por todos los poros y hacía que le escocieran los ojos.

Por más calles que recorrió, no consiguió ver a nadie en ningún sitio. Atravesó un flanco del Palacio Imperial y volvió a dirigirse hacia el sur. Todas las calles estaban atestadas de coches destrozados. Fuyuki iba serpenteando entre ellos.

Cuando llegó al parque de Shiba, apretó los frenos. Frente a él se alzaba la Torre de Tokio. Enfiló la bicicleta hacia allí. La torre se mantenía iluminada. De no haber sido así, no habría tenido más remedio que descartar la idea que acababa de ocurrírsele.

Accedió al interior sin sacar el tique y dirigió sus pasos directamente hacia el ascensor que llevaba al observatorio. Durante el trayecto no podía dejar de pensar con inquietud qué ocurriría si al ascensor le daba por detenerse de repente. Cuando por fin llegó al observatorio y las puertas se abrieron sin problemas, soltó un suspiro de alivio.

Al ver Tokio desde el observatorio, se quedó estupefacto. Había llamaradas por todas partes. Fuyuki recordó la palabra «bombardeo», que tantas veces había leído en los libros de texto. Aquel escenario evocaba también los grandes terremotos sufridos por algunas regiones de Japón en tiempos recientes. Sin embargo, había algo que hacía que aquello fuera completamente distinto de los terremotos y los ataques aéreos: la ausencia de víctimas.

El telescopio que había era de pago. Fuyuki insertó una moneda. En primer lugar lo apuntó hacia la zona que estaba ardiendo con mayor intensidad. Había algo enorme tumbado a un lado de la autopista, quemándose entre enormes llamaradas. Cuando comprobó de qué se trataba, no pudo evitar dar un paso atrás. Lo que ardía destrozado era un avión de pasajeros. Había perdido por completo su aspecto original, pero el logo que figuraba en lo que parecían los restos del fuselaje era algo que cualquier japonés reconocería enseguida.

4

Fuyuki estaba gritando visceralmente. Aunque intentaba dominarse, su boca ignoraba su voluntad. Se abría ampliamente y continuaba emitiendo aquel sonido casi animal desde el fondo de la garganta. Si dejaba de hacerlo, se sentía asaltado por una terrible sensación de vértigo.

Se quedó en cuclillas en el mismo lugar en que se encontraba, sujetándose la cabeza con ambas manos.

—Esto no es real. Esto no es el mundo real...

Se puso en pie tembloroso y miró el panorama exterior. Todo seguía igual que antes. La ciudad de Tokio estaba destrozada.

Volvió a mirar por el telescopio. Dirigiera el objetivo donde lo dirigiera, la escena que se repetía era siempre la misma: grandes columnas de humo, vehículos y edificios destrozados. En la autopista había incendios prácticamente en todas partes.

Cuando, aún estupefacto, se disponía a apartar la mirada del telescopio, vio que algo rosa y pequeño se movía en el límite de su campo visual.

Fuyuki volvió a acercar sus ojos al visor a toda prisa. Algo rosa... Le había parecido que se trataba de un vestido. Y eso era tanto como decir que había otra gente. De repente, la imagen desapareció. Se había agotado el tiempo del telescopio. Chasqueó la lengua contrariado y sacó su cartera. Pero no llevaba más monedas.

Miró alrededor buscando una máquina de cambio, pero lo único que acertó a ver fue un kiosco, uno de esos que venden *souvenirs* y cosas así. Salió corriendo hacia él. Entró y pasó al otro lado del mostrador. Afortunadamente, la caja registradora estaba abierta y en ella había montones de monedas. Por un instante, sacó su cartera pensando en cambiar un billete, pero enseguida lo desechó. Cogió un puñado de monedas de cien yenes, salió del kiosco y volvió al telescopio.

Insertó impaciente una moneda y miró por el aparato. Dirigió el objetivo hacia donde creía haber visto el vestido rosa y lo fue moviendo lentamente. Había sido entre Azabu y Roppongi.

—¡Allí está! —El visor mostraba la azotea de un edificio. Allí creía haber visto el vestido rosa.

Pero ya no estaba. Mantuvo el objetivo apuntado hacia la azotea durante un rato con la esperanza de que la imagen apareciera de nuevo, pero no lo hizo. Al final, el telescopio volvió a apagarse.

Fuyuki se disponía a insertar otra moneda, pero se detuvo. Consideró que, desde aquel lugar, por mucho que buscara no iba a conseguir localizarla. Y, aunque lo lograra, no iba a poder llamarla ni enviarle una señal.

Decidió que lo mejor era desplazarse hasta allí. Puede que, incluso yendo hasta la zona misma, la posibilidad de encontrarse con esa persona fuera muy baja. Es más, puede que ni siquiera existiera y que solo se tratara de una ilusión óptica. No obstante, tenía que intentarlo. Quedándose donde estaba no iba a solucionar nada. Y, aún peor, si se producía un corte de electricidad, se iba a quedar atrapado ahí.

Subió al ascensor y pulsó PB rezando para sus adentros. Afortunadamente, no se detuvo a mitad de trayecto. Parece que el edificio todavía no tenía problemas de electricidad.

Al salir a la calle, montó de nuevo en la bicicleta y comenzó a pedalear. En la calzada había un montón de coches y motos con las llaves puestas, pero todos habían sufrido algún accidente. No había ninguna garantía de que pudieran ser conducidos con seguridad. Además, a juzgar por el estado de colapso en que se encontraban las calles, seguramente habría zonas por las que no se podría pasar, ni siquiera en moto.

Pedaleó con toda su alma. El extraño paisaje circundante ya no le preocupaba. Puede que, ante semejante cúmulo de acontecimientos y tan alejados de la realidad, sus nervios se hubieran entumecido ya.

Se aproximó a la zona que había estado mirando con el telescopio. Dejó aparcada la bicicleta y gritó con todas sus fuerzas.

—¡Eeeeeoooo! ¡¿Hay alguieeen?!

El eco de su voz resonó entre los edificios. Él se desplazó un poco y volvió a gritar con todas sus fuerzas. Repitió esa operación una y otra vez, pero el resultado siempre era el mismo. Finalmente, se sentó en los escalones de un edificio, inclinando la cabeza hacia delante. Ya no le quedaban fuerzas para gritar.

Pero ¿qué había pasado? ¿Adónde se había ido toda la gente?

Recordó una travesura que solía hacer con sus amigos cuando era un niño: se conchababan de antemano para dejar fuera a uno de ellos y luego se escondían todos a la vez, intentando contener la risa mientras contemplaban desde sus escondites cómo el que se había quedado solo los buscaba con cara de ansioso desconcierto.

Pero era imposible encontrar una razón por la que todos los habitantes de Tokio hubieran podido actuar de manera concertada. Si hasta los que estaban conduciendo sus coches y motos habían desaparecido... Lo único que cabía pensar era que se había producido algún tipo de cataclismo. Pero ¿cuál? Y todavía había una duda más importante: ¿por qué él era el único que se había quedado allí?

Fuyuki se tumbó en el suelo bocarriba. Unos oscuros nubarrones cruzaban el cielo. Parecía que el tiempo se iba a estropear de un momento a otro. De todos modos, en un momento así, a quién podía importarle el tiempo.

Sentía su cuerpo tremendamente pesado por el cansancio. Cerró los párpados. Le estaba entrando sueño, tal vez debido al exceso de tensión nerviosa. Pensó en quedarse dormido tal cual estaba. Deseó que, al despertar, el mundo volviera a ser el de antes.

Estaba ya bastante adormilado cuando lo escuchó. No pudo reaccionar más rápido porque su conciencia se encontraba debilitada por el sueño. Pero cuando lo escuchó por segunda vez, Fuyuki tenía ya los ojos abiertos. Se incorporó y miró alrededor.

Oía un silbato, como los que usan los empleados de las estaciones de tren. Se escuchaba a intervalos irregulares. Unas veces eran pitidos largos y otras, cortos.

Fuyuki se puso en pie. «Hay alguien más», pensó.

Pedaleó sobre la bicicleta intentando aproximarse a aquel sonido. No dejaba de rogar que, quienquiera que fuera, siguiera tocando ese silbato. Al doblar la esquina, se encontró con una calle peatonal sin acceso para coches. Era una zona comercial orientada a los jóvenes, en la que se alineaban las tiendas de moda y los restaurantes de comida rápida.

En la puerta de una crepería había un banco y, sentada en él, una niña pequeña de cinco o seis años. Llevaba una falda rosa y tocaba el silbato con todo su empeño. Fuyuki pensó que era la figura que él había visto desde el telescopio.

Se bajó de la bicicleta y se aproximó lentamente hacia ella.

—Niña... —dijo él a su espalda.

La pequeña dio un brusco respingo. Se volvió hacia Fuyuki y lo miró abriendo aún más sus ya de por sí grandes ojos. Era una niña muy bonita y de piel muy blanca.

—¿Estás sola?

La niña no respondió. Se le veía agarrotada.

—¿Hay alguien además de ti? Yo estoy solo...

La niña parpadeó y se levantó del banco. Señaló con su mano derecha el edificio de al lado, un establecimiento dedicado a moda y complementos.

—¿Qué pasa con ese edificio?

Sin romper su silencio, la niña echó a andar y entró en el establecimiento. Fuyuki la siguió.

Las escaleras mecánicas seguían en funcionamiento, pero la niña avanzó hasta el fondo. Al llegar al ascensor pulsó el botón de llamada. Las puertas se abrieron en silencio.

—¿A qué planta vamos? —le preguntó Fuyuki.

La niña señaló con su dedo la parte superior del cuadro de mandos. Era un edifico de cinco plantas, por lo que Fuyuki aproximó su dedo para pulsar el botón del cinco, pero ella le hizo un rotundo gesto de negación con la cabeza. Señaló con su dedo por encima del cinco, donde solo había un botón con la letra erre. Se trataba de la azotea.

Fuyuki lo entendió entonces. Ese era el edifico que había visto desde el telescopio y la niña vestida de rosa era lo que le había parecido ver en su azotea.

Esta contaba con espacio suficiente para celebrar algún pequeño evento. Pero, al parecer, en aquella época del año no debía de haber ninguno, porque solo había unas sillas rodeando un cenicero.

La niña señaló con su dedo hacia el fondo. Delante de la barandilla de la azotea había una mujer tirada en el suelo.

Fuyuki se aproximó presuroso y la examinó. Llevaba una fina chaqueta de punto y estaba tendida bocabajo. Su media melena tapaba en parte su rostro. Fuyuki le puso la mano en el cuello. Su temperatura era normal y su pulso también.

—Pero ¿qué ha pasado? —preguntó Fuyuki volviéndose hacia la niña.

Sin embargo, ella permanecía apartada de los dos y sin la

mínima intención de aproximarse. Únicamente se limitaba a mirar con sus grandes y negros ojos a la mujer tumbada en el suelo.

Fuyuki la sacudió por los hombros.

—¿Se encuentra bien, señora? Resista, por favor...

Ella reaccionó. Tras dejar escapar una especie de gemido, abrió los párpados lentamente.

—¿Está usted consciente?

La mujer se incorporó lentamente sin contestar y alzó su mirada vacía hacia él.

—Pero ¿qué me ha pasado?

—Estaba tirada aquí. Esta niña me ha conducido hasta usted.

La mujer miró a la pequeña y abrió ampliamente los ojos que hasta entonces mantenía entornados. Daba la impresión de que se había quedado atónita. Se puso en pie y se aproximó tambaleante hacia la niña. Al llegar a su lado se hincó de rodillas en el suelo y la abrazó.

—Perdóname, perdóname... —le dijo.

Fuyuki se acercó a ambas.

—Bueno... —comenzó—. ¿Y qué hacían las dos aquí?

La mujer se separó de la niña y carraspeó.

—Nada en especial... Había venido con mi hija de compras y, como estaba un poco cansada, decidimos descansar un rato.

Al parecer, se trataba de una madre con su hija.

—Entonces, ¿por qué perdió el conocimiento?

—Pues no lo sé, pero... —respondió la mujer mirando fijamente a la cara de la niña—. ¿Qué le ha pasado a mamá? ¿Y tú, Mio? ¿Qué has estado haciendo?

Pero Mio, la niña, no contestó. Se llevó a los labios el silbato que llevaba colgado al cuello y sopló una vez con fuerza.

—¿Qué haces, Mio? ¿Por qué no dices nada?

—¿Su hija puede hablar?

—Sí, por supuesto. ¿Qué te ha pasado, Mio? ¿Qué te ocurre?

La mujer sacudió a la niña por los hombros, pero esta seguía sin reaccionar. Su rostro permanecía inmutable como si fuera una muñeca.

—Tal vez se deba al fuerte *shock* que ha sufrido. Dada la situación, no es de extrañar. Yo mismo he sentido por momentos que se me iba la cabeza.

Al oír las palabras de Fuyuki, la mujer se volvió hacia él con gesto de perplejidad.

—¿A qué se refiere con «dada la situación»?

—Venga por aquí, por favor.

Fuyuki la condujo hasta la barandilla de la azotea y le dijo que mirara hacia abajo. La mujer palideció al ver aquella escena de coches accidentados y humo saliendo de los edificios.

—Pero ¿qué ha pasado? ¿Ha sido un terremoto?

—No, no ha sido eso. Y tampoco se ha desencadenado ninguna guerra.

—Pues entonces qué...

Fuyuki sacudió la cabeza.

—La verdad es que yo tampoco tengo idea de qué ha ocurrido. Cuando me quise dar cuenta ya estaba todo así.

Contemplando la escena que se desarrollaba abajo en las calles, la mujer frunció el ceño extrañada.

—¿Y cómo es que el Gobierno no hace nada, con todo lo que está ocurriendo? Ni siquiera se ve a los bomberos...

—Bueno, eso es difícil de explicar... —dijo Fuyuki, ganando tiempo para pensar cómo explicarle la situación. Pero, como no conseguía encontrar las expresiones adecuadas, no tuvo más remedio que proseguir—. Parece que, por ahora, nosotros somos las tres únicas personas de este mundo.

La mujer se llamaba Emiko Shiraki. Estaba divorciada y vivía sola con su hija Mio. Como ese día tenía fiesta en el trabajo y hacía mucho tiempo que no salía de compras con la niña, había decidido hacerlo, pero ambas se habían visto envueltas en ese caos.

Por su parte, Fuyuki era incapaz de explicarles el porqué del caos en cuestión. Les contó lo que él había visto hasta ese momento, pero Emiko daba la impresión de no creerle. Solo pareció convencida de que el relato de Fuyuki no era mentira cuando finalmente salió del edificio y miró en derredor.

Los tres caminaron por la ciudad en ruinas. No había ni un alma por ninguna parte.

—Parece que el mundo se ha acabado —murmuró Emiko—. ¿Habrá caído una bomba nuclear?

—En tal caso, los daños no se quedarían en tan poca cosa. Además, es curioso que no haya ni un solo cadáver. Y lo más extraño es que a nosotros no nos haya ocurrido nada. En cualquier caso, vamos a buscar a otras personas. A partir de ahí, seguro que encontraremos una salida a este problema.

«Es verdad», pensó Emiko ladeando la cabeza.

Fuyuki seguía sin saber qué había pasado. En cuanto a eso, no había cambiado nada. Pero descubrir que había otros supervivientes además de él, le había devuelto el deseo de vivir. Al mismo tiempo, fue plenamente consciente de cuán bien pueden hacerle a uno el contacto y la conversación con otras personas.

El sol se iba poniendo poco a poco. A juzgar por el hecho de que los semáforos continuaban funcionando, era evidente que todavía había electricidad. Sin embargo, dado que las personas habían desaparecido, era imposible predecir hasta cuándo se mantendrían activos los suministros. Todos estaban muy automatizados, pero era evidente que no podrían mantenerse indefinidamente.

—¿No tienen hambre? —le preguntó a Emiko.

—Un poco... —respondió ella mirando a su hija, a la que llevaba cogida de la mano. Mio seguía mirando al frente con rostro inexpresivo.

—Bueno, entonces, ¿vamos a comer?

—Sí, vamos —dijo Emiko dirigiendo su mirada hacia una tienda veinticuatro horas.

—El *bento** de este tipo de tiendas no está mal, pero tal vez deberíamos aprovechar ahora para tomar algo más nutritivo. Creo que para Mio también sería lo mejor...

—¿Algo más nutritivo?

—Si caminamos un poco más llegaremos a Ginza. Es una zona donde se puede encontrar pescado y carne de la más alta calidad. ¡Y encima puede que hoy haya bufet libre!

Al oír la broma, Emiko esbozó por fin una sonrisa. Pero Mio continuaba sin reaccionar.

Las calles que conducían a Ginza también estaban devastadas por los innumerables accidentes de circulación. Los tres avanzaron eligiendo cuidadosamente las zonas que no habían resultado afectadas por los daños. Como durante el trayecto Mio se mostró fatigada, Fuyuki la cargó a sus espaldas.

El barrio de Ginza, siempre atestado de personas que iban y venían, estaba ahora envuelto en un silencio y una calma impresionantes. Aquí también se habían producido accidentes de vehículos, la mayoría pequeñas colisiones sin importancia. Sin duda ello se debía a que, en el momento de sufrirlos, todos estaban inmersos en un atasco.

La mirada de Fuyuki se detuvo en un edificio que contaba con varios restaurantes en su planta baja. Sin embargo, cuando ya se encaminaba hacia él, detuvo sus pasos de repente. Acababa de ver una gran flecha pintada con espray rojo sobre la acera. La pintura aún parecía fresca.

---

* Comida tradicional japonesa para llevar, que se transporta y sirve en unas cajas especiales.

5

Al ver el gesto de Fuyuki, Emiko dirigió también su mirada hacia la flecha roja del suelo.

—¿Qué será esto? —murmuró.

—No lo sé. Pero parece que no hace mucho que lo han pintado.

Subida a la espalda de Fuyuki, Mio señaló con su dedo a lo lejos.

—¿Qué ocurre? —dijo Fuyuki dirigiendo también su mirada hacia donde apuntaba el dedo. A Fuyuki se le escapó una ligera exclamación de sorpresa. En el suelo, unos diez metros más adelante, había pintada otra flecha roja similar.

Si se seguía la dirección que indicaba la flecha, pronto se encontraba otra. Era evidente que alguien intentaba comunicarles algo.

—Bueno, de momento vamos a probar a seguirlas —dijo Fuyuki, iniciando la marcha con Mio a sus espaldas.

Avanzaron por las calles así señalizadas hasta que llegaron a un edificio. Una flecha señalaba su puerta indicándoles que entraran. Las flechas seguían por la escalera interior. Los tres subieron con cierto temor. En la segunda planta había un restaurante de sushi. Frente a su puerta, había otra flecha indicando que pasaran.

Fuyuki abrió la puerta corredera de celosía de madera. Enfrente se hallaba la barra. Sentado a ella, un hombre dejaba ver su gran espalda redondeada. Llevaba una camisa a cuadros.

El hombre se dio la vuelta. Era un joven obeso, inflado como un globo. La abundante grasa del cuello le ocultaba la barbilla casi por completo. Sus carrillos hinchados revelaban que su boca estaba llena de comida en ese momento. Las comisuras de sus labios estaban manchadas de salsa de soja.

Cogió una taza de té y bebió un sorbo para empujar hacia su esófago la comida. Luego volvió a dirigir su mirada hacia los tres y entornó los ojos con expresión de alegría.

—¡Uaaah, qué bien! Menos mal que por fin consigo ver a alguien. Por un momento me temí lo peor.

El espray de pintura roja estaba sobre el mostrador. Sin duda las flechas las había pintado él.

—¿Qué está haciendo? —le preguntó Fuyuki.

—¿Qué estoy haciendo? Bueno, salta a la vista, ¿no? Estoy comiendo sushi. Comer sushi en Ginza era algo que quería hacer desde hace tiempo, aunque solo fuera por una vez. Ya sabe, de ese que sale a unos cuantos miles de yenes la ración. —Apretaba en su mano una pieza de sushi con una gran cantidad de *uni** encima. Al parecer, se lo había preparado por su cuenta.

Fuyuki bajó a Mio de su espalda.

—¿Está solo? ¿No hay nadie más?

—No, no hay nadie. Cuando me quise dar cuenta, estaba solo. Y, para colmo, había accidentes de tráfico por todas partes. No tenía ni idea de lo que estaba pasando.

—¿Y dónde se encontraba entonces?

—En Iidabashi. Iba de camino al hospital. Tenía que hacerme unas pruebas en el hospital Teito.

—Ah, entonces está usted enfermo...

El joven rio mientras negaba con la cabeza, haciendo temblequear sus gordos mofletes.

* Erizo de mar.

—Eran unos simples análisis de sangre. Me pidieron que me los hiciera los de la empresa donde iba a empezar a trabajar. Decían que les preocupaba que estuviera tan gordo. Yo les dije que no pasaba nada, pero... ¿Quién les manda meterse donde no les llaman?

—Y desde Iidabashi hasta aquí, ¿cómo...?

—Más o menos la mitad del camino la hice en coche. Encontré uno con las llaves puestas y el motor encendido. Pero, con tantos accidentes, había muy pocas calles por donde circular, así que al final decidí dejar el coche y seguir a pie. Menuda paliza me he dado —añadió antes de volver a atiborrarse la boca con sushi de *uni*.

Fuyuki ladeó la cabeza. En cierto modo, las cuatro personas que allí se encontraban habían sufrido una experiencia similar: la gente había desaparecido de repente a su alrededor. Pero ¿por qué les había ocurrido tal cosa? ¿Y por qué solo se habían quedado ellos?

—¿A ustedes no les apetece? Los restaurantes de sushi de Ginza son de primera. Oportunidades como esta hay pocas y no hay que dejarlas pasar. Además, el género está crudo, y si no se consume pronto, se estropea —dijo antes de pasar al otro lado del mostrador para lavarse las manos—. A ver, niña, seguro que tú tienes hambre, ¿verdad? Dime de qué te gusta el sushi.

Mio no contestó. Emiko lo hizo en su lugar.

—Si se trata de sushi, a ella le gusta todo. Pero sin *wasabi*.*

—Bien, entonces empezaremos con esto —dijo el gordo poniendo sobre la tabla de cocina una pieza de *toro*—.** ¡Marchando una de *toro*! ¿Qué más les apetece? No se corten, pidan cuanto deseen.

—Qué destreza...

---

* Condimento picante.
** Atún graso.

El hombre rio al oír el elogio de Fuyuki.

—Je, je... Bueno, es que a veces trabajaba preparando el pescado de los platos para llevar del súper. Como el género allí no era gran cosa, teníamos que esmerarnos para que quedara bien presentado. Pero aquí eso no hace falta, así que resulta mucho más fácil. Venga, a comer todos. —Se veía que disfrutaba mientras preparaba una tras otra las piezas de sushi.

—¿Qué tal si lo probamos? —le preguntó Fuyuki a Emiko—. A fin de cuentas, es verdad lo que dice: si no lo comemos ahora se echará a perder.

Emiko asintió, sentó a su hija en una de las sillas de la barra y ella se acomodó a su lado.

—Qué bueno... —murmuró tras probar el sushi. Al verla, Mio tendió también su mano para coger una pieza de *toro*.

Fuyuki recorrió con la mirada el local. Por ahora no parecía haber riesgo de que se incendiara. Tanto la electricidad como el agua corriente funcionaban sin problemas. A un lado de la zona de mesas había una gran pecera. Seguramente la usarían como vivero, pero en su interior no había ni un solo pez.

«Vaya —pensó Fuyuki dándose cuenta de que, durante el trayecto hasta allí, no solo no habían visto personas, sino tampoco gatos o cuervos—.* ¿Y si lo que ha ocurrido es que...?», se preguntó.

—Por cierto, ¿no había por aquí una tienda de mascotas?

—¿Una tienda de mascotas? Pues... —repuso el gordo ladeando la cabeza.

—Creo que había una dentro de los grandes almacenes —dijo Emiko—. Esos que hay al otro lado de la avenida Chuo-dori.

---

* En Japón el cuervo es un animal habitual en las ciudades, como las palomas en las nuestras.

Fuyuki asintió con la cabeza.

—Voy a salir un momento.

—¿Adónde va?

—Pues allí, a la tienda de mascotas. Quiero comprobar si los que han desaparecido han sido solo los humanos.

Fuyuki salió del restaurante de sushi y se encaminó hacia los grandes almacenes. La situación en la calle apenas había variado. Simplemente tuvo la impresión de que el número de edificios que humeaban había aumentado. Tal vez se debiera a la producción de pequeños incendios en bares y restaurantes.

Los grandes almacenes apenas habían sufrido daños. Las escaleras mecánicas funcionaban con normalidad. Fuyuki subió por ellas hasta la tienda de mascotas, en la quinta planta.

Allí reinaba un silencio sepulcral. En su interior se alineaban los compartimentos de vidrio para albergar a los animales, pero todos estaban vacíos. Sin embargo, comprobó que seguía habiendo comida en los platillos y excrementos en las cajas. Un letrero situado en la parte superior de un compartimento rezaba: AMERICAN SHORTHAIR (HEMBRA).

Fuyuki quedó convencido: no solo habían desaparecido los humanos, sino también los animales.

Cuando salió de la tienda de mascotas y se disponía a descender por las escaleras mecánicas, de repente vino a su mente algo que le hizo desviarse hacia la sección de electrodomésticos. Era mejor hacerse cuanto antes con elementos portátiles de iluminación. No podían prever cuándo iban a quedarse sin electricidad. Si ello ocurría en mitad de la noche, corrían el riesgo de quedarse inmovilizados por completo. Intentó encontrar aparatos de mayor potencia lumínica que las típicas linternas de mano. Finalmente eligió una especie de faroles con asa equipados con una radio incorporada que permitía estar informado en situaciones de emergencia. Metió en una bolsa dos de esos faroles y dos linternas normales, además de un montón de pilas, y se marchó.

Cuando regresó al restaurante, el joven seguía preparando sushi. Pero la madre y la hija ya no estaban.

—¡Bienvenido! —dijo el gordo, con la boca llena de sushi—. ¿Cómo ha ido?

—Las mascotas también han desaparecido.

—Me lo imaginaba... ¿Qué habrá pasado?

—Ni idea. Por cierto, ¿y las chicas?

—La niña está ahí. Parece que con el estómago lleno le ha entrado sueño —dijo el joven señalando con su barbilla la zona de las mesas. Mio estaba acostada sobre unas sillas dispuestas en fila. La chaqueta que la cubría era la de su madre.

—¿Y su madre?

—Ha salido a ver si encontraba otra clase de comida. Ha dicho que comer solo pescado crudo no es bueno para el equilibrio nutricional. Yo no entiendo cómo puede preocuparle a alguien el equilibrio nutricional en una situación como esta, pero en fin... —dijo el joven, llevándose a la boca una cucharada de huevas de salmón.

Como había un montón de platos de sushi preparados, Fuyuki se sentó también y cogió de ellos. Estaba mucho más bueno que cualquier otro sushi que él hubiera probado. Mientras lo comía, se puso a colocar las pilas en los faroles y linternas. Probó a encender la radio de un farol, pero, buscara la frecuencia que buscase, solo se oía estática y ruido blanco de fondo.

—Pero si no hay personas, ¿cómo va a haber emisiones de radio? —dijo el gordo.

—Bueno, no sé, solo estaba probando por si acaso —dijo Fuyuki, dejando el aparato en la mesa de al lado.

—De todos modos, menos mal. Me alegro de ver que hay más gente. Yo ya no sabía qué hacer. Estaba a punto de echarme a llorar.

—¿Y te habías puesto a comer sushi estando a punto de llorar?

—Me había puesto a comerlo precisamente porque estaba a punto de llorar. Comiendo cosas buenas es como se olvidan las cosas malas.

El gordo se llamaba Taichi Shindo. Era difícil precisar su edad debido a su obesidad, pero tendría un par de años menos que Fuyuki. Había nacido en Shizuoka y se había trasladado a Tokio para ir a la universidad, pero la había abandonado en tercer curso. Haciendo trabajillos temporales aquí y allá, había acabado viviendo solo en un apartamento de Katsushika.

—¿Has intentado ponerte en contacto con alguien? —preguntó Fuyuki.

—Un montón de veces. Con el móvil. Pero todas sin éxito. Tampoco he recibido respuesta a los mensajes que he enviado.

Era lo mismo que le había ocurrido a Fuyuki.

Mientras veía a Taichi llevarse una gamba a la boca, Fuyuki se percató de algo: los peces del vivero habían desaparecido, pero los que ya se habían transformado en materia prima para el sushi, seguían allí. La diferencia entre unos y otros era por demás evidente: los empleados para el sushi ya estaban muertos.

En ese momento regresó Emiko, portando una caja de cartón.

—En la planta de arriba hay un restaurante italiano. Traigo algunos vegetales y condimentos.

—Señora, ¿hay vinos en ese sitio? —preguntó Taichi—. ¿Había muchos?

—Pues sí, creo que sí.

—Entonces, seguro que los de allí son mejores. Al sushi lo que le va bien es un vino blanco, pero en este restaurante no hay ninguno decente —dijo Taichi, saliendo de detrás de la barra para dirigirse en busca del vino.

Emiko lo sustituyó al otro lado del mostrador. Sacó las verduras y hortalizas de la caja de cartón y se puso a lavarlas. Había tomates, pepinos, etc.

Tal vez porque oyó la voz de su madre, Mio abrió los ojos.

—¿Ya te has despertado? Espera un poco, ¿eh? Te voy a preparar esa ensalada de tomate y queso que tanto te gusta —dijo Emiko con tono afable.

Mio, siempre sin articular palabra, estaba mirando el farol con radio incorporada que había encima de la mesa.

Mientras contemplaba las verduras que había ido colocando Emiko sobre el mostrador, una nueva incógnita volvió a surgir en la mente de Fuyuki. Tenía la mirada fija en las patatas. Cuando uno compra patatas y las guarda durante un tiempo, a veces germinan. Eso indica que, aunque son vegetales, siguen vivos.

Fuyuki se dijo que en las calles seguía habiendo árboles. Y los vegetales, por supuesto, también eran seres vivos. Pero, mientras los animales vivos habían desaparecido, los vegetales vivos no. ¿Por qué habría esa diferencia?

Fuyuki cruzó los brazos. En ese preciso momento, proveniente de la radio del farol con que estaba jugueteando Mio, se oyó algo parecido a la voz de una persona. La niña pensó que había hecho algo mal y la apagó a toda prisa.

—¿Qué ha sido eso? —dijo Fuyuki levantándose de la silla.

—Parecía una voz, ¿no? —dijo Emiko—. Me ha parecido que de mujer, pero...

Fuyuki cogió la radio y la encendió. Subió el volumen e hizo girar el dial lentamente.

Taichi regresó en ese momento.

—¡Qué fastidio! Eran todos vinos dulces. Aun así, he encontrado un par que irán bien con el sushi, pero...

—¡Silencio! —lo cortó tajante Fuyuki.

—¿Qué pasa?

—Es que acabamos de oír la voz de una persona —le explicó Emiko.

—¿Eh? ¿En serio? ¡Vaya noticia! —dijo Taichi, aproximándose a Fuyuki con una botella en cada mano.

Entonces se oyó una voz por la radio. Esta vez sonó más clara que la anterior.

«¿Hay algún superviviente? Quienes oigan este mensaje, por favor vengan a la puerta central subterránea de Yaesu en la estación de Tokio. ¿Hay algún superviviente? Quienes oigan este mensaje...»

—Es una voz de mujer —dijo Taichi—. Pero no parece una locutora.

—Tal vez se trate de una emisión de emergencia. Estarán utilizando las instalaciones de alguna administración pública o algo así. Se nota que la que habla no es una profesional.

—Eso significa que hay más gente además de nosotros, ¿no? —dijo Emiko con un brillo de esperanza en la mirada.

—O sea que la estación de Tokio... Voy a acercarme a ver. Ustedes quédense aquí.

—¿No tendrá problemas para ir solo? —preguntó Taichi.

—De aquí a la estación hay un buen trecho —repuso Fuyuki—. Pueden acompañarme si quieren, pero es posible que el trayecto sea de ida y vuelta.

Taichi asintió haciendo temblar sus mofletes.

—Esperaremos aquí. Yo me ocupo de ellas.

—Cuento con ello —dijo Fuyuki, y salió del restaurante.

Montó en la bicicleta y se encaminó hacia la estación de Tokio. Ya había oscurecido por completo. De todos modos, que las luces estuvieran ya encendidas era de gran ayuda. El alumbrado público debía de funcionar con temporizadores.

Pedaleó abriéndose camino a través de aquel aire en que se entremezclaban los más diversos olores. Pronto llegó a la estación. Bajó por las escaleras a las galerías subterráneas. Por el momento, allí tampoco había problemas con la iluminación.

Llegó hasta la puerta central de Yaesu, pero allí no había nadie. Pasó por los tornos de acceso y miró alrededor. Ni un alma.

—¡¿Hay alguien?! —gritó. Nadie contestó.

Probó también a acercarse hasta el conocido punto de encuentro llamado *Gin-no-suzu*,* pero aquello también estaba desierto.

Cuando se preguntaba qué sería aquella emisión radiofónica, notó que algo tocaba su espalda.

—No te muevas —dijo una voz de mujer.

* El cascabel de plata.

6

A juzgar por lo que sentía en la espalda, le estaban apuntando con un arma. Fuyuki levantó las manos.

—¿Quién eres? —dijo.

—Antes de preguntarle el nombre a otro uno debe decir el suyo. ¿No te enseñaron eso en la escuela?

Era la voz de una chica joven, seguramente una quinceañera. Pero le parecía algo distinta de la que había escuchado antes por la radio.

—Soy Kuga.

—¿Es que solo tienes apellido?

—Fuyuki. Fuyuki Kuga. ¿Así está bien? —repuso él sin bajar los brazos.

—No se te ocurra moverte. Llevas una pistola, ¿verdad?

Fuyuki se sobresaltó. Lo cierto es que sí la llevaba. Cuando se enteró de que los de la sección primera iban a detener a aquella banda de chinos, había decidido cogerla justo antes de salir de comisaría. Pero ¿cómo podía aquella chica saber eso?

—¿Quién, yo? Claro que no —decidió contestar.

—Es inútil que mientas. Sé que vas armado.

—¿Cómo lo sabes?

—Puedo ver a través de la materia.

—Venga ya... —replicó Fuyuki haciendo ademán de darse la vuelta.

—¡Que no te muevas! —espetó la voz femenina en tono más agudo—. Te lo advierto: es la primera vez que manejo un arma, así que, si haces algún movimiento extraño, es muy probable que acabe pegándote un tiro.

—Si no es mucho pedir, me gustaría que dejaras ya de apuntarme —dijo Fuyuki dejando escapar un suspiro.

—Komine... —dijo a su espalda la voz. Estaba llamando a alguien—. Quítale la pistola. Debe de llevarla bajo la americana.

Se oyeron unos pasos y un hombre se acercó por detrás a Fuyuki. Era un tipo menudo. Vestía traje y llevaba gafas. Tenía un aire algo apocado.

—¿Tú eres el tal Komine? —le preguntó Fuyuki.

—Eh... sí.

—Pues ve con mucho cuidado. Debe de llevar puesto el seguro, pero podrías quitárselo sin querer al manipularla. A veces ocurre...

El ya de por sí timorato semblante de Komine se tornó aún más asustado. Rebuscó tembloroso bajo la americana de Fuyuki hasta que, tras varios titubeos, consiguió extraer la pistola de su funda.

—Muy bien. De acuerdo, ahora gírate hacia mí muy despacio —dijo la voz femenina.

Fuyuki bajó los brazos y se dio la vuelta. Tenía frente a sí a una chica bastante joven ataviada con un *blazer* azul marino y una minifalda a cuadros. Su uniforme dejaba claro que se trataba de una estudiante de secundaria.

—Como actividad extraescolar, esto es un poco fuerte, ¿no? —bromeó Fuyuki. El mero hecho de haber podido entrar en contacto con otras personas, aunque fuera de aquella manera, le hacía ver las cosas de otro color.

—Como sigas diciendo estupideces, te voy a pegar un tiro de veras —dijo la estudiante clavándole su mirada felina.

Lo que llevaba en la mano parecía una pistola auténtica.

Era muy similar a las que usaba habitualmente la policía. Fuyuki pensó que quizá se la había quitado a un agente.

—Menudo recibimiento. Y yo que había venido hasta aquí por el aviso de la radio...

—¿Estás solo?

—Aquí sí, he venido solo.

—O sea, que hay alguien más en otro lugar, ¿no?

—Sí. Pero no puedo daros más detalles. Al menos mientras vosotros no me pongáis también al corriente de vuestra situación.

—Hum... —murmuró la estudiante con gesto pensativo—. Está bien. Sígueme.

—¿Adónde vamos?

—Aquí mismo. Enseguida lo verás —contestó la chica esbozando una sonrisa—. Komine, tú ve delante. Yo iré detrás de él.

El tal Komine echó a andar. Fuyuki lo siguió y la chica hizo lo propio tras él.

—¿Puedo preguntar algo? —dijo Fuyuki.

—¿Qué?

—¿Por qué está ocurriendo todo esto? Si lo sabéis, me gustaría que me lo dijerais.

La chica dejó escapar un suspiro.

—Nadie lo sabe. De todos modos, ahora no es momento de pensar en eso.

—¿A qué te refieres?

—Tranqui, enseguida lo entenderás.

Komine cruzó los tornos de acceso y entró en una cafetería que había allí mismo. Fuyuki lo siguió.

En su interior había un hombre de buena presencia vestido con un traje, una pareja de ancianos y una joven de unos veintitantos años. Los dos ancianos estaban sentados frente a frente a la misma mesa, pero los otros dos estaban en sitios separados.

—Les presento a nuestro nuevo invitado —dijo la estudiante—. Fuyuki Kuga. Tal como había dicho el líder, iba armado. Aunque ya le hemos confiscado la pistola...

—¿El líder?

—Nunca entres solo a un sitio en el que no sabes a quién te vas a encontrar. Y si no tienes más remedio, hazlo con mucha cautela y manteniendo siempre la pared pegada a tu espalda. ¿Es que los veteranos no te enseñaron nunca ese tipo de cosas?

Aquello lo dijo una voz proveniente del fondo del local. Una voz que a Fuyuki le sonaba mucho. Al instante apareció Seiya.

—Hermano... Perdón, quiero decir, oficial...

Seiya negó con la cabeza.

—Con hermano basta. Aquí ya no existe la policía ni nada parecido —dijo Seiya recibiendo de Komine la pistola que le había quitado a Fuyuki. Le extrajo las balas y se la devolvió a este—. Todos los presentes estamos desarmados, así que no podemos dejar que tú seas el único que lleve pistola.

—Pues ella lleva una —repuso Fuyuki mirando a la estudiante.

—Es la mía. Se la he dejado yo. Pero está descargada.

La chica rio mientras exhibía ostentosamente la pistola en su mano.

—¡Qué bien me he sentido! La verdad es que usar una pistola es algo que siempre había querido hacer.

Fuyuki volvió a girarse hacia Seiya.

—No creía que siguieras vivo.

—Lo mismo digo. No sé lo que pasó, pero, cuando me quise dar cuenta, estaba solo en medio de la calle. Tanto los chinos a los que perseguíamos como los compañeros polis se habían esfumando de repente. Y no dejaban de producirse accidentes a mi alrededor. Si te soy sincero, por un momento pensé que había perdido la cabeza.

—Lo mismo me pasó a mí.

—La única explicación que se me ocurre es que se haya producido algún tipo de fenómeno sobrenatural. Y tú, ¿qué has hecho?

—Pues dar vueltas por ahí. Subí a la Torre de Tokio, recorrí Roppongi en bicicleta... Gracias a ello conseguí encontrar a otras tres personas, pero... —Fuyuki contó que esas personas se encontraban en un restaurante de sushi de Ginza.

—Es mejor traerlos aquí. En esta situación, si se quedan aislados no podrán sobrevivir.

—Luego iré a buscarlos. Por cierto, ¿lo de la emisión radiofónica ha sido cosa tuya?

Seiya asintió con la cabeza.

—Pensé que lo prioritario era reunir a la gente, así que fui en moto hasta una emisora de radio. Una vez allí, entré en un estudio desde el que se suponía que estaban emitiendo, pero en él no había ya ni personal ni locutores. Por eso decidí grabar aquella cinta en bucle y emitirla por mi cuenta.

—Pero si era una voz de mujer...

—Era ella —respondió Seiya dirigiendo su mirada hacia la joven que estaba al fondo—. La encontré por casualidad cuando me dirigía a la emisora. Me acompañó y le pedí que grabara la cinta con su voz. Me pareció que una voz femenina resultaría más tranquilizadora para quienes la escucharan.

—¿Y después?

—Vinimos aquí. Le habíamos pedido a la gente que se reuniera en la estación de Tokio, así que no tenía sentido que luego no nos encontraran. Entramos en esta cafetería para esperar a los que fueran llegando.

Desde un ventanal del local se veían los tornos de acceso a la estación. Eso les había permitido observar desde allí la llegada de Fuyuki.

—¿Y por qué elegisteis la estación de Tokio como lugar de reunión?

—En primer lugar, porque la mayoría de la gente sabe dónde está. Y, aun cuando no lo sepa, basta con seguir los carteles indicadores y, tarde o temprano, se acaba llegando aquí. Lo de elegir las galerías subterráneas fue porque aquí se está a salvo de los accidentes de tráfico. Además, están bien surtidas, tanto de comestibles como de artículos de primera necesidad. Y si por desgracia se produjera un apagón, creo que incluso cuenta con su propia estación generadora.

—¿No se han producido accidentes ferroviarios?

—Gracias al ATC,* en el *Shinkansen*** seguramente no habrán sido graves. No obstante, sí que han debido de producirse choques en algunos lugares. Las líneas de cercanías también están equipadas con ATC, pero parece que, en caso de avería, lo normal es que el sistema se desconecte y los maquinistas tengan que detener los trenes manualmente. Eso si hay maquinistas, claro, de lo contrario los convoyes continúan circulando hasta que terminan chocando contra algo.

—¿Y tú cómo sabes todas esas cosas?

—Me las ha enseñado él —respondió Seiya señalando a Komine con el dedo—. Según parece, es un especialista ferroviario.

—Qué va. Simplemente lo sabía por casualidad —intervino Komine, rascándose la cabeza tímidamente.

—Bien, entonces, ¿los demás se han ido reuniendo todos aquí al oír la emisión de radio? —preguntó Fuyuki lanzando una mirada hacia todos ellos.

—Así es, aunque la verdad es que nosotros ya estábamos juntos desde el principio —respondió la estudiante de instituto.

—¿Desde el principio?

---

* Sistema de seguridad para trenes (abreviatura de *Automatic Train Control*).

** Denominación genérica de los trenes de alta velocidad japoneses.

—Sí. Yo iba caminando por una acera de Nakano cuando, de repente, empezaron a producirse accidentes de coche a mi alrededor, ¡bum!, ¡bam! Me asusté muchísimo. A mi lado se encontraba también ese matrimonio de ahí. —Señaló a la pareja de ancianos.

Ambos hicieron un gesto de asentimiento con sus cabezas.

—Es tal como lo ha contado la señorita. Nosotros también íbamos caminando por la calle. No nos vimos envueltos en ningún accidente, pero estuvimos a punto.

—Entonces, nos dimos cuenta de que todos los coches iban vacíos y nos sorprendimos aún más. El único coche que iba ocupado por alguien era el de Komine.

Al escuchar las palabras de la estudiante, Fuyuki miró a Komine.

—¿Tú ibas al volante?

—Así es. Iba con el gerente a visitar a un cliente.

—¿Qué gerente?

—Yo —apuntó con voz grave el hombre de buena presencia que vestía traje. Estaba tomando un café y utilizaba el platillo de la taza como cenicero.

—Señor, aquí no se puede fumar —objetó la chica.

—¿Y quién ha puesto esa norma? —replicó el hombre maduro mientras tapaba con el platillo del café la etiqueta de prohibido fumar que había adherida a la mesa.

—Estas son las únicas personas que han venido antes que tú —dijo Seiya—. Puede que haya otros supervivientes, pero no hay forma de entrar en contacto con ellos.

—Y esa emisión de radio, ¿hasta cuándo durará?

—No lo sé. Supongo que mientras haya corriente eléctrica seguirá, pero...

—Bueno, de momento voy a traer a los que se han quedado en Ginza.

Fuyuki salió de la estación, montó en la bicicleta y regresó al restaurante. Los semblantes de Taichi y Emiko reflejaron un gran alivio cuando lo vieron aparecer de nuevo. Debían de estar preocupados por su tardanza.

En cuanto les contó lo de Seiya y el resto, los rostros de ambos se iluminaron.

—¡Qué bien! Así que no somos los únicos.

—¿Lo has oído, Mio? Dice que hay otras personas —dijo Emiko a su hija. Pero, al igual que hasta entonces, el rostro de la niña seguía sin mostrar expresión alguna.

—Hablando con esas personas puede que lleguemos a comprender algo sobre lo que está pasando.

Fuyuki ladeó la cabeza con gesto dubitativo ante esas palabras esperanzadas de Taichi.

—Quién sabe. En cualquier caso, lo que está claro es que será mejor que nos unamos a ellos. Supongo que estaréis cansados, pero es mejor que salgamos ya.

Una vez en la calle, Fuyuki volvió a cargar a Mio a su espalda. Emiko sujetó la niña a Fuyuki con unas cuerdas. Mientras lo hacía, Taichi apareció con un par de bicicletas que había encontrado.

Justo cuando los tres se disponían a iniciar la marcha, una fuerte explosión resonó sobre sus cabezas. Fuyuki alzó la mirada y vio como salían violentas llamaradas de las ventanas del edificio de enfrente. Añicos de cristal volaron hasta el sitio en que ellos se encontraban.

—Ha debido de ser el gas acumulado, que ha hecho explosión. Es peligroso quedarse aquí. Démonos prisa —dijo Fuyuki antes de empezar a pedalear. En ese mismo momento, sintió que algo frío caía en su mejilla.

—Jo, qué mala suerte. Y encima ahora se pone a llover —se lamentó Taichi con voz quejumbrosa.

Para cuando llegaron a la estación de Tokio, llovía ya con intensidad. Bajaron al subsuelo para guarecerse y se dirigieron hacia el punto de reunión.

Cuando llegaron a la cafetería, cada uno tuvo que presentarse a sí mismo de nuevo. El oficinista aficionado a la tecnología se llamaba Yoshiyuki Komine y trabajaba para una gran empresa constructora. Su gerente, Masakatsu Toda, de cincuenta y ocho años, decía que tenía programado un negocio muy importante para ese día y que podía haberlo dejado cerrado de no haber sido por todo lo ocurrido.

—Solo con que esa transacción hubiera salido bien, mi empresa habría podido salir a flote.

Al oír esas palabras, Asuka Nakahara, la estudiante de instituto, soltó un fuerte resoplido.

—¡Ufff! Con la que está cayendo y lo que más le preocupa es su empresa.

Toda apretó los labios con gesto malhumorado.

Los ancianos dijeron llamarse Shigeo y Haruko Yamanishi. Tenían su casa en Suginami y les preocupaba mucho lo que le hubiera podido pasar.

—Si trasladarse resulta seguro, más adelante iremos a echar un vistazo a su casa —dijo Seiya para tranquilizarlos a ambos.

La joven que Seiya dijo haber encontrado en primer lugar se llamaba Nanami Tomita. Les contó que trabajaba de enfermera en el hospital Teito. Efectivamente, bajo su cárdigan negro se apreciaba que llevaba una bata blanca de enfermera.

—Me ocurrió al regresar de la tienda veinticuatro horas a la que había bajado a comprar el almuerzo del mediodía. Cuando recobré el conocimiento, estaba tirada en el arcén. Y, al igual que todos ustedes, no tengo ni idea de qué me pasó.

—¡Ah! ¿No estaría tal vez cerca de un área de obras? —preguntó Taichi.

—Pues sí... —asintió Nanami.

—¡Entonces, igual que yo! Yo también estaba allí. Pero no me di ni cuenta de que hubiera nadie más tirado por esa zona. Debería haber mirado mejor —dijo Taichi, que parecía feliz por la coincidencia, sin duda porque la otra persona involucrada era una joven guapa.

Seiya miró en derredor a todos los presentes.

—Todos los que ahora estamos aquí nos encontrábamos con alguien más en el mismo lugar o cerca cuando esto ocurrió. Aparte de eso, no encuentro ningún otro punto en común. Pero estoy seguro de que debe de haber algo más. Me gustaría que todos pensáramos en ello.

En ese preciso instante el local se estremeció con un fuerte temblor.

7

El temblor fue breve. Fuyuki, que se había agachado junto a la mesa, alzó lentamente su rostro. Los demás también se habían acurrucado en alguna parte de la estancia.

Seiya abrió la puerta y observó cuidadosamente el exterior.

—Por lo que se ve desde aquí, no parece haber grandes daños. Pero existe riesgo de réplica. Nos quedaremos un rato aquí sin movernos.

—¡Pero ¿qué demonios está pasando?! —gritó Taichi—. ¿Encima ahora un terremoto? No será hoy el último día en la Tierra,* ¿verdad?

Nadie le contestó. Fuyuki interpretó que no era porque lo ignoraran, sino porque se habían tomado aquello como un mal chiste. De hecho, era lo mismo que le había pasado a él.

—Voy a ver qué tal está la superficie —dijo Seiya—. Fuyuki, ocúpate tú de todo. Y mucho cuidado con las réplicas.

Cuando escuchó el «de acuerdo» de su hermano, Seiya ya estaba saliendo del local.

Fuyuki se sentó en la silla de al lado y dejó escapar un suspiro.

* «El último día en la Tierra» es la traducción al japonés que se dio al título de la película *When Worlds Collide* (*Cuando los mundos chocan*, de Rudolph Maté, Paramount Pictures, 1951, basada en la novela homónima de Philip Wylie y Edwin Balmer).

—Qué suerte poder contar con él, ¿verdad? Seguro que nosotros solos no habríamos sabido qué hacer —dijo Haruko Yamanishi a su esposo.

Este asintió con la cabeza.

—Completamente de acuerdo. Lo único que habríamos hecho es ir dando tumbos de un lado para otro.

Haruko le dirigió una mirada amable a Fuyuki.

—Entonces, ustedes dos son hermanos, ¿verdad? ¿Y usted también es policía?

—Así es. Aunque mi hermano es de la Nacional y yo solo de la Local.

Haruko negó con la cabeza en clara indicación de que esos detalles carecían de importancia.

—No sé lo que ha ocurrido, pero yo me siento muy afortunada de poder contar con dos policías aquí. Los viejos siempre somos un estorbo, pero le ruego que nos permita seguir contando con su inestimable ayuda.

—Lo mismo digo —dijo Fuyuki bajando la cabeza para hacer una reverencia.

En una mesa de un rincón, Komine manipulaba un ordenador portátil. Fuyuki se acercó a él.

—¿Qué estás haciendo?

—Busco en internet. A ver si hay alguna información sobre el terremoto de ahora.

—¿Y hay algo?

Komine negó con la cabeza sin apartar la mirada de la pantalla.

—Nada. Y no solo eso, sino que toda la información sigue sin actualizarse. He probado a escribir uno tras otro en diversos foros, pero no hay ninguna respuesta. Es como si todas las personas del mundo con acceso a internet hubieran desaparecido.

—Claro, como que realmente han desaparecido, ¿no? —ironizó Asuka—. Si tampoco hay gente en las calles, ni en los vehículos... Para mí lo raro sería que fueran a quedarse solo los usuarios de internet.

—Bueno, pero también hay gente que no ha desaparecido, como tú y yo —repuso Fuyuki—. Esas personas tal vez intenten acceder a internet, como está haciendo ahora Komine.

—Es posible que haya gente que lo esté intentando —dijo Komine, que seguía visitando diversas páginas web—. Lo que ocurre es que, de haberlos, seguro que serán poquísimos, por lo que las probabilidades de que se den cuenta del rastro que dejamos en la red o de que nosotros percibamos su existencia son extremadamente bajas. Tal vez más bajas que las que tendrían de encontrarse por casualidad, en medio de la jungla amazónica y en plena noche, dos personas que se hubieran perdido en ella.

—Para que luego digan que el uso de internet resulta muy útil en los casos de catástrofes naturales... —murmuró Fuyuki.

—Al fin y al cabo, internet está formada por personas, no por ordenadores. Si los usuarios son muchos, la gente de todo el mundo puede compartir su información. Sin usuarios, internet no es más que una red de cables.

—Bueno, de todos modos, ¿te importa seguir intentándolo?

—Pensaba hacerlo en cualquier caso. Tampoco tengo otra cosa mejor que hacer... —respondió Komine con tono de resignación.

Shigeo Yamanishi se puso en pie y se dirigió hacia la puerta.

—¿Adónde va? —le preguntó Fuyuki.

—Al aseo. Por cierto, ¿dónde estaba?

—Antes de llegar a la zona de los tornos de acceso. A mano izquierda.

El anciano dio las gracias y salió del local con paso algo inseguro.

—Esto... —comenzó Nanami tímidamente—. Supongo

que todos estarán preocupados por sus familias, pero... ¿dónde creen que habrán ido a parar los que han desaparecido? —La pregunta no iba dirigida a nadie en particular.

—Si lo supiera, no lo estaría pasando tan mal ahora —murmuró Toda—. ¿Cómo vamos a saber lo que les ha pasado a los que no están, cuando ni siquiera sabemos lo que nos pasa a los que estamos aquí?

—Tiene razón. Lo siento —dijo Nanami con un hilo de voz, al tiempo que agachaba la cabeza.

—¿Por qué te disculpas? Estar preocupado por la familia es lo normal en una situación así —terció Asuka frunciendo los labios.

En medio de aquel incómodo ambiente, apareció Shigeo Yamanishi, que volvía del aseo.

—Parece que el agua no está cortada. Eso me tranquiliza.

En ese momento volvió a producirse un fuerte temblor, aún más potente que el anterior. Se empezó a oír el ruido de cosas cayendo al suelo desde las mesas. Alguien gritó. Fuyuki se aferró a la columna que tenía a su lado y miró hacia el techo. Las lámparas oscilaban con fuerza. Duró unos diez segundos. Finalizado el temblor, Fuyuki seguía con el sentido del equilibrio alterado. Se separó de la columna y sacudió la cabeza. Los pies no le respondían del todo.

—Oh, esto es terrible... —gimió Emiko.

Cuando Fuyuki la miró, vio que Shigeo Yamanishi estaba tirado en el suelo en un rincón del local. A su lado, en cuclillas, se encontraba también Emiko.

—Cariño... —dijo Haruko Yamanishi poniéndose en pie.

Fuyuki también se aproximó a él a toda prisa.

Shigeo Yamanishi tenía el gesto descompuesto. Llevaba el pantalón manchado de sangre a la altura de la rodilla. Bajo sus piernas había una lámpara de pie caída cuya tulipa de cristal estaba rota. Al parecer, Shigeo se había caído encima de ella y los fragmentos de vidrio se le habían clavado en la rodilla.

—Vamos a quitarle el pantalón —dijo Fuyuki.

Cuando ya le estaba despojando de la prenda con la ayuda de Haruko, oyó una voz a su espalda.

—Pero ¿qué estáis haciendo?

No necesitó darse la vuelta para saber quién era.

—Tenemos un herido. El señor Yamanishi.

—¿Cómo? —dijo Seiya aproximándose—. ¿Cómo es posible?

—Lo siento mucho. Es que durante el temblor he trastabillado y... —dijo con tono avergonzado Shigeo Yamanishi alzando su mirada hacia Seiya—. Pero no os preocupéis. No ha sido gran cosa.

—Pues la herida parece bastante profunda. Eso hay que curarlo bien o acabará mal —dijo Seiya, y llamó a Nanami Tomita—. Nanami, esto es cosa tuya. Ocúpate tú, por favor.

Al oír las palabras de su hermano, Fuyuki recordó que Nanami era enfermera. Ella se levantó de su silla y se aproximó a Shigeo.

—Es que no tengo nada... Si al menos hubiera por aquí algún antiséptico...

—Hay una farmacia aquí al lado —dijo Asuka—. ¿Qué más necesitas? Yo voy a buscarlo.

—De momento gasas y vendas. Y también unas pinzas y... —Nanami se puso en pie—. Ya voy yo. Será más rápido.

—Hazlo, por favor. Y nosotros, ¿qué podemos hacer mientras tanto? —preguntó Seiya.

—Lo mejor es no moverlo. Y no tocarle la herida.

—Entendido.

—Yo también voy —dijo Taichi siguiendo a Nanami.

Tras acompañarlos con la mirada, Seiya la dirigió hacia Fuyuki con gesto de desaprobación.

—Pero ¿no te dije que te hicieras cargo de todo y tuvieras mucho cuidado con las réplicas? ¿Se puede saber qué estabas haciendo?

—¿Y qué querías que hiciera? ¿Que no lo dejara ir al baño?

—Me refiero a qué hacías durante el temblor. ¿Viste al menos a este hombre de pie y no le advertiste que se resguardara?

—Bueno... no. Eso no lo hice. Pero es que no pensé que iba a ocurrir algo así.

Seiya resopló.

—Hay que estar siempre pendiente ante las situaciones de peligro que se puedan producir. Es el abecé de la prevención de riesgos...

Como no encontraba palabras para replicar a su hermano, Fuyuki decidió permanecer en silencio.

—Señor Kuga. Porque se llama usted así, ¿verdad? Por favor, no reprenda a su hermano. La culpa ha sido mía —terció Shigeo Yamanishi con una mueca de dolor—. No soy ningún niño, así que ya debería haber tenido en cuenta que, en estos casos, suelen producirse réplicas. Me lo tengo bien merecido.

—Exacto. Así que, por favor, dejen de discutir entre hermanos —terció Haruko Yamanishi con una sonrisa.

Nanami ya estaba de vuelta. Extrajo los fragmentos de vidrio de la herida, la desinfectó y, tras aplicarle una pomada antiséptica, la cubrió con gasas y la vendó.

—Creo que con esto valdrá por ahora.

—¡Uf! De buena me he librado. Muchas gracias por su ayuda. ¡Qué suerte que hubiera una enfermera aquí! —dijo Shigeo Yamanishi con gesto de satisfacción.

—Por cierto, ¿y el gordito? —preguntó Seiya a Nanami.

—Ha dicho que iba a buscar algo de comer y...

—Menudo tío... Pero ¿ya vuelve a tener hambre? —no pudo evitar murmurar Fuyuki.

Al poco tiempo regresó Taichi, con el rostro sudoroso. Venía jadeando y daba la impresión de que había corrido.

—¡Esto es grave! ¡Sale humo!

—¿De dónde? —preguntó Seiya.

—De por allá —dijo Taichi señalando con el dedo.

Al ver que Seiya salía del local, Fuyuki también lo siguió. Una vez fuera, dirigieron sus miradas hacia donde indicaba Taichi para comprobar que, en efecto, en la parte del fondo de la galería subterránea se apreciaba una especie de bruma. Era todavía bastante tenue, pero el olor a quemado llegaba claramente hasta ellos.

—Parece un incendio —dijo Seiya—. Es probable que los sistemas de extinción estén averiados.

—¡Tenemos que apagarlo cuanto antes!

Seiya contuvo a su hermano, que ya se encaminaba hacia el humo, sujetándolo del brazo.

—¡Espera! ¿Cómo se te ocurre acercarte así, a lo loco, a un incendio sin siquiera conocer su magnitud?

—Pero es que, si lo dejamos, puede que al final el fuego llegue hasta aquí.

—Lo prioritario es la seguridad de todos. Hay que salir de aquí antes de que esto se llene de humo —repuso Seiya antes de ordenar a todos—: ¡Salimos de las galerías subterráneas! ¡Deprisa!

Como activados por un resorte, Toda y Komine fueron los primeros en salir. La madre y su hija les siguieron. Tras ellos iba Shigeo Yamanishi, apoyándose en Nanami y Asuka.

—¡Hay que ver! Está claro que hay gente a la que le da igual lo que les pase a los demás —murmuró Asuka fulminando con la mirada a Toda y Komine.

—Deja, ya me pongo yo —dijo Fuyuki sustituyendo a Asuka para que el anciano pudiera apoyarse en su hombro.

—No, no hace falta. Puedo caminar solo.

—Sobra la urbanidad. Hay que darse prisa —dijo Seiya cargando a Mio a sus espaldas—. Diríjanse todos hacia Nihonbashi. Sin paradas ni desvíos.

Los once echaron a andar hacia Nihonbashi por las galerías subterráneas. La densidad del humo había aumentado a ojos vistas.

—¡Líder! ¿No sería mejor que nos aseguráramos ya la comida? —preguntó Taichi a voz en grito. Se había parado frente a una tienda de *bento*. En ella había un cartel promocionando especialidades regionales de todo el país y un expositor sobre el que habían dispuesto cajas de *bento* de distintas variedades.

—No te cargues ahora de peso sin necesidad —respondió Seiya—. Cuando salgamos a la calle, seguro que encontraremos varias tiendas veinticuatro horas. Lo prioritario ahora es escapar de aquí.

Taichi no ocultó su decepción al ver rechazada su petición.

—Mira que dejar esto por un *bento* de una cadena de veinticuatro horas...

Al llegar a Nihonbashi salieron al exterior. Había varios edificios ardiendo. Gracias a ello podían ver bien el entorno a pesar de que ya era de noche. La lluvia había cesado, pero en su lugar soplaba un cálido viento.

Una vez en la avenida Chuo-dori, miraron hacia Ginza. Un denso humo lo ensombrecía todo. Tal vez se debía a que, al ser una zona con muchos establecimientos de hostelería, los incendios allí se reproducían con más facilidad.

—¿Hacia dónde nos dirigimos? —preguntó Fuyuki a Seiya, que ya había reanudado la marcha.

—De momento vamos a buscar un sitio donde podamos descansar. Un hotel no estaría mal, pero preferiría un bloque de apartamentos. Suelen estar mejor abastecidos de artículos de primera necesidad.

Orientada hacia la calle, había una tienda con una exposición de ofimática. Debían de estar remodelándola, porque había una lona azul extendida sobre el suelo y, en ella, una escalera plegable que se había caído. Al llegar allí, Seiya se detuvo y se agachó para recoger algo. Era un destornillador eléctrico. Tras comprobar que funcionaba, siguió caminando.

Nadie hablaba. Sin duda, todos pensaban en lo insólito de aquella situación. Pero, al igual que le ocurría Fuyuki, ninguno conseguía descifrarla. Estaban desconcertados y sin saber qué hacer.

Habrían caminado durante unos veinte minutos cuando Seiya se detuvo y alzó la mirada hacia un edificio. Parecía un bloque de apartamentos. En su planta baja había una tienda 24 horas.

—Parece que por esta zona no hay incendios. Y la luz sigue funcionando. Acamparemos aquí, al menos esta noche.

—Ya puestos, podríamos haber elegido un bloque de apartamentos más lujoso, ¿no? A fin de cuentas, nadie nos va a detener por allanamiento de morada, así que... —sugirió Toda.

—Los apartamentos de lujo suelen estar equipados con sistemas avanzados de seguridad y es muy probable que las llaves de acceso también sean especiales, así que entrar y ocuparlos resulta bastante complicado. Si por casualidad encontráramos alguno abierto, la cosa cambiaría. Pero es más lógico elegir uno cuya cerradura sea fácil de forzar, antes que intentar encontrar uno de lujo abierto.

La argumentación de Seiya debió de parecerle razonable a Toda, porque, aunque puso cara avinagrada, no discutió.

Efectivamente, el bloque de apartamentos que había elegido Seiya no estaba dotado de cierre automático, por lo que acceder a su interior no resultó difícil.

Considerando la posibilidad de que el ascensor dejara de funcionar, decidieron alojarse en la segunda planta. Sirviéndose del destornillador eléctrico, Seiya hizo un agujero bajo la cerradura de una puerta y luego la abrió introduciendo un alambre doblado.

Seiya entró el primero y Fuyuki lo siguió. El apartamento

tenía una sala-comedor-cocina y dos dormitorios. Debía de vivir en él una pareja joven, porque sobre la cómoda había una foto de su boda. Se trataba de una novia menuda y un novio de constitución fuerte. ¿Dónde estarían ahora?

—Esto se queda pequeño para diez personas. Usaremos también el apartamento de al lado. Venid otros cinco conmigo —ordenó Seiya saliendo al pasillo con el destornillador en la mano.

Nanami, el matrimonio Yamanishi, Emiko y su hija le siguieron.

Toda se sentó en el sofá y encendió un cigarrillo. Taichi se acercó a la cocina.

—Eh, un momento, aquí no puede fumar —dijo desafiante Asuka mientras abría la puerta de cristal del balcón.

—¿Y quién eres tú para prohibirlo?

—Es que aquí el único que fuma es usted. Ganamos los demás por mayoría.

Toda resopló con fuerza y dejó caer la ceniza del cigarrillo al suelo.

—Pero ¿qué hace? —le recriminó Asuka lanzándole una mirada de cólera.

En ese preciso momento, se oyó algo parecido al maullido de un gato.

8

Por un instante, todos se quedaron inmóviles y en silencio. De ello dedujo Fuyuki que lo que le había parecido oír no era producto de su imaginación. Sin embargo, ya no se oía.

—Esto... —empezó Taichi.

—¡Un momento! —lo interrumpió Asuka llevándose el dedo índice a los labios para pedir silencio.

Solo se oía el sonido del viento. Pero, mezclado con él, a Fuyuki le pareció escuchar también una especie de llanto débil. ¿Sería un gato? No, no daba esa impresión. De repente, su mirada y la de Asuka se cruzaron.

—¡Es un bebé!

Fuyuki salió al balcón y Asuka lo siguió. Ambos miraron hacia el exterior, asomados desde la barandilla.

—Creo que no está muy lejos —dijo Asuka.

—Ya.

Aguzaron el oído, pero de nuevo no se oía nada.

—¿Qué pasa? —preguntó alguien desde el apartamento contiguo. Era Nanami, que asomaba su rostro por el panel que dividía ambos balcones. Al parecer, también habían podido ocupar el apartamento vecino sin problemas.

—Ah, Nanami, ¿qué tal está ese apartamento? —le preguntó Taichi asomando también la cara.

—Pues supongo que debe de tener la misma distribución que ese.

—Es posible. No sé si pasarme yo también al vuestro...
—¿Podéis callaros un momento?

En cuanto Asuka dijo esa frase, volvió a oírse el llanto. Pero esta vez sí pudieron determinar de dónde venía: del otro apartamento contiguo.

Fuyuki se desplazó hasta el otro extremo del balcón y se asomó por encima de la barandilla para ver algo de su interior.

—¿Y bien? —le preguntó Asuka.
—No se ve nada. Hay que entrar para comprobarlo —respondió Fuyuki y, acto seguido, se dirigió a Nanami, que estaba en el apartamento vecino del otro extremo—. Dile a mi hermano que venga a abrirnos el otro apartamento colindante. Hay un bebé en él.

—¿Un bebé? —repitió Nanami poniendo los ojos como platos.

Fuyuki se dirigió a toda prisa hacia la entrada del apartamento. Asuka fue tras él.

Nada más salir al pasillo, se abrió la puerta del apartamento de al lado y apareció Seiya destornillador en mano.

—¿Qué es eso de que hay un bebé?
—Estamos casi seguros. Es en este apartamento.

Seiya se arrodilló ante la puerta que le había indicado Fuyuki y, al igual que antes, aplicó la punta del destornillador a la base de la cerradura. Una vez abierta, Asuka se coló de un salto para entrar la primera. Fuyuki la siguió.

El apartamento solo contaba con una cocina-comedor y un dormitorio. El llanto provenía de este. Asuka abrió la puerta corredera.

Al ver que se quedaba inmóvil sin hacer nada, Fuyuki se dirigió a ella.

—¿Qué pasa?

Cuando dirigió la mirada hacia el interior de la habitación, pudo ver una toalla gruesa extendida en el centro y un bebé tendido encima de ella. Llevaba puesto un mono blanco y tenía unos ojos enormes. Sus mejillas blancas se sonrojaban con el llanto.

En algún momento Nanami se había unido a ellos, porque ahora estaba también allí. Se aproximó al bebé y, tras mirar a su alrededor como si lo inspeccionara, lo tomó cuidadosamente en sus brazos.

—Está un poco delgado, pero es un bebé sano. Creo que tiene unos tres meses.

—¿Niña? —preguntó Asuka.

Nanami le desabrocho un poco la entrepierna del mono y sonrió.

—Niño.

Seiya entró en el dormitorio y, antes de mirar al niño, observó la habitación.

—Todo parece en orden. ¿Por qué se habrá quedado únicamente el niño?

—Es absurdo preguntarse eso —dijo Fuyuki—. Si ni siquiera sabemos por qué nos hemos quedado nosotros...

Seiya frunció el ceño con aire molesto, pero enseguida asintió levemente con la cabeza.

—En eso no te falta razón.

Poco después se reunieron todos cerca de la puerta de la habitación.

—Bueno... —comenzó Komine—. ¿Qué vamos a hacer con el bebé?

—Pues no hay muchas opciones —contestó Seiya—. No pretenderás que lo abandonemos aquí tal cual, ¿no?

—No, claro. No es eso, pero... —repuso Komine rascándose la cabeza.

El niño empezó a berrear. Nanami intentó sosegarlo, pero el llanto no cesaba.

—Parece que tiene hambre —dijo Emiko—. ¿Habrá algo de leche por aquí? —añadió mientras iba a la cocina.

—Tal vez lo mejor sea dejar que se ocupen de esto una madre en activo y una enfermera profesional.

—Con tanta gente por aquí no hacemos más que estorbar. El resto volvamos a los otros apartamentos.

Los otros apartamentos en cuestión eran los números 203 y 204. El del bebé era el 202. Nanami, Emiko y Mio se quedaron en él mientras los demás se reunían en el salón-comedor del 203.

—Debemos deliberar acerca de qué vamos a hacer mañana —dijo Seiya mirando a todos—. No sabemos qué ha pasado, pero es evidente que toda la gente de nuestro entorno ha desaparecido. Puede ser que, al igual que ha ocurrido con el bebé, si seguimos buscando, aparezca algún superviviente más. Pero, en mi opinión, antes que buscar a otros, debemos pensar en cómo sobrevivir nosotros. Por ahora funciona la electricidad, pero dejará de hacerlo en algún momento. Y lo mismo cabe decir del gas y el agua corriente. Debemos pensar qué haremos cuando llegue ese momento.

—Nos quedaremos sin luz... —murmuró Asuka alzando su mirada hacia la lámpara del techo—. O, mejor dicho, ¿cómo es que aún no nos hemos quedado sin ella? La gente que trabaja en las compañías eléctricas también habrá desaparecido, ¿no?

—Eso es porque la práctica totalidad de los sistemas de generación y transmisión de energía eléctrica son automáticos —respondió Komine—. Mientras no se agote el combustible, la energía se sigue suministrando. Eso sí, si se produce un accidente, nadie sabe qué puede pasar.

—Como todos sabemos, se han producido accidentes por todas partes —dijo Seiya—. Supongo que no serán pocos los lugares que se hayan quedado sin electricidad. De hecho, tampoco sabemos hasta cuándo podremos disfrutar de ella aquí. Es mejor hacerse a la idea de que pronto dejará de haber electricidad en todas partes.

—Y es importante asegurar la comida —intervino Taichi.

Seiya asintió con una ligera sonrisa.

—Sí, garantizar el sustento es muy importante. Al menos hay que saber de antemano dónde y cuánto podemos encontrar.

—¿De momento vamos a quedarnos aquí? —preguntó Fuyuki.

—Esa sería mi intención —asintió Seiya mirando al resto de los presentes—. No sé si este es el lugar idóneo para quedarse. Tal vez haya otros mejores. Pero acabamos de encontrar a un bebé y tenemos a un herido. No va a ser fácil trasladarnos todos juntos. En todo caso, lo más importante ahora es conseguir un entorno donde sobrevivir de manera segura.

Shigeo Yamanishi, que estaba sentado en una silla de la cocina, se llevó la mano a la rodilla herida y bajó la mirada apesadumbrado.

—¿Puedo preguntar algo? —terció Toda, sentado en el sofá, levantando la mano.

—Adelante.

—Dejando esta noche aparte, ¿de ahora en adelante vamos a actuar todos siguiendo tus órdenes?

Seiya esbozó una media sonrisa.

—Solo me he limitado a asumir el papel de coordinador porque me siento responsable al haber emitido el mensaje de radio. Pero si alguien quiere hacerlo por mí, por supuesto, le cedo el puesto encantado.

—¿Y por qué no puede ser Kuga nuestro líder? ¿Tienes algún problema? —dijo Asuka dirigiendo a Toda una mirada de reproche.

—Yo no pretendo asumir el papel de líder —dijo Seiya mirando a Toda—. Y tampoco me parece que esté dando órdenes a nadie. Me he limitado a decir mi opinión y querría saber qué piensa el resto. Si alguien tiene alguna idea mejor, adelante.

—No sé si es una idea mejor o no, pero hay algo que debemos hacer antes que asegurar la comida y todo eso.

—¿A qué se refiere?

—A pedir ayuda.

—¿Ayuda...? —repitió Seiya, desconcertado.

Toda asintió con la cabeza y continuó.

—Soy una persona muy realista. Siempre intento pensar en todo del modo más lógico posible.

—Yo también.

—Tal como dices, parece que todo el mundo, a excepción de nosotros, ha desaparecido. Pero yo creo que simplemente se han ido de aquí y se encuentran en otro lugar. En tal caso, tal vez lo prioritario sea encontrar ese lugar.

—Pero solo japoneses hay más de cien millones. ¿Quiere decir que semejante cantidad de gente se ha trasladado a otro lugar de manera instantánea?

—Es más realista que pensar que han desaparecido, ¿no?

—No se me había ocurrido... —murmuró Asuka en voz baja.

Toda le lanzó una mirada de reproche antes de proseguir.

—Además, no tenemos ni idea de cómo está la situación en otros sitios. Puede que simplemente creamos que todo el mundo ha desaparecido solo porque hemos visto que eso es lo que ha ocurrido en Tokio. Pero también es posible que en otras zonas no haya pasado nada.

—En tal caso, ¿por qué no iba a hacer nada el Gobierno? Eso supondría que, a pesar de conocer la situación, no habría tomado ninguna medida.

—Yo tampoco lo sé. Solo creo que deberíamos buscar el lugar donde se encuentra la gente. Porque en algún sitio tienen que estar.

—¿Y concretamente cómo los buscaríamos?

—Supongo que la única forma es dividirnos. Los medios

de transporte están inutilizados, así que tendríamos que dar vueltas por ahí en bicicleta.

Seiya se limitó a mirar al resto.

—¿Y los demás, qué opináis? ¿Estáis de acuerdo con lo que propone Toda?

Nadie respondió. Seiya volvió los ojos hacia Fuyuki.

—¿Y a ti, qué te parece?

—Pues yo... creo que eso no serviría de nada. Y tú también piensas lo mismo, ¿no?

—¡¿Cómo que no serviría de nada?! ¡Eso no lo sabemos! —bramó Toda.

—Es que, a juzgar por la situación, está bastante claro. Aquí solo estamos nosotros. El resto de la gente no está en ninguna parte —repuso Fuyuki. Hizo una pausa para respirar y continuó—. No sé lo que ha ocurrido, pero somos los únicos que nos hemos librado. Tal vez el resto de la gente no siga en este mundo. Tal vez hayan muerto.

Los rostros de todos se quedaron petrificados, pero su estupefacción no se debía a lo que acababan de oír. Fuyuki estaba convencido de que todos lo tenían en mente, pero ninguno de ellos se atrevía a mencionarlo.

Seiya oyó el sonido de algo cayendo detrás de él. Al girarse, vio que Nanami se encontraba allí, de pie. Tras ella estaban Mio y Emiko, que llevaba al bebé en brazos. A los pies de Nanami había un biberón. Seiya se agachó y lo recogió.

—¿Qué tal está el bebé?

Como Nanami no contestó, lo hizo Emiko.

—Está sano. Muy sano. Ha bebido un montón de leche.

—Bien. ¿Y no sabéis cómo se llama?

—Pues parece que se llama Yuto. Hemos visto su cartilla médica con la revisión de los tres meses. Su nombre se escribe con los caracteres de «hombre» y «valeroso».

—Así que Yuto, ¿eh? ¡Qué nombre más majo! —dijo Seiya entornando los ojos para mirar al bebé, que en ese momento dormía en brazos de Emiko. Luego volvió a dirigir la mirada a todos los presentes—. De momento no tenemos idea ni de lo que ha ocurrido, ni de lo que puede ocurrir de ahora en adelante, así que lo mejor será no sacar conclusiones precipitadas. Creo que lo que plantea Toda también tiene su lógica, así que mañana, si la situación lo permite, podríamos salir unos cuantos a explorar por ahí. Los que se queden, pueden ocuparse de mantener este entorno lo más habitable posible. ¿Qué os parece?

Nadie opinó en contra. Toda también pareció satisfecho.

Despacharon la cena a base de *bento* de tienda 24 horas y decidieron descansar por la noche. Los cinco hombres, es decir, todos menos Shigeo Yamanishi, se quedaron en el apartamento 203. El matrimonio Yamanishi, Asuka y Nanami se alojaron en el 204, mientras que Emiko, su hija y el bebé lo hicieron en el 202.

Toda encontró una botella de brandi en alguna parte y se puso a beber a sorbitos acompañado por Komine. Taichi leía un manga que se había traído de la tienda, mientras daba cuenta de unas patatas fritas.

Fuyuki entró en la habitación de al lado. Allí había una librería, un tocador, un escritorio y otros muebles que, al parecer, compartían los miembros de la pareja que vivía en el apartamento. Sobre el tocador había un frasco abierto, un cepillo y otras cosas. Daba la impresión de que los acababan de usar.

—¿Qué estás haciendo? —dijo una voz a su espalda. Seiya estaba de pie en el umbral.

—Mira esto —dijo Fuyuki señalando el tocador—. La mujer que vivía aquí desapareció justo cuando se estaba maquillando.

Tras observar el tocador, Seiya sacudió levemente la cabeza.

—Ya te lo he dicho antes: no saques conclusiones precipitadas.

—Ya, pero... —Fuyuki pretendía replicar a su hermano, pero llamaron al timbre.

Ambos fueron al recibidor y, al abrir la puerta, se encontraron a Asuka. Llevaba un chándal que debía de haber encontrado en alguna parte.

—¿Qué ocurre? —le preguntó Fuyuki.

—Nanami no está. Ha desaparecido en algún momento.

Seiya, que oyó la conversación desde detrás de Fuyuki, atravesó la habitación y salió rápidamente al balcón. Fuyuki fue tras él.

—¿Eh? ¿Qué pasa? —dijo Toda, desconcertado.

Seiya y Fuyuki escudriñaron la calle. Todavía había humo saliendo de todas partes. Vieron una bicicleta circulando por la acera.

—¡Ahí está! Si no la seguimos ahora... —dijo Fuyuki.

—Espera. Ya voy yo. Tú quédate y hazte cargo de toda esta gente, ¿vale? —repuso Seiya, saliendo hacia el recibidor.

9

Una vez en el exterior, Seiya echó un rápido vistazo a todo el entorno. Como había varias bicicletas tiradas por el suelo, no tuvo problemas para escoger una. Pero, justo cuando se disponía a montar en ella, algo llamó su atención. Allí, a unos diez metros de distancia, había también una moto tumbada.

Se aproximó y observó el carenado. Era una Kawasaki de 250 cc. No parecía perder aceite ni gasolina. Viendo que llevaba las llaves puestas, supuso que su conductor, al igual que los de los vehículos de cuatro ruedas, también se había esfumado de repente. Por fortuna, eso debía de haber ocurrido mientras esperaba a que se pusiera verde el semáforo. Su motor seguramente se había parado nada más caerse. Y le quedaba bastante gasolina.

Tras enderezarla y montar en ella, sintió una extraña sensación de malestar. Notó como si le faltara una parte del asiento, justo allí donde debía apoyar el trasero y los muslos. No es que el asiento estuviera aplanado o desgastado, sino más bien como si nunca hubiera existido. Y otro tanto podía decirse del manillar. Al posar su mano sobre el puño del acelerador, notó que estaba deformado como por una huella de agarre. Es cierto que, si se usan mucho, los puños de las motos se acaban desgastando, pero estaba claro que esto era algo distinto.

Con esa sensación de extrañeza, arrancó el motor. Se sentía incómodo, pero, como tampoco vio nada anormal, decidió iniciar la marcha. Al estar bloqueada la calzada por los numerosos vehículos accidentados, tuvo que subir la moto a la misma acera por la que Nanami se acababa de ir con la bicicleta.

Pero eso tampoco resultaba fácil, ya que debido a los accidentes y al terremoto, la acera también estaba sembrada de innumerables obstáculos. Había carteles de tiendas caídos, bicicletas tumbadas, etc. Por supuesto, había también automóviles que, privados de sus conductores, habían terminado empotrados contra locales y comercios.

Seiya persiguió a Nanami esquivando obstáculos y, en ocasiones, teniendo que descender de la moto para apartarlos a mano. Aunque, por una parte, se sentía intranquilo al no saber si conseguiría darle alcance de ese modo, por otra se animaba al imaginar que también ella debía de estar pasando por lo mismo para poder avanzar.

Enseguida comprobó que su suposición era acertada. Allí, iluminada por el faro de la moto, se veía ya la figura de Nanami de espaldas. En ese momento, ella estaba intentando superar algún obstáculo empujando su bicicleta.

Entonces él se detuvo. Al parecer, Nanami había oído el sonido de la moto. Se volvió hacia Seiya y se quedó inmóvil, desconcertada.

Seiya se aproximó lentamente. El edificio de al lado estaba derruido y la acera estaba bloqueada por los escombros. La calzada también estaba atestada de coches y camiones accidentados. No había ni un hueco por el que pasar.

—Me temo que pasar por ahí con la bici te va a resultar difícil —dijo Seiya acercándose a ella tras descender de la moto.

—¿Por qué? —repuso Nanami con lágrimas en los ojos.

—¿Cómo que por qué?

—¿Que por qué me has seguido? Déjame en paz...

—Pero ¿cómo voy a hacer eso? Tú tampoco quisiste dejar abandonado al bebé, ¿no?

—Esto es distinto. Yo actúo por mi propia voluntad.

—En tal caso, dime al menos adónde quieres ir. Los otros están preocupados, ¿sabes?

Nanami agachó la cabeza sin soltar el manillar.

—Quiero ver cómo está el hospital.

—¿El hospital? ¿Te refieres a tu lugar de trabajo?

Ella asintió con la cabeza.

—Quiero saber qué pasó allí. Con el montón de pacientes que había ingresados...

—Ellos también habrán desaparecido. Es lo único que cabe pensar.

—Pero ¿por qué? —Miró fijamente a Seiya con ojos serios. Luego hizo un gesto de negación sacudiendo débilmente la cabeza—. Tú tampoco lo sabes. Lo siento.

—En algún momento encontraremos la respuesta. Pero ahora lo más importante no es eso. Ahora lo principal es sobrevivir. Y actuar en solitario es peligroso. Por favor, sigue con nosotros.

A pesar de los esfuerzos de Seiya, Nanami no cedió.

—No te preocupes por mí. Déjame ir al hospital.

—Seguramente allí no habrá nadie. Y aunque hubiera algún superviviente, como nosotros, no se iba a quedar en el hospital.

—Aun así... aun así, quiero ir.

—Pero ¿para qué?

Nanami se mordió los labios y volvió a bajar la mirada.

—¿Tengo que contarte también eso?

Al verla tan abatida, Seiya se arrepintió de haber forzado ese interrogatorio. Era consciente de que no tenía derecho a coartar su libertad de movimientos ni a entrometerse en su intimidad.

—De acuerdo. Entonces te acompaño —dijo. Nanami alzó

el rostro con gesto de sorpresa—. Iidabashi no está muy lejos de aquí, pero ir en bicicleta resultaría muy duro. Además, se nota que no te sabes bien el camino. Lo digo porque, si supieras ir, te habrías desviado por calles secundarias que tienen menos obstáculos que esquivar, en lugar de estar atascada en esta zona. ¿Me equivoco?

Ella negó con la cabeza.

—No quiero causarte más problemas.

—Nos causa más problema que desaparezcas sin avisar. Todos están preocupados, así que iremos y volveremos rápidamente —dijo Seiya volviendo a montarse en la moto—. Sube.

Los labios de Nanami se movieron intentando esbozar un «pero».

Seiya la apremió con una sonrisa.

—Venga, vámonos ya.

Nanami asintió resignada y soltó las manos del manillar de la bicicleta. Se aproximó a la moto y se sentó detrás de Seiya.

—Agárrate fuerte a mí. El pavimento está muy deteriorado, así que pasaremos por muchos baches.

Nanami musitó un «sí» y luego rodeó el cuerpo de Seiya con sus brazos. Tras comprobar que estaba bien agarrada, él puso en marcha el motor.

Seiya condujo la moto escogiendo las calles con menos obstáculos. Afortunadamente, en la mayoría todavía lucían encendidas las farolas del alumbrado público. Transcurridos unos veinte minutos desde que iniciaran la marcha, llegaron al campus de la Universidad de Teito. El edificio del hospital no parecía haber sufrido ningún daño significativo. Desde el exterior se veía luz en algunas ventanas.

—Está como si realmente no hubiera pasado nada —comentó Nanami al bajar de la moto—. Por las noches el hospital siempre tiene este aspecto. A no ser que traigan a algún paciente a urgencias, todo está en calma.

—¿Entramos? —propuso Seiya avanzando hacia la puerta principal.

Ambos atravesaron la puerta cristalera. Aunque la zona estaba en penumbra, había algunas luces encendidas. Ni en la zona de espera ni tras el mostrador de recepción había nadie. Frente al mostrador de información había una silla de ruedas abandonada; en su asiento tenía un cojín desgastado por el uso y de su respaldo colgaba un bastón.

—Se diría que alguien ha estado sentado en ella hasta ahora mismo —dijo Nanami mirándola.

—¿Dónde está tu puesto de trabajo? —preguntó Seiya.

—En el área de enfermería de la tercera planta. Subiré un momento.

—De acuerdo, pero mejor no utilices el ascensor.

Nanami contestó con un simple «lo sé» y se alejó hacia las escaleras.

Seiya escudriñó visualmente el lugar. Tal como había dicho Nanami, los indicios de presencia humana reciente eran patentes y se veían por todas partes. En el mostrador de recepción había una solicitud de prueba diagnóstica a medio rellenar. A su lado se veía un bolígrafo. Seiya lo cogió y ladeó extrañado la cabeza. El bolígrafo estaba ligeramente deformado, pero no porque hubiera sufrido algún tipo de presión física. Era más bien como si le faltaran partes desde siempre. Probó a cambiarlo de posición y cogerlo de diversas formas. Al poco tiempo lo comprendió: las partes faltantes eran precisamente las que entraban en contacto con la mano al cogerlo para escribir. Lo mismo le había ocurrido antes con el asiento de la moto.

Se acercó a la silla de ruedas abandonada y cogió el cojín. Al hacerlo, comprobó que tenía una especie de hueco en el centro, justo en la zona donde contactaba el trasero al sentarse. Pero no era solo el cojín. Otro tanto le ocurría al respaldo de la silla: era como si le hubiesen extraído limpiamente la parte sobre la que se apoyaba la espalda. Siguió examinando el respaldo hasta que, de repente, se le ocurrió algo. Inmediatamente se dirigió hacia la escalera.

A partir de la segunda planta estaban las habitaciones de los enfermos. Avanzó por el pasillo y entró en la primera. Era una habitación para seis pacientes, con las camas separadas por cortinas. Se acercó a una de las camas. Por supuesto, estaba vacía. Pero, al quitar el edredón, comprobó que también allí pasaba algo extraño. Había una especie de agujero en las sábanas. Su forma parecía la de una persona tumbada. La cama estaba deformada con la misma silueta. Y al interior del edredón también parecía faltarle una parte.

Seiya repitió la operación en otras camas y constató que con todas pasaba más o menos lo mismo. Solo encontró una en que ello no ocurría, pero curiosamente era la única que tenía el edredón abierto. A buen seguro, se debía a que su ocupante había ido al baño u otro sitio en ese momento.

Con todo esto, Seiya acabó de convencerse: lo que había desaparecido no eran solo las personas y los animales. También se había desvanecido la materia con que estos estaban en contacto en el momento de la desaparición. Por supuesto, no tenía ni la menor idea de por qué había ocurrido eso. Lo único que podía afirmar sin temor a equivocarse era que el resto de la gente había «desaparecido» literalmente. No es que se hubieran ido a otro sitio por propia voluntad. Aquello había sido algo fulminante.

Tampoco conocía el alcance de aquel fenómeno paranormal. Pero no parecía ser nada a pequeña escala, limitado solo al área de Tokio o de Japón. Si una pequeña variación en el clima ya repercutía en todo el planeta, era impensable que un fenómeno sobrenatural tan potente como aquel fuera solo algo local.

Seiya abandonó el pasillo y subió a la tercera planta.

No se veía a Nanami en el puesto de enfermería. Seiya recorrió el pasillo mirando de habitación en habitación. Recordó que ella estaba preocupada por los pacientes. Pero no se encontraba allí. Tal vez habría vuelto a la planta baja. Pensando que así debía de ser, Seiya se dirigió hacia las escaleras. En ese preciso instante le pareció oír una voz muy tenue, casi imperceptible.

Seiya giró sobre los talones y caminó despacio. Una de las puertas que daba al pasillo estaba entreabierta y dejaba ver la luz de su interior. Una placa ponía CONSULTAS. Al asomarse, vio la silueta de Nanami de espaldas. Estaba de rodillas en el suelo, sollozando. A su lado había un pequeño escritorio y unas sillas.

—Nanami... —la llamó.

Ella dejó de temblar y ladeó la cabeza con gesto ausente.

—¿Qué te pasa? —preguntó Seiya.

La joven respiró hondo varias veces para intentar serenarse.

—No es nada. Lo siento.

Seiya se dio cuenta de que ella llevaba algo en la mano. Al fijarse mejor, comprobó que se trataba de una sandalia marrón.

—¿Qué haces con esa sandalia? —preguntó.

Nanami se mostró dubitativa y luego respondió en voz baja:

—Era de él.

—¿Él?

—Tenía la manía de quitarse una sandalia cuando atendía a los pacientes. La de veces que le dije que era mejor que no hiciera eso, que daba muy mala imagen...

Seiya entró en la habitación. Sobre el escritorio había un historial médico. Lo cogió para echarle un vistazo. No entendió bien el contenido, pero leyó que el médico responsable se llamaba Kazuhiko Matsuzaki. Por fin, se dio cuenta de lo que pasaba.

—¿Esa sandalia era del doctor Matsuzaki?

Nanami asintió con la cabeza. No había duda de que, para ella, Matsuzaki era alguien muy especial. Seiya comprendió entonces por qué tenía tanto interés en venir al hospital. Quería saber qué le había ocurrido a su novio.

—Había un paciente que tenía pancreatitis y la situación era muy grave. Él consideraba que había que informárselo cuanto antes. Creo que se lo estaba explicando en ese momento.

—¿Quieres decir que el doctor desapareció en ese preciso instante?

—No desapareció. Murió —repuso Nanami sollozando—. Tal como dijo tu hermano.

—Pero ¿quién puede afirmar eso? Si ni siquiera sabemos qué es lo que ha ocurrido...

—Pues ya no está en ningún lugar. ¿Acaso no es eso lo mismo que estar muerto?

—A eso... no puedo responderte.

Nanami continuaba aferrada a la sandalia, que apretaba fuertemente contra su pecho. Su espalda volvió a temblar y empezó a sollozar de nuevo.

—Verás, hay algo que quiero pedirte —dijo Seiya—. Ya que hemos venido aquí, me gustaría aprovechar para llevarnos un botiquín de primeros auxilios por si ocurriera algo. Un botiquín que incluya cosas difíciles de encontrar en una farmacia. ¿Podrías ocuparte de prepararlo?

Nanami negó lentamente con la cabeza.

—¿Y de qué iba a servirnos? A fin de cuentas, nosotros tampoco vamos a sobrevivir, ¿no?

—¿Por qué? De hecho, ahora mismo estamos vivos.

—Por ahora sí. Pero no queda nadie más aparte de nosotros y la ciudad se está destruyendo a pasos agigantados. ¿Cómo vamos a conseguir sobrevivir en medio de todo esto?

—Eso no lo sé. Pero sí sé que lo importante ahora es seguir

con vida. Si lo hacemos, estoy seguro de que, tarde o temprano, encontraremos una salida.

—Una salida... —murmuró ella sollozando—. Si él ya no está...

—Colabora con nosotros. Te lo pido por favor —dijo Seiya haciendo una reverencia con la cabeza—. Es demasiado pronto para perder la esperanza. Nadie sabe qué le ha podido pasar a tu novio. Pero tal vez puedas volver a encontrarte con él. Si desapareció de repente, también podría volver a aparecer de repente. No abandones la esperanza, por favor.

—Aparecer de repente... —Nanami se dio la vuelta por fin. El contorno de sus ojos estaba hinchado y enrojecido—. ¿Es eso posible?

—Hay que creer. Es lo único que nos queda —insistió Seiya imprimiendo firmeza a su voz.

10

Fukuyi llamó al móvil de Seiya, pero no daba señal. Probó también a marcar el 110,* en vano. Se asomó al balcón y miró hacia la oscura calle. ¿Habría conseguido Seiya dar con Nanami?

Decidió volver a la habitación y tumbarse en la cama un rato. Justo cuando se disponía a apagar la luz de la mesilla, dirigió su mirada hacia la puerta. Su sobresalto entonces fue mayúsculo. La puerta estaba entreabierta unos diez centímetros y, a través de la rendija, se veía una cara. Era la de Mio.

Fuyuki se incorporó hasta quedar sentado en la cama.

—¿Qué te pasa?

Como siempre, Mio seguía sin articular palabra. Entró en la habitación con aquel rostro inexpresivo y se subió a la cama. Se tapó con la manta y se acurrucó en un ovillo, como un gato.

Fuyuki escudriñó la cara de la niña.

—¿Te ha pasado algo?

Mio parpadeó varias veces y luego cerró sus grandes ojos con fuerza.

Daba la impresión de que su afasia era bastante grave, pero tampoco era de extrañar. En una situación tan inconcebible, hasta un adulto podría perder la cabeza. Era imposible

---

* Número de la policía en Japón, equivalente al 091 en España.

que los sensibles nervios de una niña pequeña aguantaran todo aquello sin más.

Fuyuki la dejó en la cama y salió de la habitación. Cuando se dirigía al recibidor, la puerta se abrió ante él y Emiko asomó su rostro. Estaba lívida y tenía los ojos congestionados.

—Justamente ahora iba a verte —dijo Fuyuki.
—¿Sabes dónde está Mio?
—Sí. Hace un momento se metió en mi habitación y ahora está durmiendo en la cama.
—Vaya —dijo Emiko dejando escapar un suspiro de alivio. Pero, lejos de encaminarse hacia la habitación, se quedó allí de pie, cabizbaja.
—¿Por qué se ha venido la niña aquí? ¿Le ha ocurrido algo?
—No, no es eso... —dijo Emiko, dubitativa. Alzó la vista y continuó—. Disculpa, pero ¿te importaría que esta noche se quedara la niña aquí? Es posible que se sienta más tranquila rodeada de mucha gente.
—Por supuesto que no. Entonces, ¿tú también te vienes a este apartamento?
—No. El de al lado me resulta más cómodo para atender al bebé. Si tienes algún problema con Mio, avísame, por favor.
—De acuerdo. Oye, pero ¿no le decimos nada a la niña?
—No, no hace falta. Creo que esta noche será mejor dejarla tranquila.

Emiko le dio las gracias por hacerse cargo de la niña y salió del apartamento.

Fuyuki ladeó la cabeza, confundido. Le chocaba que, en una situación como aquella, una madre no se sintiera intranquila separándose de su hija.

Echó un vistazo a la estancia. Toda estaba tumbado en el sofá. Encima de la mesa se habían quedado la botella de brandi y las copas. Komine seguía frente a su ordenador. A Taichi no se le veía.

—¿Adónde ha ido Taichi? —preguntó Fuyuki.

Komine alzó la mirada desde la pantalla.

—Ha salido. Dijo que tenía hambre. Ha debido de ir a la tienda de abajo.

—Y tú, ¿qué estás haciendo? ¿Navegando por internet?

—No; estoy con un juego. Internet ha dejado de funcionar hace un rato. Con esto nos hemos quedado ya sin forma de conectar con los demás supervivientes. Aunque, bueno, primero habría que saber si hay alguno... —dijo Komine. Se sirvió un poco de brandi y bebió un sorbo. Luego miró a Toda y esbozó una lánguida sonrisa—. Qué cara de felicidad. Duerme como un bendito. ¿Qué estará pasando ahora por su cabeza? ¿Es que no le preocupa su familia?

—Komine, ¿tú tienes familia?

—Sí, mujer y un hijo. El niño empieza la primaria el mes que viene, así que hoy su madre iba a comprarle el traje para la ceremonia de ingreso. Hacemos este tipo de compras en un centro comercial que hay cerca de casa, pero hoy tal vez hayan ido a la zona de Shinjuku. Seguro que mi mujer también quería comprarse algún vestido... —La voz baja y el tono monocorde con que se expresaba Komine denotaban que se había resignado a no volver a verlos.

Fuyuki sintió el impulso de animarlo y decirle que no perdiera la esperanza, pero se abstuvo. Decirle eso sería una tremenda osadía por su parte.

—Voy a buscar a Taichi.

Bajó por la escalera hasta la planta baja. La luz de la tienda 24 horas que había junto a la entrada del edificio estaba encendida. Pero, por lo que se podía ver desde fuera, no parecía que Taichi estuviese allí.

Entró en el local y lo fue recorriendo con la mirada. Al fondo se oía un sonido como de alguien sorbiendo algo. Provenía de la zona de las estanterías de alimentación. Fuyuki se aproximó.

Taichi estaba sentado en el suelo comiendo un *bento*. Y lloraba mientras lo hacía. Había dejado una caja de pañuelos de papel a su lado y se enjugaba las lágrimas de vez en cuando, sin dejar de comer cerdo empanado a dos carrillos.

—¿Qué haces aquí lloriqueando? —le preguntó Fuyuki.

Taichi colocó el *bento* sobre sus rodillas y se sonó la nariz con un pañuelo.

—Si es que... Todos los alimentos que hay aquí caducan mañana. Si solo fuera cosa de uno o dos días, tampoco sería preocupante, pero... ¿y después? ¿Qué vamos a hacer después? Los alimentos que hay en las demás tiendas y en los supermercados también irán caducando. Una vez que estén todos podridos, ¿qué vamos a comer?

—¿Y por eso lloras?

—Pues sí, ¿qué pasa? ¿Es que está prohibido preocuparse por la alimentación? —repuso Taichi alzando hacia Fuyuki sus ojos irritados por las lágrimas.

—Hombre, no es que esté mal, pero preocuparse ahora por eso tampoco sirve de nada.

—¿Qué dices? ¿Es que no crees que la comida es lo más importante? ¡Si se agota será imposible sobrevivir!

—Ya, pero tampoco va a agotarse ahora mismo. Los alimentos frescos se estropearán, pero también los hay de otros tipos, que pueden aguantar bastante. Ya sabes, enlatados, precocinados y demás.

—Pero tampoco son imperecederos. Llegará un momento en que esos también se agotarán, y entonces ¿qué haremos?

—¿A qué te refieres con...?

Fuyuki dejó su pregunta a medio formular porque en ese preciso instante se oyó el sonido de un motor aproximándose. Miró hacia la entrada del edificio y vio que Seiya estaba aparcando una moto frente al bloque de apartamentos. Nanami iba montada en su parte posterior y llevaba en la mano una nevera portátil.

Seiya debió de percatarse de la presencia de Fuyuki, porque entró directamente en la tienda donde Taichi y él se encontraban. Nanami lo siguió.

—¿Qué hacéis aquí los dos? —preguntó Seiya.

Fuyuki le contó su conversación con Taichi. Seiya asintió con la cabeza y bajó su mirada hacia este, que seguía sentado en el suelo.

—Efectivamente, la comida es algo muy importante. Está bien pensar en ello.

Taichi frunció los labios como diciendo «¿lo ves?».

—Pero llorar tampoco sirve de nada —prosiguió Seiya, categórico—. Los humanos estamos dotados de inteligencia. Usándola bien y tratándose solo de alimentos, seguro que nos las apañaremos. Afortunadamente, eso no nos supondrá un problema durante un tiempo, así que lo pensaremos con calma entre todos.

—¿Inteligencia? ¿Qué inteligencia? ¿Es que acaso se puede llenar la barriga con eso?

—Por el momento, esta noche vamos a descansar. No sabemos lo que nos espera mañana, así que hay que reponer fuerzas —dijo Seiya girando sobre los talones para dirigirse hacia la salida.

—Y tú, mira a ver si te levantas ya del suelo. Con todo lo que has comido, debes de estar ahíto, ¿no? —dijo Fuyuki agarrando a Taichi del brazo y obligándolo a ponerse en pie.

Seiya se había detenido frente a la puerta de salida. Estaba parado allí, mirando al techo.

—¿Qué pasa? —le preguntó Fuyuki.

—La cámara de seguridad.

—¿Eh? —dijo Fuyuki dirigiendo su mirada al mismo lugar hacia el que miraba su hermano. En efecto, había una cámara instalada en el techo.

—¿Qué pasa con ella? Las tiendas veinticuatro horas suelen tener cámaras instaladas por todas partes.

—¿Y durante cuánto tiempo graban? ¿Cada cuánto tiempo cambian las cintas?

—Cada veinticuatro horas —contestó Taichi—. Creo que eso es lo normal en estas tiendas. Lo sé porque trabajé en una.

—Eso significa que... —dijo Seiya buscando a Fuyuki con la mirada— que cuando se produjo el fenómeno sobrenatural o lo que sea, la cámara estaba grabando.

Fuyuki enarcó las cejas. Había captado lo que pretendía su hermano.

—Vamos a buscar un reproductor de vídeo y un monitor.

—Casi seguro que los tienen al fondo de la tienda —dijo Taichi, que también adivinó las intenciones de sus acompañantes, porque, tomando la iniciativa, se dirigía ya hacia la puerta detrás del mostrador de las cajas registradoras.

Lo que había al otro lado era un pequeño despacho de unos diez metros cuadrados. Tenía un pequeño escritorio en medio y unas sillas plegables a su lado. Alrededor de la estancia se apilaban en desorden un montón de cajas de cartón.

—Aquí está —dijo Taichi.

En un rincón había un pequeño monitor de catorce pulgadas encima de un mueble archivador. En él se veía la imagen en blanco y negro del interior del establecimiento. En esos instantes aparecía Nanami de pie, al lado de las cajas registradoras, mirando con expresión de intranquilidad hacia la trastienda en que ellos se encontraban.

—Menuda birria de seguridad si solo tienen una pantalla. Estos debieron de pensar que solo con vigilar la zona de las cajas les sobraba —dijo Taichi.

—Bueno, a fin de cuentas, los atracos suelen producirse en esa zona, ¿no?

Al oír las palabras de Fuyuki, Taichi negó con la cabeza.

—¿Atracos? Venga ya, hombre. Ni que hubiera uno todos los días. La verdadera finalidad de estas cámaras es vigilar a los empleados. Ya sabes, a veces hay dependientes que sisan dinero de las cajas, otros que no les cobran a los amigos... Cualquiera que haya trabajado en un sitio de estos, sabe que las cámaras que apuntan hacia las cajas no están para prevenir delitos, sino para vigilar a los empleados.

—Jo, pues sí que estás al tanto en el tema.

—Bueno, la verdad es que una vez me despidieron por trincar unos yenes de la caja...

—Ya. Bueno, pues aprovecha tu experiencia en la materia y búscanos el reproductor de vídeo, anda.

—Es muy probable que esté aquí dentro —dijo Taichi, intentando abrir el archivador sobre el que se hallaba el monitor. Pero no lo consiguió. Estaba cerrado con llave—. Lo suponía. Como no quieren que lo toquen los empleados, echan siempre la llave.

Seiya miró alrededor. Instantes después, cogió algo y se lo tendió a Fuyuki.

—Fuérzala con esto —le dijo. Era un destornillador de cabeza plana.

Fuyuki insertó la punta del destornillador en la rendija de la puerta e hizo palanca con fuerza. La delgada puerta de metal del archivador cedió con bastante facilidad.

Una vez abierto, comprobaron que en su interior había un dispositivo de forma aplanada.

—¿Sabes cómo funciona? —preguntó Seiya a Taichi.

—Claro. Es sencillísimo. Es igual que un vídeo normal.

Taichi pulsó el interruptor de encendido y rebobinó la cinta. Cuando esta llegó a su inicio, pulsó el *play*. Las imágenes aparecieron en pantalla. En la parte inferior izquierda se mostraba también un contador de tiempo. Eran poco más de las ocho de la mañana; cabía suponer que la cinta la habrían cambiado un poco antes de esa hora.

La tienda estaba muy concurrida. Los clientes que habían ido por sus desayunos aquella mañana hacían fila ordenadamente delante de las cajas registradoras.

—Jo, tengo la sensación de que hacía mucho tiempo que no veía la imagen de otras personas —dijo Taichi entre dientes.

—Lo mismo me pasa a mí. De todos modos, qué mala es la calidad de la imagen, ¿no? —dijo Fuyuki.

—Eso no tiene solución. Se debe a que usan una cinta de dos horas para grabar veinticuatro. Si reduciendo la velocidad tres veces la imagen ya pierde calidad, imagínate la que pierde al reducirla doce veces.

—Ah, es por eso... —dijo Fuyuki. Recordó que en alguna ocasión habían comentado las dificultades que conllevaba tener que identificar a los delincuentes con ese tipo de grabaciones, debido a la mala calidad de la imagen.

—¿No tiene avance rápido? —preguntó Seiya.

—Claro que sí —respondió Taichi, y manipuló el reproductor.

Las imágenes empezaron a desfilar a toda velocidad. La mayoría de la gente pagaba en la caja y se iba. El contador de tiempo avanzaba también a alta velocidad.

Ocurrió poco después de que las dos primeras cifras del contador señalaran el número 13. Ninguno de los tres pudo evitar emitir un leve «¡ah!» de asombro, mientras miraba la pantalla. Inmediatamente después, Taichi puso el vídeo en velocidad de reproducción normal.

La gente que estaba dentro de la tienda había desaparecido. No solo los clientes, sino también los dependientes.

—Échalo un poco para atrás —pidió Seiya.

Taichi pulsó el botón de rebobinado y enseguida volvió a aparecer la gente en pantalla.

—Hay que pasarlo fotograma a fotograma.

—Ya lo sé —dijo Taichi, poniendo su mano en el dial del mando. Los tres tenían los ojos pegados a la pantalla.

—¡Ahí! —dijo Seiya.

Taichi soltó el dial y la imagen se congeló.

—En ese preciso instante es cuando desaparece la gente —dijo, girando muy lentamente el dial adelante y atrás para fijar el momento exacto.

Así pudieron constatar que las personas de la tienda habían desaparecido de modo instantáneo. Y que en el momento de la desaparición, el contador horario de la pantalla marcaba las 13.13.00.

—Fue en ese momento. No hay duda —dijo Fuyuki.

—¿Qué significa esto? ¡La gente ha desaparecido realmente! Esto ya es para... —Taichi estaba completamente lívido.

—Seiya acercó la mano al dial y empezó a manejar por sí mismo el avance pausado fotograma a fotograma.

—Vamos a fijarnos bien. En la zona de alimentación del fondo hay una clienta de pie, ¿la veis? Es la que lleva una cesta en la mano. Pero un instante después... —dijo Seiya haciendo avanzar la imagen— la clienta ha desaparecido y la cesta está en el suelo. Esto no puede ser una avería del vídeo ni nada parecido. Realmente la gente ha desaparecido. Y solo desaparecen las personas, no las cosas.

Taichi se llevó las manos a la cabeza.

—Pero ¿qué está pasando? Creo... creo que estoy empezando a perder la cabeza...

Seiya salió de la trastienda. Fuyuki fue tras él.

Fuera les esperaba Nanami con cara de preocupación.

—¿Qué ha pasado? ¿Se veía algo?

Seiya no contestó. Se dirigió directamente a la zona de alimentación y recogió la cesta, que seguía allí, en el suelo. Era la que llevaba en su mano la mujer que aparecía en el vídeo.

—Mírala —dijo Seiya tendiéndosela a Fuyuki—. Me refiero al asa. Habrán quedado en ella las huellas de los dedos que la sujetaban. Estará ligeramente deformada, pero solo en las partes que entran en contacto con la mano.

—Pero ¿como sabías tú que...? —repuso Fuyuki examinando las leves abolladuras del asa.

—Este efecto se ve por todas partes —respondió Seiya. Cuando la gente desapareció, lo hicieron también las zonas que estaban en contacto con ellos en ese momento. Eso es lo que ha pasado.

11

Estaba a punto de amanecer. La luz de la mañana se filtraba a través de los visillos.

Komine llevaba un rato en silencio hojeando una revista. La había traído Fuyuki de la tienda 24 horas. Estaba tirada en el suelo, en la sección de prensa y revistas. Tenía abiertos por todas partes unos agujeros que se dirían practicados con un cúter. Si uno se fijaba bien, se notaba que los agujeros estaban precisamente en las zonas en que se habían situado los dedos para sujetarla y pasar sus páginas. En definitiva, era de suponer que, cuando desapareció la persona que la estaba hojeando, desaparecieron también las partes que estaban en contacto con sus dedos.

Komine dejó la revista sobre la mesa e hizo un gesto de negación con la cabeza.

—¿A qué se deberá esto? Coincido con vosotros en que las partes desaparecidas son las que estaban en contacto con la gente, pero...

—Es un fenómeno que se repite por todas partes —dijo Seiya—. He examinado varios coches y he comprobado que a todos les falta parte de la superficie del volante y los asientos. Y la misma anomalía se aprecia en los asientos del copiloto o en los traseros, cuando es de suponer que alguien iba sentado en ellos.

—No lo entiendo... —gruñó Komine haciendo una mueca—. Sin embargo, hay algo que sí he deducido —prosiguió.

—¿El qué? —le preguntó Seiya.

—Que no hay ropa por el suelo.

—¿Cómo? —preguntó Fuyuki mientras él y Seiya intercambiaban miradas.

—¿A qué te refieres?

—Me resulta inexplicable que toda la gente haya desaparecido en un solo instante. Y también desconozco la razón por la cual nosotros no lo hemos hecho. Pero limitarnos a constatar nuestra sorpresa tampoco nos conducirá a nada. Hay que intentar encontrar la regla por la que se rige este fenómeno. Qué desaparece y qué no. Sin duda debe de haber una.

—Es cierto. ¿Y bien? —lo conminó a proseguir Seiya.

—Por ahora, lo que está claro es que las personas, los gatos, perros y demás han desaparecido. Pero los edificios o los coches siguen aquí. O sea, los seres vivos han desparecido, pero no los objetos inanimados. ¿No os parece?

—Las plantas también son seres vivos —terció desde lejos Taichi, que estaba escuchando la conversación.

Komine asintió con la cabeza.

—Ah, es verdad. Lo que ha desaparecido son solo las personas y animales. Los objetos inanimados y las plantas, no.

—En el restaurante de sushi había un montón de pescados frescos, pero, claro, al estar muertos supongo que entran en la categoría de cosas inanimadas y, por tanto, no desaparecen —comentó como para sí Taichi, al que la explicación de Komine le sonaba convincente.

—Así lo veo yo también. Personas y animales desaparecen, pero el resto de la materia permanece. En principio pensé que esta era la regla, pero luego me di cuenta de que algo fallaba. Y era la ropa. La ropa no es animal, es simple materia.

—Es verdad... —dijo Seiya.

—Si la regla fuera esa, la gente debería desaparecer, pero su ropa no. Lo mismo que ocurre con los coches o las motos en los que iban montados.

—Tienes razón. Los cuerpos de las personas que iban por la calle deberían haber desaparecido, pero la ropa que vestían debería haberse quedado ahí. Tendría que haber ropa esparcida por todas partes. Sin embargo, no es así. Así pues, me estaba planteando reformular la regla.

—Ampliándola con la idea de que las cosas que están en contacto con los humanos desaparecen con estos, ¿no?

Komine no asintió a las palabras de Seiya. Arrugó el entrecejo y se ajustó las gafas con el dedo.

—Eso tampoco es suficiente. Ciertamente, viendo cosas como esta revista, da la impresión de que eso es lo que ocurrió. Pero la expresión «estar en contacto» no es del todo correcta. Porque, dado que casi todas las personas llevan ropa interior, lo habitual es que la chaqueta u otras prendas exteriores no estén en contacto directo con la piel. Sin embargo, esas prendas exteriores también han desaparecido. Así que lo de «estar en contacto» tampoco parece una condición necesaria.

Seiya se llevó la mano a la barbilla. Ciertamente, era como decía Komine.

—Puede que la regla sea más complicada. Y si en algún momento conseguimos deducirla, tal vez logremos también hallarle una explicación a este extraño fenómeno —sentenció Komine, al tiempo que alargaba de nuevo su brazo hacia su copa de brandi.

De repente, la copa empezó a emitir una especie de tableteo. Estaba vibrando. Un instante después, la vibración se había extendido a toda la habitación. El suelo empezó a oscilar de un modo tan violento que resultaba imposible mantenerse en pie.

—¡Otro terremoto! ¡Y esta vez es fuerte! —gritó Seiya—. ¡No os mováis! ¡Y cuidado con la cabeza!

Fuyuki tendió su mano hacia un cojín para protegerse la

cabeza. Taichi se metió bajo la mesa del salón-comedor. Todas las cosas que había sobre el aparador fueron cayendo al suelo una tras otra. Desde la cocina llegaba también el estrépito de la vajilla rompiéndose al impactar contra el suelo.

Toda se incorporó de un salto.

—¡¿Qué pasa?! ¡¿Qué es esto?!

Paredes y columnas crujían con fuerza. Fuyuki se aproximó al balcón con la intención de mirar fuera. El grito de Seiya lo detuvo.

—¡Fuyuki, no te acerques a la puerta cristalera!

Un instante después, vio cómo el marco de la puerta se deformaba ostensiblemente. Fuyuki reculó y dio un salto hacia atrás. El vidrio de la puerta estalló en medio de un potente estruendo y los añicos volaron por toda la habitación.

El temblor se detuvo poco después. Pero Fuyuki seguía sin poder moverse, no conseguía recobrar el sentido del equilibrio. Alzó lentamente la cabeza y miró alrededor.

El suelo estaba lleno de cosas y había fragmentos de vidrio esparcidos por todas partes. La pared presentaba una enorme grieta y se había desprendido una parte del techo. Todas las luces estaban apagadas. Al parecer, la electricidad se había cortado.

Toda se sujetaba el brazo con una mueca de dolor. La sangre goteaba entre sus dedos.

—¿Qué ha pasado? —le preguntó Fuyuki.

—Los cristales. Se me han clavado... —repuso Toda con gesto de dolor.

Seiya se puso en pie.

—Salgamos. Coged algo para protegeros la cabeza.

Con el cojín aún en la mano, Fuyuki salió de la habitación siguiendo a Seiya. Pero, cuando se dirigía hacia el recibidor, se acordó de Mio.

Al abrir la puerta de la habitación vio que la librería se había volcado sobre la cama, cubriéndola en gran parte.

—¡Mio! —gritó Fuyuki. Azorado, se precipitó sobre la librería y la levantó como pudo.

Había un montón de libros esparcidos sobre la cama. Bajo ellos, se apreciaba también un pequeño bulto. Fuyuki apartó el edredón y comprobó que Mio estaba allí, inmóvil, acurrucada en un ovillo.

—Mio, ¿estás bien? —le preguntó sacudiendo suavemente el cuerpo de la niña.

Sus ojos se abrieron lentamente. Parpadeó. Estaba pálida y temblaba.

—Fuyuki, ¿qué tal por ahí? ¿La niña está bien? —preguntó Seiya asomándose a la habitación.

—Parece que sí. Vámonos, Mio —dijo Fuyuki cogiéndola en brazos.

Al salir del apartamento, se encontraron a Emiko con el bebé en brazos. También estaba pálida.

—¿Estás herida? —le preguntó Seiya.

Emiko negó con la cabeza sin articular palabra. Después, al ver que Mio acompañaba a Fuyuki, suspiró aliviada.

Del apartamento colindante salieron Nanami y Asuka.

—¡Menudo susto! Por un momento he creído que todo el edificio se nos iba a caer encima —boqueó Asuka.

—Nanami, échale un vistazo a la herida de Toda —pidió Seiya—. Parece que se ha cortado con unos cristales.

Nanami le quitó la chaqueta a Toda y empezó a curar su herida. La nevera portátil que llevaba contenía instrumental, medicamentos y material de primeros auxilios.

—¿Y el matrimonio de ancianos? ¿Están los dos bien?

Antes de que ninguna de las dos pudiera responder, apareció Shigeo Yamanishi caminando con el apoyo de su esposa Haruko.

—¿Ya puede andar? —le preguntó Seiya.

—Más o menos. Esta vez me ha pillado tumbado, así que no había riesgo de que metiera la pata como ayer.

Seiya esbozó una sonrisa ante el tono de broma del anciano y luego miró a los demás.

—Estáis todos bien, ¿verdad? Por lo pronto hay que irse de estos apartamentos. Nos trasladaremos a algún lugar más amplio y seguro.

Todos descendieron por la escalera hasta la planta baja.

Fuyuki sintió una especie de vértigo cuando, al llegar a la calle, contempló la escena que tenía lugar ante sus ojos. Había zonas del suelo completamente levantadas y otras hundidas. El polvo arenoso que flotaba en el ambiente y el humo que salía de los edificios dificultaban la visión. Los innumerables fragmentos de vidrio esparcidos por aceras y calzadas centelleaban con fuerza reflejando el sol de la mañana.

—Es como una película de guerra... —murmuró Taichi.

—Es más que eso. Parece el fin del mundo —dijo Asuka, ya sin su habitual energía.

—Vamos a hacer acopio de agua y alimentos en la tienda veinticuatro horas —dijo Seiya—. Si cargamos con demasiado peso, nos costará desplazarnos, así que bastará con coger lo suficiente para dos o tres días. En cuanto a los demás artículos necesarios para la vida cotidiana, también será mejor que nos llevemos solo lo indispensable.

Debido al apagón eléctrico, el interior de la tienda estaba en penumbra. Fueron Fuyuki y Asuka quienes se ocuparon de ir llenando las cestas con agua mineral, sándwiches, *onigiris*,* alimentos instantáneos y otros productos similares.

Al salir de la tienda, Seiya les entregó a todos unas gorras. También las había cogido de la tienda.

—Ponéoslas, por favor. Ahora vamos a caminar un rato y habrá que tener cuidado, no solo con los pies, sino también con la cabeza. En el Gran Terremoto de Kobe del 1995, mucha gen-

---

* Triángulos de arroz envueltos en algas y con algún tipo de relleno, exponente típico de la comida japonesa para llevar.

te murió debido a caída de objetos incluso bastante después de que hubiesen cesado los temblores.

Tras comprobar que todos llevaban su gorra puesta, Seiya dio la voz de partida.

—Venga, vámonos.

Los doce iniciaron la marcha con él en cabeza. Dado que la ruta era serpenteante y, además, tenían que ir esquivando los numerosos escombros diseminados por el suelo, el mero hecho de caminar se convertía en un auténtico suplicio.

El cielo se veía gris. No porque el tiempo fuera malo, sino porque estaba cubierto de humo. Era evidente que, debido al terremoto que acababa de ocurrir, hoy también iban a producirse nuevos incendios, que se sumarían a los de ayer.

El lugar al que llegaron tras caminar durante más de veinte minutos era el gimnasio de un instituto.

—Tampoco hace falta que sea un sitio de estos, ¿no os parece? —dijo Toda con aire insatisfecho—. Escogen este tipo de lugares como centros de evacuación porque pueden dar cabida a un montón de personas. Pero aquí no estamos más que nosotros, así que podríamos ir mejor a alguna vivienda que no estuviera muy dañada.

—Yo creo que no debemos buscar un sitio adecuado hasta que estemos completamente seguros de que ya no hay riesgo de réplicas ni de daños colaterales. En la fase actual, es peligroso entrar en viviendas de tipo residencial. En ellos se pueden producir incendios en cualquier momento.

A juzgar por la cara de Toda, la explicación de Seiya no pareció convencerle mucho.

—Pero ¿por qué? Por ejemplo, ¿qué tal una casa como esa de ahí? —dijo Toda señalando con su dedo una lujosa mansión al otro lado de la calle—. Por lo que se ve, está intacta. Y tampoco presenta indicios de haberse incendiado. ¿Es que una casa como esa no es segura?

Seiya negó con la cabeza y señaló con el dedo.

—Mire allí. ¿Ve ese humo?

En efecto, de un edificio situado a unas decenas de metros de distancia, salía abundante humo. Estaba claro que allí algo ardía con gran ímpetu.

—No podemos olvidar que nosotros, hoy por hoy, ni estamos en disposición de apagar un fuego ni podemos esperar que vengan los bomberos a apagarlo. Eso va a seguir ardiendo. Y no sería de extrañar que pronto se extendiera al edificio de al lado y al siguiente. Por otra parte, es muy posible que en otros lugares también se originen nuevos incendios. En definitiva, ahora mismo no hay vivienda libre de peligro.

—En tal caso, un gimnasio tampoco lo está, ¿no?

—La posibilidad de que se produzcan daños colaterales aquí es extremadamente baja. Estamos aislados del resto de los edificios del entorno, así que no hay que preocuparse por la posibilidad de que el fuego se propague desde ellos. Como el interior está prácticamente vacío, también es difícil que se produzcan caídas o vuelcos de cosas. Y tampoco hay posibilidad de hacer fuego, así que apenas existe riesgo de incendio. No eligen este tipo de lugares como centros de evacuación simplemente porque sean amplios.

Ante la explicación de Seiya, Toda se quedó en silencio con semblante malhumorado. Seguramente, no porque le hubiera convencido, sino porque no sabía cómo rebatirla.

El gimnasio no había sufrido daños significativos. Una vez dentro, los hombres dispusieron las colchonetas, los plintos y otros enseres, de modo que formaran una especie de campamento en el que todos pudieran descansar.

Asuka repartió la comida. A Taichi le tocó un sándwich y frunció los labios, enfurruñado.

—¿Solo esto?

—Confórmate. Así haces algo de dieta.

—Sabiendo que comer es con lo único que disfruto... —rezongó Taichi.

—El problema va a ser la iluminación. Ahora todavía hay luz, pero cuando anochezca... —dijo Komine mirando hacia el techo. En la parte superior de las cuatro paredes, cerca del techo, había ventanucos destinados a captar la luz natural del exterior. En ese momento, el sol entraba por ellos.

Seiya miró su reloj.

—Son las siete de la mañana. Aún faltan más de diez horas para que anochezca.

—¿Y?

—Bueno, si oscurece y de veras no se ve nada, nos vamos a dormir y ya está. Es lo natural, siendo de noche.

Toda dejó escapar un resoplido de desaprobación.

—Eso sería como volver a la Edad de Piedra. ¿No podríamos dejarlo en una simple vuelta al periodo Edo?* Podríamos usar faroles o quinqués y, de no poder conseguirlos, velas.

—Yo no voy a impedir que se usen. Pero creo que es mejor irse acostumbrando ya a una vida que, en la medida de lo posible, no dependa de ese tipo de cosas. Llegará un día en que los recursos como esos también sean difíciles de conseguir.

—A mí me preocupa más la comida —dijo entre dientes Taichi, que había dado ya buena cuenta de su sándwich.

La situación parecía agravarse por momentos. Fuyuki se dio cuenta de ello al ir al servicio. Se habían quedado también sin agua corriente.

—Cuando gastemos el agua que hay en los depósitos de los servicios, ya no se podrán volver a usar... —dijo Seiya pensativo—. Los hombres podemos apañarnos más o menos sin ellos. Dejemos que, como norma general, sean solo las mujeres quienes los utilicen. Por su parte, el grupo de mujeres también deberá ir pensando en cómo ahorrar agua al máximo.

—No sé yo si eso va a resultar fácil... —observó con apuro Asuka mientras su mirada se cruzaba con la de Nanami.

* Entre 1603 y 1868.

—¡Eh! ¡Esto es algo tremendo! —gritó desde la puerta Taichi, que se encontraba mirando al exterior.

Cuando se acercaron para ver qué pasaba, comprobaron que la zona de enfrente del instituto estaba envuelta en llamas. Tal como había vaticinado Seiya, el fuego de antes se había propagado y estaba arrasando la manzana entera.

—A este paso, la ciudad entera va a desaparecer.

Nadie respondió a esas palabras de Taichi.

12

Las réplicas se sucedían casi sin pausa. Algunas eran de tal intensidad que no permitían caminar. Seiya había prohibido salir al exterior, aunque, de todos modos, nadie tenía intención de hacerlo.

—¿Por qué se estarán produciendo tantos terremotos seguidos? —preguntó Komine a nadie en particular. Estaba sentado sobre un plinto que usaba a modo de silla.

—Será mera casualidad, ¿no? —respondió Fuyuki.

—No sé... Deben de tener algo que ver con el hecho de que la gente haya desaparecido.

—¿En qué sentido?

—No, si yo tampoco tengo una idea muy clara del porqué, pero... —dijo Komine rascándose la cabeza al tiempo que dirigía su mirada hacia el techo, pensativo—. Es lo que ha dicho Taichi hace un momento. Que, a este paso, la ciudad entera va a desaparecer. Entonces se me ha ocurrido que tal vez no sea solo la ciudad, sino el mundo entero.

—¿El mundo? Venga ya, hombre...

—Bueno, puede que el concepto «mundo» no sea el adecuado. Tal vez debería ser el «mundo de los humanos».

Todos escuchaban esta conversación, menos Seiya y Taichi. Ambos se encontraban en ese momento montando guardia, uno en la entrada principal y otro en la posterior, observando la evolución de los incendios cercanos y la dirección del viento. Poco antes habían decidido establecer turnos de vigilancia de dos horas.

Nadie entendía qué les estaba pasando y nadie tenía nada especial que hacer, así que todos prestaron atención a la teoría de Komine.

—Nos lo han venido advirtiendo desde hace tiempo. En la destrucción del medio ambiente por parte de la humanidad, hay algo que nos negamos a ver. Y es que, para que la Tierra retorne a su primitivo estado de pureza, el hombre debería desaparecer de ella.

Toda, que en ese momento se encontraba al lado de Komine, se quedó atónito.

—No pretenderás que la gente ha desaparecido de repente por eso, ¿verdad? ¡Es absurdo!

—Me pregunto si no será una represalia de la Tierra —prosiguió Komine—. Por supuesto, la Tierra carece de voluntad propia, pero ¿y si este fenómeno consistiera en una especie de autodepuración natural llevada a cabo por el universo para proteger a uno de sus planetas? En primer lugar, erradica a su enemigo natural: el hombre. Y luego destruye la civilización que ese enemigo había creado. Quizás estos terremotos formen parte de un proceso cuya finalidad es hacer que la Tierra vuelva a empezar de cero.

—¡Menuda tontería! Eso es imposible —dijo Toda negando con la cabeza.

—¿Y usted por qué está tan seguro?

—Pues porque sí... Porque si de veras existiera esa autodepuración natural de la que hablas, la humanidad no habría podido alcanzar el nivel tan alto de prosperidad que ha alcanzado. La autodepuración en cuestión se habría producido bastante antes, ¿no crees?

—Pero tal vez haya un límite. Y puede que la arrogancia de la humanidad lo haya rebasado, desatando con ello la ira de la Tierra... ¿Me equivoco?

—Yo pienso lo mismo —se pronunció Shigeo Yamanishi, que estaba sentado junto a su esposa encima de unas colchonetas dobladas—. Hasta ahora, la humanidad ha hecho siempre lo que le ha dado la gana. Tampoco sería de extrañar que finalmente recibiera un castigo divino por ello.

Sentada a su lado, Haruko también asintió con la cabeza.

—En mi pueblo aplanaron las montañas y las horadaron con túneles para construir carreteras. Por culpa de todo eso, tras unas lluvias torrenciales se produjeron grandes desprendimientos. Pero yo siempre pensé que algún día iba a ocurrir algo más grave...

Toda se puso en pie sin ocultar su hastío.

—Tonterías. Pero ¿qué tendrá que ver el desarrollo de las infraestructuras viarias del país con todo esto? —dijo. Luego sacó su tabaco y se dirigió hacia la salida.

A su regreso, Seiya y Taichi se cruzaron con él.

—¿Cómo está todo ahí fuera? —preguntó Fuyuki.

—Parece que los incendios de la zona se han aplacado —respondió Seiya—. No es que se hayan apagado, sino más bien que, como ya han arrasado todas las viviendas de por aquí, no queda casi nada por quemar. No parece haber peligro de que el fuego se propague hasta nosotros. El sol ya se ha puesto, así que será mejor que esta noche la pasemos aquí.

—¿Vamos a dormir aquí todos amontonados?

—En el almacén hay mantas y almohadas, seguramente en previsión de que esto se usara alguna vez como centro de acogida de emergencia. Y también podemos traer algún futón de la enfermería.

—¿Y no podemos dormir en las aulas? —propuso Asuka—. La verdad es que aquí hace un poco de frío...

Seiya negó con la cabeza.

—Las aulas son peligrosas. Ten en cuenta que no sabemos cuándo puede producirse una réplica. En algún sitio debe de haber una estufa, así que conformaos con eso, ¿vale?

Asuka parecía descontenta, pero, aun así, asintió levemente con la cabeza.

—Venga, ¿cenamos ya o qué? Me muero de hambre... —Aún no había terminado su frase y Taichi estaba ya rebuscando en la cesta de la comida.

Para cuando acabaron la ligera cena, el sol se había puesto del todo. El interior del gimnasio se sumió en la oscuridad. Fuyuki y algunos más trajeron las almohadas y mantas del almacén. Seiya y Komine fueron a buscar los futones a la enfermería. Decidieron asignárselos a Mio y al bebé.

Extendieron las colchonetas sobre el suelo del gimnasio, se tumbaron encima y se taparon con las mantas y unas cajas de cartón desplegadas que encontraron en un rincón. Aquello fue idea de Shigeo Yamanishi.

—Parecemos vagabundos sin hogar... —dijo Toda, molesto.

—Pero se está calentito. Ha sido una buena idea.

Shigeo entornó los ojos, contento al oír el cumplido de Asuka.

Fuyuki hizo lo propio y se acostó enrollándose en una manta. Acababan de dar las siete de la tarde, pero, sin iluminación artificial, el interior del gimnasio estaba a oscuras. Apenas había dormido nada desde ayer y notaba la cabeza pesada y el cuerpo un tanto flojo, pero tenía la mente extrañamente despejada. Sin duda se debía al estado de excitación permanente en que se hallaba inmerso. Se arrepintió de no haber cogido nada de alcohol en la tienda durante el aprovisionamiento.

Parecía que él no era el único que no conseguía conciliar el sueño. A su alrededor oía el frufrú de las mantas de los demás, revolviéndose inquietos en sus improvisados lechos. Imaginó que a todos les invadía el miedo y la intranquilidad.

En medio de aquella quietud, oyó la voz de alguien que parecía sollozar. Sobresaltado, Fuyuki aguzó el oído. Aquel llanto le sonaba. Salió gateando de su manta y se aproximó a la zona de donde provenía el llanto.

—Taichi, pero... ¿otra vez? —le reprendió en voz baja—. ¿No ves que a estas alturas no tiene sentido preocuparse por la comida?

—Que no es eso... —repuso con voz llorosa Taichi, que seguía tapado con su manta.

—¿Qué pasa? —dijo Seiya, que se había levantado, acercándose a ellos.

Sus ojos se habían acostumbrado ya a la oscuridad y podían distinguir el entorno. Casi todos se habían incorporado y estaban sentados en silencio. Seguramente, también ellos habían percibido el llanto de Taichi.

—Vale, entonces, ¿por qué lloras? —le pregunto Fuyuki.

Taichi dijo algo sin apartar la manta, pero no consiguieron entenderlo.

—¿Cómo? —preguntó de nuevo Fuyuki.

—Es el fin —se le oyó decir.

—¿El fin de qué?

—El nuestro. ¿No os dais cuenta? Se ha cortado la luz, ya no sale agua y, para colmo, nadie nos ayuda. ¿Cómo pretendéis que sobreviva yo solo en medio de todo esto?

—Hombre, solo tampoco estás. También estamos nosotros, ¿no?

—Estoy solo. Ya no volveré a ver a mi familia. Ni a mis amigos. Yo no puedo con esto. ¿Y vosotros? ¿Qué podéis hacer? Esto no tiene arreglo. Lo único que podemos hacer es morirnos.

—¡Cállate ya, gordo! —espetó Asuka—. Serás nenaza... ¡Deja de lloriquear ya, hombre! Aquí todo el mundo tiene ganas de llorar. Y si me pusiera a pensar en mi familia y en mis amigos, a mí también me entrarían ganas, ¿vale? Así que no lo hago y me aguanto. ¡Acepta las cosas, so estúpido! Si en una situación como esta uno se echa a llorar, puede hacer que el resto también se venga abajo. Así que aguanta, ¿me oyes? Aguanta.

Asuka imprecó de este modo a Taichi, pero lo cierto es que, durante su reprimenda, su voz también se había ido tornando sollozante. Tal vez con la intención de disimularlo, se deshizo de su manta y, sin importarle la oscuridad, salió precipitadamente con gran ruido de pisadas.

—Fuyuki —dijo Seiya—. Llévale una linterna, anda.

Él asintió en silencio y cogió la linterna que había dejado junto a su almohada.

Entretanto, alguien se aproximó a Taichi, que seguía sollozando. Era Haruko Yamanishi.

—Taichi, perdona. Lamento que no podamos serte de ninguna ayuda. Con todo lo que tú haces por nosotros... Nos llevas las cosas pesadas, te ocupas de vigilar el exterior... Me alegro de veras de tener a mi lado a alguien como tú —le dijo Haruko mientras le acariciaba suavemente la manta.

El gordo no respondió, pero sus sollozos dejaron de oírse.

—Es verdad. Taichi, tú aún eres joven, así que es natural que sientas miedo. Sin embargo, nosotros, a nuestra edad, estamos ya mentalizados para lo que venga. Así que no te preocupes. Si ocurre algo, yo ocuparé tu lugar y me sacrificaré por ti.

—Basta ya. Dejadme en paz —dijo Taichi, acurrucándose bajo la manta.

Fuyuki se puso en pie mientras veía a Haruko Yamanishi volver al sitio en que se encontraba antes. Encendió la linterna y se dirigió hacia la salida.

Asuka estaba en la plaza que había justo a la entrada del gimnasio. Sentada en el suelo, se abrazada las rodillas con ambas manos.

—Si te quedas aquí vas a pillar un resfriado...

—No te preocupes por mí. Quiero estar sola.

—Me parece muy bien que quieras estar sola, pero no que

te fastidies la salud. Eres consciente de que, si enfermas, causarás un grave trastorno a todos, ¿verdad?

Fuyuki trajo una silla rota y comenzó a desguazarla.

—¿Qué pretendes? —preguntó ella.

—Con el frío que hace, y sin luz ni gas, creo que solo se puede hacer una cosa, ¿no te parece?

Introdujo un papel de periódico entre los restos de la silla que acababa de desmontar y le prendió fuego con el encendedor. Inmediatamente brotaron las llamas y, al poco, empezó a quemarse la madera. El fuego crepitaba con fuerza y teñía de rojo el entorno.

—Qué bien se está —murmuró Asuka—. Cuánto tiempo hacía que no veía una hoguera.

—¿Es que en la escuela no hacíais hogueras? Ya sabes, fuegos de campamento y todo eso...

—No, nunca. Mi escuela estaba en el centro de la ciudad y el patio del recreo era muy pequeño, así que debía de estar prohibido hacer fuego.

—Ya.

—Perdón por lo de antes —dijo Asuka mirando fijamente al fuego—. Voy a echarle la bronca a Taichi y resulta que la que acaba poniéndose tonta soy yo. Qué penosa soy...

—No te preocupes. Cuando uno tiene ganas de llorar, pues llora y ya está. No tiene sentido aguantarse.

Asuka negó con la cabeza.

—No. Ya no volveré a llorar. Pase lo que pase. Si lo hago, que sea cuando hayamos salido de este aprieto. Entonces sí puede que llore, pero de felicidad.

—Un aprieto... Tienes razón, eso es lo que es: un aprieto.

—¿Sabes?, aquí donde me ves, yo juego al fútbol sala.

—Vaya —se sorprendió Fuyuki. Su mirada se apartó del rostro de la chica para repasar su anatomía de arriba abajo. Tenía un aspecto delicado, pero se notaba que estaba bien musculada.

—Verás, a mí me divierte mucho subir a rematar a portería. Pero defender fieramente cuando el rival es fuerte y te está presionando a tope, es algo que también me gusta bastante. Mis compañeras dicen que soy masoquista, pero tengo mis razones. Y es que, una vez que consigues capear el ataque frontal del contrario, siempre lo dejas algo tocado. Eso es lo que yo busco. Darle un giro al partido, pasar al ataque y acabar rematando a portería con todas mis fuerzas. Es una gozada. Así que... —Asuka hizo una pausa para estirar los músculos de la espalda y cambiar el tono de su discurso—. Quiero pensar que ahora estamos pasando por uno de esos aprietos. Y si lo superamos, seguro que después nos sucederá algo bueno.
—La voz de Asuka irradiaba fortaleza.

Fuyuki se dio cuenta de que intentaba infundirse ánimos a sí misma. Visto de otro modo, podría decirse que se sentía acorralada hasta el punto de tener que hacer eso.

Al no encontrar las palabras para responder a Asuka, Fuyuki dirigió su mirada hacia la hoguera. Las llamas oscilaban de un lado a otro con fuerza.

—Qué viento más desagradable se ha levantado —susurró mientras miraba alrededor—. ¿Volvemos dentro ya?

Aquel viento de mal agüero continuaba soplando a la mañana siguiente. El cielo estaba cubierto de negros nubarrones y parecía que iba a llover de un momento a otro.

—Ya podría mejorar el tiempo al menos, ¿no? —suspiró con tono triste Shigeo Yamanishi alzando su mirada hacia el cielo.

Entretanto, Toda presionaba a Seiya.

—¿Hasta cuándo vamos a permanecer aquí? Los incendios parece que ya se han aplacado y a mí me gustaría volver a llevar una vida de humano, la verdad.

Pero Seiya no cedía.

—Aguante un día más, por favor. Primero necesitamos conocer cuál es el estado de los alrededores. Todavía no sabemos qué sitios son seguros.

—¿Y no podemos buscar un sitio seguro mientras nos desplazamos? Como hicimos cuando vinimos aquí.

—Entonces teníamos este gimnasio como objetivo. Ahora no tenemos ninguno. Es peligroso moverse sin rumbo fijo. Tenga en cuenta que también llevamos con nosotros a un bebé y un herido.

—Pero si hay un montón de edificios diseñados con alto grado de resistencia sísmica. Sin ir más lejos, el de mi empresa.

—Estoy intentando hacerle ver lo peligroso que es llegar hasta allí. No sabemos cómo estarán las calles. Se lo pido por favor. Espere al menos a que pase el día de hoy —se obstinó Seiya, inclinando la cabeza para hacerle una reverencia.

Toda parecía insatisfecho, pero se limitó a forzar un suspiro y se quedó en silencio.

—Nos dividiremos en grupos e iremos a explorar los alrededores. Se trata de comprobar cosas como dónde hay alimentos, qué lugares son peligrosos o qué sitios son habitables —dispuso Seiya, dirigiéndose principalmente a los hombres.

Salieron Seiya, Fuyuki, Taichi y Komine. Las calles estaban tan reducidas a escombros que no solo no se podía circular en moto, sino que resultaba difícil incluso hacerlo en bicicleta. Los cuatro partieron a pie, dejando tras sí el gimnasio.

Fuyuki solo llevaba unos instantes caminando cuando oyó ruido de pasos aproximándose a su espalda. Al darse la vuelta, comprobó que se trataba de Asuka, que venía trotando a unirse al grupo.

—Yo también voy. Tengo piernas resistentes.

Fuyuki asintió, esbozó una sonrisa y se puso a su lado. En ese instante, el rugido de un trueno retumbó en el cielo a lo lejos.

13

Seiya iba pedaleando. Era la segunda bicicleta que encontraba desde que saliera del gimnasio. La primera la había desechado tras circular apenas un kilómetro, porque tenía que atravesar una zona de terreno hundido demasiado amplia. Una vez la hubo bordeado a pie, encontró una nueva bicicleta.

Les había dicho a los demás que no utilizaran motos ni bicicletas, ya que era peligroso. Pero a él no le quedaba más remedio. Tenía que hacer un largo trayecto.

Avanzaba por Harumi-dori en dirección oeste. A pesar de que solo habían transcurrido dos días desde que se produjera aquel enigmático fenómeno, la ciudad de Tokio había quedado reducida a escombros. Todavía debían de estar produciéndose algunos incendios, pues, debido al humo y el polvo, la visibilidad era muy mala. Por culpa del fino polvo que flotaba en el ambiente y se acumulaba sobre ellos, los innumerables automóviles que había en las calles aparecían cubiertos de una especie de hollín negruzco.

Al otro extremo de aquella especie de neblina, apareció por fin un edificio muy familiar para él, de lujosa arquitectura y afilado tejado. Era el edificio de la Dieta. Visto desde lejos no parecía haber sufrido daños sísmicos.

Seiya detuvo su bicicleta enfrente y alzó la mirada hacia el edificio. A juzgar por su aspecto exterior, la sede central de la Jefatura de Policía también parecía incólume. Accedió a su interior siguiendo el mismo camino de todos los días, con la salvedad de que los habituales policías de la entrada no estaban.

Los ascensores no funcionaban. Las luces también estaban todas apagadas. Empezó a ascender por la escalera linterna en mano. Por fortuna, el edificio parecía no haber sufrido ningún incendio.

En primer lugar se dirigió a su sitio de trabajo, es decir, a la planta en que se ubicaba la sección primera del grupo de investigación criminal. Nada más poner el pie en ella, se sorprendió. Las mesas, siempre tan bien ordenadas, estaban completamente cambiadas de posición. Había sillas esparcidas por toda la estancia. Los documentos y el material de oficina que deberían estar sobre las mesas se hallaban desparramados por el suelo.

Seiya echó un vistazo a su escritorio para constatar, como era de esperar, que tampoco había quedado nada sobre él. Por ahí debería de andar también el maletín en el que solía dejar los documentos pendientes de despacho, pero no lo veía por ninguna parte. La oscilación sísmica que había sufrido el edificio debía de haber sido tremenda.

Se dirigió entonces al despacho del jefe de sección, que también estaba como si lo acabara de arrasar un tifón. Había un teléfono móvil en el suelo. Tras comprobar que aún le quedaba batería, Seiya echó un vistazo al registro de llamadas. El número de Seiya estaba entre ellas. Se acordó de que el jefe le había llamado justo cuando estaban a punto de detener a aquellos chinos. Esa era la llamada que aparecía en pantalla.

Recordaba perfectamente las instrucciones que le había dado el jefe en aquel momento: abstenerse de hacer cualquier cosa peligrosa entre la una y la una y veinte. Y, si no quedaba más remedio, intentar evitarlo a toda costa al menos cuando fueran alrededor de la una y trece. Al parecer, estas instrucciones las había dado el inspector jefe. Pero, según el jefe de la sección, el propio inspector jefe tampoco debía de estar muy al tanto de los detalles.

Seiya se había quedado enganchado con lo de la hora. La una y trece. La cámara de la tienda 24 horas había registrado el preciso instante en que la gente había desaparecido de repente: exactamente a la una y trece. Era imposible que fuera casualidad.

Tenía que haber algún tipo de relación entre el aviso telefónico de su jefe y aquel fenómeno paranormal. Tal vez le habían dado esas instrucciones porque preveían que el fenómeno iba a producirse. Dicho de otro modo: los altos mandos sabían que iba a ocurrir.

Y aun así... ¿Cuál era la finalidad de esas instrucciones? ¿Adónde se habían ido todos esos dirigentes gubernamentales que sabían que el fenómeno se iba a producir? Y, por encima de todo, ¿en qué consistía realmente el fenómeno? Seiya se había desplazado hasta la sede central de la Jefatura de Policía para intentar hallar respuesta a estas preguntas.

Dejó el teléfono del jefe de sección encima del escritorio y dio media vuelta para dirigirse al despacho del inspector jefe.

Al abrir la puerta, vio que había un trofeo tirado en el suelo. Lo había ganado el inspector jefe al obtener el primer puesto en un torneo de golf. Seiya recordaba que ese trofeo solía estar de adorno encima del archivador que había pegado a la pared.

Los libros de la estantería habían salido volando y estaban desparramados por el suelo. Pero, a excepción de eso, en la oficina no parecía haber grandes destrozos. La estantería de los libros estaba adaptada para soportar movimientos sísmicos. En cuanto al escritorio, era un mueble hecho de encargo y extremadamente pesado que, a diferencia de las mesas de acero que usaba el resto del personal, no resultaba nada fácil de mover.

Seiya se sentó en la silla tapizada de cuero y abrió el cajón.

Un documento de una sola hoja llamó su atención. Parecía una circular de la Agencia Nacional de Policía. Al ver el encabezamiento, Seiya frunció el ceño: «Medidas a adoptar en relación con el Fenómeno P-13.»

«¿Qué es esto?», se dijo. Por supuesto, nunca antes había visto ni escuchado la expresión «Fenómeno P-13». Su contenido no difería en gran medida de las instrucciones que le había dado su jefe de sección: No asignar misiones peligrosas a los agentes de policía en los veinte minutos subsiguientes a las trece horas en punto del día 13 de marzo. Tampoco encomendar a administrativos y técnicos tareas que puedan conllevar riesgos durante ese periodo de tiempo. Y, aun cuando no hubiera más remedio, evitar a toda costa la exposición al peligro alrededor de la una y trece.

Por lo demás, se solicitaba un refuerzo de las medidas de prevención antiterrorista en los lugares de mayor afluencia de personas. A la sección de tráfico se le pedía que vigilara con especial celo los puntos con mayor probabilidad de producción de accidentes. Y, en todos los casos, se fijaba la misma franja temporal de riesgo: veinte minutos contados a partir de las trece horas en punto.

Seiya ladeó la cabeza, pensativo. Era evidente que en la Agencia Nacional de Policía preveían que iba a ocurrir algo. Algo denominado «Fenómeno P-13». Pero en ningún sitio explicaban en qué iba a consistir.

Pensó en ir a la Agencia Nacional de Policía. Seguramente su director general tendría información más detallada. Mientras sopesaba esa posibilidad, sus ojos se quedaron clavados en una de las frases del documento. Ponía lo siguiente: «Por otra parte, durante la franja temporal señalada, está previsto establecer la sede central de operaciones para el Fenómeno P-13 en la residencia oficial del primer ministro. En caso de emergencia, soliciten información a dicha sede.»

A primera vista, no podía saberse qué había sido ese edificio anteriormente. El vestíbulo se veía completamente negro debido al hollín que lo cubría. Allí mismo había unas escaleras que conducían al subsuelo. Al parecer, el humo había subido por ellas hasta la planta baja. Probablemente el fuego se había originado en el restaurante del sótano o en otro sitio similar. Solo al ver el cartel que había en la parte superior del edificio, supieron por fin que se trataba de un hotel.

—Los cristales de las ventanas parecen intactos —dijo Fuyuki alzando la mirada hacia la fachada—. No está demasiado lejos del gimnasio, así que, llegado el caso, se podría pernoctar aquí.

—La falta de camas no sería un problema. Pero las duchas no se podrán usar, ¿verdad? —dijo Asuka.

—Pues no, no creo. Seguramente no salga agua, qué remedio...

—¿No quedará algún lugar donde todavía haya agua corriente? Y si encima fuera caliente, ya ni te cuento... —dijo Asuka torciendo la boca y mirando alrededor—. Me gustaría lavarme el pelo —añadió, hundiendo los dedos en su cabello castaño y rascándose la cabeza.

—Y que lo digas. A mí también me apetece un baño —coincidió Fuyuki. Acto seguido se olió la ropa. Olía a una mezcla de polvo y sudor.

—¡Ah! —exclamó Asuka levantando el dedo índice—. ¿Y si vamos a Odaiba? Allí hay un *onsen*.*

Fuyuki se encogió de hombros.

—Aunque lo llamen *onsen*, el agua no brota espontáneamente. La bombean con máquinas desde más de mil metros de profundidad. Y las bombas seguramente estarán paradas, así que...

—¿Y tú cómo lo sabes? Si ni siquiera hemos ido...

---

* Baños termales japoneses.

—¿Y cómo vamos a ir? El Yurikamome* tampoco funciona.

—Bueno, pues vamos andando.

—Hummm... —Fuyuki resopló dejando salir el aire por la nariz—. Haz lo que quieras. De todos modos, aunque consiguieras asearte dándote un baño, al regresar a pie volverías a empaparte de sudor. Así que mejor déjate de tonterías y vamos a seguir buscando.

En algún momento habían llegado a Ginza. Pero, dado el drástico cambio que había sufrido la zona, no se habían dado cuenta. Había árboles y farolas tumbados, y el suelo presentaba enormes ondulaciones. Tanto en las aceras como en la calzada, había esparcidos innumerables fragmentos de vidrio.

—Pero ¿es que no hay ni un solo sitio que sea seguro? —masculló Asuka mirando bien dónde ponía los pies.

—Y que lo digas. Cuando pienso en lo que podría haber pasado si no hubiera desaparecido toda la gente, me entran escalofríos. Esta zona sería ahora un auténtico mar de sangre.

—Es verdad... —dijo Asuka. E inmediatamente soltó una sonora carcajada.

—¿Qué pasa? ¿He dicho algo gracioso?

—No, es que hasta hace bien poco estábamos aterrados por la desaparición de todo el mundo y, sin embargo, ahora se diría que nos alegramos de ello.

—¡Jo! —dijo Fuyuki liberando la tensión de su rostro—. Pues no te falta razón...

Fuyuki pensó que tal vez se habían ido acostumbrando poco a poco a aquella anómala situación. Aunque también podría ser que, al llevar tanto tiempo alejados de la normalidad, tuvieran ya los nervios entumecidos.

Ambos estaban de pie frente a unos grandes almacenes.

---

* Ferrocarril sin conductor que funciona completamente controlado por ordenador.

A simple vista no parecían haber sufrido grandes daños, pese a que su interior estaba a oscuras.

—Voy a ver qué tal está la sección de alimentación de la planta sótano —dijo Fuyuki pasando al interior—. Esto está fatal —murmuró nada más atravesar la puerta de entrada.

El suelo estaba tan repleto de productos desparramados que no quedaba espacio ni para poner los pies. En las estanterías de los zapatos no había ni uno. Todos estaban tirados por el suelo.

Asuka soltó un gritito y Fuyuki se dio la vuelta.

—¿Qué pasa?

Un instante después, ella sonreía avergonzada.

—Nada. Es solo que me he llevado un pequeño susto al ver eso.

Cuando Fuyuki miró, tampoco pudo evitar dar un respingo. Parecía una persona tirada en el suelo, pero realmente se trataba de un maniquí. La cabeza se había desprendido y estaba al lado del cuerpo.

—Parece que los dos echamos de menos a la gente, ¿eh? Voy a la planta sótano. ¿Tú qué vas a hacer?

—Hum... No sé, voy a dar una vuelta por ahí. Me gustaría encontrar champú para lavado en seco.

—De acuerdo —dijo Fuyuki, y se encaminó hacia las escaleras mecánicas, que estaban detenidas.

Dado que a la planta sótano no llegaba la luz, allí la oscuridad era mayor. Fuyuki avanzó alumbrándose los pies con la linterna. El ambiente estaba impregnado de un fuerte hedor. Parecía provenir de la sección de alimentos frescos. Tal vez habían empezado a estropearse ya, no solo los refrigerados, sino también los congelados.

Había cajas de *bento* y guarniciones vegetales precocinadas diseminadas por todo el suelo. Viéndolas, Fuyuki tuvo una profunda sensación de desasosiego. Recordó el llanto de Taichi de hacía dos noches. Y le pareció que su preocupación no era infundada. Los alimentos iban desapareciendo por momentos. Y, además, en cantidades ingentes.

Buscó alimentos enlatados, pescados secos y bebidas. Cuando los encontraba, anotaba a conciencia su clase, cantidad y otros datos. Tras recorrer el supermercado, regresó a la planta baja, pero no encontró a Asuka allí. Tampoco estaba en la sección de perfumería y cosméticos.

Ladeó la cabeza con gesto dubitativo y decidió subir a la primera planta. Aquello también estaba a oscuras.

Cuando ya había puesto el pie sobre el primer peldaño de las escaleras mecánicas para subir a la tercera planta, un pequeño destello de luz llegó a sus ojos. Provenía del fondo de la sección de ropa femenina. Fuyuki se aproximó y vio a Asuka de pie frente a un espejo. Se había puesto un corto vestido blanco. Su cuello lucía un ostentoso collar de aspecto bastante caro. Había dejado la linterna sobre un estante, de modo que la luz irradiara su figura.

—Qué, de pase de modelos, ¿no?

Al oír la voz de Fuyuki, Asuka se estremeció como si le hubiera dado un calambre. Cuando se volvió hacia él, su rostro reflejaba una mezcla de vergüenza y turbación.

—Je, je... —rio con apuro—. Es que a este vestido ya le tenía echado el ojo hace tiempo. Qué bien que no lo vendieran.

Fuyuki la miró de arriba abajo. Los zapatos nuevos que calzaba también debía de haberlos cogido de algún sitio.

—¿Sabes?, este collar cuesta seiscientos mil yenes. Y este anillo, un millón doscientos mil —dijo la joven agitando la mano en que llevaba la alhaja en cuestión—. Tengo que reconocer que he disfrutado un rato. Poder ponerme libremente todo lo que quiera, tanto ropa como zapatos, complementos...

Fuyuki resopló.

—¿Y eso de qué sirve?

Asuka torció el gesto.

—¿Y a ti qué más te da? Me divierte, simplemente.

—Me refiero a si crees que este es momento para eso. Si te parece que Gucci y Chanel sirven de algo cuando uno se está debatiendo entre la vida y la muerte.

—Déjame en paz, ¿quieres? A mí me levanta el ánimo. Esta clase de cosas me hacen sentir bien.

—Hum... —gruñó Fuyuki encogiéndose de hombros—. Bueno, como quieras —añadió, y giró sobre los talones, dándole la espalda a la chica.

Cuando se dirigía hacia las escaleras mecánicas, oyó un ruido detrás de él. Al volverse, vio a Asuka sentada en el suelo.

—Eh, ¿qué te pasa? —le preguntó acercándose a ella precipitadamente—. ¿Te encuentras mal o algo así?

Asuka negó con la cabeza, pero sin levantarla. La espalda le temblaba y él se dio cuenta de que estaba llorando.

—Lo siento. Y yo que había prometido no volver a llorar... —musitó Asuka con un hilo de voz.

—Pero ¿qué te pasa?

Ella negó de nuevo con la cabeza. Alzó el rostro y se enjugó las lágrimas pasándose la yema de los dedos por los párpados inferiores.

—Tienes razón. Esto no tiene sentido. Dada la situación, he querido darme los lujos que antes no podía permitirme. Por eso me ha apetecido arreglarme a tope, pero es verdad que es una tontería. Ni siquiera hay gente que pueda verme... Por muy buenos que sean los accesorios o muy elegantes que sean los vestidos, no sirven de nada cuando de lo que se trata es de sobrevivir. Son simples baratijas. Si me los llevara, no harían más que estorbarme.

—Es que el lujo solo puede permitírselo la gente que cuenta con holgura suficiente para vivir.

Asuka asintió levemente.

—Antes anhelaba este tipo de baratijas. Estaba loca por

tener cosas que realmente no sirven de nada para vivir. Qué estúpida, ¿no?

—Pero era precisamente porque contabas con la holgura suficiente para ello, lo que es tanto como decir que eras feliz.

Asuka se puso en pie frotándose los ojos.

—Voy a ponerme algo más cómodo y resistente. Da igual que no sea de marca.

—Muy bien. Cuando te hayas cambiado, baja a la planta sótano. Allí nos aguardan un montón de cosas necesarias para sobrevivir.

14

Cuando Seiya llegó a Nagata-cho, el lugar donde se hallaba la residencia oficial del primer ministro, el cielo estaba muy oscuro. Pero no porque se hubiera puesto el sol, sino porque el tiempo estaba empeorando por momentos. No sería de extrañar que se pusiera a diluviar.

En condiciones normales, las unidades motorizadas de vigilancia de la Jefatura Superior de Policía o el Cuerpo de Guardia de la residencia oficial estarían patrullando, tanto los alrededores como su interior. Pero hoy ambos estaban desiertos. Seiya accedió al recinto por su puerta oeste.

El edificio, de cinco plantas y forma cuadrangular, no parecía haber sufrido ningún daño. Seiya recordó haber oído en algún sitio que, cuando lo construyeron, habían extremado al máximo las medidas antisísmicas. Su sótano albergaba un Centro Presidencial de Operaciones de Emergencia, el cual, en caso de catástrofe a gran escala, podía ser empleado como Centro General de Coordinación de Protección Civil.

En el interior las luces estaban encendidas. Eso significaba que disponía de su propia electricidad. Al fin y al cabo, si pretendían que hiciera también las veces de cuartel general de protección civil, no tendría sentido que no pudiera soportar ni siquiera un apagón de cierta importancia. Sin duda debía de contar con estación generadora propia y, además, abastecida mediante fuentes de energía renovables, como la solar o la eólica.

Aun así, Seiya evitó utilizar el ascensor y comenzó a subir por las escaleras. Tenía entendido que el despacho del primer ministro estaba situado en la última planta. Pensaba que tal vez en él encontraría algún documento que explicara en qué consistía el Fenómeno P-13.

Sin embargo, en cuanto llegó a la segunda planta, se detuvo y sacó de su bolsillo una hoja. Era el documento que había encontrado en el despacho del inspector jefe. En él ponía: «... Está previsto establecer la sede central de operaciones para el Fenómeno P-13 en la residencia oficial del primer ministro.»

Se dio un golpecito en la frente con la palma de la mano y comenzó a descender las escaleras. Tratándose de un fenómeno tan tremendo, ¿cómo iba a estar la sede central de operaciones en un despacho o una sala de juntas normal? Lógicamente, habrían usado el Centro Presidencial subterráneo.

En el pasillo del sótano estaban encendidas las luces de emergencia. El aire acondicionado también parecía funcionar. Seiya tuvo la impresión de que hacía siglos que no respiraba un aire que no oliera a quemado. Allí había una puerta con un letrero de PROHIBIDO EL PASO, SALVO PERSONAL AUTORIZADO. La abrió.

Lo primero que vio fue un monitor de grandes dimensiones al lado de la pared. Seguía encendido y en él aparecían unos extraños gráficos. La pantalla mostraba también algunos valores numéricos, pero Seiya no tenía ni la mínima idea de su significado.

Para que pudiera ser visto desde las mesas de la sala de juntas, estas estaban dispuestas en forma de U en torno al monitor. Encima de las mesas había unos cuadernillos. Seiya pensó que, siendo aquello la sede central de las operaciones para afrontar el extraño fenómeno, no tenía mucho sentido que sus propios miembros hubieran desaparecido por culpa de él.

Cada mesa tenía encima una plaquita que indicaba el cargo de la persona llamada a ocuparla. Seiya se acercó a una de las que permitían ver el monitor de frente; la plaquita ponía PRIMER MINISTRO.

Él nunca había visto al primer ministro Ootsuki en persona, solo por televisión. El político había logrado que arraigara en la opinión pública su imagen de buen orador y dinámico impulsor de las políticas gubernamentales, pero la valoración de Seiya era que se trataba simplemente de alguien hábil con la propaganda y muy ducho en el arte de sacar partido de las tendencias de moda.

Sobre la mesa de Ootsuki también había un cuadernillo. Seiya lo cogió. Al parecer, había sido elaborado por los investigadores responsables del Departamento de Astronomía de Alta Energía de la Sede Central de Investigaciones Científicas Espaciales. Estaba lleno de palabras incomprensibles, algunas desconocidas, para Seiya: agujero negro, agujero de gusano, teoría de cuerdas... Algunas le sonaban, pero no podría explicar en qué consistían concretamente. Y lo mismo debía de haberles ocurrido a todos los que se habían congregado en esa sala.

Sin embargo, quienes prepararon los cuadernillos tuvieron en mente que sus destinatarios no eran expertos en la materia, pues habían añadido una explicación sencilla en su parte final. Seiya la leyó. El texto era de fácil comprensión. A pesar de ello, tuvo que releerlo varias veces, porque su contenido era tan surrealista que resultaba difícil de asimilar.

El último apartado llevaba por título «Problemas previsibles derivados del Fenómeno P-13». Los ojos de Seiya lo recorrían línea a línea cuando, al llegar a cierto punto, se detuvieron. Entonces notó cómo su temperatura corporal aumentaba súbitamente.

Con el cuadernillo todavía en su mano, cayó de rodillas al suelo. Se acurrucó y sujetó su cabeza con ambas manos.

Cuando estaban a punto de llegar al gimnasio, se empezaron a oír los truenos. Fuyuki y Asuka se miraron e, inmediatamente, empezaron a sentir gruesas gotas de lluvia sobre sus rostros.

Fuyuki chasqueó la lengua y aceleró el paso. La mochila de alpinismo que portaba se clavaba en su espalda. La había conseguido en la sección de artículos de recreo de los grandes almacenes.

—Jo, con lo poco que nos falta para llegar...

—Ya te dije que teníamos que darnos prisa. Si no te hubieras tirado tanto tiempo metiendo cosas en la mochila, ahora no iríamos tan tarde.

—Vale, pero no era yo el que perdía el tiempo con desfiles de modas.

Asuka se detuvo en seco. Frunció los labios y bajó la cabeza mientras alzaba la mirada.

—Perdona. Lo retiro —se disculpó Fuyuki—. Démonos prisa o nos calaremos hasta la médula.

Sin decir palabra, Asuka señaló algo a la espalda de él. Fuyuki se volvió y vio una casa que estaba a punto de derrumbarse. La entrada y el recibidor prácticamente habían desaparecido.

—¿Qué pasa con esa casa?

Asuka se quitó la mochila que llevaba a la espalda, la dejó en el suelo y se acercó a la vivienda. Fuyuki fue tras ella.

—¿Qué pretendes? ¡Ten cuidado!

Pero ella no se detuvo. Continuó avanzando y accedió a la casa a través del recibidor en ruinas. Instantes después, salió con un paraguas en cada mano.

—Toma —dijo tendiéndole uno de ellos a Fuyuki—. Era tan sencillo como coger unos paraguas, ¿no? Lo que pasa es que ya no hace falta comprarlos. Se pueden conseguir en cualquier parte.

—Pues es verdad —admitió Fuyuki abriendo el suyo, un paraguas negro y grande.

Cuando llegaron al gimnasio, notaron que un fino humo flotaba en el ambiente. Fuyuki se sobresaltó al pensar que tal vez se tratara de un incendio, pero no era eso. Todos estaban reunidos alrededor de un cuadrado de cuyo centro se elevaba la fina columna de humo en cuestión.

—¡Oh, bienvenidos! —los recibió Taichí, que fue el primero en verlos.

—¿Qué estáis haciendo?

Taichi rio al tiempo que se frotaba la nariz.

—He ido a echar un vistazo a un edificio derruido por aquí cerca y resulta que era un asador. De los que asan la carne con carbón y brasas de verdad. Así que me he traído carbón y unas parrillas, y he improvisado una barbacoa con unos bloques de hormigón que he encontrado por ahí.

—¡Qué bien! —dijo Asuka. Sus ojos brillaban de emoción.

Haruko Yamanishi y Emiko Shiraki estaban asando carne y verduras con la ayuda de las parrillas.

—Comed, por favor. Estaréis cansados, ¿verdad? —dijo Emiko tendiendo sendos platos a Fuyuki y Asuka.

—¿Los ingredientes también los has birlado del asador? —le preguntó Fuyuki a Taichi.

—No. Lamentablemente, tanto las verduras como la carne estaban sepultadas bajo los escombros del edificio, así que no se podían comer. Lo que estamos asando lo he traído de un supermercado. —Nada más decir eso, el rostro de Taichi se ensombreció—. Me temo que, por culpa de los malditos terremotos, muchos alimentos habrán resultado dañados. Con el corte eléctrico, todo el contenido de los refrigeradores y congeladores se habrá ido estropeando y...

—Eso exactamente ha ocurrido en el supermercado de los grandes almacenes donde hemos estado. Por eso nos hemos aprovisionado sobre todo de productos en lata, desecados y de larga duración —dijo Fuyuki mirando la mochila que había dejado en el suelo.

—¿Y había algún sitio decente para poder vivir? —preguntó Nanami.

—De camino a Ginza hemos visto un hotel. A primera vista no parece haber sufrido grandes daños. Tratándose solo de dormir, supongo que sería suficiente.

—Aunque seguramente las duchas no se podrán usar —intervino Asuka—. De todos modos, he conseguido champú para lavado en seco, así que, si alguien quiere, que me lo pida, ¿vale?

Fuyuki fue comprobando uno por uno los rostros de todos. Faltaba una persona.

—¿Mi hermano aún no ha vuelto? —le preguntó a Nanami.

—No, todavía no.

—Vaya... —«¿Adónde habrá ido?», se preguntó Fuyuki ladeando extrañado la cabeza.

Él y Asuka se pusieron también a comer. Después de la caminata que se habían dado, les parecía que la carne tenía un sabor extraordinario. Además, Fuyuki cayó en la cuenta de que llevaba mucho tiempo sin llevarse nada de comida caliente a la boca.

—Eh ¿qué pasa? ¿Ya no queda de esto o qué? —le dijo Toda, desde el plinto que usaba a modo de silla, a Komine, que estaba sentado a su lado, al tiempo que le mostraba la lata de cerveza vacía que sostenía.

—Sí, aún quedan. Pero pensé que era mejor que estuvieran frías, aunque solo fuera un poco, así que las he dejado fuera.

—Vale, pues tráeme un par —pidió Toda, estrujando la lata y dejándola a un lado. Luego empezó a comer carne del plato.

Komine se quedó mirando a Toda como si quisiera decirle algo.

—¿Qué pasa? ¿Tengo monos en la cara o qué? —lo apremió Toda.

—No, nada. Ya voy a por las cervezas —dijo Komine dejando su plato para ponerse en pie.

Fuyuki y Asuka se miraron. Ella arrugó el entrecejo con gesto malhumorado. Él, por su parte, también frunció los labios, incómodo.

Terminada la cena, Seiya seguía sin volver. Todos empezaron a recoger las cosas. Viendo que Shigeo Yamanishi arrastraba la pierna mientras trasladaba unos bultos, Fuyuki se acercó a él.

—Descanse, por favor. Ya me encargo yo.

Yamanishi hizo un gesto de negación con la mano.

—Deje que al menos esto lo haga yo. Soy un anciano, me he lastimado la pierna y no hago más que causar molestias a todo el mundo. Me da apuro no ayudar, aunque solo sea un poco.

—Pero será peor si se hace daño en la cadera u otro sitio.

—No se preocupe, voy con cuidado. No puedo seguir siendo un estorbo para todos —repuso Yamanishi con una sonrisa y sin dejar su labor.

—¡Bueno, vale ya, ¿no?! —resonó de repente la voz de Asuka.

Fuyuki se volvió a mirar y la vio de pie frente a Toda. Este seguía sentado sobre el plinto, como siempre, con una lata de cerveza en la mano.

—Aquí todo el mundo está trabajando, así que a ver si usted también arrima un poco el hombro, ¿vale?

—¿Qué modo de hablarme es ese? ¿Te parecen maneras de dirigirse a alguien mayor que tú? —replicó Toda con la mirada extraviada por efecto del alcohol.

—Asuka, déjalo —intentó calmarla Komine.

Fuyuki se aproximó a los tres.

—¿Qué pasa?

—Que este hombre no quiere mover un dedo, así que se lo estoy haciendo saber —respondió Asuka.

Toda se puso en pie.

—¿A quién se lo estás haciendo saber tú?

—A usted. Hace un momento le he pedido que fregaras la parrilla, ¿no? Entonces, ¿por qué se lo ha mandado hacer a Komine? ¿No le parece abusivo?

—Porque me ha parecido que él no tenía nada que hacer.

—Ni usted tampoco. Porque lo de beber cerveza se puede hacer en cualquier momento, ¿no cree? ¿O es que en su empresa también se pasaba todo el día bebiendo? Menudo chollo debía de tener usted allí...

El rostro de Toda se desencajó en una mueca de cólera.

—¡No seas impertinente, niñata! —exclamó al tiempo que le propinaba un empujón en el hombro.

—¡Ay! ¡Pero qué hace!

Fuyuki sujetó por el brazo a Asuka, que se disponía a abalanzarse sobre Toda. Luego miro a este.

—Levantarle la mano a una mujer no está bien, ¿no cree?

—Ella me estaba insultando.

—¿Ah, sí? Pues a mí no me lo ha parecido. Es más, me ha dado la impresión de que quien insultaba era usted.

—Pero bueno...

—Se lo advierto desde ya: entre nosotros no hay jerarquías. Aquí somos todos iguales. Por tanto, tenemos que ser equitativos en cualquier cosa que hagamos. Puede que antes Komine fuera su subordinado. Y puede que su posición en la empresa fuera también muy elevada. Pero todas esas cosas ya no existen. Aquí, ni Komine es su subordinado ni usted es el jefe de nadie. No lo olvide.

—Ya... Eso lo entiendo.

—No, no lo entiende. Por eso obliga a Komine a hacer las tareas que a usted le desagradan, lo manda a por cerveza y demás. Es el único de entre nosotros que sigue sin aceptar la realidad. Una realidad en la que ya no hay ni rangos ni honores.

El rostro de Toda estaba lívido, y no parecía por efecto del alcohol.

—¿Qué? ¿Todavía le queda alguna queja? —dijo Asuka.

Toda hizo un gesto de rabia y, acto seguido, cogió en silencio la parrilla que tenía a su lado.

—Ya me ocupo yo... —dijo Komine visiblemente turbado.

—Cállate —espetó Toda apartando la mano de Komine. Acto seguido, se dirigió hacia la salida con la parrilla en la mano.

Asuka miró a Fuyuki y le sacó la lengua.

—A lo mejor me he pasado un poco, ¿no?

—No importa. Es muy probable que, de ahora en adelante, la cosa empeore. Si no es capaz de comprender cuál es de veras la situación, los que tendremos problemas seremos el resto —dijo Fuyuki, y se volvió hacia Komine—. Supongo que te resultará difícil, pero a ti también quiero pedirte que no le des un trato especial a Toda, por favor. Aquí las relaciones jefe-subordinado ya no existen.

Pero la cara de Komine denotaba preocupación.

—¿Qué ocurre? Solo digo que no hace falta que le guardes tanta consideración. ¿Hay algún problema con eso?

Komine alzó el rostro y se humedeció los labios.

—Pero ¿acaso no creéis que un día volveremos a lo de antes?

—¿Lo de antes?

—Desconozco las razones, pero lo cierto es que, a excepción de nosotros, todo el mundo ha desaparecido de repente, ¿verdad? Entonces, tampoco habría que descartar que en algún momento pueda ocurrir lo contrario. Es decir, creo que también es posible que un día, de repente, todo vuelva a la normalidad. Y si eso llega a ocurrir, recuperaremos también nuestras anteriores relaciones personales. Si este fenómeno fuera algo pasajero, no me gustaría que esas relaciones resultaran dañadas.

Nanami, que había oído la alocución de Komine, se aproximó a él.

—¿Crees que la gente que ha desaparecido volverá algún día? —le preguntó.

—Es que... —empezó Komine. Se frotó la cara con la mano y añadió—: Es que si dejo de creer en ello, me parece que voy a enloquecer.

15

Aunque el sol ya se había puesto, Seiya todavía no había regresado.

—¿Le habrá ocurrido algo? —preguntó Nanami mientras encendía un quinqué de hojalata.

—Tratándose de mi hermano, no creo que le haya pasado nada, pero...

—¿Adónde fue?

—Bueno, pues... —dijo Fuyuki ladeando la cabeza, pensativo—. Hicimos la primera parte del camino juntos, pero luego Asukita y yo nos dirigimos hacia Ginza.

—Oye, ¿te importaría no ponerme diminutivos? —terció Asuka, que estaba a su lado—. Es que no me gusta nada. Parece que estés hablando de una niña. Con Asuka a secas es suficiente.

—Vale, eso haré.

—Tú puedes ser «júnior», ¿vale?

—¿Júnior?

—Claro. Porque solo con Kuga no se puede saber a cuál de los dos hermanos te refieres, así que podríais ser Kuga líder y Kuga júnior.

—Mi nombre es Fuyuki Kuga. Si se te hace muy largo, basta con Fuyuki.

En ese momento entró Taichi desde el exterior con una linterna en la mano.

—Oye, el tipo este ha desaparecido.

—¿Qué tipo?

—El directivo de la empresa. He echado un vistazo por fuera, pero solo había esto —dijo Taichi tendiéndole la parrilla de asar carne—. Debía de estar fregándola con estropajo y jabón, pero la ha dejado a medio acabar.

Asuka emitió un sonoro chasquido con la lengua.

—Ese tío no tiene remedio.

—¿Y no está por ninguna parte? —preguntó Fuyuki a Taichi.

—He echado un vistazo por los alrededores, pero no, no está.

—¿Y qué más da? Estará por ahí, amargado en algún rincón. Dejadlo que haga lo que quiera —dijo Asuka.

Komine se dirigió en silencio hacia la salida. Al verlo, Fuyuki fue tras él.

Fuera, la lluvia arreciaba. El agua fluía con ímpetu por las canaletas.

Allí estaban el jabón y el estropajo que había utilizado para fregar la parrilla. Tras mirar alrededor, Komine recogió un papel del suelo.

—¿Qué es eso? —le preguntó Fuyuki.

—Un mapa de la zona. El gerente lo había cogido de la sala de profesores y lo estaba estudiando hace un rato.

—¿Y para qué?

Komine se quedó en silencio, pero a los pocos instantes alzó el rostro como si se hubiera dado cuenta de algo.

—Tal vez...

—¿Qué pasa?

Komine parpadeó, dudando si debía responder o no.

—Voy a ver —dijo, y cogió uno de los paraguas que había al lado de la puerta.

—Espera, por favor. ¿Adónde vas? ¿Tienes idea de dónde puede estar Toda?

—Tal vez me equivoque. Así que mejor voy solo a ver.

Fuyuki agarró por el brazo a Komine, que se disponía a emprender la marcha.

—¿Pretendes ir solo en medio de esta lluvia? Además, existe riesgo de que el viento también arrecie. En estas condiciones, es peligroso actuar en solitario.

—Tranquilo, no está tan lejos.

—Por eso te pregunto adónde vas. Si no me lo dices, no puedo dejarte ir.

Komine soltó un suspiro y su semblante se tornó amargo.

—A la empresa.

—¿La empresa? ¿La vuestra?

Komine asintió con la cabeza.

—La sede central está en Kayaba-cho. No es mucha distancia. Se puede ir a pie desde aquí.

—Espera. ¿Y para qué iba a querer ir a su empresa Toda a estas alturas?

—No estoy seguro, solo tengo esa impresión.

Tras mirar el rostro de perfil de Komine, cabizbajo al decir eso, Fuyuki se dio la vuelta. Taichi y Asuka estaban también allí, tras él.

Fuyuki se pasó los dedos por el cabello y luego cogió un paraguas.

—Te acompaño —le dijo a Komine. Miró a Asuka y Taichi—. Ocupaos de esta gente, por favor.

La joven dio un paso al frente.

—Yo también voy. Fui la primera en recriminar a Toda.

—Tú no tienes la culpa. Y yo tampoco le acompaño porque piense que la tengo. Simplemente creo que es peligroso dejar a Komine ir solo. No sabemos en qué estado se encontrarán las calles cuando estemos a mitad de camino. Además, con el viento, podrían salir volando cosas por ahí. Pero eso tampoco significa que tenga que venir más gente. Solo serían un estorbo. Así que tú quédate aquí.

Asuka frunció los labios, contrariada, pero asintió con la cabeza.

—De acuerdo.

—Venga, pues vámonos.

Fuyuki partió junto con Komine.

Tal como habían previsto, el ímpetu del viento era cada vez mayor. Los dos avanzaban sujetando con fuerza sus paraguas, que parecían ir a romperse de un momento a otro. Poco después vieron un puesto de policía. No estaba deteriorado.

—¡Acerquémonos ahí! —gritó Fuyuki.

—¿Para qué?

—Puede que haya impermeables de los que usa la policía. Vamos a cogerlos.

Entraron precipitadamente en el puesto y abrieron la puerta que había al fondo. Era un trastero donde había, desordenados, diversos bultos y enseres domésticos.

Encontraron los impermeables de plástico y se los pusieron, junto con unos cascos que también hallaron allí. Cuando salieron del puesto de policía, el viento parecía arreciar aún más.

—Con calma, vayamos despacio —dijo Fuyuki.

De vez en cuando volaban por los aires fragmentos de escombros de los edificios derribados por el terremoto. Un cartel a punto de desprenderse batía ruidosamente agitado por el viento. Si alguna de esas cosas les golpeara directamente, resultarían gravemente heridos.

Las calles estaban resquebrajadas por todas partes y el agua de la lluvia fluía con fuerza entre las grietas. Fuyuki pensó que aquello no parecía Tokio. Alumbró su reloj con la linterna. Habían transcurrido más de treinta minutos desde que salieran del gimnasio.

—Vamos bien por este camino, ¿verdad?

—Creo que sí. Ya falta poco.

Tal vez por efecto de la lluvia, ya no se veían edificios ardiendo alrededor. Tanto el humo como las polvaredas parecían haberse disipado.

—Es ese edificio —dijo Komine señalando hacia el frente.

En medio de la tenue oscuridad se alzaba un edificio alto y alargado, cuya forma evocaba una gigantesca lápida funeraria. Se aproximaron con cautela, siempre sin dejar de dirigir las linternas hacia sus pies, pues temían que el suelo estuviera lleno de cristales. Pero, por fortuna, no había apenas ventanas rotas.

—Esto está muy resbaladizo por culpa de la lluvia. Vayamos con cuidado —advirtió Komine avanzando en primer lugar.

El edificio no parecía haber sufrido casi ningún daño a consecuencia de los seísmos. Fuyuki recordaba haber oído a Toda decir que el edificio de su empresa era de los que habían sido diseñados con un alto grado de resistencia sísmica.

Accedieron por la entrada principal. El interior estaba en completa oscuridad. Seguramente, las luces de emergencia habrían funcionado durante un tiempo después del apagón, pero ya se habían apagado. El inmueble no parecía haber sufrido ningún incendio.

—¿Dónde está la oficina de Toda? —preguntó Fuyuki.

—En la tercera planta. En la sala de ejecutivos.

Subieron hasta el tercer piso por la escalera. En el pasillo del segundo encontraron desperdigadas por el suelo un montón de cajas que anteriormente debían de estar apiladas junto a la pared.

—Parece que este edificio también ha oscilado de lo lindo —comentó Komine al verlas—. La verdad es que cuenta con unos rodamientos gigantes instalados en la cimentación, que permiten que la estructura absorba las vibraciones sísmicas. Es uno de los productos estrella de nuestra empresa. Un edificio normal no habría aguantado semejantes vaivenes.

Ascendieron una planta más. Fuyuki se detuvo mientras apuntaba con la linterna hacia el suelo. Había huellas en el pasillo.

—Son del gerente —dijo Komine mirándolas—. Tal como suponía, ha venido aquí.

—¿Su despacho está por aquí?

—Sí —respondió Komine, y echó a andar.

Al otro extremo del pasillo se veía una puerta abierta. Observaron que las huellas de pisadas conducían a ella.

Komine echó un vistazo al interior y Fuyuki hizo lo propio tras él. Había una gran ventana y, frente a ella, una oscura silueta humana que parecía mirar hacia la ventana desde la silla en que estaba sentada.

—Gerente —dijo Komine.

La silueta dio una fuerte sacudida. Fuyuki la alumbró con la linterna y la espalda de Toda surgió en medio del resplandor.

—Señor gerente... ¿por qué ha venido aquí? —le preguntó Komine acercándose a él.

—Eso mismo digo yo. ¿Qué hacéis vosotros aquí?

—Pues está claro, hemos venido a buscarle —dijo Fuyuki con cierta rudeza—. Cuando uno desaparece sin decir nada, causa complicaciones al resto.

—¿Y a vosotros qué más os da que yo falte o no? Dejadme en paz. Dejadme solo.

—¿Se puede saber qué lo tiene tan amargado? ¿Qué cree que va a conseguir regresando aquí? Aquí ya no quedan ni secretarias guapas ni subordinados serviles. Lo único que puede hacer, si quiere sobrevivir, es unirse a nosotros y resistir. ¿Por qué se niega a entenderlo?

—¡Pero qué va...! —comenzó a voz en cuello Toda, pero dejó caer sus hombros y prosiguió con tono normal—: ¡Pero qué va a entender un crío como tú! ¿Acaso tienes idea de lo que he tenido que sufrir y esforzarme para alcanzar este puesto? Y ahora, de repente, me lo quitan todo de un plumazo... ¿Y tú crees que comprendes lo que siento?

—Gente que sufre por su trabajo hay más que estrellas en el cielo. Y no todos son recompensados por ello. Que el esfuerzo de uno se quede en nada ocurre muy a menudo. Pero usted llegó a gerente, ¿no? Así que fue de los que al menos vieron recompensado su esfuerzo. Entonces, ¿de qué se queja? ¿Por qué está insatisfecho? ¿O es que todavía le gustaría ir por ahí alardeando de autoridad y tiranizando a sus empleados?

Toda torció el gesto y miró fijamente a Fuyuki.

—¿Qué pasa? ¿Hay algo que quiera decirme?

Pero Toda no dijo nada y volvió a girarse hacia la ventana. Sus dos manos permanecían aferradas a los reposabrazos de la silla.

—Se comporta como un niño enrabietado —le espetó Fuyuki.

—Señor gerente, regresemos, por favor. Quedarse aquí es peligroso.

—Ya os he dicho que me dejéis en paz. Regresad vosotros.

—Pero ¿cómo vamos a hacer eso? Por favor, señor gerente...

El tono de ruego de Komine irritó todavía más a Fuyuki.

—El mero hecho de refunfuñar ya nos supone un problema. Si sigue negándose a regresar con nosotros, no tendremos más remedio que llevárnoslo por la fuerza.

Ocurrió justo cuando Fuyuki se disponía a aproximarse a Toda, que seguía de espaldas a ellos.

Alguien le agarró del brazo derecho desde atrás. Cuando se volvió sobresaltado, Seiya estaba tras él con expresión severa. Iba vestido con ropa de montaña y llevaba un casco con linterna incorporada.

—Hermano... Pero ¿qué haces tú aquí?

—Asuka y los demás me han contado lo sucedido. Y, estando tú de por medio, me imaginé que algo habría, así que he venido a ver qué pasaba.

—¿Y eso qué quiere decir?

—¿Tú es que no tienes ningún sentimiento de respeto hacia los veteranos de la vida o qué?

Fuyuki le devolvió la mirada a su hermano y frunció el ceño.

—¿Veteranos de la vida? ¿Y eso qué es? ¿Te crees que eso nos va a servir de algo? Fíjate bien en qué situación estamos. Aquí no valen ni veteranos, ni novatos, ni jóvenes ni ancianos.

Al oír aquello, Seiya, atónito, soltó un suspiró.

—Entonces ¿pretendes que, por el hecho de que la gente haya desaparecido, todo debe volver a iniciarse desde cero?

—¿Acaso tú no? Aquí ya no hay ni empresas, ni escuelas, ni organizaciones ni gobierno. Sería ridículo que, a pesar de ello, las jerarquías siguieran existiendo.

—Vale, entonces deja que te haga una pregunta: ¿tú no tienes historia? O sea, que la persona que tú eres hoy, ¿ni viene por cuenta de nadie, ni ha recibido nunca la ayuda de nadie? No, ¿verdad? Tú has llegado hasta aquí con el apoyo de un montón de gente que ha contribuido a tu crianza y educación.

—Bueno, sí, pero... A mí este tipo no me ha ayudado en nada.

—Ah, vale, entonces nunca te has beneficiado de ningún tipo de servicios de la administración, ¿no? Y supongo que tampoco habrás usado jamás las herramientas desarrolladas por la civilización. Ni habrás disfrutado nunca de la cultura o el entretenimiento. Las gentes que nacieron y se incorporaron a la sociedad antes que tú, pagaron sus impuestos y contribuyeron al desarrollo de la ciencia y la cultura. Y gracias a ellos tú estás hoy aquí. ¿O no? ¿O es que como todas estas cosas han desaparecido ya no tenemos que estar agradecidos por ellas?

Fuyuki se amilanó ante el reproche contenido en las palabras de Seiya. No se le ocurría cómo replicar. Nunca antes había pensado en esa clase de cosas. Simplemente se había limitado a asimilar, como una virtud moral más, el respeto hacia a la gente que está por encima de uno, porque se lo habían inculcado sus padres y maestros.

Seiya se acercó a Toda.

—Nosotros estaremos en la habitación de al lado. Cuando haya puesto en orden sus sentimientos, vaya a vernos, por favor. Por el momento le he traído una ración de comida. Se la dejo aquí —le dijo, sacando una bolsa de plástico de la mochila que llevaba a su espalda y dejándola encima de la mesa—. El tiempo fuera está absolutamente enloquecido. Lo de regresar habrá que dejarlo para mañana.

Seiya se volvió hacia Komine.

—Venga, salgamos de aquí.

Tras mirar a Toda con gesto de preocupación, Komine asintió levemente con la cabeza.

—Vámonos —dijo Seiya a su hermano. Y abrió la puerta y salió.

Komine le siguió. Fuyuki fue tras ambos.

La habitación contigua era una pequeña sala de juntas. Nada más entrar, Fuyuki se sentó en una silla sin quitarse el impermeable.

—La gente vive aferrándose a las cosas más diversas. Muchos optan por la familia, pero tampoco es de extrañar que haya quienes lo hagan por la empresa —dijo Seiya mientras se quitaba la ropa de montaña—. Lo que lamente perder cada uno es cosa suya. Nadie puede entrometerse ahí como un elefante en una cacharrería. Eso no se puede tolerar.

—Ya... ya lo he entendido —dijo Fuyuki.

El ruido de la lluvia golpeando las ventanas se iba acrecentando. Parecía que el agua la estuvieran lanzando con una manguera de alta presión. El ulular del viento también era pavoroso; daba la impresión de que retumbaba el suelo.

—Si en esta situación volviera a producirse un terremoto... sería realmente duro —murmuró Seiya.

16

Fuyuki abrió los ojos cuando notó que alguien lo sacudía. Era Seiya.

—Ya ha amanecido. Debemos irnos.

Fuyuki se incorporó. Estaba tumbado en el suelo de la sala de juntas. Komine, por su parte, estaba apoyado en la pared con aire adormilado.

Seiya extrajo de su mochila una caja cuadrada y una lata, y las puso delante de Fuyuki. Eran una ración de emergencia en forma de galletas y una lata de té de *Oolong*.

—Hay que reponer energías. Me temo que las vamos a necesitar.

Aunque no tenían mucho apetito, Fuyuki abrió la caja y empezó a comerse las galletas. No es que estuvieran malas, pero eran muy secas y, de no haber sido por la lata de té, lo habría pasado mal.

—¿Y a partir de ahora nos va a tocar comer siempre cosas de estas? —dijo Komine, que, al parecer, tenía la misma impresión que Fuyuki.

—¿No crees que es mejor mentalizarse ya? —respondió Fuyuki—. Claro, como todo lo crudo se ha extinguido, pues... Pero bueno, creo que las latas y los precocinados se podrán seguir comiendo.

Seiya, que estaba mirando por la ventana, se dio la vuelta.

—Las raciones de emergencia y los alimentos de larga duración también tienen un límite. Será mejor pensar en algo más de futuro.

—¿De futuro?

—Quiero decir que tenemos que encontrar un método que garantice nuestra estabilidad alimentaria.

—¿Y eso existe? —preguntó Fuyuki ladeando la cabeza.

—¿Qué quieres? ¿Qué una vez que nos hayamos comido todos los fideos instantáneos y todas las barritas energéticas nos sentemos a esperar la muerte por inanición?

—Hombre, yo tampoco he dicho eso...

Cuando Fuyuki terminó de comerse su ración de emergencia, la puerta se abrió y apareció Toda con cara de turbación.

—Señor gerente... —lo saludó Komine.

—¿Ya se encuentra bien? —le preguntó Seiya.

—Sí. Lamento las molestias que he causado. No sé qué me pasaba.

—¿Ha podido descansar? Si no ha sido así, lo esperaremos, de modo que tal vez sea mejor que eche una cabezadita, aunque sea corta.

—No, tranquilo, he dormitado un par de horas. Además, no quiero causar más molestias. Y el tiempo también parece que ha mejorado un poco, así que lo mejor será salir cuanto antes.

Efectivamente, la luz de la mañana entraba por la ventana y no se oía ya el sonido de la lluvia.

—Pues vámonos —dijo Seiya mirando a los otros tres.

Salieron de la sala de juntas y se dirigieron hacia la escalera. En el trayecto, Fuyuki le pidió a Toda que se detuviera un instante.

—Lamento mucho lo que le dije anoche —se excusó bajando la cabeza.

—Al contrario, soy yo el que te debe una disculpa. A partir de ahora prometo cooperar en todo lo posible.

Komine, que iba por delante, también se había detenido. Toda dirigió su mirada hacia él.

—Y tú también, a partir de ahora no tengas tantos miramientos conmigo. Ya no somos ni jefe ni subordinado.

Komine esbozó una sonrisa y asintió con la cabeza.

—Vámonos ya —les conminó Seiya.

Pero, nada más salir del edificio, los cuatro se detuvieron. Sobre la agrietada calzada fluía una ingente cantidad de agua lodosa.

—Las calles se han quedado sin alcantarillado... —murmuró Toda.

—Así va a ser imposible volver al gimnasio. Supongo que el señor gerente estará cansado, así que ¿por qué no esperamos un tiempo a ver cómo evoluciona la situación? —le dijo Komine a Seiya.

—No. Volvamos. Por mí no hace falta que os preocupéis —dijo Toda con firmeza—. Me preocupa más la gente del gimnasio. Allí se han quedado pocos hombres y no sabemos cuándo volverá a empeorar el tiempo. A este paso, no parece que la tregua vaya a durar mucho.

Fuyuki escudriñó el cielo. Toda tenía razón. La lluvia había cesado, pero el cielo seguía cubierto de nubarrones. El cálido viento seguía soplando de un modo inquietante.

—¿De veras quiere que regresemos? —le preguntó Seiya a Toda, intentando confirmar su verdadera disposición a emprender la marcha.

—Tranquilo. Aquí donde me ves, me fío bastante de mis piernas.

—De acuerdo. En tal caso, vamos. Pero, por favor, antes buscad cualquier cosa que pueda serviros como bastón durante la marcha. Vamos a avanzar comprobando bien por dónde pisamos. No sabemos cómo estará el suelo por culpa del barro.

Fuyuki echó un vistazo alrededor, pero no encontró nada que poder usar a modo de bastón.

—Un momento. Creo que sé dónde hay algo que puede venirnos muy bien —dijo Toda antes de volver a entrar en el edificio.

Lo que traía en sus manos cuando salió, breves instantes después, era una bolsa de palos de golf.

—En nuestra situación, esto debería representar una de las cosas menos útiles del mundo. Pero mira, al final sí que va a tener una utilidad.

Todos cogieron un palo y fueron metiendo sus pies en el agua lodosa.

Al poco de empezar a caminar, comprobaron que usar los palos de golf como bastones había sido un gran acierto. Bajo el fango había innumerables escombros y también baches peligrosos. Si por un descuido alguien daba un mal paso sobre ellos, podía resultar herido.

—Tu hermano es increíble —dijo Komine, caminando al lado de Fuyuki—. Siempre mantiene la serenidad, pero, a la vez, está muy dotado para la acción. Su capacidad para analizar de modo inmediato las situaciones me parece asombrosa. Pero lo que más admiro de él es su consideración hacia los demás. A decir verdad, yo también pensaba que, una vez desatada esta situación, ya no tenía sentido hablar de jefes y subordinados. Pero no me atrevía a manifestarlo por si en algún momento volvíamos al mundo anterior. Me da vergüenza admitirlo, pero...

Fuyuki escuchaba en silencio los elogios de Komine sin dejar de caminar. Ya estaba acostumbrado a oír a los demás alabar a Seiya. Podría incluso decirse que estaba harto de ello.

Seiya detuvo entonces la marcha del grupo con una voz.

—¡Alto! Vamos a variar la ruta. Seguir por aquí es muy peligroso.

Fuyuki fue hasta donde se encontraba su hermano, miró hacia delante y se quedó atónito. Gran parte de la calle estaba hundida y el agua embarrada discurría entre las grietas con un ímpetu tremendo. Estaban ante un verdadero río de lodo.

—Nadie diría que estamos en Tokio —murmuró Komine.

—Tokio ha muerto —respondió Toda—. Y si solo le ha pasado a Tokio, ya nos podemos dar con un canto en los dientes...

Rodearon la zona hundida y continuaron la marcha. Desplazarse por el agua lodosa era algo muy difícil. A veces les llegaba hasta las rodillas.

A fuerza de animarse repitiéndose una y otra vez que, en cuanto avanzaran unos metros más, iban a tomarse un descanso, llegaron hasta una zona desde la que ya se vislumbraba el gimnasio. Para entonces habían transcurrido unas tres horas desde su partida.

Los alrededores del gimnasio también estaban inundados. El olor a aguas residuales lo invadía todo.

—Esto está fatal... —murmuró Fuyuki mientras echaba un vistazo al interior del gimnasio.

La madera del suelo estaba combada y partida en muchos puntos. Al parecer, aquello también se había inundado.

—¿Dónde estarán todos? —se preguntó en voz alta Komine mirando alrededor.

Fuyuki salió del gimnasio y se dirigió hacia el edificio de la escuela. Al acercarse, oyó una voz que lo llamaba.

—¡Eeeeh!

Cuando alzó la vista, vio a Asuka agitando la mano desde una ventana del primer piso.

—Ahí están —les dijo Fuyuki a los demás.

Todos se dirigieron hacia la entrada de la escuela, pero antes de entrar Toda se detuvo frente a ella.

—Komine, ¿qué te parece este edificio?

—Es bastante viejo. Y se ve que el hormigón está agrietado. Sin duda es cosa del reciente terremoto.

—¿Hay algún problema? —preguntó Seiya.

Komine ladeó la cabeza con gesto serio y pensativo.

—La verdad, no puede decirse que esté en muy buen estado. No sé de cuándo son esas grietas, pero parece claro que con el aguacero de anoche entró una gran cantidad de agua. Es muy probable que la estructura de acero se haya oxidado.

—Ya —dijo Seiya asintiendo con aire preocupado.

Cuando accedieron al edificio, vieron que las paredes interiores presentaban también numerosas grietas. Y el agua se filtraba por varios sitios.

Ascendieron hasta la primera planta por la escalera. Al llegar, Asuka les estaba esperando a la entrada de un aula en cuya puerta había un letrero que ponía: SEGUNDO CURSO, GRUPO 3.

—Menos mal. Parece que estáis todos bien —dijo Asuka.

—¿Y vosotros? Parece que habéis abandonado el gimnasio, ¿no? —le preguntó Fuyuki.

—El suelo estaba a punto de inundarse, así que nos trasladamos aquí como pudimos. El problema es que la anciana resultó herida.

—La anciana... ¿Te refieres a la esposa de Yamanishi?

Al entrar en el aula, los pupitres estaban agrupados al fondo. Sobre un colchón tendido en el suelo se encontraba tumbada Haruko Yamanishi. La palidez de su rostro se apreciaba desde lejos. A su lado estaban su esposo y Nanami. Más allá, Emiko, que llevaba a Yuto en brazos, estaba sentada junto a Mio y Taichi en unas sillas.

—¿Qué ha ocurrido? —le preguntó Seiya a Nanami.

Ella lo miró con tristeza.

—Al salir del gimnasio, se cayó y se golpeó la cabeza. Desde entonces está inconsciente...

—¿En qué parte de la cabeza?

—En la nuca. Pero no presenta ninguna herida externa. Y eso es precisamente lo que me preocupa.

—O sea, que la lesión debe de ser interna...

Nanami asintió con la cabeza.

—Lo cierto es que, en su estado, no deberíamos haberla movido. Y puestos a hacerlo, tendría que haber sido inmovilizándola previamente. Pero como no teníamos margen de tiempo, la trajimos hasta aquí a cuestas entre todos, como pudimos.

Fuyuki también escudriñó el rostro de Haruko. Parecía respirar sin dificultad, pero no se movía ni un ápice. Fuyuki no tenía conocimientos de medicina, pero tampoco los necesitaba para darse cuenta de que su estado era grave.

—En un caso como este, ¿qué medidas se tomarían en un hospital? —preguntó Seiya.

—Lo primero sería obtener unas radiografías. Luego, una vez comprobado el alcance de la lesión, le prescribirían un tratamiento que... Bueno, creo que en este caso seguramente sería quirúrgico.

—Quirúrgico... —murmuró Seiya frunciendo el ceño.

Todo el mundo se quedó en silencio. Nanami era una simple enfermera. No podía efectuar intervenciones quirúrgicas. Pero si a Haruko Yamanishi no la operaban, las posibilidades de que saliera adelante eran prácticamente nulas.

—Hermano, ¿qué hacemos? —preguntó Fuyuki.

Seiya dejó escapar un suspiro antes de responder.

—La verdad es que había pensado que nos trasladáramos a la residencia oficial del primer ministro.

—¿A la residencia del primer ministro?

—Sí. Ayer me acerqué a echar un vistazo y apenas ha sufrido daños. Dispone de estación generadora propia y cuenta también con abundantes reservas de alimentos. Me pareció el lugar ideal para instalarnos con cierta seguridad.

—¿Y cómo vamos a ir hasta allí?

—Andando, por supuesto. No hay otra manera.

—¿Andando? Si solo regresar desde la empresa de Toda y Komine ya nos ha costado Dios y ayuda.

—Tomándonos el tiempo necesario y aunando fuerzas, creo que lo lograríamos.

—¿Y qué hacemos con la señora? ¿La trasladamos en camilla? —preguntó Fuyuki.

Seiya se limitó a apartar la mirada con gesto compungido. Fuyuki intuyó lo que estaba pensando su hermano.

—¿Es que pretendes abandonarla? ¿Y tú te consideras humano?

—No vamos a abandonarla. Pero creo que es imposible trasladarla.

—¿Acaso no es lo mismo? En su estado, si la dejamos aquí, es imposible que se salve.

Seiya se volvió hacia Nanami.

—Si pudiéramos llevarla hasta la residencia del primer ministro, ¿tendría posibilidades de salvarse?

Nanami negó en silencio con la cabeza, sin levantar la mirada del suelo.

Fuyuki lanzó a Seiya una mirada fulminante.

—O sea que, como no tiene cura, la dejamos aquí y el resto nos largamos tranquilamente, ¿no? No me digas que pretendes eso. ¿Ya te has olvidado de todo lo que me dijiste anoche? ¿O es que ahora ya no hay que respetar a los mayores?

Los ojos de Seiya se clavaron en Fuyuki como agujas.

—Conoces el camino a la residencia del primer ministro, ¿no? ¡Pues llévate tú allí a esta gente!

—¿Y tú qué vas a hacer? —preguntó Fuyuki.

—Yo me quedo aquí. Estaré al lado de la señora Yamanishi hasta que exhale su último aliento. Dado que no existe posibilidad de operarla ni de administrarle un tratamiento, es lo único que podemos hacer.

Las palabras de Seiya amedrentaron a Fuyuki. No se le ocurrió cómo rebatirlas.

—No, señor Kuga. Eso no puede ser —intervino Shigeo

Yamanishi en tono cordial—. No puedo permitir que se ocupe usted de esto. Me corresponde a mí.

—No, de veras, comprendo su intención, pero no podemos dejarle aquí a usted solo —repuso Seiya.

—¿Y si nos quedamos todos? —terció Asuka—. Hagamos eso. Hasta ahora hemos ido aguantando juntos, así que...

—Yo también creo que sería lo mejor —dijo Fuyuki mirando a su hermano.

Seiya se mordió los labios y se quedó pensativo. Fue Toda quien tomó la palabra entonces:

—¿Puedo intervenir? Komine y yo hemos inspeccionado este edificio y la verdad es que su estado es muy peligroso. No aguantará si se produce un nuevo terremoto medianamente potente. Hablando claro, existe alto riesgo de derrumbamiento.

—Y eso significa que hay que trasladarse cuanto antes, ¿no?

—Exacto —respondió Toda a la pregunta de Seiya.

—¿Podría dejar de poner pegas solo porque a usted no le apetezca quedarse? —dijo Asuka con un gesto de desaprobación.

—No son pegas. Soy arquitecto y os digo que este edificio es peligroso.

A Fuyuki no le dio la impresión de que Toda dijera eso a la ligera. Y Seiya debió de pensar lo mismo, porque su ceño estaba ahora más fruncido que antes.

Shigeo Yamanishi se incorporó y se acercó a Haruko. Cogió su mano derecha y contempló de cerca el rostro de su anciana esposa.

—Su mano está caliente y también respira. Se diría que está simplemente durmiendo, ¿verdad? —Luego se dirigió a Nanami—: Tú tenías bastantes medicamentos, pero... solo valen para curar, ¿verdad?

Nanami ladeó la cabeza dubitativa.

—¿Qué quiere decir?

—Bueno, me preguntaba si... —Shigeo hizo una pequeña pausa— si no tendrías alguno que sirviera para ayudarla a morir.

17

Todo el mundo se quedó en silencio tras esas palabras del anciano. Tan solo se oía el lúgubre ulular del viento.

El primero en romper el hielo fue Fuyuki.

—Pero ¿qué dice? ¡Cómo vamos a hacer eso!

Yamanishi volvió lentamente su rostro hacia Fuyuki. Al ver su expresión, este se sobresaltó. Los ojos del anciano albergaban un brillo que podría calificarse de sereno.

—¿Te refieres a que no hay forma de hacerlo? ¿O a que no está bien moralmente?

—A lo segundo, por supuesto.

—En tal caso, quiero preguntarte algo: ¿qué es la moral?

Fuyuki se amilanó y miró a su hermano, demandando tácitamente su opinión. Pero Seiya seguía mirando al suelo.

—Verás, lo que te ocurre es que no has comprendido el verdadero sentido de la propuesta de tu hermano —añadió Yamanishi.

—¿A qué se refiere?

—¿Crees que tu hermano iba realmente a quedarse aquí hasta que Haruko exhalara su último aliento?

Fuyuki miró a su hermano con ojos de extrañeza.

—¿Es que no es así?

Pero Seiya tampoco contestó. Seguía evitando mirar a Fuyuki a la cara.

—Tu hermano siempre se pone en lo peor —continuó Yamanishi—. Pero la idea es que no se puede sacrificar a una persona por intentar salvar a otra, cuando esta no tiene ninguna posibilidad de sobrevivir. Hasta yo soy consciente de que, en algún momento, Haruko va a fallecer. La cuestión es que nadie sabe cuándo. Y tu hermano tampoco. ¿Y si Haruko lograra sobrevivir un día entero? ¿Qué pasaría entonces? Sería extremadamente peligroso que alguien se quedara solo junto a ella durante todo ese tiempo, pues no sabemos cuándo volverán a asaltarnos los terremotos o las tormentas. En resumidas cuentas, tal vez la opción más acertada sea dejar aquí a Haruko y que el resto se vaya.

—Pero Yamanishi...

—Sin embargo, hacer eso resultaría muy duro. Todos se quedarían muy afligidos. Del mismo modo que tú cuando te has enfadado hace un momento. De ahí que tu hermano seguramente haya pensado en lo siguiente: quedándose él, lo primero que consigue es aliviar el peso de las conciencias del resto. Pero, como acabo de decir, es muy peligroso quedarse aquí hasta que se produzca el efectivo fallecimiento de Haruko. Entonces, ¿qué podemos hacer? Bien, solo quedan dos opciones: o salir de aquí dejando a Haruko todavía viva, o salir después de forzar su fallecimiento. En cualquiera de los dos casos, tu hermano nos diría que Haruko Yamanishi falleció al poco tiempo de habernos ido todos de aquí.

Al escuchar las palabras del anciano, Fuyuki sintió que todo el cuerpo le ardía.

—Pero, hombre, cómo...

—Y creo que tu hermano se decantaría por la segunda opción. Porque abandonarla antes de que fallezca, aunque ella esté inconsciente, da demasiada lástima. Por eso le he dicho antes que no podía permitirle que se ocupara de ello, que esa tarea la tengo que asumir yo.

Fuyuki miró a Seiya.

—¿Es así, hermano? ¿Pensabas matar a la mujer de Yamanishi?

Seiya no respondió, y eso equivalía a una confirmación.

—Matar no es la palabra adecuada —precisó Yamanishi—. Dado que no se puede salvar, solo queda elegir el método más suave para que nos abandone. En el mundo en que vivíamos antes, había argumentos a favor y en contra de la eutanasia, pero aquí y ahora ya no hay razones para oponerse a ella, ¿no te parece?

—Bueno, pero... —Fuyuki no fue capaz de continuar. Sentía que todas las cosas de las que había estado firmemente convencido hasta ahora se le iban desmoronando una tras otra. No se podía abandonar a su suerte a un moribundo bajo ninguna circunstancia, aunque se tratase de alguien sin ninguna posibilidad de salvarse. Los demás no tenían derecho a decidir sobre la vida y la muerte. Nunca había pensado que ideas como estas estuvieran equivocadas. Mejor dicho, seguramente no lo estaban. Seguían siendo correctas. Pero había casos en los que esas ideas, aunque correctas, eran imposibles de llevar a la práctica. Y así, descartadas como opción, tampoco podía concluirse que las demás vías de solución fueran erróneas.

En medio de la calma, el edificio emitió un sonoro crujido. Un instante después, el suelo de la habitación tembló ligeramente. La vibración cesó enseguida, pero fue suficiente para aumentar el nerviosismo de todos.

—Joder... —murmuró Komine.

—Como no salgamos pronto de aquí... —dijo Toda.

Yamanishi volvió a mirar a Nanami.

—¿Tienes algún medicamento? Alguno que pueda facilitarle las cosas a Haruko.

Todos, no solo Yamanishi, miraron fijamente a la enfermera.

Ella se puso en pie y abrió la nevera portátil que tenía a su lado. Lo que extrajo de su interior fue una jeringuilla y una pequeña ampolla.

—Esto se llama succinilcolina. Se suele usar como anestesia general en las intervenciones quirúrgicas.

—Si se lo inyectamos, ¿le facilitará el tránsito a Haruko?

Nanami asintió con la cabeza, pero su rostro reflejaba desconcierto.

—Es un relajante muscular. Está clasificado como un tipo de veneno por el Ministerio de Sanidad.

—¿Y en cuanto a sufrimiento?

—No creo que lo provoque. De hecho, los veterinarios lo suelen utilizar para el sacrificio de mascotas.

—Bien —dijo Yamanishi, asintiendo. Luego se volvió hacia Fuyuki—. ¿Qué te parece? Me gustaría usar esto para facilitarle las cosas a Haruko. —El anciano usaba frecuentemente la expresión «facilitar las cosas».

Fuyuki no pudo contestar. Quería encontrar otra opción, pero no se le ocurría nada. No tuvo más remedio que mirar a Seiya.

Seiya suspiró con fuerza. Su mirada denotaba que había decidido algo.

—Sometámoslo a votación. Quitando a Mio, al bebé y a Haruko, somos nueve. Solo con que uno de nosotros se oponga, no lo haremos. Ahora bien, quien se oponga deberá ofrecer una propuesta alternativa. Si no puede, tampoco estará legitimado para oponerse. ¿De acuerdo?

No hubo disensiones. Fuyuki guardó silencio.

En algún momento Emiko, Taichi y los demás se habían aproximado. Estaban todos de pie en torno a la moribunda.

—Bien; entonces, votemos. —La voz de Seiya resonó en la estancia—. Los que estén a favor de la eutanasia para Haruko Yamanishi, que levanten la mano. —Y él mismo alzó el brazo.

Shigeo Yamanishi lo imitó. Le siguieron Asuka y Taichi. Un Komine dubitativo, un Toda con semblante compungido y una Emiko con ojos de tristeza alzaron después sus manos. Mio, que no comprendía de qué estaban hablando los adultos, contemplaba los rostros de todos con extrañeza.

—¿Puedo preguntar algo? —dijo Nanami mirando a Seiya.
—Adelante.
—¿Quién va a ponerle la inyección?

La sorpresa se manifestó en el rostro de todos. No habían reparado en ello. No bastaba con decidir sobre la eutanasia. Había que determinar también la persona que se encargaría de administrarla.

—¿Qué hacemos, Yamanishi? —preguntó Seiya con su mano todavía en alto.

El anciano le dirigió una sonrisa a Nanami.

—No te preocupes. Yo lo haré. Mejor dicho, no quiero que nadie lo haga por mí.

—Pero es que no es tan fácil...

—En tal caso, ¿qué te parece si tú le pones la aguja y a partir de ahí ya me hago cargo yo? ¿O es que el veneno es tan potente que solo con clavar la aguja ya puede producir la muerte?

—No; solo por clavar la aguja no ocurre nada.

—Bien; entonces, hagámoslo así. Lamento mucho tener que molestarte con todo esto.

Mientras escuchaba, Nanami mantenía la cabeza gacha. Desde esa posición, levantó también su mano.

Solo quedaba Fuyuki. Estaba mirando al suelo, pero podía sentir las miradas de todos sobre él. Aquellos interminables instantes le parecieron una pesadilla. «Quien se oponga, deberá ofrecer una propuesta alternativa», había dicho Seiya con tono firme. Fuyuki se mordió el labio. Rogaba que ocurriera un milagro para que Haruko recobrara el conocimiento. Pero ella seguía dormida.

—Quiero que te quede claro que ninguno te reprocha que permanezcas sin levantar la mano —dijo Seiya—. Nadie quiere tomar una decisión como esta. Estoy seguro de que hablo en nombre de todos cuando te digo que tenemos nuestras esperanzas puestas en ti, en que puedas ofrecernos una alternativa. A los demás no se nos ha ocurrido ninguna, así que hemos tenido que tomar la amarga decisión de levantar la mano. Yo tampoco quiero hacer esto. Yo también tengo mi esperanza puesta en ti. Sé que esto es deplorable, pero...

Al oír que la voz de Seiya se iba tornando cada vez más temblorosa, Fuyuki alzó el rostro. Cuando vio la cara de su hermano, se sobresaltó. Los ojos de Seiya, enrojecidos, estaban anegados en lágrimas. Miró alrededor y vio que los demás también estaban llorando. Y que lo hacían con sus manos todavía en alto.

Le habían hecho comprender que su sentido de la moral era bastante superficial. Él seguía preso de su idea de querer hacer lo correcto como persona, pero el resto no. Ellos lamentaban desde lo más profundo de sus corazones tener que despedirse de Haruko Yamanishi y se sumían en la desesperación de verse obligados a tener que optar por ese camino.

Fuyuki no pudo sino reconocer ante sí mismo que lo único que le ocurría era que no quería que le hicieran daño.

Cuando por fin alzó lentamente su mano, el llanto de los demás se hizo aún más fuerte.

—Está decidido. Bajad las manos, por favor —dijo Seiya, apretando el estómago para lograr que le saliera un hilo de voz sin perder la compostura. Luego inspiró hondo y miró a Yamanishi—. Bien, ¿qué hacemos?

El anciano asintió e hizo una leve reverencia en dirección a Nanami.

—¿Podríamos comenzar el procedimiento que hemos comentado antes?

—De acuerdo —respondió ella en voz baja.

—Perdón, pero... —dijo Yamanishi dirigiéndose a Seiya—. ¿Podríais dejarnos a los dos solos? Preferiría no hacer esto ante los ojos de nadie.

—Pero...

—Tranquilo —dijo el anciano esbozando una sonrisa—. No estoy pensando en morir con ella. No tienes que preocuparte por eso.

Seiya asintió levemente con la cabeza.

—De acuerdo. Tal vez sea mejor así. Venga, los demás pasaremos al aula contigua.

Fuyuki y los demás se desplazaron allí, dejando a solas a Yamanishi y Nanami. Algunos se sentaron en las sillas, desordenadas por culpa del terremoto.

Fuyuki y Seiya siguieron de pie.

—¿Todavía quedará medicamento de ese? —musitó Toda—. Ha dicho que se llamaba succinilcolina, ¿no? ¿Habrá todavía de eso en algún lugar?

—¿Por qué? —preguntó Komine.

—Pues porque a partir de ahora seguramente se producirán más casos como este. Tal como está la situación, no se puede descartar que otros también puedan resultar heridos o caigan enfermos. Y cuando esté claro que sin tratamiento no hay salvación, me temo que llegaremos a la misma conclusión que ahora —explicó Toda mirando a Seiya como si demandara su opinión.

Seiya, que estaba mirando por la ventana, negó con la cabeza.

—Las conclusiones a las que lleguemos habrá que pensarlas caso por caso. Pero, por encima de todo, en lo que debemos esforzarnos al máximo es en que no se produzcan heridos ni enfermos.

—Bueno, sí, pero... —repuso Toda, pero se detuvo de repente.

Nanami acababa de entrar en la habitación.

—¿Habéis terminado? —le preguntó Seiya.

—Le he pinchado la aguja y el resto se lo he confiado a su marido. Cuando yo he salido de la habitación, todavía no se lo había inyectado.

—Ya —dijo Seiya dejando escapar un suspiro.

En la mente de Fuyuki apareció la imagen de Yamanishi cogiendo la jeringuilla. ¿Qué pensaría mientras miraba fijamente esa jeringuilla clavada en el brazo de su esposa y conteniendo el medicamento que le iba a arrebatar la vida? Puede que volviera la vista atrás, hacia la larga vida que ambos habían compartido juntos. O tal vez le estuviera pidiendo perdón por no haber sido capaz de salvar su vida.

La pregunta de Toda se había quedado grabada en su mente. La probabilidad de que volviera a producirse algo así era bastante alta. No había ninguna garantía de que Fuyuki no fuera a ser el próximo en sufrir un accidente o caer enfermo. Hasta entonces, siempre había pensado que, en casos como estos, bastaba con ir al hospital. Pero ahora era distinto. Era posible que uno tuviera que elegir la muerte para que los demás pudieran sobrevivir. Mientras pensaba en eso, tuvo la sensación de ir caminando por un túnel extraordinariamente largo.

La puerta del aula se abrió. Shigeo Yamanishi estaba allí. Su semblante era sereno, como si hubiera entrado a darles los buenos días. Sin embargo, su rostro estaba pálido como la porcelana.

—Lo siento. Bueno... ¿nos vamos ya?

Fuyuki pudo percibir como, con su tono despreocupado, Shigeo intentaba transmitir que aquello ya estaba hecho. Y no encontraba las palabras adecuadas.

—Ah... —reaccionó Seiya—. ¿Le importa si paso un momento a ver a su esposa?

—Bueno, no, no me importa, pero... —respondió Yamanishi bajando la mirada.

Seiya salió de la habitación con decisión y Fuyuki fue tras él.

Haruko Yamanishi tenía una toalla blanca sobre el rostro. Sus brazos reposaban cruzados sobre el pecho. Su esposo se había ocupado de ello.

Seiya se arrodilló y juntó las palmas de las manos. Al verlo, Fuyuki hizo lo propio. Se arrodilló, juntó las manos y cerró los ojos. Supuso que los demás también estarían haciendo lo mismo. El sonido de los sollozos llegaba hasta sus oídos.

—Demos por terminada ya la ceremonia de despedida.

Al oír la voz de su hermano, Fuyuki abrió los ojos. Seiya ya había recogido la mochila.

—Que cada uno coja su equipaje. Nos vamos.

Todo el mundo se puso a hacer los preparativos en silencio, con más soltura de la habitual. También Fuyuki deseaba concentrarse en la realización de labores rutinarias.

—Bien, partimos —anunció Seiya antes de salir del aula. Los demás lo siguieron.

Al llegar a la salida, Yamanishi se detuvo y se dio la vuelta para mirar atrás. Parpadeó y sacudió la cabeza dos veces. Solo eso. Luego, sin decir palabra, emprendió la marcha detrás de los demás.

Solo habían caminado unas decenas de metros desde que salieran de la escuela cuando, de repente, se oyó un sonido tan grave que sus cuerpos vibraron. A continuación, el suelo comenzó a oscilar con violencia arriba y abajo.

—¡Todos al suelo! ¡Protegeos la cabeza! —gritó Seiya.

La oscilación era tan potente que hacía innecesaria la advertencia, pues era prácticamente imposible mantenerse en pie. Fuyuki se quedó a cuatro patas sobre el suelo, que aún permanecía anegado.

Un instante después, se vieron sorprendidos por un tremendo ruido, similar al de un violento impacto. Cuando Fuyuki alzó la mirada, pudo ver cómo la escuela, en cuyo interior habían estado todos hasta hacía unos momentos, se derrumbaba como si algo la aplastara presionándola con fuerza desde arriba.

Ni siquiera gritaron de asombro.

18

En Tokio no existía ya nada que se pudiera llamar vía urbana. Las calles y avenidas de siempre estaban retorcidas, agrietadas y cortadas. Los vehículos averiados y los escombros se acumulaban y el fango corría a raudales.

El lugar al que Fuyuki y los demás pretendían desplazarse era la residencia oficial del primer ministro. La distancia que los separaba de ella era de unos diez kilómetros. Con las calles en buen estado, habrían tardado un par de horas en llegar. Pero había transcurrido solo una hora desde que partieran y Fuyuki se sentía ya presa de la desesperación. La dureza del camino superaba lo imaginable. Era como intentar avanzar atravesando una jungla. Además, apenas quedaban zonas llanas. A veces debían ayudarse de cuerdas para remolcar a los miembros del grupo más débiles; otras, los enormes agrietamientos de las calles obligaban a dar un amplio rodeo. Lo único que diferenciaba aquello de una jungla era que no había que preocuparse por ser atacados por animales salvajes, pero, a cambio, tenían que estar pendientes de la probable caída de cosas sobre sus cabezas.

Cuando, tras avanzar por lo que antes había sido la avenida Kajibashi-dori, llegaron a las inmediaciones del parque de Hibiya, llevaban ya más de seis horas de marcha. Para entonces habían hecho varios altos en el camino, pero todos estaban ya al límite de sus fuerzas. Especialmente Shigeo Yamanishi, que, debido a la lesión de su pierna, no podía más.

—Hermano, hagamos ya un descanso —pidió Fuyuki a Seiya, que caminaba por delante.

Con Mio a su espalda, Seiya echó un rápido vistazo a los fatigados rostros de los miembros de la expedición. Luego miró su reloj. Alzó la mirada hacia el cielo y compuso un gesto de resignación. Un instante después, asentía con la cabeza.

—De acuerdo. No hay más remedio. Pernoctaremos aquí —decidió.

—¿Vamos a dormir al raso? —preguntó Toda mirando alrededor.

Tampoco era de extrañar su inquietud. Pasar una noche al raso en el anterior parque de Hibiya, cuando se encontraba en condiciones normales, siempre cubierto de suave césped, tal vez no hubiera supuesto un gran sufrimiento para ellos, pero el estado actual del parque era realmente lamentable. Debido a la lluvia torrencial, el terreno estaba completamente enfangado.

Seiya echó un vistazo a los edificios de alrededor.

—Toda y Komine, ¿veis algún edificio que parezca seguro?

Ambos escrutaron los alrededores. Tras intercambiar algunas impresiones entre ellos, Toda se dirigió a Seiya.

—Desde aquí no podemos saberlo con certeza. Vamos a acercarnos a mirar.

—Gracias. Siento que tengáis que hacer esto con lo cansados que estáis.

—Solo de pensar en dormir a la intemperie, se me va el cansancio.

Seiya siguió a los dos con la mirada mientras se alejaban y, después, se volvió hacia Fuyuki.

—De momento, vamos a preparar algo donde sentarnos. Tal como está esto, es imposible descansar.

—Es verdad.

Cerca había algunos arbolillos caídos. Fuyuki y Seiya fueron a cogerlos.

—Lo siento, yo es que no puedo más —dijo Taichi en tono de disculpa.

—Tú tranquilo, tío. Descansa ahora, que ya echarás luego una mano con el equipaje.

Taichi se mostró algo avergonzado ante la respuesta desenfadada de Fuyuki.

Todos se sentaron en los troncos. A Yamanishi se le hacía muy duro doblar la rodilla.

—¿Está bien? —le preguntó Fuyuki.

—Por ahora sí. Pero lo siento por los demás. Supongo que, si no fuera por mí, ya habríais llegado a la residencia oficial hace mucho.

—Qué va, los demás también estamos cansados.

—Bueno, pero, de todos modos, me apena ser una carga. Nunca había pensado que envejecer fuera algo de lo que avergonzarse, pero llegar al punto de no ser capaz de ayudar en nada... —repuso el anciano con gesto pensativo—. Lo llamábamos envejecimiento poblacional, pero aquel era un mundo de mentiras. Era un engaño. Algo que contrariaba las leyes de la naturaleza.

Como Fuyuki guardó silencio al no comprender qué quería decir Yamanishi, este prosiguió.

—Es lo lógico. En la naturaleza no existen las ayudas arquitectónicas ni nada que se le parezca. No hay ascensores, ni escaleras mecánicas. Sea lo que sea, tienes que superarlo por tus propios medios. Pero nuestra sociedad se sumió en esa cosa que llamamos civilización y eso hizo posible que hasta los ancianos incapaces de servirse de sus piernas pudieran salir tranquilamente a la calle. Hay que ver hasta qué punto nos forjamos la ilusión de que podíamos ir a cualquier parte por nuestros propios medios. Aunque, más que forjárnosla nosotros, tal vez debería decir que nos la forjaron. Eso sí, en cuanto nos quitan la civilización, enseguida nos acabamos viendo en una encrucijada como esta.

—Pues a mí me parece lógico que, si el número de personas mayores aumenta, el Estado vaya adecuando la sociedad para que también ellas puedan vivir con comodidad.

El anciano asintió a las palabras de Fuyuki con un gesto de la cabeza.

—Así es. Se decía que las políticas de bienestar social de Japón no eran gran cosa, pero aun así hay que reconocer que se hacía bastante por la gente mayor. Y nosotros también solíamos hacer muchas peticiones a las administraciones públicas: que si pongan allí una barandilla, que si eliminen aquel escalón, etcétera. Pero, si desaparecía todo eso, nadie asumía la responsabilidad. Por ello, ante un terremoto o un tifón, los primeros en morir eran siempre los mayores. Supongo que el Estado pensaría que cosas así eran inevitables.

—Bien, entonces, ¿qué se debería haber hecho? —preguntó Fuyuki.

Yamanishi dejó escapar un fuerte suspiro.

—Hoy he llegado hasta aquí como he podido. Soy un anciano falto de fuerzas y, además, estoy herido. Pero, a pesar de todo, he conseguido llegar. Y solo hay una razón para ello: ha sido gracias a todos los demás. Si no hubiera recibido vuestra ayuda, si no me hubiera apoyado en vosotros para caminar, me habría resultado imposible. Por eso creo que la verdadera asistencia a los ancianos no consiste en instalar barandillas o eliminar escalones. Lo que los mayores con movilidad reducida necesitan no son esas cosas, sino gente que les ayude. Lo ideal sería que fuera la familia. O los vecinos. Pero el Estado construyó un modelo de país en que las familias se veían obligadas a vivir desperdigadas. Una sociedad donde resultaba más lucrativo no tener relación con los demás. Como resultado, aumentó el número de ancianos obligados a vivir solos, y el Estado intentó afrontar la situación sirviéndose de las herramientas que le proporcionaba la civilización. Los ancianos, por su parte, también confiaron en ellas y acabaron forjándose la ilusión de que podían vivir solos. Yo mismo era uno de ellos y, como tal, vivía inmerso en esa ilusión. —Entonces volvió la mirada hacia Seiya—. Lamento las molestias que he causado con lo de mi esposa.

—No pasa nada —respondió Seiya. Su rostro reflejaba desconcierto, sin duda porque, al igual que le ocurría a Fuyuki, no alcanzaba a comprender por qué Yamanishi sacaba el tema de su esposa en ese momento.

—No me arrepiento ni un ápice de la solución que le hemos dado al problema de Haruko. Creo que simplemente hemos actuado conforme a las leyes de la naturaleza. En este sentido, me gustaría que tampoco dudarais con el trato a dispensarme a mí.

—¿A qué se refiere? —preguntó Seiya.

—Como acabo de decir, si he conseguido llegar hasta aquí, ha sido gracias a la ayuda de todos. Y precisamente por eso no quiero resultar un estorbo para nadie. En el peor de los casos, podría ocurrir que alguien acabara sacrificándose por mí, y eso no podría consentirlo de ningún modo. Así pues, llegado el momento, quiero que actuéis sin ningún tipo de miramientos hacia mí. Es una petición que os hago. Así son las leyes de la naturaleza.

Fuyuki se quedó sin palabras. Yamanishi estaba diciendo que, cuando no pudiera seguir, lo abandonaran. Hasta el mismo Seiya parecía incapaz de responder, solo se mordía el labio con la mirada puesta en el suelo. Los demás también habían escuchado al anciano, pero permanecían en silencio.

En ese momento regresaron Toda y Komine.

—Hemos encontrado un hotel que debían de haber inaugurado hace poco. No presenta grandes daños y parece bastante bien en cuanto a protección antisísmica. Si es para pasar solo esta noche, creo que valdrá —dijo Toda.

—¿Sí? Perfecto, nos vendrá muy bien —dijo Seiya poniéndose en pie—. Bueno, hagamos un último esfuerzo y vayamos hasta allí —añadió. Por último, se dirigió a Yamanishi—: ¿Vamos?

—¡Arriba! —dijo Yamanishi poniéndose en pie tras asentir con la cabeza.

El hotel estaba un poco retirado de la avenida principal. Eso parecía haberle librado de sufrir los impactos de los coches y demás vehículos. Tampoco daba la impresión de que se hubieran producido incendios en las inmediaciones. Frente al recibidor había escombros y fragmentos de vidrio, pero no parecían del propio edificio, sino llegados de otras partes.

El vestíbulo de recepción estaba acristalado. Gracias a ello, se veía bastante iluminado a pesar de la falta de electricidad. De todos modos, era de prever que, cuando se pusiera el sol, aquel lugar también se quedara a oscuras.

—Cuánto tiempo hacía que no me sentaba en uno de estos —dijo alborozada Asuka dejándose caer en un sofá de piel.

—Emiko, por favor, busca algún lugar donde dejar al bebé para que descanse. Taichi, ahora es tu turno. Ve a ver si hay comida o no.

—¡A la orden! —respondió con voz enérgica Taichi y, acto seguido, se dirigió hacia la escalera.

Yamanishi también se sentó en un sofá y dirigió su mirada hacia el amplio techo.

—Jo, no estaba en un hotel desde que fui a la boda de unos parientes. Me apetecía alojarme en un sitio como este, aunque solo fuera por una vez.

Seiya esbozó una sonrisa.

—Sé que es un fastidio, pero vamos a aguantarnos. No utilizaremos las habitaciones de los huéspedes. Si se produjera un terremoto y alguien quedara atrapado dentro, sería terrible.

—No te preocupes, soy consciente de eso. Lo decía solo en el sentido de poder disfrutar del ambiente. A mí con eso ya me vale —sonrió Yamanishi.

Taichi estaba de vuelta. Traía mala cara.

—Esto... ¿podrías venir un momento?

—¿Qué pasa? ¿Has encontrado comida? —le preguntó Fuyuki.

—Latas y cosas así hay bastantes. Nos vendrán muy bien. Pero, aparte de eso, hay algo extraño.

—¿Algo extraño?

—Ven conmigo.

El lugar al que lo condujo Taichi era un restaurante diáfano situado en la planta baja. Tenía dispuestas en orden varias mesas cubiertas con manteles blancos. Que se las viera algo desalineadas era consecuencia de los seísmos. Los saleros y pimenteros, que debían estar encima de las mesas, se encontraban tirados por el suelo.

—¿Qué es lo raro? —preguntó Fuyuki.

—Esto. Mira aquí —dijo Taichi señalando una zona del suelo.

Una mesa le impedía la visión a Fuyuki. Cuando se aproximó, vio que sobre el suelo había esparcidos un plato, un tenedor, un vaso roto y otras cosas. También había una botella de caro champán tirada.

—¿Qué pasa con esto? Solo son los restos de la comida de alguien —dijo Fuyuki.

—Eso ya lo veo, pero ¿no te parece extraño?

—¿El qué?

Taichi se agachó y recogió algo del suelo. Parecía una lata vacía.

—Esto. Es caviar.

—Pues sí, eso parece. ¿Y? Tampoco es de extrañar que en un hotel como este tengan caviar.

—Ya, pero ¿por qué está aquí la lata vacía? No creo que

haya ningún restaurante donde pidas caviar y te saquen la lata vacía al servírtelo.

—¡Ah! —Fuyuki no pudo evitar la exclamación. Ciertamente, así era.

Taichi señaló con su dedo el vaso roto.

—Además, aunque hay una botella de champán, faltan las copas. Esto es un vaso normal y corriente.

Taichi volvía a tener razón. Tras pensarlo, Fuyuki cayó en la cuenta. Solo había una explicación para eso, pero le faltaba valor para decirla en voz alta. Taichi, que debía de estar pensado lo mismo, también permanecía en silencio.

—¿Qué pasa? —dijo Seiya, acercándose—. ¿Ocurre algo?

Taichi repitió la misma explicación que acababa de darle a Fuyuki. Al oírla, el semblante de Seiya se fue tornando serio.

—El momento en que la gente desapareció fue la una y trece de la tarde. Este restaurante también debía de estar abierto a esa hora —dijo Seiya—. Puede que, entre los clientes que estuvieran comiendo aquí, hubiese alguno que pidiera champán y caviar a esa hora.

—Ya, pero no hay clientes que se tomen el caviar viendo la lata vacía, ni que beban el champán en vasos corrientes —repuso Taichi—. Si alguien pidiera esa extravagancia, lo pondrían de patitas en la calle. Que ello no ocurriera, significa que en ese momento ya no había nadie en el hotel.

—O sea, que alguien estuvo tomando esto después de la una y trece, y eso es tanto como decir que hay algún superviviente más, aparte de nosotros, ¿no?

Seiya asintió con la cabeza.

—Solo cabe pensar eso.

Por un instante, Fuyuki sintió un escalofrío en la espalda. Había bastantes posibilidades de que hubiera otros supervivientes, pero, en algún momento, había arraigado en ellos la creencia de que en ese mundo no quedaba nadie más. Y ante la posibilidad de que existieran otras personas, Fuyuki había experimentado, sin razón aparente, una sensación negativa.

Notó que alguien se le aproximaba. Cuando se giró, vio que se trataba de Emiko. Su semblante denotaba intranquilidad.

—Esto... ¿habéis visto a Mio?

—¿Mio? ¿Es que no está contigo? —preguntó Fuyuki.

—Se ha debido de ir a algún sitio mientras yo estaba acostando al bebé. No creo que haya salido fuera, pero...

—Vaya fallo —murmuró Seiya—. Con el montón de cosas peligrosas que hay caídas por ahí y lo deterioradas que están algunas zonas... Si se mete en el lugar equivocado y resulta herida, será terrible. Tenemos que encontrarla. —Miró a Fuyuki y Taichi y les habló en voz baja—. Lo de los posibles supervivientes lo dejamos para después.

Fuyuki lanzó un rápido vistazo a la botella de champán caída en el suelo y asintió levemente con la cabeza.

Tan solo llevaban unos instantes buscando entre todos a la niña, cuando se oyó un sonido de silbato proveniente de alguna parte. Era un sonido que a Fuyuki le resultaba familiar.

—¡Es el silbato de Mio! —exclamó.

El pitido parecía provenir del piso superior. Fuyuki subió a la carrera por la escalera. En la primera planta había varios salones. El silbato volvió a oírse. Procedía del salón de banquetes, cuya puerta estaba abierta. Fuyuki se adentró con cautela. El interior estaba en penumbra y no se veía bien.

—¿Mio? —la llamó Fuyuki sin dejar de avanzar lentamente.

En medio de la oscuridad se vislumbraba una especie de bulto. Fuyuki encendió su linterna.

Mio estaba allí, a gatas sobre el suelo, con el terror reflejado en sus grandes ojos. Llevaba el silbato en la boca.

A sus pies había un hombre tumbado. Y la tenía agarrada por el tobillo.

19

Un sonido de pasos aproximándose a toda prisa se oyó a la espalda de Fuyuki. Eran Seiya y los demás.

Al ver al hombre en el suelo, Asuka dejó escapar un gritito.

—¿Quién es? —preguntó Toda, pero nadie respondió.

—Mio... —Emiko intentó acercarse a la niña y Seiya la contuvo.

Fuyuki se aproximó con cuidado. El hombre tenía los ojos cerrados. A juzgar por su respiración, no estaba muerto. Mio volvió su aterrado rostro hacia Fuyuki. Este soltó del tobillo de la niña la mano del hombre, quien ya no tenía fuerza, parecía haberse desmayado.

Nada más verse liberada, Mio corrió hacia su madre. Emiko la abrazó.

—¿Quién es? —preguntó Seiya, que también se había acercado a él.

—No lo sé. Cuando he llegado, ya estaba así.

Tenía la cara muy sucia y no se apreciaba bien su edad, pero aparentaba unos cuarenta años. Llevaba el pelo corto y barba de varios días. Su camisa también estaba manchada de fango.

—Qué roja tiene la cara, ¿no? —dijo Seiya mientras los demás observaban la escena a cierta distancia—. Nanami, ¿puedes echarle un vistazo, por favor?

La enfermera se aproximó con aire intranquilo. Se agachó

y puso su mano sobre el cuello del hombre. Un instante después, la severidad invadía su rostro.

—Tiene fiebre alta. Creo que por encima de treinta y nueve.

A Seiya le cambió el semblante.

—Eso sí que es un fastidio. En fin, llevémoslo a algún sitio más iluminado. Aquí no se le puede asistir.

—¿Lo trasladamos al salón de la planta baja? —preguntó Fuyuki.

—Será lo mejor. Taichi, echa una mano.

Entre los dos hermanos y Taichi trasladaron al hombre ante la atenta mirada del resto. Aunque estaba inconsciente, su rostro seguía retorcido en una mueca de dolor. Cuando se aproximaban a la escalera, los pies del desconocido se escurrieron de las manos de Taichi.

—¡Ostras!

Fuyuki, que iba sujetando por la espalda al hombre, extendió uno de sus brazos hacia los muslos de este. Con ello evitó la caída del hombre al suelo, pero no la torsión de su tronco, lo que hizo que la camisa se le levantara por la parte de atrás. Fuyuki contuvo la respiración: la espalda del hombre lucía un llamativo tatuaje.

Seiya y él intercambiaron miradas. Los demás también debieron de ver el tatuaje, pues el ambiente se puso tenso de repente.*

Sin embargo, Seiya no dijo nada al respecto.

—Hay que llevarlo con cuidado. Si encima ahora le causamos alguna lesión, la cosa se podría complicar —se limitó a decirle a Taichi.

Una vez en el salón, lo tumbaron en un sofá de tres plazas. Enseguida Nanami le puso un termómetro en la axila. Luego

---

* En Japón los tatuajes son uno de los signos de identidad de la *yakuza* o mafia japonesa. Por eso las personas que los lucen infunden temor o incomodan al resto.

abrió la nevera portátil y comenzó a rebuscar en su interior.

—¿Será un resfriado? —aventuró Seiya mirándolo.

—Ojalá solo sea eso... —masculló Nanami entre dientes haciendo que su frase resultara difícil de entender.

—¿Cómo?

Nanami respondió con gesto dubitativo.

—Podría ser gripe. En la habitación había manchas de vómito.

Al oír eso, Fuyuki dio un paso atrás. Y no fue el único. Emiko, con Mio en brazos, y los demás se trasladaron a un sofá más alejado.

—¿Se le puede hacer la prueba? —preguntó Seiya.

Nanami negó con la cabeza.

—No cogí ningún kit de diagnóstico. ¿Cómo iba a pensar que ocurriría algo así?

—Entonces, medicamentos para la cura no...

—El Tamiflu es bastante efectivo, pero no, no tenemos.

—¿Y antipiréticos?

—De eso sí. Pero, si se tratara de un simple resfriado de origen vírico, corremos el riesgo de que resulten contraproducentes. Creo que lo mejor es esperar un poco a ver cómo evoluciona.

Seiya soltó un suspiro. Se pasó la mano por el pelo y miró a los demás a su alrededor.

—Hasta que no sepamos lo que tiene, procurad no acercaros a él. Nanami, tú mantente alejada también, por favor.

—Pero así puede que empeore...

—Yo me quedaré a su lado. Por supuesto, manteniendo una distancia prudencial para no contagiarme.

—Pues yo también me quedo —dijo la enfermera tajante.

—De acuerdo. Fuyuki, ocúpate tú de los demás.

Fuyuki asintió y se dispuso a conducir al resto a otra estancia. Pero no fue necesario. Todos habían empezado ya a trasladarse sin decir nada.

Excepto Seiya y Nanami, los otros nueve se reunieron en el restaurante. Taichi y Asuka encontraron en la cocina conservas enlatadas y alimentos precocinados, que fueron poniendo sobre las mesas junto con la vajilla.

—Para ser el restaurante de un hotel, usaban bastante los platos ya preparados, ¿no? Menudo fiasco —comentó Asuka mientras abría una lata.

—Todas las cosas tienen dos caras. El caso es que, gracias a ello, ahora podemos llenar nuestros estómagos, así que lo daremos por bueno, ¿no crees? —repuso Yamanishi con tono sereno.

—De todos modos, lo de no poder usar fuego es un fastidio, ¿eh? —dijo Toda frunciendo el ceño mientras hundía su tenedor en una bolsa de alimento precocinado para comer directamente—. Esto es como tomar comida para astronautas.

—Pues este paté está buenísimo. Untado en galletas saladas es el no va más. Y también hay caviar —dijo Taichi sin dejar de masticar.

—Ese hombre también debió de pensar: «Al menos me pondré morado de platos caros.» Comprendo bien cómo se sentía —dijo Toda señalando con su tenedor hacia el salón.

—Bueno, ¿y tu hermano? ¿Qué piensa hacer? —preguntó Komine mirando a Fuyuki con semblante serio.

—¿A qué te refieres?

—Al hombre ese. Tú también lo has visto, ¿no? Es un *yakuza*.

Todos dejaron de comer al oír esas palabras de Komine, expectantes.

—Eso parece —respondió Fuyuki—. ¿Y qué quieres que hagamos?

Komine sacudió la cabeza, molesto.

—Soy consciente de que no podemos abandonar a un enfermo. Además, en una situación como esta, siempre reconforta contar con alguien más. Pero, claro, siempre que ese alguien sea una persona normal. Y ese hombre no lo es.

Fuyuki se mantuvo en silencio. Comprendía perfectamente lo que pretendía decir Komine.

Asuka decidió intervenir.

—¿Cómo puedes afirmarlo? Si todavía no sabemos qué clase de persona es.

Komine parpadeó.

—Es un *yakuza*. ¿No has visto sus tatuajes?

—Lo raro es dar por hecho que, solo porque sea un *yakuza*, ya tiene que ser mala persona.

—Déjate ya de opiniones infantiles, anda. Si no fuera mala persona, no se habría hecho *yakuza*, ¿no crees?

El adjetivo «infantiles» pareció ofender a Asuka, que le lanzó una mirada furibunda.

—¿Y nosotros qué sabemos? También habrá quien haya acabado volviéndose así porque la vida le ha llevado por esos derroteros, ¿no? Además, en el mundo hay un montón de gente así que luego se arrepiente y se vuelve honrada. Sin ir más lejos, a mi instituto iba un chico que pertenecía a una banda de moteros violentos, pero luego acabó siendo profesor.

Komine se encogió de hombros.

—No compares a un motero macarra con un *yakuza*. Son precisamente quienes no reflexionan sobre sus malos actos de juventud los que se convierten en *yakuzas*. Ese tipo de personas, aunque se reforme, no tiene el mismo sentido de la moral que la gente normal. Siempre queda un rescoldo sin apagar del todo en algún lugar de su interior. Además, ese hombre va tatuado. Y eso demuestra que vivía completamente inmerso en el mundo del hampa. Es imposible que pueda congeniar con nosotros.

—Yo creo que eso son prejuicios. —Asuka frunció los labios y miró fijamente a Komine—. Entonces, ¿qué quieres que hagamos? ¿Lo abandonamos a su suerte?

—Yo no he dicho eso. Lo que digo es que no puedo admitirlo como compañero de fatigas.

—Tal como está, si lo abandonamos, morirá.

—Yo... —comenzó lentamente Yamanishi— creo que no hay otra solución.

—Abuelo... —Asuka frunció el ceño.

El anciano movió su mano indicándole que esperara.

—No estoy diciendo que ese hombre tenga que morir porque lleve tatuajes. Eso es otro tema. Veréis, lo que quiero remarcar es que puede que tenga la gripe. Si fuera un resfriado, aunque lo abandonáramos no moriría. Morir requiere que se trate de una enfermedad grave. Pero llevarnos a un enfermo así supone poner en riesgo la vida de todos. Y lo que digo es que tenemos que evitar eso.

Su tono era franco y sencillo, pero el peso de las palabras de Yamanishi, que hacía tan solo unas horas había ayudado a morir a su propia esposa, resultaba demoledor.

Tanto Komine como Asuka se quedaron en silencio.

Al ponerse el sol, todo quedó rápidamente sumido en la oscuridad. Seiya encendió unas velas que tenía preparadas.

El hombre tatuado seguía dormido. Nanami estaba sentada a unos metros de él. Tenía apoyadas las yemas de los dedos en sus lagrimales.

—Estás cansada, ¿verdad? Ve tú también con los demás, por favor.

Antes de que Seiya acabara su frase, ella ya estaba negando con la cabeza.

—Estoy bien.

—Pero no es bueno que te fuerces. Tengo entendido que la gripe se contagia más fácilmente si uno está cansado.

—No, de veras, estoy bien. Además, si te digo la verdad, estar junto con todos se me hace un poco duro.

—¿Es que hay algo que te molesta?

—No, no es eso. Se me hace duro ver cómo todos se van debilitando poco a poco. La mujer de Yamanishi no se pudo salvar y cuando pienso que episodios como ese se van a seguir produciendo, pues... Por eso, aunque solo sea en momentos como este, me gusta estar algo alejada.

Seiya asintió en silencio. Daba la impresión de comprender el sentir de Nanami. Él mismo estaba a punto de sucumbir ante su sensación de impotencia.

—Tú sí que debes de estar cansado, ¿no? —le preguntó Nanami.

—No; estoy bien. Confío bastante en mis fuerzas.

Ella le dirigió entonces una extraña mirada, mitad compasión y mitad envidia.

—¿Cómo puedes ser tan fuerte? ¿Es que nunca te resignas ni nada te desanima?

Seiya esbozó una sonrisa triste.

—No soy nada fuerte. Soy una persona muy débil. Precisamente por eso, para enmascarar mi debilidad, intento mantenerme algo tenso.

La enfermera negó con la cabeza.

—A mí no me lo parece. Está claro que las personas que os hacéis policías sois distintas del resto.

—Entre los policías hay gente de todo tipo. No creas que no hay también quienes se dedican a hacer el mal.

—Puede que así sea, pero... Por cierto, tu hermano también es policía, ¿verdad? Seguro que quería parecerse a ti.

—No, no es por eso. —La seriedad retornó al rostro de Seiya—. Nuestro padre también era policía y eso le influyó.

—Ah... Entonces vuestro padre estará muy contento, ¿no?

—Desgraciadamente ya falleció.

—Lo siento —dijo Nanami bajando la cabeza.

—No tienes que disculparte. De eso hace mucho tiempo.

Seiya acercó su reloj a la luz de la vela. Eran casi las seis.

—¿Y si descansamos por turnos? Tampoco hace falta que pasemos los dos la noche en vela. Descansa tú primero, por favor. Dentro de un par de horas te despierto.

—No, la verdad es que yo...

—Quiero que estés descansada y repongas fuerzas por si volvemos a necesitar de tus servicios. Te lo ruego.

Nanami se mostró dubitativa, pero al poco asintió con convicción.

—De acuerdo, pero solo un poco —dijo, y se tumbó sobre el sofá.

Debía de estar exhausta, porque enseguida se oyó el sonido de su respiración al dormir. Seiya miraba la llama de la vela mientras la escuchaba. Tenía toda su mente ocupada en el informe sobre el denominado «Fenómeno P-13» que había descubierto en la residencia del primer ministro. No conseguía sacárselo de la cabeza ni por un instante.

Se debatía ante la duda de si debía contarlo a los demás o no. Era consciente de que tendría que decírselo en algún momento. Pero le pareció que ese no era el más oportuno, pues estaba en juego su propia supervivencia. Hasta ese punto era desalentador lo que había averiguado.

La vela se había consumido casi por completo. Cuando se disponía a sustituirla por otra, el hombre, que hasta ese momento no había movido ni un músculo, emitió un gruñido. A pesar de la tenue oscuridad, Seiya apreció cómo también abría los ojos. Sus miradas se cruzaron.

Tras unos instantes de silencio, el hombre habló con una especie de gemido.

—Vaya sorpresa...

—Parece que ya has recobrado el conocimiento.

—He soñado que me encontraba a una niña pequeña, pero no contaba con que iba a ver a gente de verdad.

—Eso no fue un sueño. La niña está con nosotros. Tú estabas desmayado en el suelo agarrándola por el tobillo. —Seiya sacó una botella de agua mineral de la nevera portátil y se la acercó—. ¿Quieres beber?

La mirada del hombre irradiaba desconfianza, pero extendió su brazo hacia la botella sin levantarse del sofá. Bebió el agua en silencio. Parecía sediento y consumió más de la mitad de un solo trago. Tras soltar un largo suspiro, miró a Seiya.

—Dímelo. Dime qué ha pasado.

—La gente ha desaparecido. Eso es todo lo que sabemos por ahora.

El hombre hizo una mueca.

—¿Me tomas el pelo? ¿Cómo va a haber desaparecido la gente? —replicó al tiempo que intentaba ponerse en pie. Pero, al instante siguiente, perdió el equilibrio y se cayó.

20

Esta vez el hombre no perdió el conocimiento. Después de que Seiya le ayudara a tumbarse de nuevo en el sofá, siguió con los ojos abiertos, pero su mirada estaba vacía.

—¿Estás bien?

—Tú... ¿quién eres?

—De eso ya te iremos poniendo al corriente poco a poco. Dime mejor cómo te encuentras.

—Pues nada bien. Me entró fiebre de repente. Y, para colmo, me duelen todas las articulaciones.

Nanami se levantó. A pesar del temor que irradiaba su rostro, se aproximó y le enjugó el sudor al hombre con una toalla. Luego, cuando se disponía a colocarle el termómetro en la axila, él la retuvo sujetándola por la muñeca.

—¿Qué vas a hacer?

Ella soltó un gritito y dejó caer al suelo el termómetro. Seiya lo recogió y apartó la mano del hombre de la muñeca de Nanami.

—¿De qué tienes miedo? Solo te iba a tomar la temperatura. Esta mujer es enfermera.

—¿Enfermera? ¿En serio? —El aire de desconfianza se desvaneció del rostro del hombre.

—¿Puedo tomarle la temperatura?

—Claro. Debo de tenerla muy alta...

Nanami le colocó el termómetro en la axila, bajo la atenta

mirada del hombre. Terminada la operación, este miró a Seiya.

—No tengo ni la menor idea de lo que está ocurriendo. ¿Qué es todo esto?

—Nosotros tampoco lo sabemos. Lo único que está claro es que el resto de la gente ha desaparecido de repente. Supongo que eso al menos sí lo sabes, ¿no?

—Estaba en las oficinas cuando, de repente, todos desaparecieron de mi vista. Los tipos que estaban a mi lado jugando al *shogi** también. Pensé que tenía una alucinación, pero...

—Es una reacción normal. A nosotros nos ocurrió lo mismo.

El hombre soltó un suspiro caliente.

—¿Estáis casados?

Seiya y Nanami cruzaron sus miradas. Ella bajó la suya hacia el suelo, visiblemente incómoda.

—No —respondió Seiya esbozando una media sonrisa—. Los supervivientes somos muy pocos, así que actuamos en conjunto. Hay nueve más en otra habitación. La niña a la que agarraste por el tobillo es uno de ellos.

—¿De veras? ¿Hay tantos? Me alegra oír eso. Estaba convencido de que la humanidad se había extinguido.

El hombre esbozó una leve sonrisa y cerró los párpados como si ya no fuera capaz de mantenerlos abiertos. Debía de tener todavía una gran pesadez de cabeza.

—Antes de que te vuelvas a dormir, respóndeme a una pregunta.

—¿Cuál?

—¿Ha habido últimamente en tu entorno alguien que tuviera la gripe?

—¿La gripe? Pues, ahora que lo dices... creo que el imbécil de Tetsu dijo algo de eso...

—¿Tetsu? ¿Es alguien próximo a ti?

---

* Juego japonés de tablero similar al ajedrez.

—Es el que se encargaba de coger el teléfono. Tuvo que tomarse fiesta porque le entró fiebre. Y eso que ya ha pasado el invierno.

—¿Y cuándo fue eso?

Esa pregunta ya no obtuvo respuesta. El hombre se había dormido.

Nanami le quitó el termómetro de la axila. Miró la escala y frunció el ceño.

—¿Qué tal? —preguntó Seiya.

—Treinta y nueve con cuatro. No le ha bajado ni una décima.

Seiya se apartó del hombre y se sentó en un sofá.

—Sería mejor que tú también mantuvieras cierta distancia. Ya lo has oído: la probabilidad de que tenga la gripe es más que alta.

—Eso parece —dijo Nanami levantando la nevera portátil para trasladarse junto a Seiya.

—Qué fastidio... —murmuró él—. Si se deja que la enfermedad siga su curso natural, sin medicamentos, ¿cuánto tiempo más o menos tarda en curarse?

Nanami ladeó ligeramente la cabeza, dubitativa.

—Unos cuatro o cinco días desde la aparición de los primeros síntomas. Suele decirse que, incluso tomando medicamentos, solo se acorta el tiempo de curación en un día. Siempre, claro está, que el paciente cuente con fuerzas suficientes...

—Pues este fuerzas sí parece que tiene.

—Sí. Si le dejamos reposar sin más, tal vez se recupere en dos o tres días.

—El problema es si los demás querrán esperar aquí hasta que se cure.

Seiya miró al hombre. Recordó el tatuaje que llevaba grabado en su espalda.

Cuando Fuyuki abrió los ojos, Asuka se encontraba justo a su lado, secándose el pelo con una toalla. Tenía cara de encontrarse muy a gusto.

—¿Te has dado una ducha? —le preguntó Fuyuki mientras se levantaba. Ya habían comprobado que el hotel contaba con agua. Quizás había utilizado la de los tanques de reserva para ducharse.

—¿Piensas que iba a malgastar el agua de esa forma? La tenemos reservada para los aseos. Como no sabemos para cuantas descargas de cisterna nos queda...

—Vale, entonces, ¿dónde te has lavado?

—Fuera —dijo Asuka con una amplia sonrisa.

—¿Fuera?

—Sí. Está cayendo una lluvia tremenda. Me acabo de dar una ducha natural impresionante. ¡Qué bien me he quedado!

Fuyuki se puso en pie. Se dio cuenta de que él también había sudado bastante durante la noche. La cálida temperatura no era propia de marzo, incluso hacía algo de bochorno.

Entró en la cocina y avanzó hacia el fondo. El día anterior había comprobado que allí había una puerta trasera. Al aproximarse, se oía ya el sonido de la lluvia cayendo con fuerza en el exterior. Cuando la abrió, se quedó estupefacto. El agua fluía por el aparcamiento como si fuera un río y la lluvia caía con gran estrépito. Cerró la puerta y volvió al restaurante. Algunos ya habían empezado a levantarse.

—Vaya lluvia, ¿eh? —dijo Asuka.

Fuyuki asintió con la cabeza.

—Esto no parece el clima de Japón. Cualquiera diría que estamos en el sudeste asiático.

—Tal vez en aquel instante ocurrió algo raro —intervino Komine—. Me refiero al instante en que desapareció toda la gente. Primero alteraciones de la corteza terrestre y luego climatología anómala. Me aterra pensar qué vendrá a continuación.

En ese momento entraron Seiya y Nanami, los dos con cara de estar muy cansados.

—¿Qué tal el hombre? —preguntó Fuyuki.

—Sobre eso precisamente venía a consultaros. A ver, un momento de atención.

Todos comenzaron a agruparse a su alrededor. Cuando ya lo habían hecho, Seiya, con cierta turbación, extendió los brazos hacia delante.

—Procurad mantener con nosotros esta distancia como mínimo. Por si acaso.

—¿Por si acaso?

Seiya titubeó ante la pregunta de Fuyuki.

—La probabilidad de que ese hombre tenga la gripe es bastante alta. Por tanto, existe el riesgo de que, ya que lo hemos estado observando toda la noche, nos la haya contagiado. Nanami opina que, como la temperatura de hoy es alta, la actividad del virus seguramente se habrá ralentizado. Pero todos estamos cansados y no disponemos de medicamentos, así que me gustaría reducir al máximo el riesgo de contagio.

—Claro —dijo Toda, yéndose a sentar en una silla algo alejada.

Los demás hicieron lo propio. Emiko, con el niño en brazos, fue a sentarse junto con Mio al sitio más alejado.

—Ahora todavía duerme, pero anoche abrió los ojos en una ocasión —dijo Seiya mirando a todos en derredor—. Cuando supo de nuestra existencia, pareció animarse bastante. Si lo dejamos reposar y le proporcionamos suficiente bebida y alimentos, tal vez se recupere en uno o dos días. Por eso quería consultaros sobre lo que vamos a hacer a partir de ahora.

—¿Puedo intervenir? —pidió Yamanishi alzando su mano.

—Por favor.

—Lo que acabas de decir puede interpretarse como que

vamos a quedarnos aquí hasta que ese hombre se recupere. Es así, ¿no?

—Esa también es una opción —respondió Seiya—. Precisamente lo que me gustaría decidir es qué vamos a hacer al respecto.

—Lo lamento, pero yo me opongo —reaccionó Komine—. Nosotros somos gente normal. Y creo que por eso hemos podido tirar adelante juntos hasta ahora. Pero si admitimos a una persona como ese hombre, que no es normal, estoy seguro de que nuestra alianza se resquebrajará. A mí por lo menos no me apetece como compañero.

Toda, que estaba sentado junto a Komine, asintió con la cabeza.

—Yo opino lo mismo. Él se hizo *yakuza* precisamente porque no supo adaptarse a la sociedad normal. En un entorno tan excepcional como este, no parece que alguien así pueda ser compatible con el resto.

El rostro de Seiya no se alteró ni un ápice al oír la opinión de ambos. Seguramente ya las esperaba.

—Y los demás, ¿qué opináis? —preguntó mirando a Emiko—. ¿A ti qué te parece?

Emiko parpadeó al verse aludida.

—Bueno, yo haré lo que decidáis todos...

—Pues eso no está bien, señora —repuso Toda—. Es importante que cada cual exprese su opinión. Si uno no habla ahora, luego nadie le hará caso cuando quiera quejarse.

A Fuyuki le pareció que, aunque el tono de Toda era algo agresivo, su argumentación era acertada. En una situación de vida o muerte, uno no puede confiar su destino a lo que opine el resto.

—No es necesario pensar en los demás. Por favor, dinos qué querrías hacer tú —le insistió Seiya.

Emiko permaneció unos instantes cabizbaja. Parecía apurada. Finalmente se decidió y alzó el rostro.

—Sinceramente, me da miedo. Preferiría no tener que relacionarme con él.

—Eso es —dijo Toda—. Si nos juntáramos con ese tipo, no sabemos de qué sería capaz.

—Pero... —continuó Emiko— ¿y sí decidiera seguirnos él por su cuenta? ¿Qué haríamos? Porque tampoco podríamos decirle que no, ¿verdad?

—Claro que sí. Bastaría con decirle que dejara de seguirnos.

—Pero, entonces, ¿no la tomaría con nosotros?

Al oír a Emiko, Komine se inclinó hacia ella.

—¿Y qué más da que la tome con nosotros?

—Es que...

—En el mundo anterior teníamos ese temor porque esta gente tomaba represalias. Sin embargo, ahora no hay que tener miedo de ello. Estos tipos podían ir por ahí haciéndose los chulos porque tenían detrás a su banda. Pero uno solo no podrá hacer nada contra nosotros. No hay nada que temer. Además, mira en qué estado se encuentra. Si nos marcháramos ahora, ni siquiera podría seguirnos.

—¿Quieres decir abandonarlo?

—Solo digo que no lo integremos en nuestro grupo. Que haga lo que quiera y se las apañe por su cuenta. Además, si realmente va a recuperarse guardando reposo dos o tres días, tampoco hay que preocuparse, ¿no?

—Bueno... —intervino Nanami—. Eso siempre que cuente con la hidratación y la nutrición adecuadas. Si solo descansara, su recuperación se retrasaría, incluso podría empeorar...

Visiblemente irritado, Komine negó con la cabeza.

—Si quiere salvarse, ya se las apañará. Aquí tiene agua y alimentos. Y, en todo caso, se trata de un *yakuza*. No hace falta que sintáis tanta pena por él.

Por muy firmes que fueran las opiniones que estaba escuchando, Emiko no acababa de mostrarse convencida. Pidió que le dejaran pensarlo un poco y volvió a bajar su mirada al suelo.

—Fuyuki, ¿tú qué opinas? —preguntó Seiya.

Fuyuki se humedeció los labios. Llevaba ya un rato cavilando sobre el asunto, pero no se le ocurría ninguna opinión suficientemente buena como para atreverse a exponerla con confianza. Aun así, dijo:

—¿No creéis que no deberíamos decidir nada sin haber intentado antes hablar con él?

—¿Y de qué íbamos a hablar? —replicó Toda.

—Pues de si está dispuesto a venir con nosotros y si, en tal caso, se va a integrar bien con el resto del grupo... Cosas así. Creo que es un poco prematuro decidir si lo admitimos o no sin siquiera saber antes qué clase de persona es.

—Pero ¿qué crees que te va a contestar si le preguntas eso? Es evidente que solo te dirá maravillas de él mismo. —Komine denotaba ya cierto enfado—. Que por supuesto colaborará, que claro que puede integrarse con nosotros... ¿Qué va a decir si no? Capeará el temporal con buenos modales. Pero eso no significa que podamos confiar en sus palabras.

—Por eso digo que es necesario cerciorarse antes. Podemos intentarlo y, en caso de que notemos que nos miente, lo volvemos a hablar. ¿Qué os parece?

—Cerciorarse de si una persona es buena o mala no es fácil —observó Yamanishi—. Y tener experiencia de la vida tampoco ayuda demasiado. La prueba son las estafas telefónicas. En ellas, la mayoría de las víctimas son ancianos. Además, la gente que se dedica a hacer el mal, suele ser bastante buena a la hora de hacer teatro.

Toda y Komine asentían moviendo sus cabezas arriba y abajo, como diciendo «eso es exactamente lo que decíamos nosotros».

Incapaz de articular una réplica, Fuyuki se quedó en silencio. Ni siquiera estaba convencido de la opinión que él mismo acababa de expresar.

—Kuga... O sea, quiero decir el hermano mayor, no el pequeño —dijo Toda volviéndose hacia Seiya—. Me gustaría escuchar tu opinión. El otro día dijiste que aunque ahora el mundo se reiniciara desde cero, eso tampoco debería hacernos olvidar por completo nuestra forma de vida anterior, comportándonos como si nunca la hubiéramos tenido. La verdad, coincido contigo. Pero, siguiendo precisamente esa idea tuya, ¿no crees que ahora no deberíamos cerrar los ojos al pasado de ese *yakuza*? Por supuesto, desconocemos los detalles, pero parece evidente, cuando menos, que no llevaba una vida decente. ¿Qué opinas?

Seiya miró fijamente a Toda. Luego se puso en pie y dejó escapar un fuerte suspiro.

—Antes de opinar al respecto, tengo algo que proponeros. Tiene que ver con nuestra forma de vivir de ahora en adelante.

—¿De qué se trata? —preguntó Toda.

—De las normas —dijo Seiya—. No podemos predecir qué cosas nos van a suceder en el futuro. Pero ahora mismo es un hecho que vamos a tener que vivir nosotros solos. En tal caso, es necesario elaborar unas normas generales. Las leyes que había hasta ahora carecen de validez. Incluso las diferencias entre el bien y el mal tendremos que establecerlas nosotros mismos. Si intentamos resolver un problema grave sin haberlas establecido de antemano, simplemente en función del humor que tengamos en ese momento, seguro que se producirán graves injusticias y distorsiones.

—Te entiendo, pero creo que, sean cuales sean las circunstancias, el bien y el mal no cambian.

—¿En serio? Pues, si la memoria no me falla, en el mundo anterior no admitíamos la eutanasia. Jurídicamente entraba en el campo del mal. Pero ahora es distinto. Optamos por ella como el mejor recurso por unanimidad. Así pues, ya hemos empezado a elaborar nuestras nuevas normas. Por tanto... —Seiya hizo una pausa—. Aunque ese hombre hubiera hecho algo calificable como un mal en el mundo anterior, no podemos afirmar que lo siga siendo en este.

21

—Comprendo lo que dices, pero ¿no es eso demasiado radical? —repuso Komine.
—¿Radical? —dijo Seiya arqueando una ceja.
—Hay veces en que el bien y el mal pueden cambiar según las circunstancias. Pero la premisa de que nuestra seguridad ha de ser lo primero no debería cuestionarse en ningún caso, ¿no? Creo que esa es una cuestión que está por encima de las normas.
—No, yo creo que las normas hay que elaborarlas para todo tipo de circunstancias. Por ejemplo, puede que en el futuro nos encontremos con otras personas. Y si no dejamos fijado de antemano a cuáles vamos a aceptar y a cuáles no, la elección puede resultar muy confusa. Tal vez, llegado el momento, no dispongamos de margen suficiente para debatir.
—En tal caso, la cosa es sencilla: basta con aceptar solo a quienes puedan colaborar con nosotros —propuso Toda.
Pero Seiya negó con la cabeza indicando que eso no le convencía.
—Tengo la impresión de que usted ya tiene decidido que él va a ser incapaz de colaborar, ¿no?
—¿Acaso me equivoco? Ese tipo se dedicaba a atemorizar a los demás usando la violencia. O colaboraba con quienes lo hacían.
—Ahí quería llegar. De modo que hasta esos tipos conta-

ban con colaboradores. Creo que, por mi trabajo, conozco un poco mejor a esta gente que vosotros. Su ambiente se caracteriza por la solidez de sus alianzas, la severidad de sus relaciones jerárquicas y la intolerancia hacia la traición. No es un mundo apto para quienes carecen de espíritu colaborativo.

—Eso es porque están entre *yakuzas*, pero nosotros no lo somos.

—Vale, pero entonces, ¿por qué los *yakuzas* se alían entre ellos?

—Bueno, eso ya...

—Será porque tienen intereses comunes —observó Komine, que estaba al lado de Toda, mientras este farfullaba algo ininteligible—. Por eso y porque aspiran a los mismos objetivos. Le quitan el dinero a la gente decente y se lo reparten entre ellos. En ese mundillo, cuanto más elevado es tu rango, más parte te llevas, así que todos aspiran a ascender en el escalafón. ¿No es así?

—Exacto —asintió Seiya—. Lo mismo que en una empresa normal. La única diferencia está en que unos usan medios legítimos para obtener el dinero y otros no.

—Podría ser... —titubeó Komine.

Seiya prosiguió.

—Yo también opino que el origen de la fuerza de las alianzas está en esa coincidencia de intereses y objetivos. Por ejemplo, creo que el hecho de que ahora todos estemos actuando en conjunto, además de la ventaja que supone unir nuestras fuerzas para solucionar los problemas, se debe también a que todos compartimos un mismo objetivo, que es el de seguir viviendo.

—Aunque yo no sirvo de ninguna ayuda, me beneficio de vuestra compañía por mera compasión.

Seiya dirigió una sonrisa a Yamanishi, que se denostaba a sí mismo con su comentario.

—La contribución de una persona no consiste solo en lo que somos capaces de apreciar con la vista. También puede ser de tipo psicológico o anímico. El hecho de estar junto a otras personas ya hace que cualquiera se sienta más seguro.

—Pues me temo que con ese hombre ocurre lo contrario —terció Toda—. Has oído lo que ha dicho antes Emiko, ¿no? A ella le produce miedo. Y eso, en definitiva, es lo mismo que decir que no existe ninguna ventaja por tenerlo a él a nuestro lado. Antes al contrario, podría incluso decirse que es una desventaja.

—Yo también comprendo a Emiko. Pero sentir miedo o no sentirlo es una simple impresión personal. No podemos usar eso como norma. Por otra parte, también hay cosas que pueden presumirse como ventajas. Puede que él tenga alguna información que nosotros no. Y su musculoso cuerpo también puede resultar de gran ayuda. ¿Qué opináis?

Toda y Komine permanecieron en silencio tras las palabras de Seiya. En su lugar, tomó la palabra Yamanishi.

—En resumen, lo que quieres decir es que, mientras no quede claro que ese hombre es pernicioso para nosotros, no lo podemos excluir.

—Habría que definir qué entendemos por «pernicioso».

—En efecto. En mi opinión, pernicioso significa que amenace nuestra seguridad. Todos estamos aunando nuestras fuerzas para intentar seguir vivos. Obstaculizar eso sería claramente pernicioso. Y hacernos daño a nosotros también. ¿O no?

Seiya asintió con la cabeza.

—Exacto. Así es.

—Pero también se puede fingir —dijo Komine—. ¿No acaba de decir Yamanishi hace un momento que la gente de esa calaña era muy buena haciendo teatro?

—Si hace teatro, que lo haga. Qué más da. ¿Verdad, agente? —dijo el anciano.

Seiya frunció el ceño e hizo un gesto de negación con la mano.

—No me llame agente, por favor. Esto ya no tiene nada que

ver con mi trabajo. Pero estoy de acuerdo con usted. Da igual si se trata de teatro o no. No es necesario que el rostro que nos muestre sea su verdadero rostro.

—¿Pretende convencernos así? —murmuró Toda.

Yamanishi rio con tono grave.

—No hay que preocuparse por eso. O, mejor dicho, preocuparse a estas alturas es tontería. Porque tampoco está claro que todos los aquí presentes le hayamos mostrado al resto nuestro verdadero rostro. Supongo que vosotros pensáis que soy un simple viejo. Pero podría haber sido un *yakuza*. O tal vez un ladrón. Y, sin embargo, me habéis aceptado. Claro, como no llevo tatuajes en la espalda...

Los dos empleados de la misma empresa se quedaron en silencio. Fuyuki, por su parte, seguía sin encontrar argumentos para rebatir aquello.

—Lo más importante es que esta norma también es aplicable a nosotros —dijo Seiya mirando a todos—. Quien amenace nuestra seguridad o cause daño a alguno de nosotros, será excluido del grupo inmediatamente. Por favor, grabad bien esto en vuestras mentes porque, desde este mismo momento, pasa a ser una norma.

Era ya por la tarde cuando el hombre tatuado volvió a abrir los ojos. Nanami se disponía a tomarle la temperatura. Él se sobresaltó con una sacudida y abrió los ojos. Tal vez al recordar que la noche anterior la había agarrado por la muñeca, Nanami se echó hacia atrás, recelosa.

—Parece que ya te despiertas —dijo Seiya mirando al hombre.

Este le dirigió su turbia mirada y luego asintió levemente.

—Menos mal que no ha sido un sueño. Es verdad que había otras personas.

—Veo que sigues diciendo lo mismo que anoche.

—¿Sí? Ah, es verdad, puede ser... Es que como llevaba tanto tiempo solo... —El hombre se frotó los ojos con la mano derecha—. ¿Me has dicho ya quién eres tú?

—No, no te lo he dicho. Me llamo Kuga.

—Así que Kuga... Pues yo... —se llevó al pecho la mano con que se había frotado los ojos y fingió una sonrisa— no sé dónde he dejado ni el carnet ni las tarjetas de visita.

—Ahora no necesitas ninguno de los dos. Pero resulta incómodo hablarte sin saber cómo te llamas.

—Kawase.

—Kawase... ¿El «kawa» se escribe con el ideograma sencillo de río o con el otro?

—Con el otro.

—¿Y el «se»?

—Es el mismo que el de Setouchi. ¿Es importante eso?

—No. Solo quería saber hasta qué punto tenías despejada la mente.

—Creo que la tengo relativamente bien. Por cierto, nadie me ha dicho el nombre de esa chica tan guapa —añadió Kawase ladeando el cuello hacia Nanami—. Si lo de antes no ha sido un sueño, creo recordar que era enfermera, ¿no?

—Me llamo Tomita —respondió ella en voz baja.

—Tomita... Dime, ¿cómo estoy?

—Ahora mismo iba a tomarle la temperatura.

—Ah, ¿sí? Bueno, si es solo eso, puedo hacerlo yo mismo. Pásame el termómetro.

Nanami lo hizo y Kawase se lo puso en la axila.

—Tengo una sed tremenda. Cómo me apetece una cerveza...

—Es mejor no beber cerveza ahora. Si quieres agua, tenemos —dijo Seiya, cogiendo la botella que había a su lado.

—Pues yo quiero una cerveza.

—Es por tu bien. ¿Acaso no te quieres recuperar pronto? Además, la cerveza tibia ni sabe a cerveza ni nada.

Kawase relajó la tensión de sus mejillas.

—Ya. El Dom Pérignon tibio que probé tampoco estaba nada bueno.

Kawase cogió la botella de plástico que le tendía Seiya y bebió a grandes tragos. Su abultada nuez se movía arriba y abajo.

—O sea que cuando todo el mundo desapareció de repente, tú te encontrabas en las oficinas de tu organización, ¿verdad? ¿Y dónde están ubicadas?

—En Kudanshita. —Kawase se tocó el cuello de la camisa y esbozó una amplia sonrisa—. Así que... ya sabéis lo que soy. Lo digo porque no recuerdo haber usado la palabra «organización».

—Lo que fueras anteriormente ya no importa. Lo mismo que la ostentosa decoración de tu espalda. Aquí no tiene ningún valor. Lo primero que debes hacer es comprender eso.

Cuando acabó de beber agua, Kawase alzó su rostro hacia Seiya con una mirada desafiante.

—¿Quién eres tú? Se nota por tu mirada que tienes agallas. No eres un simple *decente*.*

—Venga ya. Soy una persona normal. O, mejor dicho, aquí ya no hay ni *yakuzas* ni *decentes*. Ni tú ni yo somos nada distinto de personas. Cuéntame mejor dónde estuviste y qué hiciste desde que saliste de vuestras oficinas hasta ahora.

—Estuve corriendo de un lado para otro, pero no conseguía contactar con nadie. No encontraba a nadie por ningún sitio. Y, para colmo, había explosiones por todas partes. Hubo también un terremoto, luego un temporal tremendo de viento y lluvia... No tenía ni siquiera la sensación de seguir vivo. Luego ya me refugié aquí.

—¿Y cuándo te entró la fiebre?

---

* «Decente» es como denominan los *yakuzas* a quien no se dedica a actividades ilícitas.

—Bueno, pues... cuando llegué aquí, primero estuve bebiendo y comiendo lo que había. Luego empecé a encontrarme mal de repente y... A partir de ahí ya no recuerdo bien.

Kawase se quedó pensativo. Después se extrajo el termómetro y se lo tendió a Nanami. Ella lo cogió y miró la escala.

—¿Qué tal? —preguntó Seiya.

—Treinta y ocho con nueve. Casi no le ha bajado, y puede que a partir de ahora le vuelva a subir.

—Qué fastidio. Mira que ir a pillar un resfriado en un momento como este... —refunfuñó Kawase llevándose la mano al cuello con un gesto de rabia. Debía de dolerle la garganta.

Taichi trajo una bandeja con vajilla.

—Emiko le ha preparado una crema de arroz* —dijo.

—¿Es que ha podido usar el fuego? —se sorprendió Nanami.

—Había un hornillo a gas, de esos de bombona. Lo encontré yo. Y de premio también hay *umeboshi*.**

—Entendido. Vale, es peligroso quedarse aquí, podrías contagiarte. Así que deja ahí la bandeja y vuelve con los demás, por favor.

Taichi asintió con la cabeza, dejó la bandeja sobre una mesa y se retiró en dirección al restaurante.

—Vaya, una nueva cara —dijo Kawase.

—Cuando estés curado te presentaré a todos. Siempre, claro está, que aceptes nuestras condiciones.

Dicho eso, Seiya cogió la bandeja y la acercó a la mesa que había al lado de Kawase.

---

* El *o-kayu*, crema o papilla de arroz, es un plato que se prepara tradicionalmente en Japón para los enfermos.

** Ciruelas encurtidas que se suelen servir con el *o-kayu*.

Kawase se incorporó con desgana.

—¿Condiciones?

—Como ya te dije anoche, somos un grupo de personas que actuamos en conjunto para poder sobrevivir. Si quieres unirte a nosotros, no nos opondremos. Y podrás comer también esa crema de arroz. Ahora bien, para ello es necesario que respetes las normas que nos hemos impuesto.

—¿Es que hay que pagar cuota de asociado o algo así?

—No aceptamos dinero, pero sí trabajo. Y también los conocimientos que puedas aportar.

—Bueno, si son sobre picaresca, tengo unos cuantos.

—Si nos valen para sobrevivir, serán también bienvenidos. Pero, en caso de que lleves a cabo algún acto que pueda dañar nuestras relaciones de cooperación o que amenace la seguridad del grupo, te excluiremos inmediatamente. A partir de ahí, tendrás que apañártelas solo en este mundo sin sentido en el que estamos ahora.

Cuando Seiya terminó de hablar, la seriedad había retornado al rostro de Kawase. Este asintió con la cabeza sin borrar de sus ojos la incisiva mirada de antes.

—De acuerdo. Me tranquiliza saber que se trata de algo bastante razonable. Pensé que serían unas condiciones más duras. Bueno, ¿y quién de vosotros es el que manda? Supongo que tú, ¿verdad?

—Entre nosotros no hay relaciones jerárquicas. Decidimos las cosas respetando la opinión de todos los miembros del grupo. Si decides unirte a nosotros, te respetaremos. A cambio te pediremos que tú también respetes a los demás. Creo que no es necesario mencionar que la mayoría no tiene muy buena impresión sobre ti. El hecho de que, aun así, hayan decidido aceptarte, se debe a que confían en tu humanidad. ¿Alguna pregunta?

Kawase se encogió de hombros.

—Ninguna.

—Bien, si prometes respetar nuestras normas, puedes unirte a nosotros. ¿Qué decides?

—No parece que pueda sobrevivir solo en medio de todo esto. Iré con vosotros.

—¿Prometes acatar las normas?

—Sí, lo prometo.

—Bien —dijo Seiya, y le acercó la bandeja—. Te damos la bienvenida. Esta comida es un pequeño detalle de nuestra parte.

—Gracias, pero no tengo hambre. De todos modos, os lo agradezco.

—Pues cómetelo igual. Si vas a acompañarnos, tienes que recuperarte cuanto antes. La demora en tu restablecimiento supone un grave trastorno para los demás. Nosotros nos dirigimos a un lugar concreto. Que nos hayamos detenido aquí, retrasando con ello nuestra llegada a él, se debe únicamente a que tienes que guardar reposo. Quiero que no olvides que, por ahora, para nosotros eres un impedimento.

Kawase puso cara de querer replicar, pero no lo hizo. Finalmente, cogió la cuchara en silencio, la hundió en la crema de arroz y se la llevó a la boca.

—Oye, ¿es que el 13 de marzo fue algún día especial? —preguntó Kawase.

—Es el día en que el resto de la gente desapareció.

—Ya lo sé. Lo que me pregunto es si habría una parte de la población que ya supiera que iba a ocurrir eso.

—¿En qué sentido?

—Es que circulaba por ahí un rumor extraño. Se decía que era mejor no salir a la calle el 13 de marzo. Por eso los jefes cancelaron sus planes de ir a jugar al golf. Decían de todo: que si podía ocurrir un terremoto, que si podía caer un meteorito... aunque nadie conocía los detalles. Yo entonces no hice caso, pero, visto lo ocurrido, ahora me tiene mosqueado.

Seiya había apretado los puños mientras escuchaba a Kawase. ¿El mundo del hampa estaba enterado del Fenómeno P-13? Sin embargo, a Seiya y los suyos no les habían informado de nada.

A consecuencia de ello, ahora se veían en esa situación.

22

La lluvia siguió cayendo con fuerza todo el día. Fuyuki hacía un gesto de negación con la cabeza mientras contemplaba la calle desde los cristales del restaurante. El cielo estaba gris y no había el mínimo indicio de que fuera a abrirse un claro en ningún momento.

Asuka se acercó y se puso también a mirar al exterior. Fuyuki la oyó suspirar.

—Esto parece un hotel acuático.

—Y que lo digas.

El entorno del hotel estaba completamente inundado. El agua lo cubría todo y no había ninguna zona en que se pudiera ver el suelo. A ese paso, que el interior del hotel también se acabara anegando era solo cuestión de tiempo.

—Pero ¿cómo puede llover tanto tiempo sin parar? ¿Es que las nubes de lluvia no se agotan nunca?

—Los nubarrones se forman en el mar. Así que, en tanto el mar no se quede sin agua, no hay nada que hacer.

—¿De veras? Pues si el rival es el mar, me temo que estamos perdidos —repuso ella, tendiéndole algo que llevaba en la mano—. Toma.

Era una lata de zumo de tomate. Fuyuki la aceptó y le dio las gracias.

—La de años que hace que no bebía un zumo de tomate —dijo, agitando la lata.

—Y yo. Aunque, a decir verdad, a mí es que no me gusta mucho.

—¿Y ahora te han entrado ganas de beberte una?

—Es que es la única forma de tomar algo vegetal aquí —respondió Asuka. Luego tiró de la anilla para abrir la lata y comenzó a beber. Su cara tras probar el zumo denotó que, ciertamente, no le parecía muy bueno.

Asuka dijo que había cogido las latas de los frigoríficos de las habitaciones del hotel.

Al parecer, también había cerveza, café de lata, agua mineral y otras cosas.

Fuyuki también probó el zumo de tomate. No estaba nada frío, pero sentir en la boca el característico aroma de los vegetales hizo que le resultara algo fresquísimo. No necesitaba que Asuka se lo dijera. Ya notaba por sí mismo la falta de verduras y hortalizas. Con los alimentos precocinados y la comida enlatada no tomaban suficientes vegetales.

—¿Habrá un día en que podamos volver a comer vegetales frescos? Bueno, y otras cosas, como *sashimi** y eso...

—Las plantas siguen creciendo, así que supongo que en algún lugar habrá también vegetales.

—¿Y el *sashimi*?

—Creo que eso ya es imposible —dijo Fuyuki bajando la mirada hacia la lata.

Asuka se sentó en la silla que había a su lado y negó con la cabeza.

—¿Habrán desaparecido también los peces del mar, del mismo modo que las personas y los animales han desaparecido de la Tierra?

—Los que había en el vivero del restaurante de sushi sí que habían desaparecido.

—Es increíble. —Asuka bebió un trago y se quedó miran-

---

* Plato japonés a base de pescados y mariscos crudos.

do fijamente la lata—. Igual de increíble que el hecho de que me esté tomando ahora mismo un zumo tomate.

Fuyuki se sentó a su lado mientras se preguntaba cómo podía ella bromear en un momento así.

—¿Qué va a ser de nosotros? La comida se agota y ni siquiera tenemos un lugar donde vivir. Y tampoco medios de transporte. Como se mire, la situación es desesperada.

—Yo todavía no me doy por vencida —dijo Asuka—. Que todos hayan desaparecido no significa que estén muertos. Seguro que están en otro sitio. Y nos estarán buscando.

—Ojalá...

—¿Quieres cambiar ya esa cara de pena? Estoy intentando pensar en cosas positivas para que levantemos el ánimo, ¿vale? —replicó Asuka torciendo el gesto—. Ya te lo dije antes: la mejor oportunidad se presenta siempre después de un gran aprieto. Y yo la estoy esperando.

Fuyuki asintió y sonrió.

—Tienes razón. Hay que pensar en positivo. —Y mientras bebía un trago de zumo se dijo que, si una estudiante de instituto estaba intentando animarlo de ese modo, él no tenía otra opción que mostrarse animado.

—Y esos dos, ¿estarán bien?

—¿Qué dos?

—Nanami y tu hermano. No habrán pillado la gripe, ¿verdad?

Seiya y Nanami seguían en el salón, cuidando de aquel hombre, pero los demás desconocían los detalles. Taichi había ido a llevarles comida y Seiya le había dicho que no se quedara allí mucho tiempo.

—Si así fuera, creo que ya habrían dicho algo. Además, supongo que los dos habrán tenido cuidado.

Asuka le dio la razón y se pasó los dedos a modo de peine por el flequillo.

— Tu hermano es una auténtica pasada.

—¿Sí? —respondió Fuyuki, temiendo que aquello fuera el inicio de una nueva serie de elogios hacia su Seiya.

—Ya sé que dice que no es el líder y todo eso, pero la verdad es que, si no fuera por él, posiblemente ahora estaríamos muertos y tirados por ahí. Tal vez ni siquiera habríamos podido encontrarnos los unos a los otros.

—Bueno, eso tampoco lo sabemos...

—En situaciones como esta hace falta alguien que tire del resto. Creo que hemos tenido mucha suerte al poder contar con él. Si cada uno nos hubiéramos puesto a decir lo que nos daba la gana, no habríamos llegado a ningún acuerdo y el ambiente del grupo se habría deteriorado. Pero, gracias a él, de momento hemos ido sobreviviendo. Ojalá hubiera tenido a alguien así de profesor en la escuela.

—Prueba a decirle eso a él. Siempre dice que no tiene madera de profesor.

—Tal vez. Puede que lo suyo sea ser policía —dijo Asuka arrugando la nariz—. De todos modos, debía de ser bastante alta su... ¿cómo se dice? ¿Su posición? Debía de estar en algún puesto importante, ¿no?

—Coordinador de la Sección Primera del Grupo de Investigación Criminal de la Jefatura Superior de Policía. Tenía rango de comisario.

No estaba claro que Asuka hubiera entendido bien aquello, pero soltó una exclamación:

—¡Qué pasada! —Luego ladeó la cabeza y preguntó—: Y tú, Fuyuki, ¿qué eras?

—Guardia —respondió con sequedad—. Un policía local raso.

Asuka rompió a reír sin ningún miramiento.

—¿Eso eras? Entonces, para llegar hasta un puesto como el de Seiya te faltará mucho, ¿no?

—Nosotros no podemos llegar. Ellos son policías de carrera y nosotros no. Los caminos son distintos ya de partida.

—¿En qué? ¿Y qué es eso de «de carrera» y «no de carrera»?

—Los que superan una oposición nacional y son contratados por la Agencia Nacional de Policía son los de carrera. Los que simplemente superamos las pruebas de acceso para los cuerpos de policía locales somos los «no de carrera». En definitiva, mi hermano es funcionario del Estado y yo de la administración local. Nosotros no podemos aspirar a un puesto como el de mi hermano.

—¿En serio? ¿Tanta diferencia hay? En tal caso, ¿no sería mejor que tú también hubieras intentado acceder por la vía de las oposiciones?

—Ni que fuera tan fácil. Oposiciones nacionales hay muchas, pero esa es una de las más duras. Solo la aprueban los graduados de la Todai* o gente por el estilo.

—Entonces, ¿es que Seiya también se graduó en la Todai?
—Bueno, sí...

—¡Pero qué pasada! —exclamó de nuevo Asuka abriendo la boca y los ojos, sorprendida—. O sea, que hay gente que se gradúa en la Todai y luego se mete a policía. Nunca lo había oído.

—Tampoco es tan raro. Además, lo de que mi hermano se hiciera policía fue cosa de nuestro padre, que siempre lo orientó hacia ello. Él era policía y quería que sus hijos también lo fueran. Y mi hermano, que es bastante inteligente, decidió que, ya puestos, lo intentaría por la vía de la carrera profesional, así que se volcó a tope en el estudio.

—Hum... Pero tú no tenías ganas de esforzarte tanto, ¿o qué?

—Bueno, yo... —Fuyuki dudó un instante si contarle aquello. Finalmente decidió que sí—. Yo es que no quería ser poli-

---

* Abreviatura de la Universidad de Tokio (*Tokyo Daigaku*), una de las más prestigiosas de Japón.

cía. Y cuando ingresé en la universidad, tampoco me lo planteaba en absoluto. Tenía otros sueños.

—¿Y qué querías ser?

—Bah, qué más da.

—¿Cómo que qué más da? No pretenderás dejar la historia ahí, después de todo lo que me has contado, ¿verdad? —Asuka lo apremió—. Venga, va, cuenta...

Fuyuki frunció el ceño y se frotó la nariz.

—Profesor. Profesor de educación física.

—¿Profesor de un colegio? ¿En serio? —El rostro de Asuka denotó que su sorpresa era auténtica.

—Pues sí —confirmó Fuyuki, tumbando sobre la mesa la lata vacía de zumo.

—Me has sorprendido. No me lo esperaba. ¿Así que era eso? Bueno, puede que sirvieras para profesor. Pero ¿por qué cambiaste de idea? ¿Fue porque querías parecerte a tu hermano?

—No, no fue por eso. Me lo pidieron.

—¿Quién? ¿Tu padre?

—Mi madre —respondió Fuyuki—. Verás, Seiya y yo somos de madres distintas. Su madre murió muy joven y nuestro padre se volvió a casar. Mi madre fue su segunda mujer. Por supuesto, ello no significa que recibiéramos peor trato, ni nada de eso. Mi padre atendía bien a mi madre y, desde luego, nunca nos comparaba a mi hermano y a mí. No obstante, creo que mi madre se sentía algo inferior.

—¿Por qué? ¿Por ser la segunda esposa?

—Supongo que, más que por eso, porque yo era bastante flojo. —Fuyuki se rascó la cabeza sintiéndose algo avergonzado—. Mi hermano era brillante, pero no porque mis padres invirtieran mucho dinero en él. Consiguió superar el examen de ingreso en la Todai por sus propios medios. Y luego aprobó la oposición sobrado. Era yo el que les causaba problemas. Tuve que repetir la selectividad para acabar en una universidad de segunda fila bastante cara. Y para colmo, repetí tercero. Creo que mi madre se avergonzaba de ello. Se sentía desacreditada porque, mientras el hijo de la primera esposa superaba a toda máquina los estudios más elitistas, el que había heredado su propia sangre era un mediocre.

—Eso ya es pasarse un poco, ¿no? No creo que a las demás personas de vuestro entorno les preocupara eso.

—Ciertamente, puede que así fuera. No lo sé. El caso es que sí preocupaba a los interesados: a mi madre y a mí. Así que, un día, mi madre me preguntó si yo quería ser también policía. Comprendí cómo se sentía. Supongo que pensaba que, como mi padre quería que yo fuera policía, al menos podía intentar hacer realidad ese deseo. Le contesté en el acto que muy bien, que no me importaba hacerme policía.

Asuka espiró con fuerza soltando el aire por la nariz y luego sonrió.

—Mira tú qué considerado.

Fuyuki hizo una mueca.

—Qué va, para nada. La gran diferencia que sigue habiendo entre mi hermano y yo no cambia. En fin, menudo rollo. Será mejor que lo olvides.

—Nada de rollo. Ha sido muy interesante. Además, me ha convencido. Ahora me explico por qué los dos tenéis siempre tan mal rollo entre vosotros. Me preguntaba cómo podíais estar de bronca entre hermanos, con la que está cayendo.

—Llevamos así desde siempre.

—Pues deberíais dejarlo. Nos afecta negativamente al resto. —Asuka apuró su lata y se puso en pie. Luego miró a lo lejos—. Anda... —murmuró—. Si es Mio...

Fuyuki también se dio la vuelta para mirar. La niña estaba sentada en un rincón del restaurante, abrazada a sus propias rodillas.

—Pobrecilla. Mira que quedarse sin voz... —dijo Asuka—. Aunque tampoco me extraña. Si hasta nosotros hemos estado a punto de volvernos locos...

—De todos modos, ¿no crees que son una madre y una hija un tanto raras?

—Pues sí, eso mismo pensaba yo. Y eso que los hermanos Kuga tampoco os quedáis cortos en cuanto a rarezas. Pero me parece que ellas son aún más raras. Si es que esa niña no está casi nunca con su madre, ¿no? Y Emiko, por su parte, siempre parece pendiente de otras cosas. Yo hasta dudo que de veras sean madre e hija...

—Venga ya... Si son idénticas de cara.

—Bueno, sí, se parecen, pero...

En ese momento apareció Taichi, que venía de la cocina.

—Venid un momento.

—¿Qué pasa?

—Hay algo sobre la comida que quiero consultaros.

—¿Otra vez la comida? ¿Tú es que no piensas nunca en otra cosa?

Cuando entraron en la cocina, vieron que había unas latas y algunos alimentos envasados al vacío apilados sobre una enorme encimera. Emiko estaba de pie a un lado.

—Después de rebuscar por todo el hotel, esto es lo único que hemos podido reunir. Creo que aquí está todo lo que aún se puede comer —dijo Taichi—. Lo que había dentro las cámaras frigoríficas se ha echado a perder.

Fuyuki contempló la pila de alimentos. Había como para abrir una pequeña tienda de barrio. Pero claro, siendo doce personas y no disponiendo más que de eso...

—¿Con esto para cuántos días creéis que habrá? —preguntó a nadie en particular.

—Aunque pudiéramos aguantar comiendo solo cangrejo de lata y caviar, no se pueden hacer comidas a base de mermelada de arándanos —dijo Taichi frunciendo el ceño.

—Con tal de que haya arroz, podríamos apañárnoslas al menos una semana —murmuró Emiko.

—¿Arroz? ¿Es que no hay?

—Sí, arroz sí que hay, lo que no tenemos es medios para cocerlo —respondió Taichi. Dependemos del hornillo de gas y solo nos quedan tres bombonas. Eso significa que si gastamos una por comida, incluida la cocción del arroz y la preparación de la comida en sí, solo tenemos para comer caliente tres veces más.

—Lo de no poder cocer arroz es un problema. ¿Y pan?

Taichi se sorprendió de la pregunta.

—¿Con este bochorno? Ya hace tiempo que está todo enmohecido.

—Ya —dijo Fuyuki, y cruzó los brazos—. Entonces no hay más remedio que intentar hacer fuego de otro modo. Tal vez quemando alguna cosa...

—O sea, que habrá que volver a montar una barbacoa. Y esta vez, a diferencia de la anterior, no contaremos con algo tan práctico como el carbón vegetal.

—Reuniremos madera. Podemos romper muebles o cosas así. Y que los demás también nos echen una mano. Por cierto, no veo a Toda ni a Komine por ninguna parte.

—Están en la parte trasera, construyendo un artefacto para recoger el agua de la lluvia.

—¿Agua de lluvia?

—Es que agua, por mucha que haya, siempre hace falta más. Hasta para cocer el arroz hay que lavarlo antes, ¿no?

—Es verdad...

Se habían dado cuenta de que estaban en una isla desierta. Además, en una por la que ni corrían ríos de aguas claras ni crecían árboles frutales. Allí no había peces que pescar ni liebres que cazar.

—¡Oh, es terrible! —exclamó Asuka al tiempo que entraba corriendo en la habitación.

—¿Qué pasa esta vez?

—Es Mio... —jadeó Asuka.

Emiko salió en silencio de la cocina. Fuyuki y los demás la siguieron.

Mio se encontraba en el mismo sitio que antes, sentada en el suelo, abrazada a sus rodillas y con el rostro hundido entre ellas.

—¡Mio! —Emiko se aproximó a la niña y le levantó la cabeza. Fuyuki también se dio cuenta de que estaba desfallecida. Su madre le puso la mano en la frente.

—¿Cómo está? —preguntó Fuyuki.

Emiko respondió con un gesto de desesperación.

—Tiene... tiene una fiebre tremenda.

23

—¿Y además de la fiebre? ¿Algún otro síntoma? —preguntó Seiya elevando la voz desde el centro del salón.

—Tose de vez en cuando. También parece encontrarse mal del estómago. Hay algunos restos de vómito —respondió Fuyuki—. Está completamente desfallecida y le cuesta incluso reaccionar cuando le hablamos.

Seiya intercambió unas palabras con Nanami y luego se acercó a su hermano. Se detuvo a unos tres metros de él.

—De acuerdo. Traigámosla aquí enseguida.

—¿Ahí?

—¿Por qué crees que estamos aquí nosotros? Si dejamos a la cría allí, existe riesgo de que contagie a alguien.

—Entonces, ¿es que también os vais a ocupar vosotros de cuidar de ella?

—Así es. ¿Tienes algo que objetar?

—Pues pienso que sería mejor que los encargados de cuidar a los enfermos se fueran alternando. Además, Nanami también estará cansada, ¿no?

Seiya negó con la cabeza.

—Que alguno de vosotros tuviera que venir aquí a cuidar enfermos, sería solo en caso de que Nanami o yo mismo nos hubiéramos contagiado. Hasta entonces, es mejor que nadie se acerque a esta zona.

—Pero...

—Cálmate —le interrumpió Seiya—. En lo primero que hay que pensar ahora es en no aumentar el número de contagiados. Si establecemos turnos para el cuidado de los enfermos, existe el riesgo de que nos acabemos contagiando todos. Ciertamente, tanto Nanami como yo estamos cansados, pero supongo que también lo estáis vosotros. Seamos lógicos.

Fuyuki se quedó en silencio. La argumentación de Seiya parecía acertada. No obstante, se sentía irritado. Ya estaba harto de que su opinión acabase siempre rechazada de plano. La conversación que acababa de mantener con Asuka sobre la relación con su hermano vino de nuevo a su mente.

—Bueno, si ya estás convencido, vuélvete al restaurante. ¿Qué hace ahora Mio?

—Está acostada. Emiko está con ella.

El rostro de Seiya se ensombreció.

—Pero ¿qué pretende? Hay que decirle que se aleje inmediatamente de la niña. Si Emiko cayera enferma, sería un golpe tremendo para todos. Dejando al margen su dedicación a las comidas, es la única que puede hacerse cargo del bebé. ¿Es que no se da cuenta?

—Bueno, también es la madre de Mio...

—Ya. Y para nosotros también es una mujer importantísima. Ve inmediatamente allí. Dentro de un minuto iré yo también al restaurante. Hasta entonces, dejad a Mio sola. Que nadie se le acerque. ¿Entendido?

—Entendido —respondió Fuyuki mientras giraba sobre los talones.

Una vez en el restaurante, constató que Emiko no era la única que se encontraba al lado de Mio, sino también Asuka, Taichi, incluso Toda y Komine. El único que estaba sentado en un lugar algo apartado era Yamanishi, que sostenía al bebé en sus brazos.

Al contemplar la escena, a Fuyuki le pareció que aquello era de veras algo muy peligroso.

Cuando transmitió las indicaciones de Seiya al resto, pensó que surgiría alguna réplica, pero no fue así. Todos se apartaron de Mio. Ni siquiera Emiko dijo nada. Fuyuki percibió intensamente la confianza ciega que todos tenían en su hermano.

Pronto vino Seiya. Cogió a Mio en brazos frente a la atenta mirada de todos y luego se volvió hacia Emiko.

—Deja que nosotros nos encarguemos de ella. No te preocupes. No le quitaremos el ojo de encima.

—Os lo ruego —dijo Emiko, bajando la cabeza para hacer una reverencia.

Seiya se dirigió hacia la puerta del restaurante con Mio en brazos. Pero antes de salir se dio la vuelta.

—Fuyuki, recoge unas toallas limpias y unas mantas de las habitaciones del hotel y tráemelas. Es mejor que haya de sobra.

—De acuerdo.

—Y luego... —añadió Seiya mientras su mirada discurría por los rostros de todos—. En caso de que alguien note la mínima alteración de su estado de salud, debe comunicármelo de inmediato. Por favor, no os lo guardéis para vosotros. No es solo por el afectado, sino también por proteger a los demás.

Todos asintieron. Satisfecho, Seiya también les dedicó un gesto con la cabeza y salió del restaurante.

Fuyuki decidió ir a recoger las toallas y mantas acompañado de Taichi y Asuka. Los ascensores no funcionaban, así que había que subir por las escaleras de emergencia. Para colmo, las habitaciones estaban a partir de la quinta planta.

—Jo, qué paliza, ¿eh? Pero ¿este hotel cuántas plantas tiene? —preguntó Taichi torciendo el gesto.

—Las habitaciones llegan hasta la planta dieciocho —respondió Asuka.

—¡Uaau! Entonces por las escaleras va a ser imposible.

—Este no es momento de decir eso. Ten en cuenta que,

cuando se nos gasten las bebidas que tenemos almacenadas, la única solución será ir recogiendo las que haya en los frigoríficos de las habitaciones —repuso Fuyuki.

—A ver si para entonces ya hemos escapado de aquí. Qué ganas tengo de llegar a la residencia del primer ministro.

Fuyuki se sintió intranquilo al escuchar las quejas de Taichi. No tenía nada claro que por trasladarse a esa residencia su situación fuera a mejorar. Se decía que en la residencia había reservas de alimentos, pero no se sabía en qué cantidad. También era dudoso que la estación generadora de electricidad funcionara con normalidad. Y si cometían un error durante el traslado, podían pasarlo realmente mal. En cambio, en el hotel estaban surtidos de lo imprescindible para sobrevivir.

Sin embargo, mientras alumbraba con su linterna la interminable escalera, cambió de idea para darse cuenta de que eso que acababa de pensar no era más que una ilusión. Era verdad que hasta el momento habían tenido cubiertas las necesidades básicas de alimento, vestido y cobijo. Pero eso tampoco podía durar eternamente. Algún día, la comida y la bebida se agotarían por completo. Y entonces, hasta Taichi, hoy reticente a llegar a la quinta planta, acabaría subiendo hasta la decimoctava sin quejarse.

Fuyuki recordó un documental televisivo sobre el caribú, un animal que vive agrupado en manadas. En él explicaban que los caribús se desplazan en primavera y otoño en busca de alimento, recorriendo grandes distancias. Cuando llegan a una zona abundante en pastos, se quedan una temporada allí y, una vez agotada la hierba, reanudan la marcha.

Fuyuki pensó que ellos eran como los caribús. O no, porque, al menos, la hierba que comen los caribús vuelve a crecer, pero las latas de conserva o los tallarines instantáneos no pueden regenerarse una vez consumidos. Viéndolo así, su situación era aún más dura que la de esos animales.

Además, aun suponiendo que consiguieran llegar hasta la residencia del primer ministro y que allí hubiera alimentos en abundancia, eso tampoco sería su meta final, ya que algún día esos alimentos también se agotarían. Entonces, ¿qué harían? ¿Seguir deambulando por ahí en busca de comida?

Fuyuki pensó que, a fuerza de ir trasladándose de un sitio a otro por todo Japón, tal vez no tuvieran problemas de alimento. Puede que incluso consiguieran subsistir así varios años. Pero ¿qué conseguirían realmente con eso? ¿Una vida cuyo único objetivo fuera solo seguir vivos?

Él quería contar al menos con un objetivo. Si había algo que se pudiera conseguir sobreviviendo, quería saber de qué se trataba.

Pasadas las seis de la tarde, el grupo comenzó los preparativos para acostarse. Todos se habían dado cuenta de que levantarse al amanecer y acostarse con la puesta de sol era la mejor forma de no malgastar energía.

Fuyuki extendió una manta en el suelo del restaurante y se tendió sobre ella. Ya se había acostumbrado a la dureza del suelo y a no cambiarse de ropa antes de acostarse, aunque sí se quitaba los zapatos. Echarse a dormir era lo que más deseaba en ese momento.

Sin embargo, esa noche no acababa de conciliar el sueño. La intranquilidad de no saber qué iba a ser de ellos en el futuro hacía que rondaran por su imaginación toda clase de malos augurios. Hasta entonces, no había podido contar ni con el tiempo ni con las fuerzas necesarias para pensar en ello. Pero, el permanecer asentado en el mismo sitio durante un tiempo, le había permitido el margen de desahogo suficiente para poder meditar sobre ese tipo de cosas.

Tras revolverse en su lecho numerosas veces intentando encontrar la postura que le facilitara conciliar el sueño, llegó hasta sus oídos un leve ruido. Como si algo se arrastrara. Abrió los ojos. Alguien se movía en la oscuridad con una pequeña linterna tipo bolígrafo.

Pensó que se trataba de alguien que iba al baño. Pero no podía ser, porque avanzaba justo en dirección contraria a donde se encontraban los servicios.

Espoleado por la curiosidad, Fuyuki se puso en pie. Dos hombres dormían a su lado. Eran Toda y Komine. Estaba demasiado oscuro para saber dónde lo hacía el resto.

Se puso los zapatos y cogió la linterna. Consciente de que, si la encendía inmediatamente, podía despertar a Komine o a los demás, no lo hizo. Comenzó a caminar en la oscuridad tanteando con las manos las mesas y sillas para evitar tropezar.

El portador de la linterna tipo bolígrafo seguía avanzando, sin dejar de arrastrar los pies. Fuyuki lo siguió guiándose por el sonido de sus pasos y por la luz que emitía su linterna. Daba la impresión de que se dirigía hacia la salida de emergencia.

Al ver que atravesaba esa puerta para salir al exterior, Fuyuki encendió por fin su linterna. Iluminada por ella, apareció la espalda de Yamanishi. El anciano se volvió sorprendido. Tenía los ojos entornados y el rostro desencajado en una mueca debido al deslumbramiento.

—¿Qué ocurre?

Fuyuki se aproximó a él, al tiempo que bajaba su linterna hacia el suelo.

—Ah, eres tú... ¿Te he despertado?

—¿Adónde va? Parece que la lluvia ya ha amainado, pero fuera todavía está todo encharcado.

—Sí, lo sé. Es solo que... Bueno, quería salir un rato fuera. No te preocupes. Vuelve a acostarte. —Yamanishi dijo eso con una sonrisa, pero había algo extraño en su rostro.

—Pero es que salir fuera es muy peligroso. ¿No habíamos acordado que no actuaríamos solos por la noche?

—Bueno, sí. Pero ¿qué tal si lo consideras solo el capricho de un anciano y me dejas un poco a mi aire?

—Pero... —Fuyuki se interrumpió. Acababa de notar que Yamanishi estaba tiritando.

—¿Qué le pasa? ¿Tiene frío? —le preguntó, intentando aproximarse.

—No te me acerques —dijo Yamanishi alzando la voz. Luego bajó la cabeza con gesto incómodo—. No, bueno, quiero decir que... me gustaría que me dejaras solo.

Fuyuki ignoró su ruego y avanzó hasta él. Lo agarró por las manos. Era lo que suponía: el calor que desprendían no era normal.

—Me temo que también ha pillado usted la gripe. Pero, entonces, ¿por qué iba ahora a...?

—Fuyuki, te lo suplico: déjame que haga lo que yo quiera, ¿de acuerdo? Estoy bien. Solo quiero que me dejes solo. No quiero causaros ninguna molestia.

—Pero ¿es que no ve que no puedo hacer eso? Venga, volvamos dentro. Aquí lo único que va a conseguir es ponerse peor.

Fuyuki lo agarró del brazo e intentó tirar de él, pero Yamanishi se zafó.

—Te lo ruego, no te me acerques. Si te contagiaras sería terrible.

—Pero ¿por qué no quiere volver dentro? ¿Qué pretende saliendo ahí fuera?

Yamanishi no respondió. En ese momento, otra voz se escuchó tras ellos.

—¿Qué hacéis?

Era Asuka. Fuyuki se volvió para mirar y ella volvió a preguntar.

—¿Qué ha pasado?

—Yamanishi ha pillado la gripe.

—¿De veras? —dijo ella abriendo mucho los ojos.

—¿Y por qué estáis aquí?

Fuyuki hizo un gesto de negación con la cabeza.

—No lo sé. He visto que Yamanishi iba a salir fuera y lo he llamado.

—Os lo ruego a los dos: dejadme en paz, por favor. No quiero causaros molestias. —Nada más decir eso, Yamanishi claudicó súbitamente y quedó sobre el suelo en cuclillas.

Fuyuki y Asuka lo ayudaron a incorporarse.

—No hagáis eso. No os acerquéis a mí.

Yamanishi se resistió con fuerza. Se liberó de las manos de ambos y cayó de nuevo sobre el sitio en cuclillas. Encorvando su espalda, comenzó a sollozar.

—¿Por qué...? —murmuró Asuka.

—Este invierno murió una persona muy próxima a mí. Tenía la misma edad que yo. Cogió la gripe y de ahí derivó a una neumonía. La gripe de este año es terrible. Si la pilla un anciano, no hay quien lo salve.

—¿Cómo puede saber eso?

—Lo sé. Incluso ahora mismo noto como empeoro por momentos. —Nada más decir eso, el anciano rompió a toser abruptamente.

—Tú mantente alejada. Yo lo llevo —dijo Fuyuki a Asuka al tiempo que agarraba a Yamanishi de la muñeca. Pasó el brazo del anciano por su cuello y lo ayudó a levantarse. Esta vez no opuso resistencia.

Una vez en el interior, lo dejaron tumbado.

—Hay que informar a Seiya —dijo Asuka.

—Un momento... —pidió Yamanishi alzando frágilmente su brazo—. Ellos ya se están haciendo cargo del cuidado de dos enfermos. No quiero aumentar aún más su tarea.

—Pero es que si lo dejamos así, no se va a curar nunca.

—No os preocupéis por mí. Aunque consiguiera salvarme, apenas sirvo para nada. Sería preferible que... —Dejó inacabada su frase, pero su boca seguía abierta. Jadeaba intentando respirar. Tal como él mismo había dicho, su estado empeoraba por momentos.

Fuyuki había captado las verdaderas intenciones del anciano. Consciente de que se había contagiado de la gripe, había decidido salir fuera pensando que, si se quedaba en el hotel, obligaría al resto a cuidar de él. Por supuesto, había asumido que, saliendo, su enfermedad podía agravarse y él podía perder la vida.

—Bueno, ¿y qué hacemos? —preguntó Asuka.

—De momento voy a traer unas mantas. No podemos dejarlo así. Quédate con él.

—De acuerdo.

Tras confiarle la vigilancia de Yamanishi a Asuka, Fuyuki se dirigió al restaurante. Reunió algunas mantas sobrantes y volvió.

—El abuelo se ha quedado dormido, pero parece estar bastante mal. Y creo que la fiebre le ha subido más —informó Asuka, a punto de echarse a llorar.

Fuyuki tapó al enfermo con una manta y se quedó pensativo. Pensó en consultar a Seiya. Pero estaba claro que él tampoco podría salvar a Yamanishi. De seguir así, era muy probable que acabara muriendo.

Se puso en pie y probó a salir al exterior. Alumbró con su linterna los alrededores y comprobó que, aunque todavía había zonas inundadas, caminar ya no resultaba imposible.

Regresó al interior y se dirigió a Asuka.

—Voy a salir.

La joven enarcó las cejas, sorprendida.

—¿Y qué vas a hacer?

—Conseguir medicamentos para la gripe. A este paso nos matará a todos.

24

—¿Y dónde se consiguen esos medicamentos? ¿Se venden en las farmacias normales? —preguntó Asuka.

—No; creo que en las farmacias normales no hay. Supongo que habrá que ir a un hospital o un centro autorizado de dispensación de fármacos, de esos que solo suministran con receta. Dijeron que era Tamiflu o algo así, ¿verdad?

—He oído hablar de esa droga. En el instituto nos dijeron que había que evitar tomarlo en la medida de lo posible.

—Posiblemente os dirían que durante la adolescencia puede causar trastornos psíquicos temporales. Es que, en su día, se produjeron varios casos de accidentes por gente que desvariaba y se lanzaba al vacío. Pero bueno, este no es momento de hablar de eso —dijo Fuyuki, dirigiéndose hacia la salida de emergencia.

—Espera —dijo Asuka yendo tras él—. Yo también voy.

Él negó con la cabeza.

—No digas disparates.

—Mira quién fue a hablar. ¿Ya has olvidado el acuerdo que tomamos de no actuar solos por la noche?

—Eso depende del momento y el lugar. No hay ninguna garantía de que vayamos a encontrar un hospital o una farmacia especial. Ahí fuera está todo inundado y no sabemos siquiera si el terreno será practicable.

—Pues precisamente por eso no puedo dejarte ir solo. Imagina que te vas solo y que, por ejemplo, te caes por ahí en algún agujero. Solo eso ya te dejaría fuera de combate, ¿no? Sin embargo, yendo yo contigo, aunque tal vez no te pudiera rescatar, sí podría regresar aquí para pedir ayuda. ¿Me equivoco?

—Ya, pero...

—Si no permites que te acompañe, no te dejaré ir, porque se lo contaré a tu hermano ahora mismo.

Fuyuki torció el gesto. Seguramente Seiya le prohibiría salir fuera.

—Pero es que vamos a acabar empapados...

—No importa. Esto aguanta bastante bien el agua —dijo Asuka pizcando con los dedos sus pantalones. Parecían hechos de algún material plástico impermeable.

—Está bien. Vamos.

—Pero antes... espera un momento.

Asuka regresó al interior y, al poco, apareció de nuevo portando dos cascos. Además, había sustituido su calzado por unas botas de goma.

—En caso de catástrofe natural, ponte siempre el casco —bromeó ella mientras le tendía un casco a Fuyuki.

—*Zenkyu* —respondió él antes de ponérselo.

—Y, además, también tengo esto —dijo Asuka, y extrajo un delgado libro del bolsillo interior de su chaqueta. Era una pequeña guía tipo mapa—. No me dirás que, como compañera de viaje, no soy la bomba, ¿eh?

—Tienes razón. Ahora ya te veo con mejores ojos.

Alumbraron con la linterna el mapa y, en primer lugar, buscaron hospitales. Pero en los alrededores de Hibiya no había ninguno. El más cercano se encontraba en Tsukiji. Hasta allí habría unos cinco kilómetros de distancia.

—¿Tsukiji? —murmuró Fuyuki—. Qué lejos...

—¿Y farmacias?

—En este mapa no salen. Y ponernos a dar vueltas sin rumbo hasta dar con una resultaría demasiado duro.

Contrariada, Asuka chasqueó la lengua.

—Si pudiéramos usar el teléfono móvil, este tipo de cosas las encontraríamos en un segundo...

—A estas alturas quejarse de eso es inútil.

—Vale, ¿y qué hacemos?

—De momento, encaminarnos hacia Tsukiji. Es normal que haya expendedurías de fármacos autorizadas cerca de los hospitales, así que tal vez encontremos alguna de camino.

Ambos salieron del hotel. Había dejado de llover, pero cada uno llevaba un paraguas en su mano. Eran para usarlos como bastones. Avanzaban iluminando con sus linternas la zona y sondeando con la punta de sus paraguas el suelo encharcado. Había numerosas grietas y, en algunos sitios, había desniveles de medio metro o más. También había zonas profundamente hundidas. Lo que antaño fuera la avenida Harumi-dori, ya no era más que un sendero de espinas envuelto en oscuridad.

Seiya notó que alguien se movía junto a él y se despertó. Vio el haz de una linterna tipo bolígrafo. Sentada al lado de Mio, que dormía sobre un sofá, Nanami parecía comprobar la lectura del termómetro.

—¿Qué tal? —le preguntó Seiya acercándose.

—Parece que le ha subido un poco desde la vez anterior —respondió ella mientras tocaba con su mano la toalla que Mio tenía sobre la frente—. ¿Será posible que ya la tenga seca de nuevo?

Empapó la toalla en una palangana con agua y, tras escurrirla un poco, volvió colocarla sobre la frente de la niña.

—Ojalá tuviéramos hielo... Si al menos pudiéramos enfriarla, aunque solo fuera un poco, se sentiría mucho mejor.

Mio mantenía los párpados cerrados. El rostro de la niña

reflejaba sufrimiento y su respiración sonaba débil a través de su boca entreabierta.

—Voy a buscar —dijo Seiya, poniéndose en pie.

—¿Buscar? ¿El qué?

—Algo para bajarle la fiebre. A fin de cuentas, esto es un hotel. Tal vez tuvieran algo para usarlo en caso de que a un cliente le subiera la temperatura. No sé, toallitas antipiréticas, gel frío para la fiebre, cosas así.

Nanami asintió.

—Si hubiera algo de eso sería fantástico. También Kawase sigue con la fiebre muy alta y...

—Voy a ver.

Seiya salió del salón linterna en mano. Se dirigió a la zona de recepción y abrió la puerta que había al otro lado del mostrador. La linterna iluminó unos escritorios y unas estanterías.

Seiya fue mirando uno tras otro los cajones de los escritorios y los anaqueles de las estanterías. En uno de los muebles encontró una caja con una etiqueta de PRIMEROS AUXILIOS. En su interior había un pequeño botiquín, mascarillas, gasas, cintas de vendaje compresivo, calentadores portátiles desechables, gel antiinflamatorio, etc., pero ningún antipirético. Dentro del pequeño botiquín solo había medicamentos para el resfriado y el dolor de estómago.

Seiya soltó un suspiro y volvió a mirar una vez más el interior de la estancia alumbrándolo con la linterna. Al fondo había una puerta. Cuando la abrió, comprobó que daba a un patio exterior. Justo al lado se encontraba la salida de emergencia. Debían de usar esa puerta para que los empleados pudieran entrar y salir de las oficinas sin necesidad de pasar cada vez por la zona de recepción.

Seiya desplazó la linterna todo alrededor. De repente, vio que había alguien tirado en el suelo. Sobresaltado, se acercó a él.

Era Yamanishi. Pero, por la manta que lo cubría, dedujo que no se había caído, sino que estaba allí acostado. No obstante, no alcanzó a comprender por qué lo habían dejado tumbado en semejante lugar. Puso su mano sobre el hombro del anciano y lo sacudió suavemente mientras lo llamaba.

—Yamanishi...

El anciano no despertó.

Cuando se disponía a llamarlo una vez más, Seiya notó que el hombro de Yamanishi estaba anormalmente caliente. Extrañado, se miró la mano.

Se puso en pie y se dirigió al restaurante. Una vez dentro, fue alumbrando con la linterna a todos los que estaban durmiendo. Le dio unas patroniditas en los pies a Taichi, que dormía con la barriga al aire. Este se revolvió lentamente entre sueños y, finalmente, abrió a duras penas los ojos.

—Ah... ¿Ya es de día?

—No; todavía es de noche. ¿Dónde está Fuyuki?

—¿Fuyuki? No lo sé... —respondió Taichi con ojos somnolientos.

Seiya giró sobre los talones y salió del restaurante. Regresó a donde se encontraba Yamanishi y probó a sacudirlo de nuevo. Esta vez lo hizo con más fuerza.

—Yamanishi, Yamanishi...

El anciano movió sus arrugados párpados. Tras parpadear rápidamente varias veces, entreabrió ligeramente los ojos.

—Yamanishi, ¿se encuentra bien?

El anciano, tal vez porque ni siquiera tenía fuerzas para hablar, se limitó a asentir levemente con la cabeza.

—No veo a Fuyuki ni a Asuka. ¿Sabe adónde han ido?

Pero Yamanishi solo emitió un grave gruñido.

Seiya se encaminó hacia la salida de emergencia. En cuanto atravesó la puerta de cristal, comenzó a alumbrar con la linterna todo el entorno.

Los aledaños del hotel estaban anegados y el fango se acumulaba por todas partes. Sobre él destacaban claramente huellas de pisadas.

—Pero... será imbécil —masculló Seiya en dirección a la oscuridad.

Dirigió la linterna hacia arriba para alumbrar el cartel. Ponía: TSUKIJI - SECTOR 4. Fuyuki se detuvo y suspiró.
—Por fin hemos llegado hasta aquí. Ya falta poco.
Asuka, que iba algo rezagada, respondió con un gruñido de asentimiento. Su tono denotaba cansancio. Era normal. Llegar hasta allí les había costado casi tres horas. Habían tenido que caminar con gran esfuerzo, venciendo la resistencia de un barrizal empeñado en retenerlos.
—¿Descansamos?
Asuka negó con la cabeza.
—Como me pare a descansar ahora, no sé si podré volver a moverme.
—De acuerdo, pues iremos de un tirón. Ya queda muy poco —dijo Fuyuki reanudando la marcha.
La avenida Harumi-dori era la vía principal que atravesaba Ginza. Habían venido siguiéndola durante todo el trayecto. De ese modo, habían tenido la oportunidad de constatar hasta qué punto había quedado destruida la ciudad. Incluso el gran cruce de Sukiyabashi resultaba difícil de atravesar debido al cúmulo de coches que, convertidos en chatarra, bloqueaban el paso. Las espléndidas calles comerciales de la zona se habían transformado en un barrio fantasma de edificios quemados y escombros. El teatro Kabukiza se había derrumbado.
Sin gente, las grandes ciudades acaban destruyéndose. Si Tokio fuera una pequeña ciudad, provinciana y poco poblada, seguramente no habría sufrido semejantes cambios. Fuyuki tuvo de nuevo la viva impresión de que la capital japone-

sa era una ciudad sustentada por una gran masa de personas en precario equilibrio.

Giró a la izquierda al llegar al siguiente cruce. Oyó el ruido de cristales quebrándose bajo sus pies.

—¡Ten cuidado! Hay añicos de cristal por todo el suelo.
—Vale —respondió Asuka.

Continuaron avanzando. Poco después, sus linternas, apuntadas hacia el frente, descubrían un gran edificio gris. A sus puertas había aparcada una ambulancia. Efectivamente, era un hospital.

Accedieron al interior por la puerta de emergencia. Parecía una construcción sólida. No se apreciaban indicios de que hubiera sufrido daños por el terremoto.

El almacén de fármacos estaba en la planta baja. Cuando entraron, Fuyuki respiró profundamente. Había una infinidad de estanterías alineadas y no tenía la menor idea de en cuál podía encontrarse el medicamento que buscaban.

—Me temo que tendremos que ir mirando todas, una por una. Menos mal que has venido conmigo. No sé qué habría sido de mí si llego a tener que ocuparme de esto yo solo.

Asuka asintió con una sonrisa.

—¿Lo ves?

—¿Cómo se deletrea Tamiflu en alfabeto latino? ¿Es t-a-m-i-f-l?

—No lo sé, creo que no... De todos modos, creo que son unas cápsulas blancas y amarillas.

—¿De verdad?

—Sí. Una vez, en el instituto, nos dieron unas indicaciones sobre la gripe y nos pusieron también unas fotos de los medicamentos.

—Eso sí que es una buena ayuda —dijo Fuyuki aproximándose a una estantería.

Pero los medicamentos no parecían ordenados simplemente por sus nombres en orden alfabético latino. En las estanterías había pegados unos códigos que seguramente resultarían fácilmente comprensibles para el personal del hospital, pero que a Fuyuki no le decían nada. No iba a tener más remedio que buscar una por una en todas las estanterías, teniendo como única referencia que se trataba de unas cápsulas blancas y amarillas.

—Esto de tener que buscar con la linterna es un rollo. Así no hay quien distinga de qué color es cada medicamento... —murmuró.

Asuka no respondió. A Fuyuki eso le resultó raro, así que se volvió hacia ella para mirarla. Estaba agachada en cuclillas.

—¿Qué te pasa?

—Hum... Nada —Consiguió ponerse en pie, aunque a duras penas.

—Oye, espera, ¿no habrás pilla...? —Fuyuki se acercó a ella e intentó ponerle la mano en la frente.

—¡Que no es nada! —exclamó Asuka apartándole la mano—. Solo estoy algo cansada.

—¡No mientas! —Fuyuki le puso la mano sobre la frente a la fuerza. Era lo que imaginaba. Tenía bastante fiebre.

Él la miró a los ojos en silencio. La joven parecía a punto de echarse a llorar.

—No pasa nada...

—¿Cómo que no pasa nada? ¿Desde cuándo te encuentras mal?

—Desde un poco antes de llegar al hospital. Pero creo que no hay problema. De veras, no te preocupes.

Fuyuki sacudió la cabeza y la agarró del brazo.

—Vale, tienes que tumbarte.

Salió de allí empujando suavemente a Asuka por la espalda. Cerca había un diván y la ayudó a acostarse sobre él.

—Más vale que encuentre pronto el Tamiflu... —dijo Fuyuki, rascándose la cabeza—. Espera, voy a traerte un edredón o algo.

—Tranquilo, no tengo frío. Busca mejor el medicamento.

Fuyuki se mordió el labio.

—Me temo que tienes razón...

—Lo siento. No tenía que haber venido. No creí que fuera a causarte complicaciones. Si es que, cuando salimos del hotel, no tenía nada... —Los ojos de Asuka se anegaron en lágrimas.

—Eso ahora no importa. Además, el contagiado podría haber sido yo. Y si los síntomas se me hubiesen presentado estando solo, podría haber sido fatal.

Fuyuki también comprendió que, precisamente por eso, no deberían haberse alejado del hotel. Pero él tampoco podía quedarse sin hacer nada mientras veía cómo los miembros del grupo iban enfermando uno tras otro.

Volvió al almacén de fármacos y comenzó a buscar el Tamiflu. Si lo encontraba, lo primero sería administrárselo a Asuka. Tal vez le provocara trastornos psíquicos, pero bastaría con sujetarla para que no hiciera ninguna tontería.

Aproximadamente una hora después, Fuyuki daba con el Tamiflu. Estaba en un armario tipo archivador, distinto de las estanterías por las que había estado buscando. Ahora sabía que la forma correcta de escribirlo en alfabeto latino era t-a-m-i-f-l-u.

—¡Lo he encontrado! —le anunció a Asuka al salir del almacén de fármacos.

A pesar de que su mirada estaba vacía, los labios de la chica dibujaban una sonrisa. El movimiento de su boca parecía decir «menos mal».

—Y también he encontrado una botella de agua, así que tú tómatelo ya. —dijo Fuyuki tendiéndole las cápsulas de Tamiflu.

Asuka se incorporó hasta quedar sentada, se introdujo una cápsula en la boca y la tragó con ayuda del agua. Volvió a tumbarse.

—Nos quedaremos un rato aquí, a ver cómo evolucionas. Mi hermano y los demás se preocuparán al ver que no volvemos, pero así son las cosas.

Asuka negó lentamente con la cabeza.

—Nada de eso. Ahora que lo has encontrado, hay que regresar cuanto antes.

—Ya, pero, dado tu estado actual, no puede ser.

—Claro. Si yo te acompañara sería imposible. Así que vuelve tú solo.

—Pero ¿qué estás diciendo? ¿Cómo voy a dejarte aquí?

—Por mí no te preocupes. Ya me he tomado el medicamento y creo que, si me quedo acostada, me pondré bien. En cuanto me recupere, volveré sola. Conozco el camino.

—Pero...

—Por favor... —suplicó Asuka. Luego cerró los ojos y repitió—: Por favor...

25

Seiya abrió los ojos al oír el llanto del bebé. Pero eso no significaba que hasta entonces estuviera durmiendo.

Vio a Emiko, de pie con el pequeño en brazos, frente a la puerta principal del hotel. Que pudiera verla con tanta nitidez se debía a que la claridad de la mañana entraba ya desde el exterior. Seiya miró su reloj. Poco más de las seis.

Se puso en pie y se acercó a ella, pero guardando unos metros de distancia, previendo que él también se hubiera contagiado. Aunque, a esas alturas, esa prevención tal vez careciera de sentido. Con Mio y Yamanishi también enfermos, era posible que la gripe se hubiera extendido ya a todos los miembros del grupo.

—Qué temprano te has levantado —le dijo.

Emiko se dio la vuelta.

—Buenos días. ¿Te ha despertado el llanto de Yuto? —dijo, dándole unas suaves palmaditas en la espalda al niño.

—No, ya estaba despierto antes. ¿Y tú? ¿Has dormido bien?

Ella sonrió ligeramente y negó con la cabeza.

—No mucho...

—¿Y qué tal te encuentras?

—Por ahora, bien. Por cierto, no veo a Asuka por ninguna parte...

Seiya torció el gesto.

—Ya lo sé. Es posible que esté con mi hermano.
—¿Tu hermano tampoco está?
—Parece que los dos se han ido durante la noche.
—¿Por qué?
—Bueno... Sería largo de contar. —Mientras pensaba cómo explicárselo, apareció Nanami.
—¿Ya han vuelto Fuyuki y Asuka?
—Todavía no. Precisamente ahora estaba hablando de eso con Emiko.
—¿Qué ha pasado? —preguntó Emiko mirando alternativamente a Seiya y Nanami.
—Lo cierto es que Yamanishi también se ha contagiado —respondió Seiya—. De la gripe, claro.
Emiko contuvo la respiración. Sus cejas se arquearon dando a su rostro un aire de tristeza.
—Pero ¿se encuentra bien?
—Entre Nanami y yo lo hemos trasladado hasta un sofá, porque estaba tumbado en el suelo al lado de la salida de emergencia. Siendo francos, su situación es bastante grave.
—También Yamanishi... —Tras bajar su mirada un instante, Emiko la alzó de nuevo hacia Nanami—. Bueno... ¿Y qué tal está Mio?
—Sigue con la fiebre alta.
—¿La niña tiene alguna dolencia crónica?
—Que yo sepa, no.
—En tal caso, creo que solo nos queda confiar en su resistencia. Lo único que podemos hacer es intentar que no le falte hidratación.
Emiko frunció el ceño.
—Pero, Nanami, tú también debes de estar muy cansada. Yo podría sustituirte si quieres.
—Comprendemos cómo te sientes. Pero no podemos arriesgarnos a que tú también caigas enferma —terció Seiya entre ambas.

—Es que creo que, además, es posible que a mí la gripe no me afecte.

—¿Y eso por qué?

—Porque ya la cogí el año pasado. Así que debo de tener anticuerpos.

—Es verdad —dijo Seiya asintiendo con la cabeza—. Eso es un buen dato, pero no una garantía de inmunidad. Ten en cuenta que hay muchos tipos de gripe.

—Pero es que me aflige mucho tener que dejar que os encarguéis vosotros dos solos de cuidar a los demás. A fin de cuentas, Mio es hija mía...

—Aquí ya no tiene sentido hablar de quién es familia de quién. En este mundo solo nos tenemos a nosotros. Ya no hay diferencia entre la familia y el resto. En lo único que debemos pensar es en cómo sobrevivir todos.

No estaba claro que las palabras de Seiya la hubieran convencido, pero Emiko se quedó en silencio con la cabeza gacha. Sus manos seguían dando suaves palmaditas a la espalda del bebé, que, tal vez así tranquilizado, había dejado de llorar y se había dormido.

—Gracias, Emiko —dijo Nanami—. Pero conmigo no hay problema. Es que estoy vacunada, así que seguramente será más difícil que me contagie.

—Además... —prosiguió Seiya—. Tú tienes una importante misión: ocuparte del cuidado de Yuto. En eso no hay nadie que pueda equipararse a ti. Ni siquiera una enfermera como Nanami. Tú eres la única que tiene experiencia real como madre.

Sin levantar su mirada del suelo, ella negó con la cabeza.

—No me sobrestimes, por favor. Yo no soy para nada una buena madre.

—¿Por qué lo dices?

—Porque... —repuso Emiko alzando el rostro, pero enseguida volvió a dirigir su mirada hacia el suelo—. Por nada.

—Bueno, en todo caso, deja que nos ocupemos nosotros de esto.

Emiko asintió levemente con la cabeza y luego alzó la mirada.

—Y Asuka y tu hermano, ¿adónde han ido?

—No lo sé, pero supongo que a un hospital o una farmacia. Yamanishi estaba tumbado y le habían echado una manta por encima. Al ver que Yamanishi también se ha contagiado, han debido de optar por jugársela a todo o nada.

—¿Jugársela?

—Saliendo a por medicinas —dijo Seiya—. Creo que han ido en busca de medicamentos para la gripe. Y seguramente la idea habrá sido de mi hermano. Menudo descerebrado...

—Bueno, pero si consiguieran encontrar Tamiflu, nos sería de gran ayuda —dijo Nanami—. Tal vez Yamanishi se haya contagiado de Mio. Y es muy posible que el resto también estemos incubando la enfermedad, a falta tan solo de que los síntomas hagan su aparición.

—Eso no lo sabemos. Pero salir en medio de la noche es un despropósito. Si al menos hubieran esperado hasta el amanecer... —Seiya apretó los labios—. ¡Y encima llevarse a Asuka con él! Menudo cabeza de chorlito. Puestos a salir, debería haberse ido él solo.

—Bueno, como tenemos la norma de no salir solos por la noche...

—Pero eso no significa que ir más de uno autorice a alejarse de aquí. La idea era que, si hay que salir un momento fuera, no hay que hacerlo solo.

—Aun así, tal vez pensaron que sería más seguro si iban los dos, ¿no? —Nanami intentaba defender a Fuyuki como podía.

Seiya cruzó los brazos.

—En este caso es al contrario. Puestos a cometer un disparate, debería haber ido mi hermano solo.

—¿Por qué?

—Porque es lo lógico cuando se prevé una situación de crisis. Como tú misma acabas de decir, es posible que también ellos se hayan contagiado ya. Y no hay ninguna garantía de que los síntomas no vayan a manifestárseles mientras andan por ahí fuera en busca de medicamentos.

Nanami y Emiko abrieron la boca al mismo tiempo, como si fueran a emitir un «ah» al unísono.

—Si aparecieran los síntomas en uno, el otro también vería limitada su movilidad. De hecho, no podría separarse ni un paso del enfermo. De ese modo, no podrían buscar los medicamentos y, aun cuando los buscaran y encontraran, tampoco podrían hacérnoslos llegar. Además, con ello se genera un riesgo de contagio inmediato para el otro. En definitiva, ir dos supone duplicar las probabilidades de que todo esto ocurra.

Las dos mujeres, que no se habían parado a pensar en todo eso, estaban estupefactas.

—Pero ¿no sería más peligroso ir solo? —refutó Nanami—. Es prácticamente imposible moverse por ahí fuera sin la ayuda de nadie.

—Ya, pero, en el peor de los casos, solo habría una.

—¿Una qué?

—Una pérdida. Solo sufriríamos una baja. Yendo dos, el riesgo se duplica y, con ello, el número de personas a perder también. Si se piensa un poco, ir uno es la opción menos mala.

—Cuando dices «baja»... —dijo Nanami dirigiendo incómoda su mirada al suelo.

—No está mal arriesgar la vida para salvar a otros. Pero hay que ponerse siempre en lo peor. En caso contrario, no es más que una exhibición, un alarde de cara a la galería. Mi hermano solo tenía que haber puesto en juego su vida. No tiene sentido arriesgar la vida si no intentas reducir al máximo el perjuicio posible para el resto, en caso de que suceda lo peor.

Las dos mujeres se quedaron de nuevo en silencio. Algo se movió entonces en una esquina, dentro del campo visual de Seiya. Cuando dirigió su mirada hacia allí, comprobó que se trataba de Komine, que estaba de pie.

—¿Te pasa algo? —le preguntó.

Komine tosió una vez y miró a Seiya. A continuación, su rostro se deshizo en una mueca de dolor y claudicó hasta quedar agachado en el suelo.

—¡Komine!

En cuclillas, Komine detuvo con un gesto de su mano a Nanami, que ya se acercaba a él.

—Es mejor que no os acerquéis a mí. Estoy tocado —dijo jadeando.

Lo que le ocurría era evidente. Seiya se aproximó lentamente hacia él.

—¿Fiebre?

—Sí, me temo que sí. Y bastante alta... —Komine hizo ademán de tumbarse allí mismo.

—No puedes tumbarte aquí. Vamos al menos a un sofá.

Apoyándose en Nanami, Komine se trasladó a un sofá. Tras sentarse, miró a Seiya con enfado.

—No digas que no te lo advertí. Esto nos pasa por juntarnos con ese *yakuza*. Menudo ángel de la muerte. Nos acabará exterminando a todos. ¿Qué vamos a hacer ahora?

—Lo siento, Komine —se disculpó Emiko—. Pero, seguramente, la que te ha pegado la gripe ha sido Mio. Aunque no hubiéramos ayudado al hombre de los tatuajes, esto habría ocurrido de todos modos. La culpa no es de Kuga.

Komine torció el gesto.

—¿Y quién se la pegó a Mio? Pues ese *yakuza*, ¿quién, si no? Kuga, tú mismo lo dijiste. Dijiste que excluiríamos a todo aquel que amenazara la supervivencia del grupo. Y por eso a él deberíamos haberlo excluido desde el principio, ¿no crees?

—Pero las enfermedades son siempre algo inevitable...
—dijo Nanami intentando mediar en la discusión.

—Hay que ver lo compasivos que sois todos con él...

—No se trata de... —Nanami se interrumpió al dirigir la mirada más allá de Seiya.

Este también se volvió para mirar. De pie, detrás de él, se encontraba Kawase.

—¿Estás bien? —le preguntó Seiya.

—Un poco mejor. Me ha entrado sed y...

—Ah, entonces voy a por té —dijo Emiko, saliendo hacia el restaurante con el niño en brazos.

Kawase miró a Komine, que apartó la mirada. Kawase resopló por la nariz.

—Fuyuki y Asuka han salido a buscar medicamentos —le dijo Nanami a Komine—. Cuando los consigan, seguro que os recuperáis enseguida. Solo hay que aguantar hasta entonces.

Komine negó con la cabeza y se tumbó sobre el sofá.

Emiko regresó trayendo un botellín de té japonés.

—Yo se la daré. Es mejor no acercarse a él por ahora. —Seiya cogió la botella y se aproximó a Kawase—. En cuanto la tomes, vuelve a acostarte.

Kawase miró a Emiko con la botella en la mano.

—O sea, que hay un bebé. Y también he visto a un señor mayor acostado...

—Todos éramos desconocidos antes de que esto comenzara, pero ahora tratamos de sobrevivir ayudándonos mutuamente.

—Hum... —murmuró Kawase. Destapó el botellín de té y comenzó a beber.

—Vigila bien esa botella —dijo Seiya—. Es responsabilidad tuya que nadie más beba de ella. Ni por error.

—Entendido —respondió el mafioso antes de girar sobre los talones y encaminarse hacia el fondo del salón. Pero enseguida detuvo sus pasos para girarse de nuevo—. Si preferís que no me quede aquí con vosotros, decídmelo claramente. Yo tampoco quiero quedarme si me vais a tratar como a un estorbo.

Seiya lo pensó antes de responder.

—Por supuesto. Tú tranquilo. Llegado el caso, te lo diremos sin reparos.

Kawase resopló, lanzó una mirada a Komine y se alejó. Pero Komine dormía ya sobre el sofá.

—Bueno, voy a empezar a preparar el desayuno —dijo Emiko.

—Espera, yo te ayudo —se ofreció Seiya.

—Pero...

Seiya negó con la cabeza.

—Ya no tiene sentido mantener fijos a unos encargados de vigilar a los enfermos. Con tres de ellos provenientes del restaurante, es más que probable que ya estemos todos contagiados. No hay más remedio que repartir las tareas, tanto la de vigilar a los enfermos como la de preparar las comidas. Nanami, ¿a ti qué te parece?

—Yo también creo que es mejor así.

—Venga, pues vamos allá —dijo Seiya, encaminándose al restaurante y animando con ello a Nanami a hacer lo propio.

Contaron a Toda y Taichi cómo estaba la situación. Los dos, que ya sabían que Komine tenía síntomas, temían ser los siguientes.

—Una vez cerraron temporalmente mi escuela por una epidemia y yo caí enfermo justo al día siguiente. El momento más peligroso es precisamente cuando crees que el peligro ya ha pasado —dijo Taichi frotándose la barriga—. Y me parece que me está empezando a doler la tripa.

—¿Cuándo va a volver tu hermano? —preguntó Toda.

—No lo sé. Tampoco sabemos adónde ha ido.

—¿Y no sería mejor salir a buscarlos? —propuso Taichi.

—En absoluto. ¿Qué haríamos si a los que salieran a buscarlos les entrara la fiebre por el camino?

—Es verdad...

—Menudo fastidio —dijo Toda, pasándose la mano por el pelo.

Emiko había empezado a preparar el desayuno y Seiya la ayudaba. Dado que los enfermos eran muchos, tenían que preparar una gran cantidad de crema de arroz. Tenían agua y arroz suficientes, pero apenas quedaban bombonas de gas. Los que todavía no habían caído enfermos, tuvieron que contentarse con un desayuno frío a base de latas y platos precocinados.

Después de desayunar, Seiya, con la ayuda de Taichi y Toda, empezó a montar una sencilla hoguera de leña frente a la puerta principal del hotel. Lo de no poder cocinar con fuego se estaba convirtiendo en una cuestión vital.

—¿Adónde habrán ido esos dos? —dijo Taichi mirando a lo lejos—. Jo, espero que no estén muertos por ahí... —añadió, aunque se contuvo para no finalizar la frase.

Entonces llegó Nanami.

—Esto... Kuga...

—¿Qué ocurre?

—No se ve a Kawase por ninguna parte. Y los zapatos de Komine también han desaparecido.

—¿Cómo? —Seiya frunció el ceño.

26

En la parte exterior de la salida de emergencia, Seiya escudriñó el suelo. El número de pisadas había aumentado.

—No creo que se haya recuperado tanto como para andar deambulando por ahí fuera —dijo Nanami, a su lado.

—Tal vez se haya marchado porque se le hacía difícil seguir aquí —dijo Taichi desde atrás—. Es comprensible. Se sentiría responsable al ver que, por su culpa, muchas personas estaban enfermando.

Toda resopló, desdeñoso.

—Es imposible que una persona con la espalda tatuada albergue sentimientos tan nobles. Simplemente se habrá encontrado un poco mejor y, visto el ambiente tan deprimente que tenemos ahora, con lo del aumento del número de enfermos y demás, habrá decidido salir a dar un paseo y, de paso, ver cómo está la situación por ahí fuera. No hay que preocuparse. Si tarda en regresar, ya veremos qué hacemos. Mejor vayamos a terminar el acondicionamiento de la hoguera de leña. Como no nos demos prisa, no es que no vaya a estar lista para el almuerzo, es que ni siquiera va a estarlo para la cena... Si no hubiéramos venido aquí, nunca nos habríamos encontrado con ese hombre.

Toda y Taichi abandonaron la estancia.

—¿Qué tal se encuentran los demás enfermos? —preguntó Seiya a Nanami.

—Siguen igual.

—¿Y Yamanishi?

Nanami miró un instante al suelo antes de alzar su mirada hacia Seiya.

—No muy bien, la verdad. Su tos ha empeorado bastante. Y sigue teniendo fiebre muy alta. Creo que todo esto está suponiendo un esfuerzo demasiado duro para su corazón. Me preocupa que la gripe se le complique y acabe derivando en algo peor.

—Ya, pero ¿podrías seguir ocupándote tú de vigilarlos?

—De acuerdo.

Seiya volvió a mirar al exterior, queriendo saber qué tiempo hacía. Soplaba un viento tibio y las nubes, que se dirían hechas de algodón sucio, habían empezado a desplazarse velozmente.

«¿Otra vez lluvia?», se dijo, al tiempo que chasqueaba la lengua.

La preparación de la hoguera se ultimó a buen ritmo. Decidieron desmantelar uno por uno todos los muebles de madera innecesarios, para convertirlos en leña. En el exterior había abundantes restos de madera provenientes de casas derruidas, pero, debido a las lluvias torrenciales de los últimos días, estaban empapados, por lo que sería difícil usarlos para encender fuego.

—Disponer de fuego es fantástico, pero no poder usarlo dentro del edificio es un fastidio, ¿eh? —dijo Taichi mirando las incipientes llamas crepitar.

—Eso no tiene arreglo. Si lo encendiéramos dentro, enseguida se llenaría todo de humo —repuso Toda esbozando una media sonrisa.

—Bueno, habrá que dar gracias, ya que ahora al menos podremos tomar las cosas calientes. Los platos precocinados fríos son una bazofia.

Emiko puso una gran olla sobre el fuego y comenzó a verter agua mineral en ella. Las botellas de plástico de medio litro se iban vaciando una tras otra.

Viéndola, Seiya pensó que, a ese paso, las reservas de agua y alimentos, por muchas que fueran en ese momento, no tardarían en desaparecer. Cuando eso ocurriera, no tendrían más remedio que trasladarse a otro sitio. Tenía la intención de dirigirse a la residencia oficial del primer ministro una vez que todos estuvieran recuperados, pero había que plantearse también qué iban a hacer en caso de que no consiguieran llegar hasta allí. Había otros hoteles grandes por los alrededores. Si, al igual que el actual, encontraban alguno no muy deteriorado, tal vez eso asegurara su subsistencia durante unos días.

No obstante, pensó, en ese mundo, por más que lograran sobrevivir no iba a pasar nada. Y Seiya lo sabía. Era el único que lo sabía.

Se sintió afligido viendo el empeño con que trajinaban Emiko y los demás. Había empezado a dudar sobre si debía contarles la verdad. Todos estaban confusos ante el increíble fenómeno sobrenatural que estaban viviendo. Era evidente que el temor y la inseguridad les corroían por dentro. Y, aun así, intentaban con todas sus fuerzas mantenerse en pie en medio de aquella desesperación. Sin duda era porque confiaban en que, si lograban sobrevivir, habría algo más. Su único sostén era la vaga esperanza de poder recuperar lo que habían perdido.

Seiya pensó si no sería ya el momento de decirles que eso nunca iba a ocurrir. ¿Seguir ocultándoselo era de veras lo correcto?

El sonido de un trueno lo devolvió a la realidad. Taichi, que en ese momento estaba echando leña al fuego, puso gesto de hastío.

—¿Otra vez tormenta?

—Vaya fastidio —dijo Toda—. El *yakuza* es caso aparte,

pero me preocupan esos dos. Lo digo en serio. Si no han regresado para la puesta de sol, esto puede ser grave. ¿Qué vamos a hacer?

—Lo único que podemos: esperar. Salir a buscarlos sería descabellado. Aunque les hubiera ocurrido algo, no podríamos hacer nada.

—Puede que así sea, pero... ¿no te preocupa lo que le pueda pasar a tu hermano?

—Claro que me preocupa. Y no solo a él, sino también a Asuka y al hombre de los tatuajes. Pero ahora solo podemos hacer lo que está en nuestras manos.

—Ya, pero... —Toda se cruzó de brazos y alzó su mirada hacia el cielo con gesto de preocupación.

El agua de la olla comenzó a hervir. Emiko le añadió *katsuo-bushi** y, al instante, el aroma a caldo empezó a flotar en el ambiente.

—Qué bien huele —dijo Taichi con cara de felicidad.

Al llegar la tarde, el cielo se oscureció de repente. Pronto comenzó a gotear y, al poco tiempo, la lluvia caía copiosamente. El viento también soplaba con fuerza y el fuego que con tanto empeño habían mantenido estaba a punto de anegarse de agua. Seiya lo cubrió con una chapa con la ayuda de Taichi y alguien más.

—Menudo fastidio. Con este temporal Fuyuki y Asuka no podrán regresar —dijo Taichi.

—Dejemos ya de hablar de eso. Tal como ha dicho Kuga, no hay nada que podamos hacer —replicó Toda sin ambages y con cierta irritación.

Seiya hizo una ronda para comprobar el estado de todos los enfermos. Komine dormía tapado hasta la cabeza con una manta. Apenas había comido nada a mediodía. Al parecer, te-

---

* Virutas de bonito seco empleadas para preparar un caldo, denominado *dashi*, que sirve como base para la elaboración de muchos platos.

nía náuseas. Se ocuparon de darle abundante agua para evitar que se deshidratara.

Emiko estaba sentada al lado de Mio, enjugando el sudor que corría por la frente de la niña.

—¿Cómo está? —le preguntó Seiya.

—La fiebre sigue sin bajarle. Y le cuesta respirar... Me gustaría poder hacer algo más por ella.

—Comprendo cómo te sientes, pero sería mejor que descansaras un poco. Llevas mucho tiempo trabajando sin parar. No te fuerces demasiado, por favor.

—Descuida. Hacer esto es lo que más me relaja.

Seiya no pudo sino asentir a sus palabras. Tratándose de la madre de la niña, era lo natural.

—¿Qué habrá hecho esta cría con el silbato? —murmuró Nanami.

—¿El silbato?

—Debería llevarlo colgado al cuello, pero no lo encuentro. ¿Lo habrá perdido?

—Bueno, si lo ha perdido, le buscaremos algo que lo sustituya —dijo Seiya.

Yamanishi era quien estaba más grave. Su rostro se retorcía en una mueca de sufrimiento. A través de sus labios resecos escapaba un gemido grave, interrumpido a veces por accesos de tos. Cada vez que tosía, su cuerpo se estremecía convulsamente.

Nanami estaba sentada en un sitio algo apartado de él. Llevaba puesta una mascarilla para intentar prevenir el contagio.

—¿Y la fiebre?

Ella negó con la cabeza con gesto sombrío.

—No le ha bajado ni un ápice. Podríamos administrarle algún medicamento para forzar su bajada, pero no sabemos cómo reaccionará.

—En definitiva, necesitamos el Tamiflu, ¿no?

—Aunque lo tuviéramos, tampoco habría que contar con

que sea muy efectivo si no se toma esta misma noche. No sirve de mucho usarlo superadas las cuarenta y ocho horas después de la aparición de los primeros síntomas. Komine está más fuerte, así que no creo que tenga especiales problemas. Pero me preocupan Mio y Yamanishi. Especialmente él. Aunque consiga salvar la vida, es posible que le quede algún tipo de secuela.

Seiya negó levemente con la cabeza y empezó a alejarse en silencio.

—Kuga —lo llamó Nanami. Seiya se dio la vuelta. Con la mirada muy seria, ella dijo—: Yo... no quiero volver a hacer eso.

—¿Eso?

—Lo de la succinilcolina. No quiero volver a utilizarla. Pase lo que pase.

Seiya se dio cuenta de que se refería a la eutanasia. Entonces la miró con una sonrisa.

—De acuerdo. Yo tampoco quiero volver a hacerlo.

—Ojalá sea así... —dijo Nanami bajando la cabeza.

Mientras reanudaba la marcha, Seiya sintió un regusto amargo en la boca. No era necesario que Nanami le dijera nada. Él no quería volver a pensar en cosas como la eutanasia. Sin embargo, si Yamanishi se quedaba definitivamente postrado en una cama, ¿iban a poder permitirse el lujo de no hacerlo? Estaban volcando todos sus esfuerzos en una única cosa: sobrevivir. Y, en la actual situación, era difícil lograrlo sin dejar de trasladarse en busca de alimentos. Por ello, llevar con ellos a un anciano incapaz de sostenerse en pie sería una locura.

Ahora bien, si empezaban a abandonar uno tras otro a todo aquel que se convirtiera en un estorbo, ¿qué iba a quedar al final? ¿Acaso iba a ganar algo el que consiguiera quedarse el último? No quería pensar en eso, aunque llegaría el momento en que tendría que hacerlo. Y cuando imaginaba ese momento, un sentimiento de desesperación lo embargaba hasta el punto de nublarle la vista.

Toda estaba bebiendo vino tinto en el restaurante. Ya había vaciado una botella y estaba abriendo la segunda. Taichi estaba tomando un refresco de cola y comiendo unas galletas.

Seiya se plantó frente a él.

—Creo haberle rogado que no tomara alcohol hasta una hora antes de acostarse.

Toda lo miró desafiante, sin soltar la copa que sostenía.

—¿Es que ya ni siquiera podemos beber? Pero si no tenemos otra diversión...

—Por eso digo que vale si lo hace poco antes de acostarse. Pero hasta entonces no debe emborracharse. Eso podría causarnos problemas a todos. No podemos prever en qué momento y a qué hora tendremos que actuar.

—Estoy bien. Todavía no estoy borracho.

—Vamos a dejarlo aquí —dijo Seiya, quitándole la botella de vino.

—¿Qué haces? —replicó Toda con el rostro enrojecido y exhalando un fuerte olor a alcohol.

—Ya está bastante bebido.

—¡Te he dicho que no estoy borracho! —Toda se puso en pie y, con paso vacilante, se encaró con Seiya para intentar arrebatarle la botella—: Solo quiero acabarme esa botella.

—Es una norma. Respétela, por favor —dijo Seiya, zafándose de las manos de Toda.

Tal vez porque lo hizo con demasiada fuerza, Toda perdió el equilibrio, se golpeó contra la mesa y acabó cayendo al suelo.

—¡Oh! —exclamó Seiya—. ¿Se ha hecho daño? —Toda no respondió. Pensando que tal vez estuviera herido, Seiya insistió—: ¡Conteste!

Toda estaba temblando. Y también sollozaba.

—Si de todos modos vamos a morir... —musitó.

—Tranquilo.

—No podemos seguir siempre así. Si solo por una gripe ya nos vemos en esta situación... Y los alimentos también se agotarán algún día. Es imposible que sobrevivamos. Vamos a morir. Moriremos todos. ¿Qué sentido tienen las normas ahora? ¿Acaso no es mejor morir haciendo lo que a uno le gusta?

—Toda, por favor...

—Dame ese vino... Si no bebo, voy a perder la cabeza —espetó Toda aferrando a Seiya.

—No puedo. Déjelo ya, por favor. —Seiya acababa de decir eso cuando llegó a sus oídos un sonido que les resultó familiar.

—¡Es un silbato! —dijo Taichi—. El silbato de Mio. Viene de fuera.

Seiya se dirigió rápidamente hacia la salida de emergencia. Taichi fue tras él.

En el exterior seguía lloviendo con fuerza. Y, en efecto, un sonido de silbato se abría paso entre la lluvia. Pronto, una figura humana apareció ante sus ojos. Por su complexión reconocieron a Kawase. Llevaba puesto un impermeable y caminaba hundiéndose en el barro hasta las rodillas. Se había enrollado una soga al cuerpo y tiraba arrastrando algo.

Seiya se sorprendió al ver lo que era: Fuyuki. Pero la soga, que también llevaba atada al cuerpo, continuaba tras él. La última en aparecer fue Asuka. Aunque a duras penas lograba mantenerse en pie, seguía avanzando a trompicones con la ayuda de esa soga de la que iban tirando los dos hombres que la precedían.

Seiya y Taichi saltaron al exterior en medio de la lluvia. Se acercaron corriendo a Asuka y la sujetaron entre ambos. La llamaron por su nombre, pero ella no contestaba, parecía trastornada.

—¡Tiene una fiebre tremenda! —gritó Taichi.

Una vez dentro del hotel, desataron la soga que unía a los tres.

—Taichi, avisa a Nanami. Y trae también unas toallas.

—Voy —respondió Taichi antes de salir corriendo.

Kawase estaba tumbado sobre el suelo bocarriba, con los brazos en cruz y las piernas abiertas. Asuka estaba sentada también sobre el suelo, con la cabeza gacha e inmóvil.

Seiya se aproximó a su hermano.

—Fuyuki, ¿qué ha ocurrido? ¿Cómo has hecho semejante tontería por tu cuenta? ¿Es que no previste que podría pasar esto?

—Lo siento —contestó Fuyuki en voz baja.

—Esto no se arregla con una simple disculpa. Lo que has hecho es una infracción muy grave. Os habéis jugado la vida.

Nada más decir eso, Seiya notó que alguien tironeaba hacia atrás de su chaqueta. Cuando se volvió, vio que era Asuka.

—No le riñas. La culpa es mía. Fui yo la que insistió en acompañarle. Así que no le riñas a él —gimió ella, y acto seguido se derrumbó en el suelo.

27

Una vez vestida con ropa seca, Taichi y Seiya trasladaron a Asuka hasta un sofá del salón del hotel. Nanami le echó una manta por encima y Asuka se deslizó bajo ella sin abrir los ojos. Su cuerpo temblaba entre escalofríos.

—Ahora que ya se ha tomado el Tamiflu, lo único que podemos hacer es dejarla descansar.

Seiya asintió.

—Será mejor que les demos también Tamiflu a los demás.

—Sí. Ahora bien, en cuanto a Mio, que Emiko se quede a su lado una vez que se lo haya tomado. En su día alertaron que los niños pequeños podían sufrir trastornos psíquicos temporales.

—¿Podrías encargarte tú de decírselo a ella?

—Claro.

Seiya salió del salón y se dirigió al restaurante. Fuyuki ya se había cambiado de ropa y estaba sentado en una silla con las piernas extendidas.

—¿Cómo te encuentras? —le preguntó Seiya.

—Regular...

Fuyuki tenía mal color y unas ojeras tremendas. Cuando regresó de su expedición, apenas podía moverse por la fatiga, pero los síntomas de la gripe no se habían manifestado en él.

—¿Qué, tomamos declaración? —Seiya acercó una silla y se sentó—. A ver, te lo preguntaré de nuevo: ¿por qué has hecho esto?

Fuyuki respiró hondo. A juzgar por su rostro, seguía extenuado.

—No hay ningún secreto. Simplemente pensé que, de seguir así, acabaríamos cayendo todos. Y creí que debía hacer algo. Solo eso.

—¿Y por qué no lo consultaste conmigo?

—Si lo hubiera hecho, ¿me habrías autorizado? ¿Me habrías dejado salir en medio de la noche?

—Supongo que no, pero... Te habría dicho que, al menos, esperaras hasta el amanecer.

—Eso habría sido demasiado tarde. Mira, sorprendí a Yamanishi cuando intentaba marcharse de aquí sin decirnos nada. ¿Sabes por qué? Porque, consciente de que había cogido la gripe, pensaba que solo iba a ser un estorbo para el resto. Me daba mucha rabia no poder ayudarle. Quería hacer algo por salvarlo. Y había oído que los medicamentos de la gripe tienen que tomarse lo antes posible para que sean efectivos. Por eso me decidí. No tenía más remedio que salir y hacerlo en ese momento. Claro, permitir que Asuka me acompañara fue un error, pero...

—¿Cuándo se empezó a sentir mal ella?

—Seguramente cuando íbamos de camino al hospital. Pero no me lo confesó hasta que estuvimos allí, mientras buscábamos los medicamentos. Me puse bastante nervioso. No sabía qué hacer.

—¿Y por eso decidiste esperar un poco a ver cómo evolucionaba?

—No —dijo Fuyuki negando con la cabeza—. Salí del hospital en cuanto encontré el Tamiflu. Con ella, claro.

—¿En ese momento todavía se encontraba lo suficientemente bien como para moverse?

—Qué va. Apenas podía caminar. Así que, a mitad de camino, tuve que llevarla a cuestas.

Seiya suspiró.

—¿Y no se te ocurrió dejar a Asuka en el hospital y venir tú solo a traer el Tamiflu?

—Asuka me pidió que lo hiciera. Me rogó una y otra vez que la dejara allí y me marchara. Decía que seguro que mi hermano habría hecho eso. Pero yo no podía. No podía dejar en ese oscuro hospital a una persona con fiebre y sufriendo. Piénsalo bien. Sin alimentos, sin saber cuándo iba a recibir ayuda y, para colmo, con fiebre. Si a mí me hubieran abandonado en esas condiciones, me habría vuelto loco. Por eso le dije que regresaríamos juntos. Le dije que, cuando no pudiera caminar, yo cargaría con ella. —Fuyuki dirigió sus hundidos ojos hacia su hermano—. Sé lo que piensas. Tú crees que caer los dos de una sola tacada por intentar hacer eso no tiene ningún sentido, ¿verdad? Y lo cierto es que luego nos quedamos atascados en el trayecto de regreso. Asuka no podía moverse y a mí tampoco me quedaban fuerzas para llevarla a cuestas. Entonces empezó a llover torrencialmente y nuestros pies quedaron atrapados en una riada de lodo. Pensé que ya no había nada que hacer. Si ese hombre no hubiera venido a rescatarnos, seguramente no habríamos podido llegar aquí hasta el anochecer. Y también creo que, si hubiera regresado solo, dejando a Asuka en el hospital, haría mucho tiempo que les habríamos podido dar a todos el Tamiflu y, a estas horas, yo habría podido regresar en busca de Asuka. Pero, verás, en momentos así no soy capaz de actuar como tú. Aunque comprendo tus razonamientos y tu lógica, para mí eso es imposible.

Fuyuki apretó los labios con rabia y agachó la cabeza. Las lágrimas comenzaron resbalarle por las mejillas.

Seiya se puso en pie en silencio.

—Hermano... —dijo Fuyuki levantando la cabeza.

—Es suficiente. Ya lo he entendido. Ahora descansa.

Seiya salió del restaurante. En el salón se encontraba Kawase, que también se había cambiado de ropa, sentado con las piernas separadas. Lo que llevaba puesto parecía un uniforme del hotel. Seguramente no había encontrado nada mejor. Tenía los ojos cerrados, pero cuando Seiya se acercó y se detuvo frente a él, los abrió de repente.

—¿Te fuiste para ayudar a esos dos? —le preguntó Seiya.

Kawase se encogió de hombros.

—No tenía intención de tanto. Simplemente escuché lo que decíais y...

—¿Lo que decíamos?

—Sí, eso de que alguien fuera a buscar medicinas y tal. Y como parecía que esos dos tardaban en volver, decidí salir a echar un vistazo. Como ya me encontraba bastante mejor...

—¿Dónde los encontraste?

—Estaba todo encharcado y derruido, así que no estoy muy seguro, pero creo que fue cerca del teatro Kabukiza. La avenida está hundida. Se me ocurrió asomarme al socavón para echar un vistazo y los vi allí abajo, agachados. Los llamé a gritos y el hombre levantó la cabeza. Parecían reventados de cansancio, así que les lancé la soga.

—¿Y eso de llevar contigo una soga? Ibas bien pertrechado, ¿eh?

—Bueno, sabes que hay un puesto de policía en el cruce de Sukiyabashi. Pues, al pasar por allí, la tomé prestada. Pensé que me vendría bien, porque el terreno cede y se hunde por todas partes.

—Y entonces se te ocurrió enlazar los cuerpos de los tres.

Kawase sonrió irónicamente.

—¿Y eso qué más da? Simplemente se la até para poder subirlos y ya los traje así hasta aquí, arrastrando. Desde luego, ese joven le echó agallas al asunto. Durante el trayecto cargó a cuestas con la chica varias veces. Con lo hecho polvo que estaba, eso tiene su mérito.

—Tú también. No obstante, la próxima vez que vayas a salir, me gustaría que me avisaras.

—Vale, entendido. ¿Eso es todo? Si fuera posible, me gustaría que me dejarais dormir un rato. Aunque ya me encuentro bastante mejor, yo también estoy reventado.

—Ya. Bueno, que descanses —dijo Seiya, y se alejó.

El sol se puso poco después. La oscuridad invadió el edificio enseguida y casi todos se quedaron dormidos. Los sonidos de la lluvia y el viento ocultaban los de sus respiraciones.

Sentado en un sofá del salón, Seiya contemplaba junto a Nanami la llama de una vela. El viento penetraba por alguna parte y la hacía oscilar levemente.

—Puede que me equivocara —murmuró él.

—¿En qué?

—En mi forma de pensar. Creía que, para sobrevivir en medio de una situación extrema, solo había que juzgar las cosas de un modo frío y objetivo. Pensaba que si pasaba algo, actuar dejándose llevar por las emociones era tabú. En la policía también nos lo inculcan.

—No creo que haya nadie que desapruebe tu modo de actuar. Todos somos conscientes de que, si hemos conseguido sobrevivir hasta ahora, ha sido gracias a tu forma de proceder.

—Ya, pero con mi forma de proceder, ahora mismo no dispondríamos del Tamiflu —repuso Seiya, entrelazando los dedos de ambas manos—. Me han dicho que, cuando se dio cuenta de que había cogido la gripe, Yamanishi intentó irse él solo. Sin duda lo hizo porque no quería causarnos molestias.

Nanami arqueó las cejas con aire de tristeza.

—¿De veras?

—Para mí, eso es un sinsentido. Por la mañana, al darnos cuenta de que faltaba Yamanishi, habríamos tenido que salir a buscarlo por ahí. Y no sabemos qué problemas habrían surgido durante su búsqueda. Al final, el resultado habría sido un trastorno aún mayor que el que se pretendía evitar. Que alguien como Yamanishi no fuera capaz de darse cuenta de eso...

Nanami permaneció en silencio. Aunque comprendía a Seiya, no podía mostrarse de acuerdo con su reproche hacia un anciano enfermo.

—Sin embargo, mi hermano, al verlo en ese estado, se conmueve. Ello le lleva a adentrarse en una ciudad oscura y ruinosa en mitad de la noche. Y no solo a él, sino también a Asuka, sin siquiera plantearse que, durante el trayecto, cualquiera de los dos podría verse asaltado por los síntomas de la gripe. Como resultado, consiguen los medicamentos, pero ella enferma. Y aunque le dice a mi hermano que la deje allí y regrese él solo, él, incapaz de hacer eso, toma la temeraria decisión de partir hacia aquí cargando a cuestas con ella. Entonces, como era previsible, los dos se quedan tirados en mitad del camino. Pero los rescata la primera persona en caer enferma que, aunque aún no se ha restablecido del todo, sale en su busca sin avisar. —Seiya sacudió la cabeza—. No puedo estar más sorprendido. Para mí, eso fue una sucesión de acciones irracionales. Aquí no reflexiona nadie, todo el mundo actúa por impulsos. Solo puedo pensar que han perdido la capacidad de raciocinio.

—Pero es que no es cuestión de lógica. Los humanos somos así —replicó Nanami, y bajó la cabeza, avergonzada—. Lo siento. No debería haber dicho eso. Ha sonado insolente.

—No; tienes razón. Es verdad que el ser humano es así. Hasta ahora, siempre había tenido la supervivencia como principal prioridad. Pensaba en cómo podríamos sobrevivir todos. O, de no ser eso posible, en cómo reducir al mínimo el número de bajas. Esa era mi obsesión. Pero ahora me doy cuenta de que vivir no es solo permanecer vivo. Creo que, sea cuál sea la situación, hay que tener en cuenta la vida individual de cada uno.

—La vida...

—Sí, la vida. Para que todos puedan llevar una vida satisfactoria, no podemos ignorar ni los valores individuales ni el orgullo personal de cada uno. Aunque se trate de algo aparentemente irracional, si ese algo es importante para la vida de una persona, tal vez los demás no tengamos derecho a entrometernos. —Seiya apartó la mirada de la vela y se recostó en el sofá. Su sombra oscilaba en el techo.

—A mí no me parece que tu forma de actuar sea equivocada. Creo que, por ahora, sobrevivir es lo más importante. Porque yo desde luego no tengo la menor intención de acabar mi vida en un lugar como este.

El tono que empleó Nanami sonó inusitadamente rotundo y Seiya la miró.

—Es que... —prosiguió ella— tú mismo lo dijiste. Dijiste que si conseguíamos sobrevivir, en algún momento encontraríamos una salida para esto. Y yo confío en ti.

—Nanami...

—Puedo seguir confiando en ti, ¿verdad? —inquirió ella mirándolo con franqueza.

—Sí, por supuesto.

Cerca de ellos se oyó un ruido. Al volverse, vieron a Emiko. Traía una tetera en la mano.

—¿Os molesto?

—Para nada. ¿Y eso?

—Es un té que preparé por el día.

Tras cruzar su mirada con la de Nanami, Seiya se dirigió a Emiko.

—Gracias, tomaré un poco.

Ella destapó la tetera y le sirvió el té en un vaso de papel. El aroma del té japonés comenzó a inundar el ambiente.

—¿Qué tal está Mio?

—Desde que ha tomado el medicamento, parece que un poco mejor. Es imposible que le haya hecho efecto en tan poco tiempo, pero...

—Será porque a veces el mero hecho de tomar el medicamento ya hace que el enfermo se sienta mejor. Es lo que se llama efecto placebo. —Seiya tomó un sorbo de té y no pudo evitar soltar un profundo suspiro—. Nunca pensé que un té pudiera saber tan bien.

—Os estoy muy agradecida a los dos —dijo Emiko, bajando la cabeza para hacer una reverencia.

—Dejando aparte a Nanami, yo no he hecho nada. Hasta lo de traer los medicamentos ha sido cosa de mi hermano, que ha actuado por su cuenta. De hecho, soy yo el que tiene que darte las gracias a ti. No sabes hasta qué punto nos ayuda el que te encargues de hacernos comida casera.

Emiko bajó la mirada.

—Yo no sirvo para nada...

—Claro que sí. Mio debe de ser muy feliz con una madre como tú.

Ella negó rotundamente con la cabeza.

—¡Para nada! —El tono de Emiko fue tan súbitamente agresivo que Seiya se quedó perplejo. Ella se tapó la boca con la mano, como si su propia voz la hubiera sorprendido—. Lo siento, no quería...

—No, no pasa nada.

Emiko rodeó con sus manos el vaso de plástico.

—Yo no soy una buena madre. No he sido capaz de hacer feliz a mi hija. Ni siquiera un poco. Que se haya quedado así, también es culpa mía.

—¿Te refieres a que no pueda hablar? ¿Es que eso no se debe a la situación que estamos viviendo?

Emiko no respondió, pero eso equivalía a una afirmación.

—No me lo esperaba... —murmuró él.

—Tal vez sea un castigo —dijo Emiko.

—¿Un castigo?

—Sí, el que ahora estemos así. Me pregunto si no estaré recibiendo una suerte de castigo por no haber sido capaz de hacerla feliz. He sido una madre tan horrible que no me extrañaría que esta fuera la forma que tiene Dios de reprenderme.

—No deberías pensar eso —le dijo Nanami—. ¿O crees que nosotros también merecemos ser castigados?

Emiko esbozó una amarga sonrisa.

—Tienes razón. Sería muy raro que a vosotros también os castigaran.

—No sé cómo eras antes, pero creo que la persona que eres ahora es una madre estupenda para Mio. De eso podemos dar fe nosotros. Así que deja de pensar así, por favor.

—Muchas gracias...

Con una sonrisa en los labios, Emiko vertió en el vaso de Seiya el té que quedaba en la tetera.

28

Cuando abrió los ojos, Fuyuki se encontraba sentado en el suelo, recostado contra una pared, con una manta echada por la espalda. Había sudado copiosamente. Se pasó la mano por la nuca y la notó pegajosa.

El entorno estaba bastante iluminado. Al parecer, ya había amanecido. Se frotó los ojos. Tenía la cabeza embotada. No era capaz de recordar dónde y en qué circunstancias se encontraba en ese momento. Aquello parecía el restaurante del hotel, pero no había nadie más por allí.

«Ah, es verdad, es que ya hemos regresado», se dijo. Su memoria había revivido por fin. Se puso en pie, sintiéndose torpe y pesado. Al empezar a caminar, se tambaleó ligeramente.

Salió del restaurante y se dirigió al vestíbulo del hotel. Frente a la puerta principal, Emiko estaba poniendo una olla al fuego. Despedía humo en abundancia. De ese modo se enteró Fuyuki de que, mientras Asuka y él estaban ausentes, debatiéndose contra viento y marea por las calles, los demás habían preparado una hoguera de leña.

—Buenos días —dijo Fuyuki a la espalda de Emiko.

—Buenos días. ¿Ya has conseguido quitarte el cansancio? —le preguntó ella con una sonrisa.

—Un poco.

—Me alegro.

Taichi asomó su cara desde el otro lado del fuego.

—Nos teníais muy preocupados. No sabíamos si estaríais muertos por ahí, en alguna parte.

—Lo siento.

—Pero, gracias a vosotros, parece que mi niña se va a poner bien. —Emiko le dedicó una reverencia con la cabeza en señal de agradecimiento—. Muchas gracias.

—No, no me des las gracias, por favor —dijo Fuyuki negando con la mano—. ¿Y el gerente?

—Si te refieres a Toda, está cuidando de Yuto. Hace un momento andaba por ahí con él en brazos.

—¿De veras? ¿Toda?

—Sí. Al parecer, él también tiene una hija, una joven que se casó el año pasado y todavía no había tenido hijos. Toda decía que por eso le apetecía ocuparse del bebé.

—Vaya.

Aunque era algo evidente, Fuyuki volvió a ser consciente en ese momento de que cada uno de ellos había tenido antes una vida propia. Él siempre había creído que todos tenían un ayer, un hoy y un mañana. ¿Por qué se había interrumpido de repente ese flujo que él creía inalterable? Aun cuando no consiguieran dar con la clave para zafarse de esa situación, Fuyuki quería saber qué había pasado.

Entró en el hotel y se dirigió al salón. Un hombre estaba sentado en un sofá con las piernas separadas y fumando. Llevaba puesta una chaqueta de las que usaba el personal, pero, con los botones de la parte superior de la camisa desabrochados, no parecía un verdadero empleado.

—¡Eh, chaval! —exclamó—. ¿Qué tal te encuentras?

—Pues regular, la verdad —respondió Fuyuki.

Recordaba que ese era el hombre que les había salvado. Habían resbalado en una zona del terreno hundida, quedando atrapados en el socavón. Entonces llegó él y les lanzó una soga desde arriba. Como ya se habían hecho a la idea de que no iban a recibir ayuda, aquello les pareció un verdadero milagro.

Después de eso, apenas recordaba nada. Tenía la impresión de que había conseguido llegar hasta allí solo a fuerza de hacer que sus pies se movieran uno tras otro, más como un sonámbulo que como un caminante ensimismado. No recuperó plenamente la conciencia hasta que estuvo en el hotel. También recordaba que Seiya le había preguntado varias cosas al llegar.

—Nos salvamos gracias a usted. Le debo una.

El hombre hizo un gesto de negación con la mano que sostenía el cigarrillo.

—Ya sabes: hoy por ti, mañana por mí. —El hombre dijo llamarse Kawase.

—Gracias a usted pudimos traer los medicamentos. Seguro que los enfermos le están muy agradecidos.

—Bueno, si conseguisteis las medicinas, eso es lo que importa —dijo Kawase sonriendo.

—Aun así, no me apetece darle las gracias a este hombre —se oyó decir a alguien.

Fuyuki se volvió y vio que se trataba de Komine. Estaba allí de pie, lívido.

—Para empezar, de no ser por su culpa no habría enfermado nadie, así que tampoco habríamos necesitado los medicamentos. Ni siquiera creo que Fuyuki tenga que darle las gracias —dijo. Luego, tosiendo varias veces, regresó al sofá en que se tumbaba habitualmente para descansar.

Kawase estaba mirando hacia otro lado con una sonrisa irónica en su rostro mientras fumaba.

—No se lo tenga en cuenta —le dijo Fuyuki—. Está irritado por culpa de la gripe.

—No pasa nada. Además, tiene razón en lo que dice. —Tras arrojar la colilla al suelo y aplastarla con el tacón, Kawase se puso en pie y se encaminó hacia el restaurante.

Fuyuki se dirigió hacia el fondo del salón, pasando por el lado de Komine, que había vuelto a tumbarse en el sofá.

Asuka seguía durmiendo tapada con la manta hasta la cabeza. Supo que se trataba de ella porque, a sus pies, había dejado esas botas llenas de barro que él le conocía. Fuyuki agarró el borde de la manta con la punta de los dedos y probó a levantarlo lentamente. El rostro somnoliento de Asuka apareció entonces y un instante después ella abrió los ojos. Parpadeó y lo miró con cara de pocos amigos.

—No puedo creer que te dediques a espiar a la gente mientras duerme —protestó con voz ronca.

—¿Cómo te encuentras?

Asuka frunció el ceño y ladeó la cabeza.

—Me parece que tengo fiebre. Pero estoy relativamente bien.

—¿Y la garganta?

—Me duele —respondió ella antes de taparse la boca con la manta y toser por una vez.

—Es mejor que hoy te quedes todo el día acostada.

—Eso haré.

Fuyuki se puso en pie para marcharse, pero ella lo llamó.

—Oye... Tengo que pedirte disculpas.

—Si es por haberte empeñado en ir conmigo hasta el hospital, no hace falta.

—No es por eso.

—Entonces, ¿es porque te pusiste enferma? Tranquila, eso es inevitable. No es culpa tuya. Podría haber sido yo.

Asuka negó la cabeza.

—Bueno, por eso también debería disculparme, pero es algo más importante.

Fuyuki ladeó la cabeza con gesto dubitativo.

—¿Es que ha ocurrido algo?

Antes de responder, Asuka se envolvió en la manta y se acurrucó en un ovillo, como si fuera un gato.

—Cuando regresábamos del hospital, caímos en un enorme socavón que había en la calle, ¿verdad?

—Sí. El terreno estaba hundido. En un descuido, nuestros pies resbalaron y nos caímos los dos.

—Pues en aquel momento yo me di por vencida. Pensé que ya no había salvación y que íbamos a morir allí.

—¿En serio?

—Tenía la cabeza atontada, el cuerpo me pesaba horrores y no tenía fuerzas para dar un paso más. Pensé que jamás conseguiríamos salir de ese hoyo en forma de embudo. Era como una trampa perfecta. Y me rendí.

—Asuka...

—Lo siento. Yo, que había prometido no darme por vencida pasara lo que pasara, haciéndome la dura, asegurando que después de todo aprieto siempre llega una oportunidad... Soy patética.

Asuka volvió a tirar de la manta para cubrirse la boca. Parpadeó y miró a Fuyuki.

—Bueno... tampoco yo puedo decir gran cosa de mí —dijo él con cierto tono de vergüenza, al tiempo que se pasaba la mano por la cabeza y esbozaba una media sonrisa—. Dicen que si sufres un accidente de alta montaña en invierno, te entra mucho sueño y te da una pereza enorme hacer cualquier cosa, ¿verdad? Pues así me sentí yo en ese momento. Como si todo me diera igual.

—O sea, que tú también flojeaste.

—Bueno, los dos estábamos al límite.

—Que hoy podamos ver la luz de la mañana me parece un sueño. Cómo me alegro de estar viva.

A Fuyuki esas palabras le sonaron como si hubieran salido directamente del fondo del corazón de la chica. Se emocionó un poco.

—Emiko nos está preparando el desayuno. Aliméntate bien y cúrate pronto —le dijo antes de alejarse de allí.

Mio también estaba acostada. Su rostro, enrojecido durante el acceso de fiebre, había recobrado su tono rosa pálido. Su respiración al dormir también sonaba suave. Como había dicho Emiko, parecía que, de seguir así, pronto se iba a poner bien.

Fuyuki se alegró de haber conseguido los medicamentos, aunque fuera en aquellas circunstancias. Pero su alegría se desvaneció en cuanto miró hacia el fondo de la estancia. Allí estaba Nanami, de rodillas sobre el suelo, tomándole el pulso a Yamanishi. La gravedad que reflejaba su rostro de perfil era tal que daba miedo dirigirle la palabra. El anciano tosía repetidas veces y, cada vez que lo hacía, su cuerpo se movía como si sufriera una convulsión.

Seiya estaba sentado más allá. Su semblante estaba también muy serio.

—¿Yamanishi no mejora? —preguntó Fuyuki.

Su hermano soltó un profundo suspiro.

—La fiebre no le baja. Y tampoco para de toser, así que está consumiendo muchas energías.

—Le habréis dado el medicamento, ¿no?

—Ya no se trata de la gripe. Según Nanami, es posible que le haya degenerado en una neumonía.

—Neumonía...

—Nanami está haciendo todo lo que puede. Pero, al final, todo depende de las fuerzas del propio enfermo.

—¿Tan mala es la situación? —Fuyuki torció el gesto—. No debimos dejarlo acostado sobre el suelo cuando nos fuimos.

—No creo que eso tenga nada que ver. Y deja de darles vueltas a las cosas que ya están hechas. Mejor ve hasta donde está Emiko y tráete una olla con agua caliente. La pondremos junto a Yamanishi. Al parecer, es mejor que la temperatura aquí esté un poco más alta.

—De acuerdo.

Frente a la entrada del hotel, Emiko servía en ese momento espaguetis en unos platos. Taichi ya había empezado a comer. También habían preparado crema de arroz para los enfermos.

Fuyuki puso agua caliente en una olla y regresó con Seiya.

—Parece que el desayuno ya está listo. Ve con ella a desayunar. Yo me quedo aquí vigilando a Yamanishi.

Seiya asintió, se puso en pie y miró a Nanami.

—Vamos, Nanami, hay que aprovechar para comer, ahora que podemos.

—Vale —respondió ella con semblante triste.

Una vez que los dos se hubieron marchado, Fuyuki se sentó al lado de Yamanishi. Este tenía el rostro desencajado en un gesto de dolor y dejaba escapar alguna tos de vez en cuando. Aunque tenía bastante fiebre, su rostro estaba pálido como la cera. Sus labios se veían hinchados y ulcerados. En sus comisuras había restos resecos de saliva.

Aunque había resultado herido en la pierna antes de contagiarse de la gripe, Yamanishi era realmente vigoroso para su edad. A veces sus palabras suponían para todos inyecciones de moral, y otras, mazazos para sus conciencias.

Fuyuki nunca olvidaría las que había pronunciado cuando propuso la eutanasia de su propia esposa. Aunque sin duda se trató de una decisión muy amarga, Yamanishi expuso su parecer con total franqueza y sin perder el dominio de sí mismo. Finalmente, todos acabaron por aceptar su propuesta, así que, en cierto sentido, podía decirse que quien se mantuvo más sereno de todos ante aquella situación había sido él.

Una vez más, pensó que no podían permitirse el lujo de perder a alguien como Yamanishi. Las personas que han tenido una larga vida cuentan con una sabiduría acorde con ella. Una sabiduría que vale para vivir.

Fuyuki se quedó adormilado. Lo devolvió a la realidad un extraño ruido. Provenía de la boca de Yamanishi, claramente distinto del de su tos. Parecía mover rítmicamente el cuello, al tiempo que exhalaba aire por la boca. Tenía el rostro lívido.

Fuyuki se puso en pie y salió a toda prisa hacia el salón. Seiya y Nanami estaban sentados frente a frente en el vestíbulo, comiendo espaguetis.

—¿Qué ocurre? —preguntó Seiya.

—A Yamanishi le pasa algo raro.

Nanami apartó su plato en silencio y se dirigió hacia el salón. Yamanishi seguía con la boca entreabierta y apenas se movía. Nanami se sentó a su lado y lo llamó por su nombre. Pero el anciano no respondía ni abría los ojos.

Ella le tomó el pulso y su rostro se ensombreció.

—Está muy débil...

Nanami empezó a aplicarle un masaje cardíaco. Vista de espaldas, sus movimientos revelaban que se trataba de una emergencia.

—Cambiémonos —dijo Seiya ocupando el lugar de Nanami—. Tú encárgate del pulso.

En algún momento, Taichi y Emiko habían aparecido y se habían situado detrás de Fuyuki. Asuka también se había incorporado y miraba hacia allí con gesto de preocupación.

Bajo la atenta mirada de todos, Seiya se afanaba en seguir con el masaje cardíaco sin dejar de llamar a Yamanishi en voz alta. Nanami, con su mano sobre la muñeca del anciano, le tomaba el pulso.

Poco después, ella dirigió su mirada hacia Seiya, que se detuvo.

Nanami negó con la cabeza y soltó la muñeca de Yamanishi. Seiya agachó la cabeza, abatido.

Fuyuki supo lo que había ocurrido, pero no quería admitirlo. No podía imaginar que separarse de un ser tan importante pudiera resultar algo tan simple.

Emiko soltó un doloroso grito y se dejó caer hasta quedar sentada en el suelo. Taichi comenzó a llorar de pie. Detrás de él, Asuka hundía su cabeza en el sofá.

En el jardín interior del hotel había una zona de tierra. En su día habría contenido flores plantadas, pero ya no quedaba ni rastro de ellas. Usando unas palas, Fuyuki y Taichi excavaron un hoyo allí. Al haberse empapado de agua, el terreno estaba bastante blando. No les llevó demasiado tiempo alcanzar un metro de profundidad aproximadamente.

Seiya y Nanami trajeron el cuerpo sin vida envuelto en una manta. Entre los dos lo metieron cuidadosamente en el hoyo.

—Bien, vamos a cubrirlo de tierra —dijo Seiya.

Todos fueron pasando por orden a echar tierra sobre el anciano usando las dos palas de que disponían. Mio no estaba, pero Asuka y Komine insistieron en participar. Después de echar la tierra cuando les tocó el turno, los dos se quedaron allí, sin regresar dentro.

Fuyuki también le tendió una pala a Kawase.

—¿Está bien que yo haga esto? —preguntó él.

—Por supuesto —respondió Seiya—. Participa tú también.

Kawase tomó la pala. Komine miraba hacia otro lado.

Por último, Taichi y Fuyuki echaron la tierra restante. Cuando hubieron terminado, Emiko puso unas flores encima. Eran unas flores artificiales que había puestas de adorno en el hotel.

Taichi clavó un palo en la tumba. Era el que solía usar Yamanishi como bastón.

Seiya juntó las manos en señal de oración y los demás siguieron su ejemplo.

—Que esta sea la última —dijo Seiya tras separar sus manos—. La última muerte innecesaria. Pase lo que pase.

29

Resultaba inimaginable que la planta baja de aquel edificio hubiera sido anteriormente una tienda 24 horas. Los vidrios se habían roto, y una gran cantidad de barro y escombros había arrasado el interior. Todo estaba teñido de gris y resultaba extremadamente difícil discernir a simple vista qué productos había en la tienda. De no ser por el sucio cartel que había a la entrada, seguramente habrían pasado de largo sin darse cuenta.

Nada más dar el primer paso, Fuyuki notó que pisaba algo. La sensación fue de aplastar un recipiente. Hundió su mano en el agua embarrada y lo recogió. Efectivamente, era un bol de papel de aluminio.

—Es un bol de *yakinabe-udon** —dijo mostrándoselo a Taichi, que estaba tras él.

—¿Eso es lo que has pisado? —preguntó el gordo con cara de pena.

—Qué más da. Total, el contenido ya estaría estropeado... —dijo Fuyuki desechando el bol y mirando alrededor—. Bueno, a ver dónde están las cosas de comer.

Empezó a buscar por los estantes que tenía más cerca. Llevaba puestos unos guantes de goma e iba palpando los productos. Taichi se unió a él, mirando uno por uno los artículos.

* Un tipo de fideos gruesos japoneses.

—¡Lo tengo! Mira, tallarines instantáneos —dijo Taichi extrayendo algo del barro. Ciertamente, lo que sacó tenía forma de recipiente de comida instantánea. Pero, al instante siguiente, dejó caer sus hombros decepcionado—. Nada. El envase está roto y le entró barro.

—Sigue buscando por ahí. Tal vez ese era el anaquel de los fideos instantáneos. A lo mejor encontramos algunos que no estén dañados.

Los dos se agacharon y rebuscaron entre el barro. Los artículos de comida instantánea iban apareciendo uno tras otro, pero la mayoría tenían el envase roto. A duras penas consiguieron una decena con el contenido intacto.

—Todo este esfuerzo y no hemos conseguido ni una ración por cabeza. Esto es un calvario —dijo Taichi poniendo una mueca de desagrado mientras se masajeaba la zona lumbar.

—Hay otros alimentos duraderos aparte de los instantáneos. Ya sabes, latas de conserva, productos envasados al vacío y cosas así. Debe de haber bastantes por algún sitio. Venga, sigamos buscando.

Taichi reanudó la tarea a regañadientes, pero al poco emitió una exclamación de sorpresa:

—¡Uy!

—¿Qué pasa?

—Una lata. ¡Qué suerte! —dijo Taichi recogiendo la lata para frotarla con la mano. La alegría de su rostro se desvaneció al punto—. Pero si es comida para gatos... Joder —masculló antes de tirar la lata al suelo.

Mientras contemplaba esa escena, una idea atravesó la mente de Fuyuki. Sin embargo, continuó buscando sin decir nada.

Al fondo del establecimiento había un frigorífico que parecía intacto. En su interior había bebidas en botellas de plástico.

—Con todo lo que hay aquí, no creo que tengamos problemas en cuanto a bebida por ahora —dijo Fuyuki mirando el frigorífico—. De momento, vamos a llevarnos solo el agua. Seguro que Emiko se alegra.

—Y algún refresco de cola también, ¿no? —dijo Taichi extendiendo su brazo hacia una botella de dos litros.

—Pero si refrescos ya hay un montón en las habitaciones del hotel.

—Es que subir las escaleras es un rollo...

—Venga ya, hombre. No me seas señorito. Nuestra capacidad de carga tiene un límite, así que lo prioritario es el agua. Con refrescos de cola no se puede cocer arroz ni preparar fideos instantáneos.

Taichi adelantó su labio inferior y luego dijo con guasa:

—¡Señor, sí, señor!

Los dos continuaron buscando aquí y allá. Finalmente encontraron latas, salchichas, queso y otras cosas. Junto con los fideos instantáneos y las botellas de agua, aquello suponía una buena carga para el trayecto de regreso. Metieron todo en las bolsas que habían traído y se marcharon.

—Es una cantidad importante de comida, pero, visto todos los que somos, me temo que no va a durar mucho —dijo Taichi con tono de tristeza—. Y, cuando ello ocurra, tendremos que volver a buscar más.

—Para entonces ya estarán todos sanos y podremos trasladarnos a otro sitio.

—¿Sí? Pues a ver si en nuestro próximo destino hay mogollón de comida.

—Si es la residencia oficial del primer ministro, es de suponer que estará bien abastecida de raciones de emergencia.

—¿Raciones de emergencia? Jo, qué mal suena. Tratándose del menú de un primer ministro, debería haber cosas de categoría suprema, tipo cocina francesa o china...

—Aunque encontráramos los ingredientes, nos faltaría el cocinero. Así que mejor no te hagas ilusiones.

Fuyuki hablaba en tono de broma mientras apretaba el paso para regresar cuanto antes. Pero un oscuro pensamiento se cernía en su interior como una bocanada de humo.

Habían pasado cuatro días desde la muerte de Yamanishi. Los enfermos ya estaban todos casi recuperados, aunque era evidente que habían perdido mucha energía. Según Nanami, todavía harían falta dos o tres días para que el virus de la gripe desapareciera definitivamente. Por eso deberían permanecer todavía algún tiempo en aquel hotel.

El problema era la comida. Los alimentos duraderos, como las latas o los precocinados, estaban empezando a agotarse. Y el agua también escaseaba. De ahí que Taichi y Fuyuki hubieran tenido que salir a buscar más.

Ese día habían podido abastecerse de lo necesario. Fuyuki se sentía aliviado por eso, pero, por otro lado, no podía evitar sentirse preocupado por el futuro. Debido a las reiteradas catástrofes naturales que se habían producido, todos los edificios estaban más dañados de lo que cabía imaginar. Era de suponer que la mayoría de los productos de alimentación de supermercados y tiendas 24 horas también estarían prácticamente destruidos.

En la actual situación, con el traslado a pie como único medio de desplazamiento y las vías de comunicación impracticables, su ámbito geográfico de actuación también quedaba muy limitado. Fuyuki se preguntó qué cantidad de alimentos quedaría en un radio de distancia que les permitiera ir y volver en el día desde donde estaban. Pensó que tal vez estuviera muy próximo el día en que todos tuvieran que vagar por ahí en busca de alimentos.

Recordó la escena con Taichi de hacía un rato. Al darse cuenta de que la lata era de comida para gatos, Taichi la había tirado. Pero era posible que llegara el día en que no pudieran permitirse hacer algo así.

¿Llegaría de veras ese día en el que hasta la comida para gatos sería considerada un preciado alimento? Al pensar en ello, aunque caminaba cargado con un montón de comida, sintió un escalofrío en la espalda.

Cuando regresaron al hotel, todos salvo Mio estaban en el restaurante. Toda, Komine, Nanami y Asuka se hallaban sentados alrededor de una mesa, con Seiya de pie a un lado. Emiko estaba sentada en una silla algo más alejada, con el bebé en brazos, y Kawase fumaba sentado en otro sitio aún más apartado.

—¿Cómo ha ido? —preguntó Seiya.

—De momento, solo esto —respondió Fuyuki, dejando sobre el suelo las bolsas que traía.

—Gracias.

—La situación pinta mal. Esta es prácticamente toda la comida que quedaba en la tienda veinticuatro horas a la que hemos ido. Lo demás son zumos y agua.

Fuyuki y Taichi relataron el estado de deterioro en que se encontraban tanto la tienda como los productos.

Pensaban que todos quedarían conmocionados al oírles, pero su reacción fue inesperadamente tibia. O, mejor dicho, todos tenían cara de abatimiento ya antes de escuchar su relato.

—Y eso que, en comparación con otras, esa tienda seguramente no estuviera tan mal —murmuró Toda.

—¿En qué sentido? —preguntó Fuyuki.

—Lo entenderás cuando oigas lo que tiene que decir tu hermano —respondió Toda haciendo un gesto con la barbilla en dirección a Seiya.

Fuyuki miró a Seiya.

—¿Ha pasado algo?

Seiya asintió con gesto de desánimo.

—Hemos dado una vuelta por los alrededores para planificar el itinerario a seguir hasta la residencia del primer ministro, pero los daños causados por los terremotos y tifones superan lo imaginable. Casi todas las calles están cortadas por socavones o grandes grietas. El agua ha penetrado en gran cantidad por ellos y no parece que vaya a remitir.

—Sé perfectamente que las calles están deshechas. Pude comprobarlo cuando salí a buscar el Tamiflu.

—Pues ahora están peor que entonces —dijo una voz. Era Kawase.

—Él también ha salido a explorar los alrededores —explicó Seiya—. Al parecer, el número de zonas hundidas ha aumentado.

—Pero ¿por qué...?

—Es lógico —dijo Toda—. Ha estado lloviendo intensamente todos los días. Y los sistemas de drenaje de aguas no funcionan. El hormigón intenta sostener la superficie, pero todos los cimientos han absorbido demasiada agua. Se han convertido en algo similar a esponjas. Y, para colmo, la ciudad, en su afán por aprovechar al máximo el subsuelo, lo tenía convertido en un sinfín de cavidades. Si a todo ello le sumas los frecuentes seísmos, cabe esperar que la superficie se desmorone.

—Lo cuentas como si la cosa no fuera contigo, pero todo eso lo hicisteis vosotros. Porque fuisteis los constructores, junto con los funcionarios de la administración, los que hicisteis de Tokio una ciudad así, ¿no? —terció Taichi.

Toda se encogió de hombros.

—No contábamos con que pudiera darse algo como esto. Grandes terremotos y tifones, sistemas de desagüe que permanecen dañados sin que nadie los repare, grietas del terreno sin rellenar y socavones sin reconstruir...

—¿Por qué estará ocurriendo todo esto? —murmuró Asuka como para sí misma—. Es como si nos estuvieran maltratando. Tengo la impresión de que alguien o algo se empeña en fastidiarnos una y otra vez, como si no se conformara y pensase que aún no tenemos bastante.

A Fuyuki sus palabras le sonaron como un simple lloriqueo. Pero Komine alzó el rostro.

—Puede que estés en lo cierto. Tal vez una gran fuerza invisible esté intentando aniquilar este mundo. Como si quisiera borrar de la faz de la Tierra algo tan feo como las ciudades creadas por el hombre.

Los rostros de todos se ensombrecieron ante esa suposición de Komine, pronunciada con tono triste pero franco.

—¿Qué tonterías estás diciendo? Creer en la existencia de Dios es asunto de cada uno, pero ¿qué tal si piensas de un modo más realista? —le espetó Toda.

—Hablo en serio, señor gerente. Además, ¿qué es eso de «realista»? ¿Se refiere a que piense utilizando los conceptos existentes hasta ahora? ¡Si la gente ha desaparecido! ¿No le parece que la palabra «realista» ya no tiene sentido?

Toda puso cara de sorpresa al ver que Komine le plantaba cara. Lo mismo le ocurrió a Fuyuki. Hasta ahora Komine no se había dirigido a su jefe con un tono tan fuerte.

Fuyuki pensó que lo que estaba cambiando no era solo la ciudad. Era evidente que la mentalidad de las personas también.

—Bueno, dejemos por ahora ese tema. Hay otra cosa de la que debemos hablar —medió Seiya.

—¿De qué se trata? —preguntó Fuyuki.

—Es evidente, ¿no crees? De cuándo vamos a irnos de aquí —respondió su hermano. Seguidamente se volvió hacia los demás—. Como acabo de decir, la situación está cambiando por momentos. Y, lamentablemente, para mal. En mi opinión, debemos partir sin demora, pero me gustaría saber qué opináis el resto.

Toda se pronunció de inmediato.

—En tal caso, salgamos cuanto antes. En la residencia del primer ministro supongo que habrá estación generadora, ¿no? Si pudiéramos utilizar aparatos eléctricos, nuestra vida mejoraría mucho.

—Pero no hay ninguna garantía de que funcione —le advirtió Seiya.

—Bah, tengo entendido que esa residencia se construyó con capacidad para resistir catástrofes naturales del nivel del gran terremoto de Kobe de 1995 —repuso en tono duro y mirando alrededor, tal vez en busca de la conformidad del resto.

—Y los demás, ¿qué opináis? A ti, Nanami, ¿qué te parece?

La joven se mostró desconcertada.

—¿A quién? ¿A mí? Bueno, yo...

—Hay quienes acaban de recuperarse de la gripe hace muy poco. ¿Crees que sería peligroso que se trasladaran inmediatamente?

Nanami, con gesto de apuro, miró a Komine y Asuka, y luego a Kawase. Tras hacerlo, agachó la cabeza, pensativa.

—Nanami, si es por mí, yo estoy bien —dijo Asuka—. Ya hasta he recuperado el apetito, así que no hay ningún problema en moverme por donde sea.

—Yo también. No hace falta que te preocupes —coincidió Komine.

Nanami miró dubitativa a Kawase.

—Si es por él, descuida, no creo que haya ningún problema —dijo Komine en voz baja—. Ya se ha movido por su cuenta cuando ha querido.

—No, a mí quien me preocupa es Mio. Hasta anteayer todavía tenía algo de fiebre, y no parece una niña de constitución muy fuerte.

—Ah, Mio...

—Creo que habría que tenerla en observación un día más.

Tras escuchar la petición de Nanami, Seiya miró a todos.

—¿Alguna opinión más?

Nadie más se pronunció. Seiya prosiguió.

—Bien, entonces saldremos pasado mañana por la mañana. El día de mañana lo dedicaremos a hacer los preparativos.

Fuyuki asintió.

Terminada la reunión y tras disolverse el grupo, Asuka se dirigió a Fuyuki mientras se abanicaba el rostro con la mano.

—¿No te parece que otra vez vuelve a hacer algo de bochorno?

—Pues sí. Pero pronto va a ser abril, así que tampoco es tan extraño que haga días como este.

—¡¿Ya abril?! Había olvidado la existencia del calendario.

Lo mismo le pasaba a Fuyuki. Ya no tenía ni idea de en qué día de la semana vivían. Al ser consciente de ello, se vio invadido por una inquietud difícil de definir. Pensó que no solo no sabían qué iba a ser de ellos, sino que incluso estaban perdiendo la noción del tiempo en que vivían.

Al día siguiente, tal como habían planeado, todos hicieron los preparativos para la partida. Necesitaban llevar el máximo posible de alimentos, ropa de recambio y artículos de primera necesidad, transportándolos del modo más compacto posible.

—Por favor, pensad que nos vamos de escalada —les dijo Seiya—. Es peligroso no poder disponer de las dos manos libres. En caso de que no tengáis más remedio que llevar una bolsa de mano, no metáis en ella nada que no estéis dispuestos a perder. Por favor, llevad en la mano únicamente cosas de las que os podáis deshacer en cualquier momento.

A todos les parecieron razonables esas indicaciones, pero llevarlas a la práctica era bastante difícil. A fin de cuentas, no sabían qué iban a conseguir y qué no de ahí en adelante. Les gustaría poder incluir en el equipaje todas sus pertenencias.

La mañana de la partida el tiempo estaba aún más bochornoso que el día anterior. Soplaba un viento cálido y las nubes se movían cruzando el cielo de lado a lado. Cuando, cargados con sus cosas, salieron al exterior, no pudieron evitar una pequeña exclamación de asombro.

—Me temo que vamos a acabar empapados de sudor —dijo Taichi poniéndose una toalla al cuello.
—Mejor esto que el frío, ¿no crees?
—Venga, vámonos —dijo Toda aguijoneando a Seiya.
Seiya asintió con la cabeza y se dirigió a todos.
—¡Venga, partimos!
Solo habían transcurrido unos minutos desde que comenzaran la marcha, cuando de repente la tierra tembló ligeramente bajo sus pies.

30

Desplazarse era un suplicio. El paisaje se había vuelto tan abrupto que tenía desconcertados no solo a los que llevaban bastante tiempo sin salir, sino incluso a quienes, como Fuyuki, ya habían caminado varias veces por el exterior.

Ya no quedaba ni una sola calle lisa. Ante sí solo tenían los vestigios de las antiguas calles. Algunas zonas sobresalían abultadas y otras estaban hundidas o agrietadas. Transformados en enormes escombros, los fragmentos de acera y calzada bloqueaban el paso por todas partes. Además, todo el suelo estaba cubierto de agua fangosa. Por las grietas resonaba el inquietante sonido del agua que corría con fuerza entre ellas.

La distancia en línea recta hasta la residencia oficial debía de ser de unos tres kilómetros. Yendo normalmente a pie por la calle, tampoco superaría los cinco kilómetros. Pero recorrer esa nimia distancia les costó Dios y ayuda. Para empezar, porque el mero hecho de caminar por la calle ya resultaba muy difícil. Además, todos portaban grandes bultos a modo de equipaje, y llevaban consigo a una niña pequeña y un bebé. No podían avanzar, ni metiéndose hasta la cintura en el agua embarrada, ni atravesando montañas de escombros de varios metros de desnivel.

Fuyuki perdía el sentido de la orientación frecuentemente. Aunque debían de estar en una céntrica zona de oficinas gubernamentales y administrativas bastante conocida para él, ni mirando alrededor conseguía averiguar dónde se encontraban exactamente. En momentos como ese, su única referencia era la Torre de Tokio, que se dejaba entrever levemente en medio de aquella atmósfera plomiza, enturbiada de polvo y humo.

Fuyuki recordó que había subido a la Torre de Tokio, escudriñado la ciudad con el telescopio, hasta descubrir a Emiko y su hija. Se preguntó cuántos días habrían pasado desde entonces. No lo sabía con exactitud. Tenía distorsionado el sentido del tiempo.

Fuyuki, que caminaba a la cola del grupo, se dio cuenta de que los pasos de Toda, que marchaba justo delante de él, eran más lentos y pesados.

—¿Se encuentra bien? —le preguntó.

Toda hizo una mueca.

—Pues me está costando bastante. Hace un rato me he torcido el tobillo y, como no puedo apoyarme en ese pie, se me está cargando mucho la cadera. Creí que, tratándose solo de cinco kilómetros, aguantaría sin problemas, pero no pensé que tuviéramos que dar semejantes rodeos... —dijo Toda, secándose con la toalla el sudor de la frente.

—¡Hermano, hagamos un alto! —pidió Fuyuki a Seiya, que marchaba en cabeza.

Toda la expedición se detuvo. Seiya se dio la vuelta. Llevaba a Mio a su espalda.

Fuyuki avanzó hasta la cabeza del cortejo.

—Toda está al límite. Dejemos que descansen un poco. Los demás también están agotados.

El rostro de Seiya se ensombreció.

—Si seguimos un poco más, saldremos a una calle donde no hay socavones. Además, este tiempo me da mala espina.

—¿A qué calle te refieres?

—A esa —dijo Seiya señalando hacia el sur—. A unos doscientos metros.

—Pero si está en dirección contraria a la residencia...

—Aun así, creo que es la alternativa más corta. Las demás rutas son peligrosas. No podemos llevarlos por ellas.

—Si tanto te preocupa la seguridad, dejemos que descansen ahora. Impacientándonos no conseguimos nada.

Seiya frunció el ceño, pero asintió. Luego se volvió hacia los demás.

—Haremos un alto aquí. Y, de paso, aprovecharemos para comer.

—Menos mal —suspiró Taichi.

El alivio se reflejó en el rostro de todos. Efectivamente, estaban exhaustos.

—Pero aquí no podemos ni sentarnos —dijo Nanami.

Así era. No solo el terreno, sino también todo lo demás, estaba cubierto de barro, de modo que no se podía tomar asiento en ningún sitio.

—Eso puede servirnos —dijo Komine, y echó a correr. En el lugar al que se dirigía había un autobús. Se había quedado parado con las ruedas delanteras encima de la acera. No parecía afectado por los incendios.

—¡Komine! —gritó Seiya—. Comprueba que no pierda gasolina.

Komine se aproximó al autobús, mientras le indicaba a Seiya que estuviera tranquilo con un gesto. Tras dar una vuelta alrededor del vehículo, unió ambas manos por encima de su cabeza formando un círculo.*

—Parece que está todo bien.

Seiya echó a andar y los demás lo siguieron.

El autobús estaba embarrado, pero su interior seguía relativamente limpio. Por fortuna, todas sus ventanillas se hallaban cerradas. Con las ruedas delanteras sobre la acera, estaba

---

* Se trata de un gesto tradicionalmente empleado para indicar a otros que no hay problema, equivalente al signo de OK que se hace formando un círculo con los dedos índice y pulgar.

algo inclinado, pero, al margen de eso, como lugar de descanso no presentaba problemas.

—Nunca había pensado que un asiento de autobús pudiera ser algo tan cómodo —dijo Asuka—. Si pudiéramos ir montados así, tal cual, hasta nuestro destino, sería genial.

—¿Probamos? No parece tan averiado —dijo Taichi, sentado en el asiento del conductor, al tiempo que ponía cara burlona y tendía su mano hacia la llave de contacto.

—¡No se te ocurra tocar eso! —dijo Seiya con voz severa—. Tal vez no haya pérdidas de gasolina alrededor, pero no sabemos en qué parte puede estar roto. Si, por lo que fuera, se incendiara, no duraríamos ni un minuto. Además, aunque consiguieras arrancar el motor, tampoco hay calles por las que circular.

—Ya lo sé. Era solo una broma —dijo Taichi, retirando la mano con gesto asustado.

—Si lo piensas, la gente de antaño era increíble —comentó Toda—. A pesar de que no tenían caminos decentes, como los de ahora, eran capaces de desplazarse decenas de kilómetros en un día. Y nosotros, sin embargo, solo por caminar unos pocos kilómetros ya las estamos pasando canutas. Somos penosos.

—La gente de antes tampoco podía pasar cuando los caminos estaban dañados por corrimientos de tierras —repuso Seiya con una sonrisa—. Creo que lo de quedarse bloqueado cuando hay terremotos o tifones no ha cambiado. Eso ocurría antes y sigue ocurriendo ahora.

—Pues es verdad —dijo Toda ladeando la cabeza—. Pero ¿qué haría la gente de antes en momentos como este? ¿Qué hacían cuando, por ejemplo, se quedaban bloqueados durante un viaje?

Todo el mundo se quedó en silencio. Seiya tomó la palabra.

—Supongo que esperar.

—¿Esperar? —repitió Toda.

—Sí, creo que esperarían sin moverse hasta que la situación mejorase. Supongo que estaban preparados para ello y que contaban con conocimientos suficientes para poder pernoctar en cualquier lugar.

—Ya. Pero la capacidad de espera también tiene un límite. Además, está el problema de la comida. Imagino que, aparte de esperar, harían algo más.

—Cuando después de mucho esperar y esperar, seguían sin conseguir nada... —dijo una voz desde la parte trasera del autobús. Era Kawase—. Pues estiraban la pata allí mismo y ya está. No les quedaba otra.

Komine chasqueó la lengua.

—Mira que decir semejante cosa de mal agüero en un momento como este...

—¿De mal agüero? ¿Por qué? Lo que yo he oído es que, para la gente de antes, hacer un viaje era tanto como jugarse la vida. Era habitual que murieran antes de llegar a su destino. Cuando se topaban con una calamidad, lo único que podían hacer era esperar a que pasara. Y si aun así no conseguían superarla, solo les quedaba morir. Estaban mentalizados para ello.

—¿Y qué quieres decir con eso? ¿Que nosotros hagamos lo mismo y estemos dispuestos a morir ahora?

—¿Por qué no? Yo lo estoy. Estoy mentalizado para morir en cualquier momento. ¿Acaso tú no? Menudo ingenuo...

Komine hizo ademán de ponerse en pie ante las desafiantes palabras de Kawase, pero Toda lo detuvo.

—Déjalo estar.

En el asiento detrás de Fuyuki, el bebé empezó a lloriquear. Nanami extrajo un biberón con leche de una de las bolsas de equipaje y comenzó a dárselo. Debía de habérselo preparado antes de salir.

—¿Todavía queda leche? —preguntó Fuyuki.

—Leche sí queda, pero me preocupa que no podamos hervir agua. Tampoco podemos esterilizar nada...

Fuyuki asintió con la cabeza y miró al bebé. Yuto bebía la leche y mantenía sus grandes ojos negros muy abiertos. Su rostro denotaba que ni sabía lo que le estaba pasando al mundo, ni temía lo que les pudiera deparar el futuro. Contemplando la escena, Fuyuki sintió cierto sosiego.

Entonces se oyó el sonido de unas gotas contra los cristales. Cuando se dieron cuenta, todo se había oscurecido hasta quedar en penumbra.

—¿Otra vez lluvia? —se lamentó Taichi.

—Menos mal que hemos encontrado un buen lugar para guarecernos antes de que empezara a llover —dijo Asuka.

Fuyuki era de la misma opinión. Con el cuerpo empapado se consumen más energías. Bastaría con quedarse allí y esperar a que amainase. Era tal como había dicho Seiya hacía un momento. Al igual que la gente de antaño, solo podían esperar hasta que la situación mejorara sola.

Pero la situación era inusualmente grave.

Transcurridas unas dos horas, no había ya ni la menor perspectiva de retomar la marcha. La lluvia seguía arreciando. Un torrente incesante golpeaba contra los cristales y penetraba por sus juntas.

—Pero ¿qué pasa con esta lluvia? Tengo la impresión de que es la más fuerte hasta ahora —dijo Taichi, que seguía en el asiento del conductor, girándose hacia atrás.

—Se estaba aproximando una borrasca. Y lo del bochorno también ha sido por su culpa —murmuró Toda.

—¿Hasta cuándo crees que va a llover? —le preguntó Asuka a Fuyuki.

—Bueno, pues... —Ladeó dubitativo la cabeza. No sabía nada sobre climatología.

—Supongo que lo único que podemos hacer es resistir el golpe. Con semejante lluvia no hay nada que podamos hacer

—dijo Komine—. Afortunadamente tenemos comida y aquí dentro no vamos a pasar frío. Si es solo por una noche, podremos pasarla aquí sin problemas. Al fin y al cabo, tampoco creo que vaya a estar dos o tres días lloviendo sin parar.

La mayoría se mostró de acuerdo con su opinión. También Fuyuki. A él tampoco se le ocurría otra opción. El caso era que, en aquel momento, no podían salir de allí.

Seiya se puso en pie al lado de la puerta del autobús y la abrió. El estrépito de la lluvia se hizo patente y las salpicaduras de agua penetraron en el vehículo con fuerza. Seiya volvió a cerrar la puerta precipitadamente.

—¡Uau! —gritó Taichi—. Esto es algo tremendo.

—Ha entrado agua —dijo Seiya mirando el peldaño de la puerta—. La calle está anegada de agua.

—Vaya fastidio. Ahora sí que estamos atados de pies y manos. Lo único que podemos hacer es quedarnos encerrados aquí —dijo Komine soltando un suspiro.

—El problema van a ser los aseos —advirtió Taichi con una sonrisa burlona—. Los hombres más o menos nos las apañamos, pero para las mujeres siempre resulta más peliagudo.

—Pero ¿qué dices? ¿Por qué íbamos nosotras a tener problemas en eso a estas alturas? —repuso Asuka frunciendo los labios con gesto malhumorado.

—Entonces ¿cómo hacéis?

—Es un secreto. Pero que te quede claro desde ya: los asientos de atrás son zona reservada para las damas.

—¿Pensáis utilizar los asientos traseros como baño? Eso sí que no, aguas residuales aquí dentro no, por favor.

—¡Cómo íbamos a hacer esa guarrada! ¿Tú eres tonto o qué?

—Vale, entonces ¿qué pensáis hacer?

—Ya te he dicho que es un secreto. —Asuka se puso en pie y caminó hacia la parte trasera. Al llegar a la altura de Kawase se detuvo—. Ya has oído nuestra conversación. Los hombres a la parte delantera, por favor.

Kawase, que estaba con los ojos cerrados y ambas manos apoyadas en las mejillas, levantó airado la mirada hacia Asuka. Sin embargo, no dijo nada. Cogió sus pertenencias y obedeció.

—Emiko y Nanami, vosotras también, venid aquí atrás —dijo Asuka.

Ocurrió justo cuando las dos se disponían a ponerse en pie para trasladarse a la parte trasera. Seiya, que estaba observando el peldaño de la puerta, se dirigió a todos en voz alta.

—Escuchad un momento. Tengo una importante petición que haceros.

—¿El qué? —preguntó Toda.

Seiya inspiró hondo.

—Nos marchamos ahora mismo. Preparaos, por favor.

Todos parecieron quedarse estupefactos. Por un instante, Fuyuki tampoco entendió qué pretendía su hermano.

—Pero bueno... ¿qué dices? —reaccionó Taichi—. ¿Qué significa eso?

—Lo que he dicho, literalmente. Que nos marchamos. Buscaremos otro lugar.

—¿Por qué? ¿Es que con este no basta? —preguntó Komine—. Si salimos en medio de esta lluvia acabaremos empapados. Entiendo que quieras darte prisa, pero ¿no podríamos esperar al menos a que amaine un poco? Tú mismo lo has dicho: la gente de antaño esperaría.

—Seguro que esa gente, si se daba cuenta de que esperar era peligroso, también pasaba a la acción.

—¿Peligroso por qué?

—El agua llega ya justo hasta el peldaño superior.

—Pero eso no significa que vaya a subir mucho más.

—Sí —dijo Seiya haciendo un gesto con la cabeza—. Sí existe riesgo de que suba.

—Venga ya...

—Por muy fuerte que llueva, es antinatural que las calles se inunden hasta este punto. Sin duda ha ocurrido algo extraño.

—¿Como qué?

Seiya guardó silencio un instante y luego respondió con resolución.

—Es posible que se haya derrumbado un dique en alguna parte.

—¿Un dique derrumbado? ¿Y solo por algo así...?

—Lo vi una vez en unos documentos informativos de la Agencia Nacional de Policía. Por ejemplo, en caso de que por unas lluvias torrenciales se rompiera el dique del río Arakawa, la mayor parte del centro de la ciudad se vería inundada. Decían que el agua podría alcanzar niveles máximos de dos metros aproximadamente.

—¿Dos metros...? —boqueó Komine.

—Ahora mismo el agua nos llega más o menos a la altura de la rodilla. Pero si la causa fuera la rotura de un dique, el nivel seguirá aumentando más y más. Puede que en unas horas supere el metro.

A algunos se les escapó un gritito.

—Si eso ocurre y nos pilla aquí, quedaremos atrapados —dijo Toda mirando en derredor del vehículo.

—Pues por eso nos vamos. O, mejor dicho, escapamos.

—De todos modos, salir en medio de semejante lluvia... Todavía no estamos seguros de que se haya roto ningún dique, así que tampoco... —Komine se seguía mostrando reticente.

De repente, Kawase cogió sus pertenencias y se puso en pie. Acto seguido se dirigió hacia la puerta.

—¿Qué vas a hacer? —le preguntó Seiya.

—Largarme de aquí. El que no quiera venir, que se quede y punto. Mientras perdemos el tiempo en debates absurdos, el agua está subiendo por segundos. —Lanzó una mirada de reojo a Komine y abrió la puerta—. Yo no pienso quedarme aquí para morir ahogado.

—¡Espera, Kawase!

Ignorando el ruego de Seiya, Kawase se apeó de un salto. El agua rebasaba ya los peldaños del autobús.

—Yo también voy —dijo Asuka encaminándose hacia la puerta desde los asientos traseros.

—¡Espera! Es peligroso andar por ahí todos desperdigados. Tenemos que movernos en grupo —dijo Seiya.

—Ya, pero hay quien nos hace perder el tiempo con sus indecisiones, así que no hay otro remedio.

Todas las miradas se concentraron en Komine. Este dejó escapar un resoplido y, finalmente, se puso en pie.

31

Tras esperar a que todos descendieran, Fuyuki bajó al peldaño superior de la puerta. Solo con ello el agua le llegó hasta los tobillos. El nivel había subido a un ritmo creciente.

Nada más apearse, la lluvia le golpeó con fuerza, empapándolo en un instante.

—¡Moveos en grupo! ¡No se os ocurra separaros! —gritó Seiya con Mio a su espalda. Su voz quedaba prácticamente opacada por el fuerte sonido de la lluvia.

El agua le llegaba a Fuyuki por encima de la rodilla. Si a él, que era relativamente alto, le costaba trabajo caminar así, para las mujeres, de menor estatura y fuerza física, aquello debía de ser un suplicio. Sin embargo, todas avanzaban sin decir nada.

—Metámonos ahí —dijo Seiya señalando el edificio que tenía justo enfrente—. No podemos pararnos a comprobar su nivel de resistencia sísmica. Lo prioritario es ir a un sitio elevado.

Hasta el edificio en cuestión había unos diez metros, que a Fuyuki se le hicieron un mundo. Los zapatos le pesaban y le costaba mover los pies. La ropa, completamente empapada, se adhería a su cuerpo. En ese momento, notó una sensación de vaivén bajo sus pies. Su mirada y la de Asuka se cruzaron.

—¿Un... terremoto?
—Eso parece.

—¿En este momento precisamente? —Asuka frunció el ceño.

Emiko, que caminaba por delante de Fuyuki, soltó un gritito al perder el equilibrio. Fuyuki extendió su brazo y evitó que cayera, pero, en ese mismo instante, el bebé que ella llevaba en brazos se le escurrió.

El niño cayó al agua con el sonido propio de una zambullida. Emiko gritó.

Un instante después, el bebé salió a la superficie en la misma posición en la que había caído y empezó a flotar a la deriva.

Todos gritaron y fueron tras él, pero el agua les impedía moverse con soltura.

Finalmente, Asuka consiguió darle alcance. Lo sacó del agua y lo cogió en brazos.

—¿Está bien? —preguntó Fuyuki.

El niño se echó a llorar. Tosía como si se hubiese atragantado. Asuka lo miró y soltó un gran suspiro de alivio.

—Parece que sí. Menos mal.

Fuyuki tomó el bebé de los brazos de Asuka y se lo entregó a Taichi, que venía por detrás.

—Llévalo tú hasta que entremos en el edificio.

—De acuerdo —asintió Taichi, y echó a andar con el niño en brazos.

Cuando Fuyuki se disponía también a reanudar la marcha, oyó un grito tras él. Al darse la vuelta, vio que Asuka estaba hundida y el agua le llegaba a la altura del pecho.

—¿Qué te pasa?

—Un agujero... Aquí hay un agujero.

Fuyuki alargó ágilmente su brazo y la aferró por la muñeca. Pero, un instante después, él también sintió que lo arrastraban.

—¡Uah! ¡Pero ¿qué pasa aquí?!

—¡El fondo del agujero se ha desprendido! ¡Me está tragando! —Asuka hizo una mueca de terror.

Fuyuki usó ambas manos para tirar de su brazo, pero la fuerza del agua que pugnaba por absorberla era demasiada. Por más que Fuyuki lo intentaba, no conseguía atraerla hacia sí.

—¡Alguien...! ¡Que venga alguien más! —chilló.

Oyó que Taichi gritaba algo. Debía de haber visto lo que les estaba pasando.

Las húmedas manos de Fuyuki empezaban a resbalarse. Asuka tenía los ojos como platos.

—¡No me sueltes, por favor!

—¡Tranquila! ¡No pienso hacerlo!

Apretó los dientes y afianzó sus pies sobre el terreno, separando las piernas. Era consciente de que su fuerza estaba a punto de agotarse. Cuando pensaba que ya no había nada que hacer, notó que alguien le abrazaba al tronco por detrás.

—¡No la sueltes! —La voz de Seiya resonó en su oído.

Kawase apareció también por el lado contrario y agarró a Asuka del otro brazo. Tirando con fuerza entre los tres, consiguieron finalmente sacarla de allí.

—¡Apartaos rápido del agujero o nos volverá a succionar! —gritó Seiya.

Fuyuki reculó con todas sus fuerzas sin soltar el brazo de Asuka. Entonces comprobó que la fuerza de la corriente había aumentado mucho.

—Fuyuki, mira allí —dijo Asuka señalando con el dedo a lo lejos.

Él no dio crédito a sus ojos. Una enorme ola avanzaba hacia ellos. Su altura debía de superar los dos metros.

—¡Rápido! ¡Subamos rápido por esa escalera! —ordenó Seiya.

Todos se dirigieron hacia la escalera exterior del edificio entre gritos.

—La nevera... —dijo Nanami, volviéndose hacia atrás. La nevera portátil que llevaba hasta hacía un momento se alejaba arrastrada por la corriente. El agua se la había arrancado de la mano.

—¡Voy! —dijo Fuyuki saliendo en busca de la nevera.

—¡Déjalo, Fuyuki, no te da tiempo!

Él oyó la voz de Seiya, pero no se detuvo. La nevera se alejaba velozmente. Le costó lo suyo alcanzarla. Cuando por fin la tuvo en sus manos y se disponía a dirigirse al edificio, la ola se le echó encima.

No tuvo tiempo ni de gritar. La ola lo engulló por completo. Ante su demoledora potencia, no pudo plantarse con fuerza en el suelo ni nadar a contracorriente. El agua se lo llevó, nevera en mano, mientras se debatía por salir a flote. Pronto chocó contra algo. Parecía una farola. Se agarró a ella desesperadamente. No era capaz ni de abrir los ojos. Diversas cosas lo golpearon arrastradas por la corriente.

Por primera vez pensó que iba a morir.

No supo cuántos segundos se mantuvo así. De repente, se sintió más ligero. Volvió a notar la lluvia sobre el rostro y abrió los ojos.

El agua le llegaba otra vez hasta las rodillas. La ola ya había pasado.

—¡Ven aquí! —oyó que le gritaban.

Al mirar, vio que Seiya le hacía gestos agitando ambas manos desde la escalera del edificio. Con él estaban Asuka y Nanami.

Fuyuki respiró hondo y empezó a avanzar. No se había desprendido de la nevera portátil. La lluvia seguía cayendo con fuerza, pero ya no le preocupaba.

—¡Rápido! —gritó Seiya—. ¡Viene otra!

Sobresaltado, Fuyuki miró por encima del hombro. Una ola similar a la anterior avanzaba hacia él. Se dio todo la prisa que pudo. Con la ropa empapada y el agua hasta la rodilla, le resultaba muy difícil mover los pies. Estaba prácticamente sin aliento.

En cuanto empezó a ascender por la escalera, una impetuosa corriente atrapó sus pies y estuvo a punto de derribarlo. A duras penas, consiguió aguantar sin caerse.

—¿Estás bien? —dijo Seiya tendiéndole el brazo.

Fuyuki se agarró a su mano y comenzó a subir los peldaños.

—Sí, estoy bien.

Con la fatiga reflejada en el rostro, Fuyuki le pasó la nevera a Nanami.

—Lo siento, si no la hubiera perdido...

—Ha sido inevitable. Con semejante tromba de agua... —dijo Taichi, y bajó la mirada.

Por la calle, completamente inundada, las olas se sucedían una tras otra.

—Pero ¿qué está pasando? ¿Qué son estas olas? —murmuró Fuyuki.

—Se deben al terremoto —dijo Komine, que estaba a su lado—. Se ha producido uno justo cuando el río se había desbordado por la rotura del dique, y eso es lo que ha provocado estas grandes olas. Es una suerte de minitsunami.

—Esto es el colmo. Que nos pille un tsunami en el centro de Tokio... —masculló Toda con tristeza.

Fuyuki volvió a escudriñar los alrededores. Todo estaba inundado, aunque las zonas más alejadas no se veían bien debido a la bruma.

—¿Qué hacemos, hermano? Así no podemos movernos —le dijo a Seiya.

—De momento, veamos qué hay en este edificio. A ver si encontramos un lugar seguro. Si no nos cambiamos pronto de ropa, nos vamos a constipar todos.

—Cambiarse de ropa va a ser difícil, porque nuestro equipaje también está todo mojado —dijo Taichi con desánimo.

Aquel lugar era un edificio de oficinas de distintas empresas. Lamentablemente, no había ningún establecimiento hotelero. Encontraron las taquillas de los empleados de una empresa y fueron sacando todas las prendas que contenían. Primero las utilizaron para secar sus mojados cuerpos. Después, cada uno se puso lo que le iba mejor de talla.

—Yo ya me he acostumbrado a ponerme prendas de hombre que me van grandes —dijo Asuka, que había elegido un mono de trabajo azul claro.

Finalmente, se dividieron en grupos para inspeccionar el interior del edificio. Fuyuki y Asuka subieron juntos a la última planta. Allí encontraron las oficinas de una agencia de publicidad.

—Ya me dirás de qué nos sirven ahora todos estos ordenadores y máquinas de oficina tan modernas —dijo Fuyuki pasándose la mano por el pelo mientras recorría la oficina con la mirada.

—Pues yo sí que he encontrado algo bueno —dijo Asuka con tono alegre.

Fuyuki se acercó a ella. Acababa de abrir una gran caja de cartón.

—¿Qué hay ahí?

—Regalos publicitarios —respondió ella sosteniendo unas correas para teléfonos móviles.

—Menuda tontería. ¿Y eso para qué nos sirve?

—Es que hay muchas cosas más. Toallas, pañuelos de papel... Oh, mira, incluso camisetas.

Los artículos en cuestión llevaban la llamativa leyenda de FILETE SORPRESA, una cadena de restaurantes baratos. Debían de haberlos fabricado para algún evento. Les pareció que el diseño era de un gusto pésimo, pero, en aquellas circunstancias, ese tipo de cosas era el menor de los problemas.

—Nos la llevaremos —dijo Fuyuki, alzando la caja con ambas manos.

En la segunda planta estaban las oficinas de una agencia de viajes. Convirtieron el espacio destinado a atender a los clientes en su sala de reuniones.

—En la tercera planta hay un estudio de diseño y en la cuarta, una asesoría fiscal. He estado buscando por cajones y ficheros, pero no he encontrado nada útil. De momento, esto es lo único que traigo —dijo Komine, vaciando una gran bolsa de papel sobre el suelo. Había únicamente unos calientamanos desechables, pastillas para la tos, unas zapatillas de andar por casa y varias chaquetas de punto de señora.

—Qué bien nos viene esto —dijo Nanami cogiendo el calientamanos—. Las pastillas para la garganta seguro que también nos harán falta. ¿No había nada parecido a un medicamento?

—He buscado, pero no he encontrado nada —respondió Komine con gesto de disgusto.

—Pues yo he encontrado esto —dijo Toda, sacando una botella de whisky y unas latas de cerveza—. En todas las empresas hay empleados que beben a escondidas a ciertas horas.

—¿Y algún aperitivo para acompañar? —preguntó Taichi.

—Ni un miserable cacahuete.

—Vaya —resopló Taichi.

—Y tú que tanto pides, ¿qué has encontrado?

—Jabón y champú...

—Con eso no llenaremos los estómagos.

—Bueno, también habrá quien quiera asearse, ¿no? O lavarse la cabeza.

—Nadie se muere por llevar el cuerpo o el pelo sucios. El problema es la comida.

—Y lo dice él, que no ha encontrado más que alcohol —refunfuñó Taichi.

Seiya estaba de vuelta. Traía dos bolsas blancas abarrotadas de cosas.

—¿Qué has encontrado? —preguntó Fuyuki—. Ojalá sea comida...

—Bueno, muy saludable no es, pero, tal como están las cosas, tampoco vamos a ponernos finos.

Seiya volcó el contenido de una bolsa. El primero en soltar una exclamación de alegría fue Taichi al ver las bolsas de patatas fritas. Había también otros aperitivos tipo *snack*, chocolatinas y *sembei*.*

De la otra bolsa, Seiya extrajo unos botes de café instantáneo y leche en polvo, té japonés en hoja y otros productos similares.

—¿Dónde has encontrado todo esto? —le preguntó Fuyuki.

—He recorrido las salas de descanso de todas las oficinas. Esto que traigo son los tentempiés que tenían almacenados para acompañar el café o el té que tomaban en las pausas.

—Jo, con razón eres el líder. ¡Echaba de menos la comida basura! —dijo Taichi, tendiendo la mano hacia una bolsa de patatas y disponiéndose a abrirla.

Pero Seiya se la arrebató.

—Comeremos más tarde.

—¡Pero bueno...! —exclamó Taichi, desilusionado.

En ese instante, Kawase entró por la puerta, desnudo de cintura para arriba.

—Ven a echarme una mano, anda.

—¿Qué pasa? —le preguntó Fuyuki.

—No importa, tú ven.

Kawase se dirigió hacia la escalera. Fuyuki lo siguió y, al ver lo que había desperdigado por el suelo, abrió unos ojos como platos. Era una gran cantidad de *cup-ramen*.**

—¿De dónde lo has sacado?

—Lo vi cuando subíamos. Ya sabes, la máquina expendedora...

—¿La máquina expendedora? Pero si la planta baja está... —Fuyuki miró hacia abajo. La mitad inferior del tramo estaba completamente inundada.

* Galletas japonesas de arroz, generalmente saladas.
** Sopa de fideos instantáneos en envases individuales.

—¿Te has metido ahí?

—Bueno, bucear se me da bien. Lo que me ha costado trabajo ha sido reventar la máquina. Quedaban más paquetes dentro, pero, como me he entretenido tanto, al final se los ha llevado la corriente.

Taichi y algunos más se acercaron. Hubo exclamaciones de alegría.

—¡Fantástico!

Seiya se aproximó a Kawase.

—Consúltame cuando vayas a hacer algo peligroso. Creo que ya te lo dije antes, ¿de acuerdo?

—Por mí no te preocupes. Estoy preparado para morir en cualquier momento. Desde ahora, de todo lo que sea peligroso me encargo yo.

—¿Es que quieres hacerte el héroe?

—¿Cómo?

—Que estés listo o no para morir es irrelevante. Es más, preferiría que abandonaras esa idea ya mismo. Si tú murieras, ello nos supondría un problema. No quiero que muera nadie. Si de once personas se nos muere una, nuestra capacidad de supervivencia se reduce en un onceavo. No lo olvides. —Dicho esto, Seiya se alejó de allí.

Aún con el torso desnudo, Kawase se encogió de hombros.

Reunieron todos los alimentos en un mismo sitio. Seiya les echó un vistazo y luego se dirigió a todos.

—Tenemos que aguantar una semana con esto. Tenedlo en cuenta, por favor.

—¿Una semana? —saltó Taichi—. Pero eso es imposible...

—Pues echa un vistazo ahí fuera. Toda la zona está inundada. Continúa lloviendo y tenemos comprobado que, cuando se produce algún movimiento sísmico, se producen grandes olas. Así no podemos trasladarnos a ninguna parte. Y salir a buscar comida también es imposible. Solo nos queda esperar a que el agua se vaya retirando por sí sola.

Taichi se llevó las manos a la cabeza.

—¡Es horrible!

Los demás permanecieron en silencio.

32

El agua fluía turbia y con un ruido ensordecedor. El autobús que les había servido de refugio temporal estaba ya sumergido hasta prácticamente la mitad de su altura. En el edificio que tenían enfrente, el agua irrumpía con fuerza por la entrada principal para ir a salir por las ventanas. Aunque sus ojos ya estaban acostumbrados a este tipo de escenas, la imagen no dejaba de resultar inquietante.

Sobre el agua flotaban muchas cosas a la deriva. Pero, al estar todas teñidas de barro, desde donde estaban era imposible distinguir de qué se trataba. Puede que incluso hubiera alimentos entre ellas. Y si los envases fueran impermeables y no estuvieran dañados, tal vez bastara con limpiarlos con un trapo para poder consumirlos. Fuyuki desechó esa idea, consciente de que era inútil pensar en cosas que estaban fuera de su alcance.

—Te has quedado parado.

La voz de Asuka lo sacó de su ensimismamiento.

—Ah... Perdona.

Los dos estaban en la escalera. Tenían varios paraguas abiertos colgados en la barandilla. Ellos eran los encargados de recoger el agua que se acumulaba en los paraguas y trasvasarla a botellas de plástico.

—Hoy parece que no ha caído mucha —dijo Asuka sin dejar su tarea.

Ciertamente, la cantidad de agua acumulada en los paraguas era bastante menos que la del día anterior.

—Bueno, aún contamos con reservas para hoy. No creo que tengamos problemas. Pero, si mañana amaina, puede que la cosa se ponga más fea.

—O sea que, además de comida, también vamos a tener que ahorrar agua... —dijo Asuka, y soltó una risotada.

—¿Qué te hace gracia?

—Que lo que dices es una contradicción. Si estamos aquí atrapados por culpa de la lluvia, el hecho de que vaya escampando debería alegrarnos, ¿no crees?

—Pues sí, tienes razón.

—Si lo piensas, en el mundo anterior también era así. Si no llovía durante una temporada lo pasábamos mal, pero cuando íbamos a salir por ahí, queríamos que hiciera buen tiempo. Qué egoístas somos los humanos.

—La fuerza de la naturaleza es tan enorme que hace que nos comportemos de ese modo egoísta. El hombre no tiene nada que hacer al respecto. Solo puede intentar llevarse bien con ella.

—O sea que, al final, eso es lo único que nos queda. Vivir el día a día intentando llevarnos bien con la naturaleza —suspiró Asuka.

Regresaron a la agencia de viajes llevando consigo las botellas de plástico llenas de agua de lluvia. Emiko estaba hirviendo agua encima de una mesa. Como habían encontrado varias de combustible para encendedores, empapaban trapos y los usaban a modo de hornillo. Por supuesto, con un fuego de tan escasa potencia no podían preparar la comida para todos. El agua que estaba hirviendo Emiko era solo para preparar la leche del bebé. Estaba prohibido utilizar el fuego para otras cosas.

El bebé estaba acostado sobre la mesa contigua. Asuka lo tomó en brazos.

—¡Oh, se ha reído un poco!

—Hoy parece que está de buen humor. Será porque ha cesado el ruido de la lluvia.

—Mamá, ¿todavía queda leche en polvo? —le preguntó Asuka. En algún momento había comenzado a llamar «mamá» a Emiko.

—Con la leche no hay problema. Todavía queda una lata sin abrir.

—Dicho así, suena a que sí hay problema con alguna otra cosa, ¿no?

—Pues sí, con los pañales. En su lugar estoy usando toallas, pero...

—¿Ya se han gastado todos los pañales de papel?

—Quedaban aún unos cuantos, pero la lluvia tan tremenda del otro día los estropeó.

—¿Y toallas? ¿Todavía quedan?

—Unas pocas.

Una vez hervida el agua, Emiko comenzó a preparar el biberón con la destreza que da la costumbre. Tras disolver la leche, sumergió el biberón en un recipiente con agua fría para enfriarlo. Fuyuki pensó que aquello llevaba más trabajo del que parecía.

—¿Y los pañales usados dónde están? —preguntó.

—Los he dejado en el baño de fuera, pero...

—¿Y no podríamos lavarlos? Creo recordar que teníamos jabón...

Asuka, que seguía con el bebé en brazos, torció el gesto.

—Por mucho que los laves, si luego no los secas... Hoy mismo podría volver a llover en cualquier momento.

—Pues los secamos dentro de la habitación y ya está, ¿no?

—Los convertirías en un nido de gérmenes. Si no se desinfectan con los rayos del sol...

—Vaya. —Fuyuki ladeó la cabeza, pensativo.

—Además, ¿de dónde íbamos a sacar el agua para lavarlos? No pretenderías usar esta agua embarrada, ¿verdad?

—Ya. —Fuyuki se atusó el pelo.

—Aparte de toallas, tenemos otras cosas de tela, así que ya me las ingeniaré —dijo Emiko, entregándole el biberón a Asuka.

—Qué bien, ¿eh?, Yuto, puedes beber toda la leche que quieras. Y yo que desde ayer estoy muerta de hambre... —Asuka miró al niño con una sonrisa y empezó a darle el biberón.

Al contemplar la escena, Fuyuki se relajó. Era como si el mundo hubiera vuelto a la normalidad.

—¿Dónde estarán los demás?

—A ver... —dijo Emiko mirando el reloj de pared—. Mio estaba aquí conmigo hasta hace un momento. Creo que, cuando llegue la hora, se reunirán todos para comer.

El reloj señalaba las dos de la tarde. El desayuno era a las siete, la comida a las doce y la cena a las cinco. Lo habían decidido de común acuerdo.

—Te lo pregunto con una mezcla de miedo e impaciencia: ¿en qué consiste nuestro siguiente menú? —le dijo Fuyuki a Emiko.

Ella esbozó una media sonrisa.

—Galletas saladas y queso. Las trajimos del hotel.

—Me temo que el problema va a ser la cantidad...

—Pues sí. Tocamos a unas cinco por cabeza.

—Ya...

—No pongas esa cara de pena, que esto no es culpa de mamá —dijo Asuka.

—Oye, que yo no estaba criticando a Emiko.

Aquel era el cuarto día desde que se refugiaran en el edificio de oficinas. Los alimentos que habían conseguido reunir el primer día a fuerza de buscar por todos los rincones iban disminuyendo a ojos vista. Eran diez adultos, de modo que tampoco eso era de extrañar. Los *cup-ramen* que Kawase había extraído del agua el primer día también los habían agotado en la última cena. Tenían que hacer algo, pero no encontraban la solución.

Fuyuki se tendió en un diván. Dado el racionamiento de los alimentos, la única medida que se le ocurría era ahorrar fuerzas.

Tal como había dicho Emiko, a las cinco fueron apareciendo los demás, uno tras otro. Sus rostros reflejaban cansancio y ansiedad.

Repartieron las galletas y el queso equitativamente.

—¿Solo esto? Aguantar así hasta la mañana es imposible... —protestó Taichi, haciendo un puchero.

—Mañana por la mañana podremos tomar más cantidad. Así que esta noche aguanta con esto, ¿vale? —repuso Emiko intentando consolarle.

—¿Cuánta comida nos queda? —preguntó Taichi.

—Bueno, pues... —Emiko se puso en pie y abrió la puerta del armario de oficina que había pegado a la pared. Todos los alimentos estaban guardados allí.

—Tal vez sea mejor que no lo sepas, Taichi.

—Madre mía —suspiró él, abatido.

Ella cerró el armario y echó la llave. La encargada de su custodia también era ella.

—Esto de cerrar con llave el armario de la comida genera una sensación de hambre mayor que la real —observó Toda.

—¿Dejamos entonces de echar la llave? —preguntó Emiko.

—No. Lo hemos decidido entre todos, así que sigamos así. Es peor estar siempre con la sospecha de que tal vez alguien robe comida a hurtadillas —dijo Toda, y asintió con la cabeza, como si sus propias palabras lo hubieran convencido.

Todos comieron en silencio las galletas y el queso en medio de aquel angustioso ambiente. La cena duró menos de cinco minutos.

—Para esto, tal vez habría sido mejor quedarnos en el hotel —murmuró Komine.

Todos lo miraron. Nanami fue la primera en hablar.

—¿Por qué lo dices?

—Porque allí todavía quedaban alimentos. Al partir, tuvimos que renunciar a un montón porque se nos dijo que, una vez que llegáramos a nuestro destino, dispondríamos de raciones en abundancia. Pero no conseguimos llegar a él. Luego esa tremenda lluvia nos arrebató prácticamente la mitad del equipaje. Y ese equipaje era vital para nosotros. Así que, al final, nos vemos en esta situación. Si nos hubiéramos quedado en el hotel, ahora estaríamos mejor.

—¿Quieres decir que fue un error abandonar el hotel? —le preguntó Fuyuki.

—Visto el resultado, sí. ¿Los demás no pensáis lo mismo? —preguntó Komine, mirando en derredor.

—Allí todavía quedaban bastantes refrescos de cola... —murmuró Taichi.

—¡Con refrescos de cola no se puede vivir! —replicó Asuka lanzándole una mirada furibunda.

—Pero había otros alimentos —objetó Komine—. Suficientes para sentirnos mejor.

—No, no los había —replicó Emiko con gesto severo mientras negaba con la cabeza—. Me consta porque yo me encargaba de preparar las comidas. Allí ya no quedaba casi nada.

—Eso no es así. Recuerdo que quedaban espaguetis y harina de trigo.

—Estás en un error. Quedaban muy pocos alimentos. Precisamente por eso, Fuyuki y Taichi tuvieron que salir en busca de más. ¿Ya lo has olvidado?

—No. Eso lo recuerdo. Pero no puedo creer que en aquel hotel no quedara comida. Eso es imposible... —dijo Komine.

—¿Qué tal si lo dejáis ya? ¿De qué sirve hablar de esto a estas alturas? —terció Toda, cruzando los brazos.

—Yo solo pretendo esclarecer dónde se halla la responsabilidad.

—¿La responsabilidad? Pero ¿qué tonterías dices? —le espetó Asuka sin miramientos—. ¿Te parece correcto hablar así, después de todo lo que nos ha ayudado Seiya? Desde luego, eres increíble...

—Oaaaah... —bostezó somnoliento Kawase, poniéndose en pie. Hasta entonces estaba sentado en una silla del fondo. Levantó los brazos como si se desperezara, giró el cuello a ambos lados y se acercó al resto—. Bueno, como parece que no hay nada importante que hablar, yo me retiro, que tengo sueño. Si queréis algo de mí, me avisáis. Estaré durmiendo en el estudio de diseño de la tercera planta —anunció, rascándose la cabeza mientras salía de la habitación.

La estancia quedó sumida en un ambiente incómodo. Seiya se puso en pie y se dispuso a ir tras Kawase.

—Espera, hermano. ¿Qué tal si nos das tu opinión? —dijo Fuyuki mirando a Seiya desde su silla.

—¿Como qué?

—Quizá deberías contestar a las dudas de Komine. Se queja porque opina que habría sido mejor que nos quedáramos en el hotel.

Seiya se volvió hacia Komine.

—Ah, ¿sí?

—No, bueno, yo... Tampoco es que me estuviera quejando... —se excusó Komine, agachando la cabeza.

Seiya miró en derredor.

—En lo único que pienso ahora es en cómo salir de esta situación. Como ya os dije el primer día, lo único que podemos hacer es permanecer aquí durante una semana, es decir, unos tres días más, aunque ello nos suponga tener que restringir la alimentación. Después decidiremos si salimos o si adoptamos medidas que nos permitan seguir aquí. Si alguien se opone a esta idea, que lo diga abiertamente, por favor. Cualquier aportación que pueda servirnos de cara al futuro será bienvenida.

Nadie se pronunció. Seiya recorrió con la mirada a los presentes para asegurarse de que nadie deseaba añadir nada.

—Estaré en la cuarta planta —dijo antes de salir.

El ambiente denso permaneció en la estancia tras marcharse Seiya. Todos se fueron poniendo lentamente de pie en silencio.

El lecho que se había procurado Fuyuki estaba en la agencia de publicidad que había en la última planta. Era un sofá de dos plazas. Se tumbó en él y se tapó con una manta. Pero, a pesar de que estaba extenuado, no conseguía conciliar el sueño de ninguna manera. Sin duda era por culpa del hambre.

Tras revolverse varias veces buscando la mejor postura para dormir, se incorporó, cogió la linterna y bajo los pies al suelo. Salió a la escalera y contempló la calle, por la que todavía fluía sonoramente el agua. Entonces notó que había algo en la planta de abajo. Una luz se movía por el suelo. Era Asuka, con una linterna. En esa planta se alojaban las mujeres del grupo.

—¿No puedes dormir? —le preguntó él.

—Tú tampoco, ¿no?

—Bueno... —respondió Fuyuki encogiéndose de hombros. Luego bajó las escaleras—. Cuando pienso en lo que nos espera mañana, me deprimo.

—Si al menos tuviéramos comida...

—Si bajara un poco más el nivel del agua, podríamos salir a buscarla.

—Pero el agua no acaba de irse...

—Hoy apenas ha llovido, así que tal vez el nivel haya bajado bastante. Vamos a ver.

Los dos fueron descendiendo por la escalera procurando no hacer ruido. El sonido del agua iba aumentando a medida que bajaban. Cuando llegaron a la segunda planta, pretendieron descender un poco más, pero Fuyuki se detuvo.

—Es imposible. El agua todavía nos llegará por la cintura. De todos modos, si sigue sin llover, puede que mañana, o tal vez pasado mañana, ya podamos movernos.

—Vamos, que lo único que podemos hacer ahora es rezar

para que no llueva —dijo Asuka, volviendo a subir por la escalera. Su mirada se volvió hacia la segunda planta—. Anda...
—susurró.

—¿Qué pasa?

—Creo que hay alguien en la agencia de viajes. Me ha parecido ver moverse una luz por ahí.

—Será Emiko. Le estará preparando la leche al niño.

—No puede ser. Cuando salí de la habitación de arriba, mamá estaba durmiendo con el bebé.

—Hum... —Fuyuki asintió con la cabeza y se acercó a la ventana de la agencia de viajes. Efectivamente, una tenue luz se filtraba desde dentro. Atisbó a través de los cristales y percibió una silueta oscura moviéndose. La iluminó con su linterna—. ¿Quién eres?

La figura se giró sobresaltada.

Lo que apareció entonces ante sus ojos fue el rostro sorprendido de Taichi. Tenía el contorno de la boca manchado de blanco y sostenía una lata de leche en polvo.

33

Las agujas del reloj señalaban las siete menos veinte de la mañana. Ellos ya se habían acostumbrado a estar despiertos desde horas tempranas.

Todos se habían reunido en la agencia de viajes. Se habían sentado formando un círculo. Sentado en su centro, en posición de *seiza*,* se encontraba Taichi.

—Esto es inadmisible —dijo Komine mirando la puerta del armario donde se guardaban los alimentos. Estaba abollada. Al parecer, habían intentado forzarla.

—Resumiré los hechos —dijo Toda tomando la palabra—. Durante la noche, como tenía tanta hambre que no podía aguantar más, vino aquí con la intención de picar algo a escondidas. Pero dado que, por más que lo intentó, no consiguió abrir la puerta del armario, optó por echar mano a la leche de niño. Ha sido así, ¿no?

Asuka, de pie a un lado de Taichi con los brazos en jarras, asintió con la cabeza.

—Exacto. Abrió una lata nueva y luego, con la cuchara dosificadora... ¿Cuántas cucharadas? —preguntó Asuka dándole un golpe a Taichi en el trasero con la punta de su zapato.

* Postura formal consistente en sentarse de rodillas con las nalgas apoyadas sobre los talones y la espalda recta.

—Siete... —contestó el gordo con un hilo de voz.

—Y dices que chupaste las siete cucharadas, ¿verdad? —espetó Asuka.

—A ver, a ver... —terció Toda esbozando una sonrisa torcida—. Entonces, no es que picaras a hurtadillas la comida de un bebé, es que encima chupaste su comida, ¿no? Y nada menos que siete cucharadas. O sea, que te pusiste morado...

—Lo siento. Pensaba tomar solo una, pero cuando empecé ya no pude parar... —Taichi encogió el cuello como si fuera una tortuga.

—Hay que ver... Pero ¿cómo pudiste chupar semejante cantidad de leche en polvo sin siquiera tener agua? —dijo Toda, que parecía admirado.

—¡Esa no es la cuestión! —saltó Asuka con una mirada de furia—. Lo importante es que hiciera semejante cosa a escondidas. Mamá, ¿tú qué opinas?

Emiko se mostró perpleja y, con la cabeza baja, respondió:

—A diferencia de nosotros, el único alimento que puede tomar Yuto es la leche. Creo que es algo terrible robar el alimento de un bebé. Muy malo.

—Por eso, tras comentarlo con Fuyuki, pensamos que lo mejor sería recabar la opinión de todos.

—Además, hay otro problema —dijo Komine—. Al final, el único perjuicio ha sido la leche en polvo, pero si hubiera conseguido abrir el armario también habría echado mano a nuestros alimentos. No debemos olvidarlo.

—Pues sí, tienes razón —dijo Toda cruzándose de brazos—. Porque afecta a la confianza mutua. Yo mismo me mostré reticente a que se cerrara el armario con llave, pero nunca pensé que fuera a ocurrir algo así.

—¡Perdón! ¡Nunca volveré a hacer nada así! —suplicó Taichi haciendo una ostensible reverencia con la cabeza.

—Esto no se puede zanjar con una mera disculpa —dijo Asuka.

—¿No es suficiente ya con esto? Parece que Taichi ha reflexionado y... —intentó mediar Nanami—. Bueno, tampoco podemos olvidar que, hasta ahora, Taichi ha hecho muchas cosas buenas por nosotros. Yo creo que deberíamos perdonarle.

—Una cosa así no se puede pasar por alto —replicó Komine—. Ya has oído lo que él mismo ha dicho. En principio, solo pensaba tomar una cucharada, pero no pudo controlarse y acabó zampándose siete. Si Fuyuki y Asuka no lo hubieran descubierto, es muy probable que hubiera vaciado la lata.

—No, no... —balbuceó Taichi con voz llorosa.

—¿Puedes asegurarlo? Lamentablemente, no puedo creer en tu palabra. Y luego, ya sé que me repito, está también lo del armario. Si hubiera tenido éxito en su intento de romper la puerta, ¿cuánto creéis que se habría comido? Habría acabado con nuestras reservas de alimentos. No podemos perdonarlo por el mero hecho de que nos pida disculpas.

—Entonces, ¿qué pretendes que hagamos? ¿Qué otra cosa podemos hacer que no sea exigirle disculpas? —Nanami parecía dispuesta a proteger a Taichi a toda costa.

—Que nos demuestre que no volverá a reincidir —zanjó Komine con un frío tono de indiferencia.

—Eso no serviría de nada. El que es amigo de lo ajeno, lo lleva en la sangre. Nunca cambia —dijo Toda—. Hace tiempo, había un tipo en la sección de contabilidad que solía meter la mano en la caja. Lo echaron y entró a trabajar en otra empresa, pero también allí volvió a hacer lo mismo. Al final, acabó entre rejas. Con esto pasa como con las drogas: siempre acabas recayendo.

Taichi se volvió hacia Komine. Postrado de rodillas, apoyó las manos en el suelo y bajó la cabeza hasta tocarlo con la frente.*

—¡No lo volveré a hacer! ¡Lo siento! ¡Perdóname, por favor! —rogó sin despegar la frente del suelo.

—Pedirme disculpas a mí no te... —dijo Komine esbozando una sonrisa burlona.

Taichi empezó a hacer reverencias desde la postura en que se encontraba.

—Perdón, lo siento, lo siento...

Kawase se levantó de la silla en que estaba sentado y se dispuso a salir de la habitación. Fuyuki lo sujetó por el hombro.

Kawase se dio la vuelta.

—¿Qué pasa?

—¿Vas el váter?

—No —dijo Kawase—. Es solo que, como parece que aquí no van a dar nada de comer, voy a subir a dormir.

—Pero ¿cómo te vas ahora? ¿No ves que estamos en medio de una discusión?

—¿Discusión? ¿Esto?

—¿Tienes alguna queja? —Fuyuki clavó su mirada en el mafioso.

—Esto ni es una discusión ni es nada —terció Nanami—. Aquí lo único que hace todo el mundo es meterse con Taichi.

—Ha hecho algo malo, así que es lógico que pague por ello —dijo Asuka frunciendo los labios.

Fuyuki miró a Kawase.

—¿Tú también te referías a eso? ¿A que lo único que hacemos es meternos con Taichi?

—No especialmente —respondió Kawase encogiéndose

---

* Se trata de una postura tradicional para pedir disculpas, denominada *dogeza*.

de hombros—. Aunque tampoco me parece mal que os metáis con él. Si con eso os quedáis a gusto... Simplemente, creo que no sirve de nada.

—¿Que no sirve de nada?

—Exacto, de nada. Al final, no se puede confiar en nadie. Eso lo tengo claro desde hace mucho tiempo. Por eso, ni me apetece reprender a ese tipo, ni creo que tengamos que hacer nada de cara al futuro. Si me apuras, te diré que lo único útil será recordar que ese gordo tiene antecedentes por robar comida. Y no volver a confiar en él. Con eso es suficiente. Para mí es caso cerrado. Y como no tengo nada que hacer aquí, me voy a dormir. —Kawase apartó la mano de Fuyuki de su hombro—. Venga, avisadme cuando sea la hora de comer.

Fuyuki lo siguió con la mirada mientras Kawase salía de la habitación. Después se volvió hacia Seiya, que de momento no había dicho ni una palabra.

—Hermano, ¿tú qué opinas? —le preguntó.

Las miradas de los presentes se centraron en Seiya. Todos querían saber qué estaba pensando.

—Básicamente opino como él —dijo Seiya.

—¿Como él?

—Como Kawase. Yo tampoco tengo intención de reprender a Taichi.

—¿Por qué? —preguntó Asuka elevando la voz—. ¡Si ha robado leche! ¿Por qué no vamos a recriminarle algo así? ¿Porque el perjudicado es un simple bebé que no tiene nada que ver contigo?

—Yo no he dicho eso.

—Pero es que...

—¿No lo dije ya antes? Los conceptos del bien y el mal de nuestro mundo anterior ya no valen. Aquí tendremos que ir determinando nosotros mismos qué es el bien y qué es el mal.

—¿Quieres decir que Taichi no ha hecho nada malo? ¡Pero si le ha robado la comida a un bebé!

—Deja que te pregunte algo: ¿qué sería más perjudicial para nosotros, que el bebé muriera de hambre por no tomar leche o que cayera Taichi por falta de nutrición?

Asuka abrió unos ojos como platos.

—¡Qué exagerado eres! A Taichi no le va a pasar nada por no tomar leche.

—Eso no lo sabes. Y yo tampoco. El único que sabe hasta qué punto sufre con el hambre es él —dijo Seiya señalando a Taichi—. Si por haberse tomado esa leche Taichi pudiera colaborar más de lo que ha hecho hasta ahora, tampoco podríamos afirmar sin más que eso estuviera mal.

—Eso es absurdo. Aunque así fuera, debería haber obtenido antes nuestro permiso —intervino Toda.

—¿Y si no contaba con tiempo para eso? ¿O si, al no tener esperanzas de que se lo concediéramos, hubiera actuado por su cuenta?

—Eso no puede ser. Sería algo intolerable —se pronunció Komine.

—¿Por qué?

—¿Cómo que por qué? Pues porque si hiciera algo así, se alteraría completamente el orden. Acabaríamos peleándonos entre todos por la comida.

—¿Y si él ya tuviera eso asumido? —Seiya volvió a señalar con el dedo a Taichi—. Si aun contando con que eso pudiera suceder estaba tan agobiado como para tener que robar la leche, el acto de Taichi, desde el punto de vista de la prioridad de su supervivencia, no entraría en el ámbito del mal, sino en el del bien, ¿no crees?

—Eso estaría bien para Taichi, pero constituiría un perjuicio para los demás. Sería claramente un mal.

Ante esas palabras de Asuka, el semblante de Seiya se relajó.

—A eso precisamente me refería. Lo que para Taichi es un bien, para los demás es un mal. Somos once personas, así que él es solo uno contra diez. Pero que se trate de una minoría no significa que haya que ignorarla. Un onceavo no es un porcentaje nada despreciable. —Seiya se puso en pie y miró los rostros de todos—. Puede que resulte difícil de entender porque estamos hablando de personas. Imaginad que, en lugar de once personas, se trata de once países. Supongamos que el mundo se compone solo de ellos. Para poder subsistir, esos países firman acuerdos entre sí, y uno de esos acuerdos incluye la prohibición de despojar a los otros de sus bienes. Sin embargo, hay algo que atormenta a un rey: el suyo es un país muy pobre y los alimentos escasean. Así que ese rey decide por fin invadir el país vecino para robarle sus alimentos. Gracias a ello, consigue que sus ciudadanos no mueran de hambre. Bien, ¿lo que ha hecho este rey es el bien o el mal?

Seiya dirigió su mirada a Asuka, que seguía inmóvil.

—¿Tú qué opinas?

—Que eso no puede ser. Si por socorrer a sus ciudadanos causa daños a otro país, sin duda hace el mal.

—Pero, para sus ciudadanos, ese rey sería un héroe, ¿no?

—Tal vez, pero los demás países lo odiarían. Todos pasarían a convertirse en sus enemigos.

—Ya. Pero también puede ser que el rey ya tuviera asumido eso antes de actuar. Salvar a tus ciudadanos de morir de inanición, consciente de que eso te lleva a la guerra, o verlos morir de hambre en aras de conservar las relaciones de amistad con los otros países: ninguna de las dos opciones se puede calificar estrictamente de buena o mala, ¿no crees? Por eso digo que las circunstancias de Taichi solo las conoce él mismo. Lo único que podemos hacer es observar sus actos y juzgar, de modo individual, qué tipo de relación va a mantener cada uno con él a partir de ahora.

Tras oír eso, Fuyuki comprendió que Seiya no estaba protegiendo a Taichi. Es más, estaba incluso insinuando la posibilidad de abandonarlo.

Taichi, por su parte, también parecía haberlo comprendido, pues su rostro palideció y alzó la mirada hacia Seiya.

—No volveré a hacer algo así jamás. Te lo ruego, no me excluyas del grupo, por favor. Te lo suplico.

—No hace falta que te disculpes. No estamos hablando de perdonarte o no. Además, de ese modo no se puede recuperar la confianza.

Al decir eso, la voz de Seiya sonó más fría que las de Asuka y Komine cuando habían vilipendiado a Taichi hacía un momento. Se notaba que todos contenían la respiración.

—Esa es mi opinión. —Seiya se volvió hacia Fuyuki—. Del mismo modo que no hay una ley que permita a un país juzgar a otro, aquí tampoco hay una que lo haga. Por tanto, carece de sentido celebrar este sucedáneo de juicio que habéis montado, ¿no crees?

—Entonces, ¿quieres decir que no vamos a tomar ninguna medida respecto a Taichi?

—Ya te he dicho que eso no tiene sentido. ¿Cuántas veces quieres que te lo repita? —Seiya miró a todos y se dirigió a Emiko—. ¿Empezamos a preparar el desayuno? Pronto van a dar las siete, así que...

—Ah, es verdad —dijo ella, poniéndose en pie.

—Y otra cosa... —añadió Seiya—. Dejemos ya de cerrar el armario con llave. Si alguien quiere robar, que robe.

—De acuerdo —respondió Emiko en voz baja. Nadie se opuso.

Taichi, cabizbajo, rompió a llorar a lágrima viva.

Habían transcurrido dos días desde aquello. Fuyuki se despertó con la luz del sol y, como siempre, salió a la escalera y contempló la calle desde arriba. No pudo evitar una exclamación. Ya casi no quedaba agua.

Informó a Seiya inmediatamente. Tras comprobar la situación con unos prismáticos, este asintió con la cabeza.

—En cuanto hayamos desayunado, nos prepararemos para salir.

—¡Entendido! —dijo Fuyuki, llevándose la mano derecha a la sien a modo de saludo militar.

El desayuno de esa mañana fue algo fastuoso: sopa con espaguetis. Ello se debía a que su partida se iba a producir antes de lo previsto. Seiya había indicado que convenía comer bien y coger fuerzas para aguantar la caminata.

—A juzgar por cómo está el cielo, creo que hoy no va a llover. Lo que me preocupa son los terremotos, pero eso no se puede predecir. Solo podemos rezar para que no haya ninguno —les dijo Seiya a todos.

—Aunque parezca que se ha ido el agua, es mejor no bajar la guardia —dijo Toda—. Las inundaciones han sido tremendas, así que tenemos que ser conscientes de que, bajo el suelo que pisamos, hay una esponja empapada. Y es una esponja bastante mal hecha, con amplias cavidades por todas partes. Si se hundiera el terreno y cayéramos dentro, no tendríamos salvación. Y no lo digo por asustaros.

—Caminaremos con prudencia y sin prisas. Tranquilos, incluso yendo despacio, deberíamos estar en la residencia del primer ministro esta misma tarde —dijo Seiya para animarlos.

Eran algo más de las nueve de la mañana cuando todos bajaron por la escalera. En la calle todavía quedaban numerosos charcos, pero no parecían un serio problema para caminar.

—Mamá, yo me encargo de llevar al niño —le dijo Taichi a Emiko.

—¿De veras?

—Es que ahora no llevamos casi equipaje.

El bebé iba envuelto en una gran tela. Taichi anudó sus extremos y se colgó al niño del cuello.

—No está mal que por lo menos haga algo así. A fin de cuentas, él fue quien le birló la leche, así que... —dijo Toda con una sonrisa burlona.

—¡Venga, en marcha! —gritó Seiya poniendo los pies en la mojada calle.

34

Las secuelas dejadas por las inundaciones superaban todo lo imaginable. Las calles estaban hundidas o levantadas por todas partes. Hasta las zonas que parecían llanas estaban surcadas de pequeñas grietas, similares a los agujeros de una red, que hacían que el agua rezumara a cada paso que daban.

Caminar en grupo resultaba muy lento, pues todos llevaban algún objeto a modo de bastón y avanzaban tanteando el suelo. Era imposible prever dónde y cuándo podía ceder el terreno.

—Si se produce un terremoto de los grandes, se acabó lo que se daba —dijo Toda sin dejar de avanzar observando el suelo.

—¿Lo dice porque se vendrían abajo las calles? —preguntó Fuyuki.

—No solo las calles. Es evidente que los cimientos de los edificios también están dañados. Así que no sería de extrañar que comenzaran a desmoronarse edificios que un momento antes estaban en pie.

Taichi profirió una exclamación entre la sorpresa y el miedo.

—No nos asuste, hombre.

—Yo no asusto a nadie. Solo digo la verdad. Y lo cierto es que no hay ni una sola edificación que haya sido diseñada para soportar una situación como esta.

Transcurridas más de dos horas desde que salieran, por fin divisaron un edificio que les resultó conocido. Era la Agencia Nacional de Patentes. Si al llegar a ella, giraban a la derecha y avanzaban, saldrían directamente frente a la residencia oficial.

—¡Uf! ¡Por fin hemos llegado aquí! —suspiró Toda.

Pero, cuando giraron a la derecha y avanzaron un poco, el grupo se vio imposibilitado de seguir adelante. Fuyuki estuvo a punto de marearse al contemplar la escena que tenía ante sus ojos.

La calle estaba completamente bloqueada por una ingente cantidad de automóviles accidentados. Camiones de gran tonelaje, utilitarios, autobuses y vehículos de todo tipo habían chocado entre sí y se apilaban unos sobre otros. No había un solo hueco por el que cupiera una persona y tampoco parecía fácil superar por encima la montaña de coches.

Fuyuki recordó algo de cuando el mundo era un lugar normal. Ese cruce tenía siempre una enorme cantidad de tráfico. En el instante en que la gente desapareció, los coches, desprovistos de sus conductores, habían seguido circulando sin control a toda velocidad, chocando entre sí una y otra vez, hasta formar la pared que ahora impedía del paso a Fuyuki y el resto.

—Después de haber llegado hasta aquí, ¿otra vez vamos a tener que desviarnos? —dijo Komine en tono de reproche, pero nadie le respondió. Daba la impresión de que todos se habían acostumbrado a que las cosas no salieran bien.

Seiya varió el rumbo. Todos lo siguieron en silencio.

Cuando llegaron a las inmediaciones del cruce de Tameike, hallaron por fin un lugar por donde parecía que se podía atravesar la calle. Finalmente lo hicieron, abriéndose paso entre la maraña de coches.

Seiya se detuvo y se volvió hacia los demás.

—Descansemos un poco —dijo.

—¿Aquí? Pero si falta muy poco, ¿no? ¿No sería mejor ir de un tirón? —propuso Asuka.

—Yo pienso lo mismo. Vamos a seguir antes de que nos pille aquí un terremoto —la apoyó Komine.

—No. Hemos venido hasta aquí sin descansar ni un minuto, así que todos estamos muy cansados. Es verdad que ya falta muy poco, pero ahora viene una cuesta bastante pronunciada, así que es mejor hacer un alto. Además, tampoco sabemos cómo estarán los alimentos que haya en la residencia oficial, así que nos conviene comer algo antes de llegar.

—Puede que sea lo mejor —dijo Toda—. Igual que en la fábula del podador de árboles: si uno desciende de un árbol después de haber trepado hasta su copa, el momento más peligroso es cuando está a poca distancia del suelo. No está mal tomar un respiro aquí. Así no forzamos demasiado. La cuestión es dónde.

—Vayamos allí. —Seiya señaló un edificio que contaba con varios negocios de hostelería en su interior.

El primero en encaminarse hacia él, sin decir palabra y siempre con el bebé en brazos, fue Taichi.

—No tiene remedio...

Toda esbozó una media sonrisa y los demás, contagiados, se relajaron también.

En la segunda planta había una taberna de estilo occidental perteneciente a una conocida cadena hotelera. Fue Taichi quien la eligió. La razón era que solían servir muchos alimentos precocinados. Cuando inspeccionaron el local, comprobaron que, efectivamente, así era. No solo había curri y salsa boloñesa, sino también sopa de verduras y estofado de ternera listos para consumir. También las hamburguesas y similares estaban envasadas al vacío.

—Qué feliz sería si pudiera comerme esto caliente —dijo Taichi mirando la hamburguesa que tenía en su plato—. Aquí tenemos gas...

En aquel establecimiento, las cocinas funcionaban con bombonas de propano. Por consiguiente, si no había averías, los fogones se podrían utilizar.

—Por favor, no me vengáis ahora con eso —dijo Komine—. No me apetece nada volar por los aires cuando giréis el mando del gas.

—Sí. Utilizar las instalaciones de gas sin haber pasado una inspección después de un terremoto es un suicidio —remachó Seiya.

Taichi comenzó a comerse su hamburguesa con cara de pena.

—Yo ya me he acostumbrado a los precocinados fríos, pero lo que se me hace más duro es no tener pan ni arroz —dijo Komine, y le dio un mordisco a una salchicha.

—Bueno, cervezas tenemos de sobra —dijo Toda con tono de pesar—. Me apetecería tomarme un par.

—Aguante un poco, por favor. Seguramente en la residencia oficial también habrá cerveza —dijo Seiya.

—Ya lo sé. No me estaba quejando, solo digo que me apetece.

Asuka y Nanami estaban comiendo unos espárragos blancos de lata que habían aliñado.

—¿Cuántos días hacía que no tomábamos ensalada? ¡Esto está buenísimo! —dijo Asuka, e hizo el signo de la victoria con los dedos.

Emiko le estaba dando al niño la leche que había preparado antes de partir. Mio estaba comiendo un flan. Kawase había abierto una lata de sardinas en aceite y las estaba comiendo sobre unas galletas.

Fuyuki tuvo la impresión de que hacía mucho tiempo que no veía los rostros sonrientes de todos. Cualquier persona que pase varios días encerrada en el mismo espacio y con escasez de alimentos se acaba poniendo rara. Supuso que, aunque la comida estuviera fría, el mero hecho de poder comer cada uno lo que quería, ya había hecho que todos se relajaran.

Tras dedicar una hora a la comida, se dispusieron a partir de nuevo. Comparadas con las de antes, sus caras estaban ahora mucho más animadas. Su paso también era más ligero.

—Tal vez cuando llegue pruebe a sentarme en la poltrona del primer ministro —dijo Toda mientras caminaba.

—Oye, hay algo que quiero preguntarte —le dijo Asuka a Fuyuki en voz baja.

—¿Qué?

—¿Qué es eso de la residencia oficial?

Komine, que iba caminando por delante, soltó una carcajada y se volvió.

—¿Acaso no lo sabes?

—Es que no lo tengo muy claro. Es la casa del primer ministro, ¿no?*

—La casa donde vive el primer ministro es el Palacio Presidencial. La residencia oficial es el lugar donde despacha los asuntos oficiales, es decir, donde desempeña su trabajo como mandatario —le explicó Fuyuki—. Bueno, los dos están dentro del mismo recinto, pero...

—¿Sí? Pues vaya diferencia más sutil. A mí lo de tener el trabajo cerca me parece bien, pero eso casi es demasiado. Así nunca podrá desconectar del todo, ¿verdad?

—Pues claro —dijo Komine volviéndose de nuevo hacia atrás—. El primer ministro es como el jefe del país, su más alto dirigente. Si desconecta de su trabajo, mal vamos.

—Así es. Hay que explotarlo bien. Que trabaje a tope, que para eso le pagamos —terció Toda desde un flanco.

Oyéndolos hablar, a Fuyuki le pareció que no solo sus pasos se habían vuelto más ligeros, sino también sus bocas. Sin

---

* La confusión de Asuka es comprensible, porque en japonés ambos se dicen casi igual (*kantei* y *kotei*).

duda estaban más altos de moral, conscientes de que pronto iban a llegar a su destino.

—Bien, en breve estaremos frente a la residencia oficial —dijo Seiya.

—¡Vamos allá! —exclamó Taichi, y apretó el paso.

Un instante después, el suelo se desgarraba bajo sus pies. No se derrumbó ni se quebró. Lo que realmente se produjo solo podía calificarse de desgarro. El suelo comenzó a ceder de repente y se desgarró como una gruesa tela, para acabar hundiéndose por completo.

La grieta se expandió en un santiamén hasta alcanzar la zona donde se encontraba Fuyuki. No tuvo tiempo de gritar. Cuando se quiso dar cuenta, ya había perdido el equilibrio y estaba a cuatro patas sobre el suelo. Y ese suelo se estaba inclinando como un tobogán. Miró alrededor y se quedó petrificado. Algo terrible estaba ocurriendo. Y no solo estaba él, sino también Komine, Asuka y Toda. En el otro extremo de la calle, inclinada ya como un tobogán, se hallaba Taichi. Más allá de él, una gran corriente de agua fluía con un inquietante estruendo.

—¡Subid, rápido! —ordenó Seiya desde arriba. Al parecer, había conseguido no caerse.

Les lanzaron una cuerda. Debía de ser la que llevaba Kawase. Aferrándose a ella, Asuka, Komine y Toda consiguieron ascender hasta Seiya y los demás.

Cuando Fuyuki estaba ya agarrado a la cuerda, miró hacia abajo a Taichi. Este, para no resbalar y caer al agua, resistía aferrándose con una mano a una grieta abierta en el suelo. Que no pudiera utilizar la otra mano se debía a que, con ella, estaba sujetando al bebé.

—¡Taichi, aguanta, ahora mismo voy!

Fuyuki comenzó a descender por la cuerda. El agua le salpicaba la cara. Creía que el agua se había retirado, pero lo cierto era que el subsuelo ocultaba auténticos ríos que corrían con tremendo ímpetu.

Cuando solo faltaba un poco para que su mano alcanzara a Taichi, la longitud de la cuerda no dio más de sí. Fuyuki gritó a los que estaban arriba.

—¡Dadme un poco más de cuerda!

Al poco, vio aparecer la mitad superior del cuerpo de Seiya. Llevaba la cuerda atada al torso y se esforzaba por asomarse todo lo posible. Sin duda, alguien lo estaba sujetando desde atrás por las piernas.

Gracias a ello, consiguieron ganar algo de longitud de cuerda. La mano de Fuyuki estaba a punto de alcanzar a Taichi.

—¡Taichi, tiende tu mano izquierda! —le gritó Fuyuki.

—¡Imposible, se me caería el bebé!

—Vale, ¿y la derecha?

Taichi negó con la cabeza.

—¡Si suelto la derecha me caigo!

Fuyuki volvió a mirar hacia arriba. Deseaba que le dieran más cuerda, pero era evidente que ya no era posible.

—¡Fuyuki, primero el bebé!

Taichi elevó la mano con que sostenía al bebé, que estaba envuelto en una toalla, y fue extendiendo su brazo lentamente hacia Fuyuki. Aunque se trataba solo de un bebé, su peso rondaba ya los diez kilos. Taichi tuvo que hacer una fuerza tremenda con el brazo.

Fuyuki extendió el suyo y aferró la toalla que sostenía al bebé, como lo haría un ave de presa. Al comprobar que ya lo tenía, asintió en dirección a Taichi.

—¡Bien hecho!

Luego fue ascendiendo por la calle en pendiente sirviéndose de la cuerda. Nanami lo esperaba con los brazos extendidos para recibir al bebé. Fuyuki se lo entregó.

—Déjame a mí —le dijo Kawase.

—No, ya no hay tiempo para cambiar. Voy yo. —Fuyuki volvió a descender por la cuerda.

Taichi se sujetaba ahora utilizando ambas manos. La parte inferior de su cuerpo estaba completamente sumergida en el agua. La impetuosa corriente intentaba arrastrarlo hacia una profunda grieta.

—¡Dame la mano! ¡Rápido! —le gritó Fuyuki.

Taichi levantó la cabeza. Estaba pálido, con el agua hasta la cintura y acababa de realizar un tremendo esfuerzo muscular que lo había dejado extenuado. Sus labios parecieron pronunciar «no puedo». La desesperanza se veía en sus ojos.

—¡Aguanta! Basta con que me des una mano, yo te arrastraré.

Sin soltarse del suelo al que estaba aferrado, Taichi fue alzando lentamente una mano. Luego la tendió hacia Fuyuki. Faltaban escasos centímetros para que ambas manos se tocaran.

En ese momento, algo golpeó a Taichi en la cara. Él se arqueó hacia atrás soltando una pequeña exclamación. Al mismo tiempo, su mano derecha resbaló de la grieta a la que se aferraba. Taichi miró con asombro a Fuyuki. Tenía los ojos completamente abiertos. Y la boca también.

La frente le sangraba, seguramente se había golpeado con el asfalto.

De pronto, Taichi movió los brazos como si intentara nadar torpemente a espalda. Fuyuki veía la escena a cámara lenta. Tenía la sensación de que el tiempo discurría más despacio.

Cuando el agua se lo tragó, Taichi mantenía aún en su rostro la expresión de inocencia que proporciona el no saber realmente qué está ocurriendo. Tanto sus ojos como su boca siguieron abiertos hasta el último instante. Desapareció engullido por una profunda y negra oscuridad. Y el agua continuó fluyendo impetuosamente.

—¡Taichiii! —gritó Fuyuki hasta quedarse sin voz. Y mientras lo hacía oía, entremezclados, alaridos de tristeza y gritos de cólera, los que proferían los demás desde lo alto.

Fuyuki miró hacia arriba.

—Soltad la cuerda. Voy a intentar lanzársela desde aquí.

Pero Seiya negó con la cabeza.

—¡Sube ya!

—Pero...

—Si soltamos la cuerda luego no podrás subir. ¡Sube ya mismo!

—Pero Taichi...

—Ya lo sé. Por eso precisamente tienes que subir ya. Por lo que más quieras, haz lo que te digo.

Fuyuki apretó las mandíbulas. Tras clavar la mirada una vez más en la profunda oscuridad en que había desaparecido Taichi, comenzó a ascender cabizbajo.

Las lágrimas brotaron de sus ojos. No cesaba de llorar. Y, aunque intentaba contenerla, su voz escapaba también junto con su llanto.

A su mente acudieron las flechas rojas. Había conocido a Taichi gracias a aquellas flechas rojas que había pintado por las calles. Al final de esas flechas estaba él, comiendo sushi. Y después había preparado, para Fuyuki y quienes le acompañaban, un suculento menú. Se tomaba cualquier situación a broma y siempre conseguía que todos se relajaran. Ese era el Taichi al que no habían podido salvar, el Taichi al que habían dejado morir.

Durante el ascenso, su mirada se encontró con la de Seiya. Él también tenía los ojos enrojecidos. Sus mandíbulas estaban muy tensas y las venas resaltaban en sus sienes.

—Lo hemos dejado morir... —susurró Fuyuki.

—Lo sé. Yo también lo he visto.

—Pero ¿por qué pasa esto? ¿Por qué está ocurriendo todo esto?

Tras llegar a la superficie, Fuyuki se quedó agachado en cuclillas. Nanami y Asuka lloraban a lágrima viva; Emiko y Mio, también. Komine, Toda, e incluso Kawase, dirigían sus miradas hacia el suelo, abatidos.

—Tal vez... porque estas sean las normas de este mundo —dijo Seiya.

—¿Las normas? ¿Qué normas?

—Este mundo se creó para contrarrestar la paradoja. Por eso, que los humanos desaparezcan de él es lo mejor. Lo mejor para el universo.

35

A primera vista, ni la residencia oficial ni el Palacio Presidencial parecían haber sufrido daños. Seguramente se debía a que sus estructuras antisísmicas habían resultado eficaces, pero también, sobre todo, a que, al estar edificados en un lugar elevado, las inundaciones no se habían cebado con ellos.

—Es increíble. No hay ni un cristal roto —dijo Emiko alzando su mirada hacia los muros acristalados del edificio.

—Es que esta obra es el orgullo del Ministerio de Infraestructuras, Transporte y Turismo. O, mejor dicho, de su predecesor, el de Obras Públicas y Urbanismo —respondió Toda—. Ojalá funcione la estación generadora...

—Por lo que estamos viendo, es muy posible que sí. Los paneles solares son más resistentes de lo que parece. Además, tengo entendido que también está equipada con pilas de combustible. —Komine se volvió hacia Emiko—. Seguramente disponga también de placas de cocina o similares que permitan cocinar con electricidad. De ser así, tal vez por fin podamos comer algo caliente.

Sin embargo, nadie reaccionó a sus palabras. A Fuyuki le pareció lógico. Era inevitable recordar a Taichi al oír la palabra «comer». Es más, aunque no la hubieran oído, era indudable que el recuerdo de Taichi ocupaba la mente de todos. Hacía menos de una hora que se lo había tragado aquel profundo agujero. Asuka y Nanami todavía tenían los ojos enrojecidos, y las lágrimas se apreciaban también en el rostro de Mio, que iba a la espalda de Seiya.

Si Seiya no los hubiera espoleado, todavía seguirían en aquel lugar sin poder moverse. Fuyuki no tenía ánimos para levantarse. Que finalmente se hubiera decidido a seguir, se debía a que había escuchado aquellas sugerentes palabras de Seiya: «Este mundo se creó para contrarrestar la paradoja.» Cuando Fuyuki le preguntó qué significaban, Seiya había negado con la cabeza.

—Eso no te lo puedo explicar ahora. Te lo diré cuando lleguemos a la residencia oficial.

Fuyuki insistió preguntando por qué tenía que ser en la residencia.

—Porque yo también me enteré allí. La respuesta a todos los secretos está allí. Si he propuesto a todos ir hasta ese sitio, no es solo por sobrevivir, sino también porque me pareció lo mejor para que pudieran conocer la verdad. Por un momento pensé en ocultárselo, pero luego me di cuenta de que no podía hacerles eso.

Seiya no le había dado más detalles. Decía que no confiaba en que fuera capaz de explicarlo bien y que, aun cuando lo consiguiera, tampoco era de esperar que los demás le creyeran.

Precisamente porque acababa de presenciar la dramática muerte de Taichi, su deseo de conocer el porqué de esa irracional situación se hizo aún más fuerte. Lo mismo debía de pensar el resto del grupo, ya que, aunque con paso desganado, habían decidido llegar hasta la residencia oficial siguiendo las indicaciones de Seiya.

—Seguidme todos —dijo Seiya, encaminándose hacia la entrada.

—Digo yo que, para la vida cotidiana, ¿no sería mejor que fuéramos al Palacio Presidencial? —preguntó Komine desde atrás—. También debe de estar equipado para situaciones de emergencia.

Seiya se detuvo y se dio la vuelta.

—Exacto. En lo sucesivo, será mejor utilizar el palacio como base para nuestro día a día, pero antes hay algo que debo explicaros sobre lo que os dije.

—¿Vas a darnos la respuesta a los enigmas de este mundo? —dijo Fuyuki.

—Así es.

—Vamos —dijo Fuyuki dirigiéndose a todos, y comenzó a caminar.

Sorprendentemente, el vestíbulo de recepción estaba iluminado. Todos prorrumpieron en exclamaciones de asombro.

—¡Cuánto echaba de menos la luz eléctrica! —dijo Nanami, impresionada.

—Aquí sí que vamos a poder llevar una vida digna de personas —dijo Toda recorriendo el vestíbulo con la mirada—. De todos modos, es una construcción fastuosa. Creo que, aunque hubiera un gran terremoto, no se alteraría ni un milímetro.

Komine pulsó el botón del ascensor. La puerta no parecía que fuera a abrirse.

—Ajá, eso es que, con los terremotos, se ha disparado el dispositivo de seguridad. Si lo reseteamos, debería volver a funcionar sin problemas.

—No es necesario utilizar el ascensor. Vamos al sótano —dijo Seiya señalando hacia abajo—. Basta con bajar por las escaleras. Seguidme.

Fuyuki y los demás fueron tras él, que se encaminó hacia las escaleras.

Bajaron y avanzaron a través de un pasillo iluminado por luces de emergencia. Gracias al mullido enmoquetado que los amortiguaba, sus pasos apenas se oían.

Seiya se detuvo frente a una puerta en la que había un letrero de PROHIBIDO EL PASO SALVO PERSONAL AUTORIZADO.

—Aquí dentro está la respuesta a todos los enigmas —dijo abriendo la puerta.

La estancia se encontraba a oscuras. Seiya pulsó el interruptor de la pared y unas luces blancas se fueron encendiendo hasta iluminarla por completo.

Aquello parecía una sala de juntas. Había unas estrechas mesas dispuestas en orden y, al fondo, un monitor de cristal líquido.

—¿Qué es esto? —murmuró Fuyuki.

Seiya tomó un cuadernillo de encima de una mesa y se lo mostró a Fuyuki.

—Es la sede central de operaciones para el Fenómeno P-13. La portada del folleto que le mostraba tenía impreso el siguiente título: «Manual de medidas a adoptar en relación con el Fenómeno P-13.» Al parecer, había sido elaborado por la Oficina del Gabinete del primer ministro.

—Pero ¿qué es esto del Fenómeno P-13? —preguntó Fuyuki.

Seiya miró a todos con semblante afligido.

—Por favor, leed esto. Es el mismo folleto que leyó también nuestro primer ministro. Hay varios encima de las mesas.

El primero en acercarse a una mesa fue Komine. Cogió una silla y se sentó. Toda le siguió y el resto no tardó en aproximarse a otras mesas.

—Prueba a leerlo tú también. Luego te lo explico —dijo Seiya tendiéndole a Fuyuki un cuadernillo.

Fuyuki se sentó al lado de Asuka. Ella se había sentado en el asiento que, al parecer, estaba reservado para el primer ministro Ootsuki.

Abrió el cuadernillo. Contenía una retahíla de palabras incomprensibles. Para comprender lo que ponía, necesitaba leer una y otra vez los mismos párrafos. Finalmente, consiguió entender que la gente del Gobierno estaba informada de que a las 13.13.13 horas del día 13 de marzo iba a ocurrir algo. Al parecer, el primer ministro y su equipo habían dado instrucciones a los distintos ministerios sobre cómo actuar en ese momento. Las dirigidas a la Agencia Nacional de Policía decían que debían abstenerse de encomendar a sus agentes la realización de tareas peligrosas.

La cuestión era saber qué había ocurrido, pero, al llegar a esa parte, Fuyuki no fue capaz de comprenderla. Ni siquiera entendía las palabras que se utilizaban en la explicación.

—Pero ¿qué es esto? ¡No se entiende nada! —exclamó a su lado Asuka—. Hablan de agujeros negros y saltos en el tiempo, de cosas de esas que salen en los libros de ciencia ficción, pero... ¿qué es todo eso?

También Nanami y Emiko hicieron un gesto de negación con la cabeza, denotando que se daban por vencidas.

Kawase había apartado el folleto y con los dedos se apretaba los párpados cerrados. Tal vez le resultara difícil leer una letra tan pequeña.

—Yo tampoco lo entiendo bien. ¿En qué consiste todo esto? —le preguntó Fuyuki a Seiya.

Este miró con gesto grave a Komine, que seguía enfrascado en la lectura.

—¿Qué tal, Komine? ¿Lo entiendes?

Komine alzó la mirada del folleto.

—Más o menos. En definitiva, parece que, debido a la influencia de un agujero negro, una gigantesca onda de energía afectó a la Tierra... Me da la impresión de que pone eso.

—Sí, eso parece —respondió Seiya.

—Y me parece entender también que ello supuso un salto en el tiempo de trece segundos.

—¿Un «salto en el tiempo»? —preguntó Toda.

—Pues eso, literalmente. Que el tiempo da un salto. Un salto de trece segundos de duración a partir de la una y trece minutos y trece segundos.

—Pero ¿eso es posible?

—Aquí pone que sí.

—Un momento. Esto es muy extraño —dijo Fuyuki—. Recordad que ya lo comprobamos con las cámaras de seguridad de aquella tienda. No me acuerdo bien de los detalles, pero sí de que, cuando la gente desapareció, eran las trece horas, trece minutos y trece segundos. Sin embargo, después el tiempo siguió corriendo con normalidad. O sea, que el contador pasó de trece minutos y trece segundos a trece minutos y catorce segundos. Si el tiempo hubiera dado un salto de trece segundos, el contador habría pasado de repente de trece minutos y trece segundos a trece minutos y veintiséis segundos, ¿no?

—No, me temo que no es así —dijo Seiya.

—Entonces cómo.

—Bueno, yo tampoco es que lo entienda bien del todo. He sacado mi propia interpretación a partir de lo que pone en el folleto. Si os vale con ella...

—Cualquier cosa nos vale. Explícanoslo.

Tras asentir con la cabeza, Seiya miró alrededor. Sus ojos se detuvieron en un trozo de cinta de plástico. Debían de haberla usado para atar documentos u otra cosa.

—Imaginad que esta cinta representa el transcurso del tiempo. Supongamos que esta marca señala las trece horas, trece minutos y trece segundos del día 13 de marzo. —Con un rotulador hizo una marca en mitad de la cinta. Luego hizo otra igual a unos cinco centímetros de la primera—. Esta segunda marca está situada trece segundos después. O sea que, cuando todo va normal, es la que señala las trece horas, trece minutos y veintiséis segundos. Hasta aquí todo claro, ¿verdad?

Todos asintieron sin apartar la mirada de las manos de Seiya.

—¿No tendremos por ahí unas tijeras? Y si hubiera también celo, ya sería perfecto.

—Tijeras sí tenemos. Celo no hay, pero si te sirve esto... —dijo Nanami sacando unas tijeras y un rollo de esparadrapo.

Seiya estiró la cinta.

—Cuando no pasa nada, el tiempo fluye desplazándose sobre esta línea recta. Ahora bien, ¿qué ocurre si se produce el Fenómeno P-13? Antes de que el fenómeno se manifieste no cambia nada. El tiempo fluye con normalidad. Entonces llega el instante de las trece horas, trece minutos y trece segundos. —Cogió con la punta de los dedos la primera de las marcas que había hecho en la cinta—. Los trece segundos que vienen después se pierden definitivamente.

Fuyuki negó con la cabeza.

—Pues no lo entiendo...

—En este momento, el tiempo todavía fluye con normalidad —dijo Seiya desplazando el dedo por encima de la cinta. Al llegar a la segunda marca se detuvo—. Aquí son las trece horas, trece minutos y veintiséis segundos. —Tomó entonces las tijeras y cortó la cinta por la segunda marca. El trozo cortado cayó al suelo—. En este instante, los trece segundos anteriores desaparecen. —Puso las tijeras sobre la primera marca y volvió a cortar la cinta.

Un pedazo de unos centímetros cayó al suelo. Seiya recogió del suelo el primer trozo de cinta y lo unió con esparadrapo al que aún tenía en su mano.

—Esto es un salto en el tiempo de trece segundos. Según parece, el intervalo se desprende y se pierde.

—Pues entonces es como yo decía —dijo su hermano—. Que trece segundos después comienza de repente un mundo nuevo.

—No, no es así. Hay que pensar que, a las trece horas, trece minutos y veintiséis segundos, el mundo sufrió un desplazamiento hacia atrás en el tiempo de trece segundos.

—¿Un desplazamiento en el tiempo?

—Todas las cosas que existían en el mundo, tanto materiales como inmateriales, retrocedieron trece segundos en el tiempo. Las agujas de los relojes, que han avanzado trece segundos, retroceden de golpe esos mismos segundos. La luz, las ondas electromagnéticas y las demás energías, todo, absolutamente todo, vuelve a la posición que ocupaba trece segundos antes. Os diré de paso que la memoria humana también. —Concluida su larga alocución, Seiya soltó un profundo suspiro y miró a Fuyuki—. Todas las cosas que existían en el mundo volvieron atrás a la vez, así que, en sustancia, es como si no hubiera ocurrido nada.

—¡Menuda tontería! —exclamó Toda—. ¿Cómo que no ha ocurrido nada? ¿Acaso no es evidente que sí? ¡Si ha desaparecido todo el mundo menos nosotros! ¿Qué significa todo esto?

La aflicción embargó el semblante de Seiya, que desvió la mirada hacia el suelo. Se notaba que estaba titubeando. Fuyuki entendió lo que sucedía. No es que Seiya no supiera dar respuesta a las preguntas de Toda. Es que no quería hacerlo.

—¿Qué pasa, hermano? Responde —lo instó Fuyuki.

Seiya alzó el rostro lentamente. Se mordió el labio y permaneció pensativo unos instantes.

Fuyuki apoyó ambas manos en los hombros de su hermano y lo sacudió.

—¿Por qué te quedas callado? ¿No decías que ibas a contárnoslo todo?

Entonces Komine, que seguía leyendo el folleto, gritó.

—¡Aaaah!

—¿Qué pasa? —le preguntó Toda.

—La última página... —Le temblaba la voz.

Fuyuki cogió su cuadernillo y lo abrió por la última página. El texto que había llevaba por título «Problemas previsibles derivados del Fenómeno P-13». Pasó la vista por el contenido intentando refrenar sus ansias. Al igual que el resto del folleto, aquello también estaba lleno de palabras incomprensibles. Aun así, el siguiente párrafo atrajo su atención:

El principal problema lo constituye el hecho de que, las cosas que existan en el momento de producirse el Fenómeno P-13, no tienen necesariamente que seguir existiendo 13 segundos después. Dado que las cosas inexistentes no pueden ser objeto de saltos en el tiempo, las que dejasen de existir durante el salto no podrían coincidir matemáticamente con lo que eran 13 segundos antes. En tal caso, es de prever que se produzca algún fenómeno tendente a evitar la contradicción matemática (paradoja) que ello supone. De todos modos, los efectos de las paradojas a nivel de partículas elementales son prácticamente despreciables. Ello se debe a que dichas partículas existen dentro de una continuidad matemática. El supuesto para el que hay que tomar las mayores precauciones es el de la extinción, durante los 13 segundos de producción del fenómeno, de las cosas que carecen de continuidad matemática. El doctor alemán Hanneisen cita como ejemplo más representativo de ellas la inteligencia animal.

Fuyuki leyó ese fragmento varias veces. Le había impactado la expresión «inteligencia animal».
—Ah, tal vez esto sea... —Fuyuki miró a Seiya—. Hermano, esto es lo que dijiste antes, cuando la muerte de Taichi, ¿verdad? Eso de que este mundo se creó para contrarrestar la paradoja. ¿Era a esto a lo que te referías?
Seiya respiró profundamente. Parpadeó varias veces y luego bajó la barbilla.
—Así es. Lo dije basándome en este texto.
—Un momento. Aun admitiendo que ese extraño fenómeno se haya producido, ¿por qué iba a dejarnos únicamente a nosotros en este mundo?

Entonces se oyó un fuerte ruido. Nanami se había puesto en pie de repente, derribando su silla al hacerlo.

Tenía la mirada ausente.

—Yo lo sé. No entiendo bien esas cosas tan complicadas, pero sí sé lo que le pasó a mi cuerpo. Y también por qué estoy aquí...

—Yo también lo he entendido —dijo Komine, sujetándose la cabeza con las manos—. Así que se trata de eso...

—Pero ¿qué pasa? ¿Qué es lo que habéis entendido? —Fuyuki miró alternativamente a ambos. Luego se precipitó sobre Seiya—. ¡Dímelo ya! ¡Tú lo sabes, ¿verdad?!

Seiya se humedeció los labios y comenzó a hablar.

—La inteligencia animal supone que el animal que la posee esté vivo. De modo que, extinción de inteligencia animal, equivale a muerte del animal. Los animales que murieran durante los trece segundos en cuestión, ya no podrían retornar al tiempo anterior.

—Entonces, eso significa que nosotros...

—Exacto —dijo Seiya mirando a Fuyuki a los ojos—. Que nosotros somos seres muertos. Para el mundo anterior, lo somos.

36

Una escena revivió en la mente de Fuyuki.

Cuando el sonido de los disparos le hizo darse la vuelta, el pecho de Seiya estaba teñido de un rojo intenso. Veía a su hermano desplomarse despacio, como a cámara lenta.

«Es verdad, fue entonces cuando...», pensó.

Recordó entonces que habían matado a Seiya. Aunque estaba seguro de haberlo visto, había dejado arrinconada esa imagen en su memoria. Al ver que Seiya seguía vivo, se había convencido de que la vista le había engañado.

—Entonces, cuando ocurrió aquello, ¿realmente te mataron? —La voz de Fuyuki tembló al formular la pregunta.

—Recuerdo que me dispararon. Me parecía inexplicable que, a pesar de ello, no hubiera muerto. Pero, como todo el mundo a mi alrededor había desaparecido, mis pensamientos se concentraron en ello.

—Pero aun así...

—Yo tampoco puedo creerlo. A decir verdad, incluso ahora tengo mis dudas. Pero, si no es mediante la teoría que acabamos de comentar, tampoco consigo encontrarle explicación a nuestra actual situación.

Fuyuki negó con la cabeza.

—Pero esto... es imposible. ¿Quieres decir entonces que este es el mundo que hay después de la muerte? ¿El otro mundo?

—En cierto sentido, sí. —La voz de Seiya sonó fría y realista—. Sin embargo, desde el punto de vista matemático no lo es. Nosotros hemos muerto. Pero nuestra muerte en el pasado ha sido suprimida por el Fenómeno P-13. En definitiva, ello nos ha convertido en entes que, aunque no estamos muertos, no podemos ir al futuro. Para resolver esa paradoja, se creó este mundo.

Sin apartar la mirada de su hermano, Fuyuki retrocedió. Se golpeó la cadera contra una mesa, trastabilló y acabó apoyando las manos en la tabla.

—No me lo puedo creer... —No obstante, Fuyuki era consciente de que, poco a poco, había empezado a aceptar esa absurda explicación. Y solo había una razón para ello: recordaba que a él mismo también lo habían matado.

Estaba agarrado a la parte trasera del descapotable. El hombre que conducía se dio la vuelta. Llevaba una pistola. La apuntó y disparó.

—Entonces... ¿yo también morí? —dijo, atónito—. O sea, después de que me mataran... —le preguntó Seiya— ¿a ti también te dispararon? El hombre que iba al volante disparó contra mí. No sé exactamente dónde me dio, pero...

Seiya se llevó la mano al pecho.

—A mí creo que me dieron en el pecho. Fue así, ¿no?

Fuyuki asintió.

—Así que se trata de eso... —Kawase, que miraba el folleto en un lugar apartado, estiró los músculos como si se desperezara—. En tal caso, eso quiere decir que yo también morí. Y, ahora que lo pienso, me parece que cuando estábamos en nuestras oficinas jugando al *shogi*, alguien entró de repente provocando un gran alboroto. Tal vez fueran tipos de otro clan. Sí, ya me hago idea de quiénes pudieron ser. Hum... Así que fue eso. Me dispararon... —dijo rascándose la cabeza—. Vaya putada.

A pesar del tremendo impacto que debía de haber sufrido

al enterarse, Kawase parecía bastante tranquilo. Era difícil saber si simplemente se hacía el duro, o si, debido al enorme *shock* que acababa de sufrir, no era consciente de la realidad de lo acontecido.

—A mi lado había una estructura metálica que se había caído —dijo Nanami con voz entrecortada—. Iba caminando y, cuando me di cuenta, esa cosa estaba tirada a mis pies. Y estoy segura de que un instante antes no estaba allí. Taichi dijo que en aquel momento él también estaba por esa zona y se había encontrado de repente con aquella estructura metálica.

Sin levantarse de su asiento, Nanami se cubrió la cabeza con ambas manos.

—Ahora lo recuerdo. Estaban construyendo un edificio al lado. Todos los días movían un montón de estructuras metálicas con una grúa. Y una de ellas se les debió de caer. Tal vez eso nos aplastó a Taichi y a mí —dijo entre sollozos.

—Pues yo... no recuerdo nada así —dijo Asuka negando con la cabeza—. Yo iba caminando por la calle. No hice absolutamente nada, así que no he podido morir. Eso que contáis es absurdo. ¡Yo cómo voy a estar muerta! —Su tono sonaba como si estuviera pronunciando un conjuro.

Toda se puso en pie. Fue hasta Komine y lo miró.

—Komine, ¿tú recuerdas lo que pasó?

Este, que se sujetaba la cabeza con ambas manos, alzó su rostro lentamente hacia Toda.

—Más o menos...

—Ah, ¿sí? Pues yo ahora lo recuerdo perfectamente. Tú estabas hablando por el móvil y conducías con una sola mano. Y a bastante velocidad. En mi fuero interno me dije que aquello era muy peligroso. Entonces, al llegar al cruce, te saltaste el semáforo. Aunque estaba en rojo, cruzaste tal cual, a toda velocidad.

Komine abrió unos ojos como platos.

—Eso es impo...

—Estoy seguro. Lo vi con mis propios ojos. No hiciste caso del semáforo. Por eso estuvo a punto de embestirnos lateralmente aquel camión. ¿No recuerdas cómo nos tocó el claxon?

La mirada de Komine se había quedado absorta. Debía de estar recordando lo ocurrido. Al poco, sus mejillas dieron una pequeña sacudida, como si se acabara de darse cuenta de algo.

—¿Qué? ¿Lo recuerdas ahora? Cuando el camión estaba a punto de impactar contra nosotros, diste un volantazo —añadió Toda.

Komine se tapó la boca con la mano. Luego parpadeó varias veces.

—Pues ahora que lo dice, sí que...

—¿Por qué hablas como si la cosa no fuera contigo? —Toda lo agarró del cuello de la camisa—. Fuiste tú el que invadió la acera con el coche, te llevaste a varios por delante, y al final te diste contra una pared. Mis recuerdos llegan hasta el instante anterior al choque.

Asuka se puso en pie y, con semblante severo, clavó su mirada en ambos.

—Un momento. ¿Qué significa todo eso? ¿Recordáis que yo estaba al lado de vuestro coche? ¿Qué es eso de que os llevasteis a varios por delante con él? ¿Qué quiere decir? ¿Que yo fui una de las víctimas? ¿Que yo morí atropellada por vosotros? —Sus mejillas se estaban enrojeciendo a ojos vistas. Sus ojos estaban congestionados y lacrimosos.

—Y no solo yo... Entonces, el matrimonio de ancianos también murió atropellado por vuestro coche, ¿no? Pero ¿qué es todo esto? De verdad que no me lo puedo creer.

—¡Si tienes alguna queja, dirígesela a este! —Toda propinó un empujón a Komine—. A mí también me mató este botarate. ¡Menudo imbécil!

Komine se cayó de la silla y se puso en pie mascullando exclamaciones de dolor. Sangraba ligeramente por el labio.

—¿A qué viene esa cara? ¿Tienes alguna queja? —le espetó Toda.

—¿Es que pretende que todo fue culpa mía? —Komine le devolvió una mirada firme a su antiguo jefe.

—¿Qué quieres decir? El que conducía eras tú. Si nos vemos ahora en esta situación, es por culpa de tu distracción al volante.

—¿Acaso no fue usted quien me pidió que telefoneara? Yo quería aparcar en algún sitio para hacer la llamada, pero usted me dijo que no, que si lo hacía perderíamos tiempo y llegaríamos tarde. Si no hubiera tenido que hacer esa llamada mientras conducía, tampoco habría cometido esa distracción.

—Ya veo. Pretendes dejar a un lado tu incompetencia y cargarle el mochuelo a otro, ¿verdad? La gente normal es capaz de hacer algo tan sencillo como conducir correctamente al mismo tiempo que habla por teléfono.

—Si así fuera, la Ley de Tráfico y Seguridad Vial no lo prohibiría, ¿no cree? Para empezar, podía haber hecho la llamada usted mismo, ya que, a fin de cuentas, se trataba de un asunto suyo. Fue usted el que se confundió con la hora de la cita y el que se fue a la peluquería en horas de trabajo. Por eso salimos tarde de la empresa. ¿Por qué tenía yo que telefonear para pedir disculpas? ¿Por qué, a pesar de que hay una ley que prohíbe hablar por teléfono al volante, tuve yo que desobedecerla llamando para disculparme en su lugar? Es absurdo, ¿no?

—Pues podrías haberme dicho eso entonces.

—¡Pero ¿cómo iba yo a decirle eso?! —Komine compuso una mueca de enfado y desplazó la silla que tenía a su lado de una patada—. Aquello era distinto de ahora. Usted era un alto directivo y yo un mero empleado. Si se me hubiera ocurrido responderle que hiciera la llamada usted mismo, ¿qué habría hecho usted? Se habría enfadado, ¿verdad? Se habría puesto hecho una furia. Me habría soltado rayos y centellas, y me habría preguntado que cómo me atrevía a contestar semejante insolencia a un superior, siendo yo un simple empleado. Los trabajadores normales y corrientes no pueden llevarles la contraria a los jefes. Si nos dicen que conduzcamos, conducimos. Si nos dicen que llamemos por teléfono, sea eso legal o no, llamamos. Usted debería saberlo mejor que nadie.

—¡Cómo te atreves a dirigirte a mí de esa manera!

—¿Acaso está prohibido? Usted aquí ya no es mi superior ni nada. Es solo un viejo inútil. Tal vez sea usted el que deba replantearse el tono que elige para hablarle al resto. Si pretende sobrevivir aquí, más le vale ganarse el favor de los jóvenes. —Komine le propinó un suave puñetazo en el hombro.

—¡Maldito bastardo! —Furioso, Toda se abalanzó con la intención de golpearle. Al instante, ambos se enzarzaron en una riña.

Seiya corrió y se interpuso entre ambos. Al verlo, Fuyuki sujetó a Komine por detrás, rodeándole los brazos.

—Calmaos los dos. ¿De qué sirve pelearse por una cosa así? —argumentó Seiya.

—¡¿Una cosa así?! ¡Perdí la vida por culpa de este tipo y ¿pretendes que haga como si nada?! —gritó Toda.

—Ya le he dicho que la culpa también fue suya. ¿Es que aún no lo ha entendido? ¡Aquí el estúpido es usted! ¡Muérase ya! —gritó encolerizado Komine, sujeto todavía por Fuyuki.

—¡Dejadlo ya! —gritó Asuka—. No sirve de nada que os peleéis. ¿O es que acaso conseguimos algo aclarando de cuál de los dos fue la culpa? ¿Me vais a devolver la vida con eso? No, ¿verdad? En tal caso, ¿os importaría dejar de comportaron como un par de estúpidos? Si tenéis fuerzas de sobra, usadlas primero para pedirme perdón. Arrodillaos ante mí hasta que vuestras frentes toquen el suelo y disculpaos, que yo sí que no tuve la culpa de nada. ¿O es que acaso digo alguna tontería?

Fuyuki notó como Komine, muy alterado hasta ese momento, iba dejando de forcejear. Cuando lo soltó, se dejó caer hasta quedar en cuclillas.

Toda, cabizbajo, fue a sentarse en una silla. La única que seguía en pie era Asuka. Miraba al suelo y estaba temblando. A sus pies, el suelo estaba mojado por sus lágrimas.

Seiya le puso una mano en el hombro.

—Siéntate, anda.

Asuka hizo un leve gesto de asentimiento y fue a tomar asiento. Acto seguido, sin levantarse de la silla, inclinó su cuerpo sobre la mesa.

Seiya miró a todos.

—Es cierto que todos morimos en el mundo anterior. O, mejor dicho, ni siquiera morimos. Como nuestra existencia suponía una contradicción, fuimos enviados a este lugar. Pero lo importante es que no hay duda de que aquí estamos vivos. Las muertes de los Yamanishi y Taichi no han sido ninguna ilusión. Son hechos incontestables. Así las cosas, lo único que podemos hacer es apreciar y cuidar las vidas que tenemos aquí. No tenemos más remedio que pensar en cómo sobrevivir en este mundo.

El eco de su voz todavía estaba en el aire cuando Toda habló con tono abatido.

—Eso es imposible. Si hemos conseguido aguantar hasta aquí, ha sido porque teníamos la esperanza de regresar al mundo anterior en algún momento. Si ya no contamos con ella, ¿qué anhelos o expectativas tenemos para seguir viviendo?

—En cuanto a eso... cada uno irá descubriendo los suyos por sí mismo.

—Imposible —se obstinó Toda.

El silencio se apoderó de la sala de juntas. Solo se oía el zumbido del purificador de aire. El ambiente en ese momento era agobiante.

Fuyuki tenía el mismo sentir que Toda. No había la mínima perspectiva de que la situación mejorara. Era posible que volvieran a tener algún encuentro con la muerte, y el máximo posible de fallecidos ya era conocido de antemano. Además, aunque eso ocurriera, tampoco contaban con ninguna solución. En definitiva, iban a tener que acabar sus días sin poder escapar de aquella situación.

En ese momento se oyó al bebé. Parecía a punto de echarse a llorar. Azorada, Emiko se puso a arrullarlo.

—Entonces, ¿el niño también murió? —preguntó Nanami con un hilo de voz.

Las miradas de todos se centraron en el pequeño.

Emiko lo tenía en brazos mientras le daba cariñosos toquecitos en la espalda. Detuvo su mano y se volvió hacia todos.

—Así es. Este niño también murió. Fue su madre quien... lo mató.

Todos contuvieron la respiración al oír aquello.

—Anda ya... —se azoró Seiya.

—Es cierto. Dejó una nota en el apartamento donde lo encontramos.

—¿Una nota?

—Decía que ya no encontraba ninguna razón para vivir y que había decidido quitarse la vida junto al bebé. Al parecer, era una madre soltera que había descubierto que su compañero estaba casado. Creo que, al verse abandonada por él, se dejó llevar por la desesperación.

—¿Quiere decir que su madre lo mató justamente durante los trece segundos en cuestión? —preguntó Seiya.

—Eso creo.

Toda dejó escapar un largo suspiro.

—¿Puede una madre matar a su hijo por algo así?

Emiko esbozó una suave sonrisa. Sin embargo, sus ojos estaban envueltos en un halo de indescriptible tristeza.

—Claro que puede. En el mundo también hay madres estúpidas, capaces de matar a sus propios hijos. Lo sé porque... yo soy una de ellas.

Emiko dejó al bebé y se aproximó a Mio, que estaba sentada en un rincón, abrazada a sus rodillas. La niña alzó hacia su madre una mirada inexpresiva. Emiko la abrazó.

—Aquel día, yo salté desde la azotea de un edificio con ella. Solo porque estaba pasando apuros económicos, le robé la vida a mi niña. Desde ese momento, ya no ha podido volver a hablar. Pero la verdad es que lo intuía. Me preguntaba si no sería este el mundo que hay después de la muerte. Porque, visto lo que hice, no me parece injusto encontrarme aquí. No tendría derecho a quejarme aunque me hubieran enviado al infierno.

37

Cuando se tumbó en el centro de la habitación, con los brazos en cruz y las piernas separadas y extendidas, sintió el olor a juncos del tatami. Era un aroma que añoraba. Fuyuki se sentía como si hubiera regresado a casa después de un largo viaje, aunque su verdadera casa fuera un apartamento de estilo occidental, de un solo dormitorio.

Sentía en la espalda una tierna sensación de bienestar. Estaba seguro de que, si cerraba los ojos, no tardaría en caer dormido.

Se quedó mirando el techo. Debía de ser de madera de ciprés *hinoki*. El veteado natural era realmente precioso.

El grupo se había trasladado al Palacio Presidencial. Ya habían verificado el estado de las instalaciones por dentro. Tal como esperaban, la estación generadora funcionaba sin problemas, de modo que, si ahorraban algo de energía, no deberían encontrar obstáculos para desarrollar allí su vida cotidiana con normalidad.

En cuanto a agua y alimentos, si sumaban también los que había en la residencia oficial, contaban con existencias para aproximadamente un mes.

El problema era qué iban a hacer a partir de ahora. En algún momento tendrían que decidir si iban a establecer su base permanente en ese sitio o si iban a optar por otra vía.

Pero a Fuyuki no le apetecía pensar en eso. Cuando recordaba que había dejado de existir en el mundo anterior y que ya no iba a volver a ver a sus amigos y conocidos que seguían en él, experimentaba una terrible sensación de vacío.

Notó que alguien entraba en la habitación. Dentro del campo visual de Fuyuki, que seguía mirando al techo, apareció el rostro de Asuka.

—¿De siesta? —le preguntó ella.

—No, simplemente estaba aquí distraído, sin hacer nada. ¿Qué pasa?

—Dicen que ya está la comida.

—Ah... —Fuyuki se incorporó hasta quedar sentado sobre el tatami con las piernas cruzadas. Volvió a escudriñar la estancia con la mirada. Parecía una habitación de estilo japonés destinada a acoger a los huéspedes extranjeros del primer ministro. Al otro lado del corredor exterior había un jardín admirablemente bien cuidado.

—Vaya habitación más buena —dijo Asuka sentándose en *seiza* a su lado. Un tenue aroma a champú llegó hasta Fuyuki. Ella debía de haber tomado una ducha.

—Hay gente que vive en sitios como este.

Asuka dejó escapar una risita.

—¿Qué te hace tanta gracia?

—Que tus palabras no tienen sentido. En realidad, no hay nadie en el mundo que viva aquí. Y los que vivían antes tampoco están. Es más, para empezar, habría que preguntarse qué es ahora el mundo para nosotros.

Fuyuki se encogió de hombros.

—Pues tienes razón... ¿Vamos a comer?

En el comedor, el almuerzo ya había comenzado. El menú consistía en estofado a la crema, ensalada de patatas y pollo frito al estilo chino.

—¡Vaya lujo de menú! —exclamó Fuyuki sentándose a la mesa—. ¿No hace falta ahorrar alimentos?

—Seiya dijo que al ser el primer día... —Emiko sirvió la comida a Fuyuki y Asuka—. A mí se me hace difícil llamar «lujo» a algo como esto, pero...

—¡Qué va! Comparado con lo que comíamos hasta ayer, esto es un banquete. Te estamos muy agradecidos —dijo Toda con el rostro enrojecido. Se estaba bebiendo una cerveza.

Fuyuki se llevó un trozo de pollo a la boca. Su textura crujiente lo emocionó. Se dijo que iba a disfrutar de esa comida sin darle más vueltas a la cabeza.

—¿Te pasa algo? ¿Te encuentras mal? —le preguntó Seiya a Nanami. Su plato estaba prácticamente intacto.

—No, no es eso. Es que no tengo apetito y... —Apuró el agua de su copa y se levantó de la silla—. Comeré más tarde. Emiko, en la cocina había film transparente para guardarlo, ¿verdad?

—No te preocupes, yo me encargo.

—Vale, gracias.

Nanami llevó su plato a la zona de la cocina y luego se marchó del comedor.

—Bueno, comprendo cómo se siente —dijo Toda—. Es lógico que no tenga apetito. Es más, tal vez los raros seamos nosotros, que estamos aquí comiendo a dos carrillos como si nada. Son tantas las cosas increíbles que nos han pasado, que seguramente nos hayamos vuelto todos insensibles. —Mientras decía eso, Toda mordía un trozo de pollo y daba tragos a su cerveza.

Sentado a un extremo de la mesa, Kawase leía un grueso documento encuadernado. En ocasiones anotaba algo con un bolígrafo.

—Kawase, ¿qué es eso? —le preguntó Fuyuki.

El *yakuza* dejó el bolígrafo.

—Como no tengo nada mejor que hacer, he decidido estudiar un poco.

—¿Estudiar? ¿El qué?

Kawase volvió la tapa del documento hacia Fuyuki.

—«Informe de resultados de la investigación sobre el Fenómeno P-13 y la discontinuidad matemática.» Vaya rollo, ¿no?
—Más vale tarde que nunca —dijo Toda.
—Eso tiene pinta de ser bastante difícil, ¿no? —le dijo Fuyuki a Kawase.
—Sí que lo es. No entiendo ni la mitad de lo que pone. Pero sí que pone bastantes cosas que me convencen. Por ejemplo, lo de que no hayan desaparecido las flores y los árboles...
—¿Las flores y los árboles?
—Sí, es algo que me tenía intrigado. Eso de que no solo hubieran desaparecido las personas, sino también los perros, los gatos, los peces... todos los animales. Sin embargo, los cerezos o las hierbas que sigue habiendo por ahí no se han ido a ninguna parte. Los vegetales no han desaparecido. Me preguntaba por qué los animales sí pero los vegetales no. A fin de cuentas, ambos son seres vivos, ¿no? Al menos así me lo enseñaron en la escuela.
—Es verdad. Lo son —dijo Asuka levantando la mirada del plato—. Realmente es algo intrigante.
—Ya lo creo —dijo Kawase, contento de que Asuka coincidiera con él.
—¿Y bien? ¿Has averiguado la razón?
—Bueno, más o menos. Aunque a mi manera, pero... —respondió abriendo el documento—. Dicho en términos difíciles, parece que se debe a que los vegetales tienen continuidad matemática, pero los animales no. Dicho de un modo más comprensible, significa que, en el caso de los vegetales, se puede prever más o menos su evolución futura, pero en los animales, no.
—¿Y eso qué quiere decir? Sigo sin entenderlo.
—A ver, las flores no pueden moverse por sí mismas, ¿verdad? Pueden cimbrearse si el viento las agita o doblarse si la lluvia las azota, pero esas fuerzas exteriores que provienen de la naturaleza se pueden calcular matemáticamente. Luego hay

otros hechos, como que las flores abran sus pétalos o que, pasado un tiempo, se marchiten. Pero ese tipo de cosas se debe a la programación que los vegetales llevan genéticamente incorporada, así que también son matemáticamente previsibles. Sin embargo, eso no funciona en los animales. Por ejemplo, nadie puede saber qué va a hacer un perro al instante siguiente, ¿no? Eso no lo sabe ni Dios. Pues bien, según parece, este tipo de cosas suponen lo que matemáticamente se llama una discontinuidad.

No sabía si el descifrado del texto que había efectuado Kawase era o no correcto, pero lo cierto era que, oyéndolo, Fuyuki comprendió más o menos de qué trataba. Y lo mismo debió de ocurrirle a Asuka, pues estaba asintiendo con la cabeza.

—¿Y sabéis qué es lo más interesante? La definición de animal en este ámbito —dijo Kawase volviendo a mirar el documento—. Por ejemplo, ¿desde dónde hasta dónde creéis que hay que considerar persona a una persona?

Fuyuki, que no entendió la pregunta, ladeó la cabeza. Fue Asuka la que respondió.

—Pues... todo lo que abarque su cuerpo, ¿no?

—¿Y desde dónde hasta dónde se considera que abarca su cuerpo?

—Desde la punta de los pies hasta la cabeza. En fin, todo, entero...

—¿Los pelos del cabello se entienden incluidos?

—Claro.

—¿Y los que se le hayan caído?

—No, esos ya no, porque al haberse desprendido ya no forman parte de su cuerpo.

—¿Y las uñas?

—Incluidas.

—Pero no incluirás esas uñas postizas que las chicas os ponéis a veces, ¿verdad?

—Claro que no. Eso es algo artificial.

—Vale. ¿Y el cebo corporal que recubre nuestra piel? A fin de cuentas, está adherido a la cara exterior de nuestro cuerpo...

—Bueno, eso... —Asuka ladeó la cabeza—. No, no lo incluiría. Las cosas que salen de nuestro cuerpo ya no son parte de él.

—En tal caso, ¿qué pasa con las heces? Me refiero a las que aún no han sido excretadas y siguen almacenada en el intestino.

Asuka hizo una mueca de desagrado.

—Oye, si no te importa, ahora mismo estoy comiendo...

—Vale, supongamos que te haces una herida y sangras. ¿Hasta dónde consideramos que forma parte de ti y a partir de dónde ya no?

Asuka se quedó en silencio ante la pregunta. Se volvió hacia Fuyuki en busca de ayuda.

—Kawase, ¿tú sabes la respuesta? —le preguntó él.

—No es que la sepa, es que la pone aquí. Voy a leeros el texto. A ver... Aquí está: «En estos casos, el concepto de ser humano incluye las partes que, por influencia de su inteligencia, no hayan podido conservar su continuidad matemática.» ¿Qué os parece? ¿Entendéis lo que significa?

—Ni pizca —dijo Asuka frunciendo los labios, confusa.

—Bueno, es lo que he dicho antes. Eso de no poder predecir qué va a pasar en el futuro con algo es, matemáticamente, una discontinuidad. Por ejemplo, yo ahora cojo este tenedor así. —Tomó un tenedor en su mano—. Mientras esté encima de la mesa, el tenedor no va a sufrir ningún cambio. Pero una vez en mi mano, nadie puede prever qué va a suceder con él al instante siguiente, ¿verdad?

Asuka asintió y luego, sorprendida, abrió ampliamente los ojos.

—Entonces, ¿el tenedor pasa también a considerarse parte del ser humano?

—Por decirlo de un modo sencillo, sí.

—Pero eso es absurdo. De ser así, todo lo que estuviera en contacto con nuestro cuerpo sería parte de nosotros. Por estar, hasta el aire está en contacto con nosotros y, de modo indirecto, puede decirse que estamos en contacto prácticamente con todo.

—Chica, se ve que eres inteligente. Así es. A mí tampoco me acababa de convencer ese aspecto. Pero verás, aquí está bastante bien explicado. Antes he utilizado la expresión «al instante siguiente», ¿verdad? Pues ahí está la clave. Este tenedor, al estar hecho de metal, es rígido. Pero imaginad por un momento que se tratara de algo flexible, de goma o algo así. Suponed que blandiera en mi mano ahora ese tenedor de goma. ¿Se movería el tenedor exactamente a mi voluntad?

Asuka respondió tras pensarlo un poco.

—No.

—¿Por qué?

—Porque sería flexible. Si lo blandieras, se movería con algo de retraso.

Kawase dejó el tenedor y chasqueó los dedos.

—Eso es. Iría con algo de retraso respecto de mi voluntad. Lo que es tanto como decir que ya no se movería exactamente conforme a ella. Y ese pequeño retraso es precisamente la parte que no se considera incluida en el ser humano. Por eso antes he usado la expresión «al instante siguiente». Al parecer, en este contexto, «instante» significa una fracción extremadamente corta de tiempo que, desde el punto de vista de la física, está relacionada con la velocidad de la luz. Pero el apartado en que se explica todo eso es un galimatías y no lo entiendo bien. En cualquier caso, a estos efectos se consideran incluidas en la persona las partes que puede controlar con su inteligencia dentro de ese mínimo margen de tiempo. Así, por ejemplo, la ropa que está pegada al cuerpo, se considera que también forma parte de la persona.

—Claro... —dijo Fuyuki—. Por eso nosotros estábamos vestidos y los que desaparecieron de este mundo lo hicieron con la ropa puesta.

—Si la ropa no formara parte de la persona, las chicas habríais aparecido con un aspecto muy sexy —dijo Kawase mirando a Asuka con una sonrisa maliciosa.

—Bueno, los pensamientos eróticos son libres, allá cada cual con los suyos. Pero ¿y si alguien estuviera sentado en una silla, como nosotros ahora? ¿Qué parte de la silla se consideraría incluida en la persona y qué parte no?

—Eso parece que varía en función de los materiales y la forma en que se esté en contacto con ellos. Siguiendo con el ejemplo del tenedor, si se tratara de algo pequeño y duro como él, todo formaría parte de la persona. Pero, si estuviera hecho de goma o algo similar, solo lo sería la parte por la que lo estoy agarrando.

—Ah, así que era por eso... —dijo Seiya de repente—. Por eso los asientos de los coches tenían marcada la forma de los traseros que descansaban sobre ellos y los volantes estaban deformados por las señales de las manos del conductor. Y lo mismo pasaba con el asa de la cesta de aquella tienda veinticuatro horas: matemáticamente, formaba parte de la persona con quien estaba en contacto.

Fuyuki también recordaba haber presenciado esa escena.

—¿Lo veis? Leerlo resulta bastante útil —dijo Kawase, y lanzó el documento sobre la mesa—. Bien, eso es todo lo que he conseguido entender. El resto es un jeroglífico ininteligible.

—De todos modos, es impresionante. Yo habría sido incapaz de descifrar tanto contenido —murmuró Fuyuki.

—Qué va, qué va... Bueno, aunque la verdad es que yo, aquí donde me veis, de chaval era un fan de la ciencia ficción. Me gustaba leer a Asimov y gente así.

—¿En serio? Pues no te pega nada... —Aunque Asuka dijo

eso, la mirada que dirigió a Kawase estaba llena de admiración.

Komine se levantó de su silla.

—Irrelevante. A estas alturas, saber eso no nos sirve de nada. No altera para nada el hecho de que no podremos escapar de este mundo.

—Puede que así sea —dijo Kawase—. Pero a mí no me gusta la idea de morir tal cual, sin entender nada. Aunque ahora mismo ya estoy muerto... Bueno, si te molesta, no te preocupes. No volveré a hablar de ello.

—Para nada. Por mí puedes hablar de lo que te dé la gana —dijo Komine, y se marchó del comedor.

Esa noche, Fuyuki pudo por fin tumbarse sobre un futón después de mucho tiempo. Lo tendió en la habitación de estilo japonés que debía de estar destinada a los invitados de honor del primer ministro. Como habían acordado que cada uno podía elegir la habitación que quisiera, compartía la habitación con Seiya y Toda. No sabía dónde dormirían Komine y Kawase. Las mujeres y el bebé estaban en otra habitación de estilo japonés.

Oía roncar a Toda. No conseguía conciliar el sueño, pero no era por eso. Eran más de las siete de la tarde. Habitualmente ya estaba dormido a esas horas. Pero como había pasado varios días seguidos durmiendo en condiciones muy duras, tal vez la excesiva comodidad del futón lo estaba poniendo nervioso.

Seiya tampoco se había acostado todavía. Tras extender su futón sobre el suelo de tatami, había salido de la habitación y no había regresado.

Fuyuki se incorporó, se vistió y salió al pasillo.

Una luz se filtraba proveniente de la sala de visitas. Asomó la cabeza y vio a Seiya sentado en un sofá, tomando un whisky.

—¿No puedes dormir? —Fuyuki se dirigió a él.

Seiya se volvió hacia su hermano, ligeramente sorprendido.

—No es eso. Simplemente había algo en lo que quería pensar a solas.

—Entonces, supongo que te molestará si me quedo.

—No, no importa. ¿Te apetece un trago?

—Bueno, tal vez...

Seiya cogió una copa de cristal de Baccarat de la estantería y la puso ante Fuyuki. Luego vertió whisky escocés en ella.

—Gracias.

38

Copa de whisky en mano, Fuyuki recorrió con la mirada la habitación.

—Qué silencio. ¿En qué pensaría el primer ministro en una habitación tan silenciosa y tan amplia?

Seiya esbozó una sonrisa.

—No creo que se quedara nunca a solas aquí. La utilizaría solo cuando tuviera invitados.

—Ya.

—El primer ministro tenía su despacho en la residencia oficial. Se comentaba que los borradores para los discursos y demás los escribía él mismo.

—Seguramente se los escribiría su secretario.

—A algunos primeros ministros sí. Pero tengo entendido que Ootsuki se los escribía él mismo. Al parecer, era partidario de ello cuando se trataba de algo importante.

Fuyuki recordó el rostro de Ootsuki, al que solo había visto por televisión. Era un político del que la gente se burlaba a menudo, diciendo que solo mantenía sus buenos resultados en las encuestas porque era fotogénico y muy hábil en los actos públicos para ganarse el apoyo de la ciudadanía.

—Por supuesto, lo del Fenómeno P-13 no solo lo sabría él, sino también los demás altos mandatarios del Gobierno —dijo Fuyuki.

—Precisamente por eso establecieron la sede central de operaciones en la residencia oficial.

—Pero no informaron a la ciudadanía. ¿Por qué crees que lo harían?

—Pues por lo que ponía en el folleto. Iba a producirse un salto en el tiempo, pero no iba a provocar ningún cambio aparente, así que, para evitar desórdenes, habrán decidido tratarlo como materia estrictamente reservada. Tampoco creo que todos los altos funcionarios estuvieran informados. Seguramente muchos no lo sabrían. Solo estaría informada una pequeña parte de ellos. Por cierto, Kawase dijo que los jefes de los clanes *yakuza* también sabían algo. Es posible que se lo contaran los altos funcionarios con los que tuvieran buena relación.

—El primer ministro y su gente sabían que, para una persona, morir durante esos trece segundos era algo tremendo. Y, aun así, lo ocultaron.

Seiya dio un pequeño sorbo al whisky y sus labios se curvaron hacia abajo en un gesto adusto.

—¿No crees que, desde la posición de quien más manda en un país, esa es una medida lógica? Si hubieran cometido la torpeza de hacer pública la información, habría cundido el pánico. Y ten por seguro que, con ello, se habrían producido víctimas.

—¿Y no pensaron también en las personas que podían morir durante esos trece segundos?

—Claro que lo hicieron. Por eso adoptaron varias medidas. Por ejemplo, se enviaron circulares al Ministerio de Defensa y a la Agencia Nacional de Policía indicando que, durante esos trece segundos, no encomendaran a su personal la realización de tareas peligrosas. Una de esas notas también llegó a mi departamento.

Fuyuki alzó los ojos y miró fijamente a su hermano.

—¿Quieres decir que, a pesar de que conocías la circular, diste prioridad a la detención de esos delincuentes?

—No nos informaron de los detalles. Quizá tampoco los conociera el inspector jefe. A mí se limitaron a decirme que no encomendara a mis hombres tareas peligrosas, sin explicarme el motivo. ¿Cómo iba yo a dejar escapar a unos delincuentes que tenía delante de mis narices solo por eso?

—¿Y si te hubieran explicado detalladamente las razones? Si te hubieran dicho que, en caso de que murieras, se produciría una paradoja que te enviaría a un mundo inimaginable, ¿le habrías dado prioridad a la detención de los delincuentes?

El antiguo comisario de la Jefatura Superior de Policía ladeó la cabeza, frunció el ceño y comenzó a hablar.

—A estas alturas, quién sabe. No sé si me habría creído toda esta historia sobrenatural. Es posible que no me la hubiera creído y me hubiera lanzado a detener a esa gente. Aquí donde me ves, a mí, como a todo el mundo, también me gusta realizar proezas. Así que, seguramente, al final me habrían matado y habría acabado aquí. Por eso, en mi caso, estar informado o no de antemano no hubiera cambiado mucho las cosas.

Fuyuki dejó la copa sobre la mesa, apoyó las manos en sus rodillas y estiró los músculos de la espalda.

—Hermano, no te equivocaste. Con independencia del Fenómeno P-13, tú jamás hiciste nada que pudiera poner a un subordinado en peligro. Y, por supuesto, también supiste cuidar de ti mismo. Además, seguro que el plan que habías elaborado permitía llevar a cabo las detenciones sin correr riesgos.

—¿Y?

—Que tú estés ahora aquí... —Fuyuki respiró hondo antes de continuar— es culpa mía. Tú también lo crees así, ¿verdad?

—¿Qué dices?

—¿Acaso no es así? Como yo salté por mi cuenta sobre el coche de aquella gente y aparecí allí delante de vosotros, tú te viste obligado a actuar. Y por eso... te dispararon.

—Déjalo ya, anda.

—¡No hice bien! —insistió Fuyuki dando un golpe en la mesa—. Si no hubiera cometido esa estupidez, lo demás tampoco habría sucedido. Que a mí me mataran es algo que yo mismo me busqué. Pero tú...

—Te he dicho que lo dejes ya —ordenó Seiya con gesto severo—. ¿De qué sirve lamentarse ahora? ¿Acaso se va a solucionar algo?

—Solucionar no, pero... Es que, si no, no me quedo tranquilo.

—¿Y a mí qué me importa que no te quedes tranquilo? ¿Va eso a suponer algo bueno para mí? ¿Me devolverás así al mundo anterior?

Fuyuki agachó la cabeza.

—No, eso no puedo hacerlo, pero...

—Pues entonces ahórrate esta especie de confesión absurda. Ni me apetece escuchar tu arrepentimiento, ni me interesa saber si te quedas tranquilo o no. Si te sobra tiempo para lamentarte por eso, mejor gástalo en pensar qué vamos a hacer a partir de ahora. El futuro es lo único que nos han dejado. Nuestro pasado se ha extinguido.

El tono grave de Seiya hizo vibrar el ambiente, y al mismo tiempo sacudió el corazón de Fuyuki. No pudo evitar ser de nuevo plenamente consciente de la estupidez que había cometido. Se dio cuenta de que, a pesar de las veces que desde pequeño le habían dicho que tenía que valorar al máximo la vida de los demás, no había entendido nada.

Al oír que su hermano dejaba escapar un suspiro, Fuyuki lo miró. El rostro de Seiya se mostraba inusitadamente apacible.

—Si te soy franco, no me siento tan pesimista como el resto. Es verdad que estoy desconcertado ante esto, pero, aun así, creo que en cierto sentido hemos tenido suerte.

—¿Suerte?

—Piénsalo. Nosotros ahora tendríamos que estar muertos. No deberíamos estar aquí, los dos hermanos juntos, bebiendo y hablando de nuestras cosas. Pero, mira por dónde, estamos vivos. Gracias al Fenómeno P-13 seguimos vivos. Si eso no es tener suerte, entonces, ¿qué es? Es verdad que este mundo es muy duro. Pero está claro que no se trata del mundo que hay después de la muerte. Y tampoco del infierno. Este es el lugar desde el que nosotros podemos alcanzar el futuro. ¿No te parece?

Mirando a Seiya, Fuyuki esbozó una sonrisa involuntaria.

—He de reconocer que me rindo ante tu fuerza. Yo soy incapaz de verlo así.

—La fuerza no tiene nada que ver. Simplemente, detesto arrepentirme.

Fuyuki quería decirle que en eso consistía precisamente ser fuerte, pero se abstuvo. Ya no le quedaba whisky en la copa. Se puso en pie.

—¿Te vas a dormir? —le preguntó Seiya.

—Sí. ¿Tú no?

—Me quedaré bebiendo un poco más. Hay muchas cosas en las que quiero pensar.

—Entendido —dijo Fuyuki, dirigiéndose hacia la puerta, cuando de pronto se oyeron pisadas a la carrera al otro lado. Al abrir la puerta, vio que se trataba de Emiko—. ¿Qué ocurre?

—Ah, menos mal que os encuentro. Es que Nanami no ha vuelto —dijo Emiko sin resuello.

—¿Cómo que no ha vuelto?

—Salió de la habitación, así que pensé que iba al baño o algo así. Pero luego recordé que, antes de salir, había abierto su nevera portátil, así que me preocupé y eché un vistazo al contenido. Falta una jeringuilla. Estoy segura de que antes había cinco y ahora solo quedan cuatro...

—¿Y cuándo ha sido eso? —preguntó Seiya desde detrás de Fuyuki.

—Hará unos veinte minutos. La estamos buscando entre Asuka y yo...

—Vamos nosotros también —le dijo Fuyuki a Seiya.

—No; dejemos que sean ellas quienes la busquen aquí. Tú ven conmigo.

—¿Adónde?

—Recuerdas que ya desapareció antes en una ocasión, ¿verdad? Si se ha ido a algún sitio, seguramente sea al mismo.

Eso convenció a Fuyuki, que asintió con la cabeza.

—El hospital en que trabajaba antes...

—Por su propio pie todavía no habrá llegado muy lejos. Intentaremos darle alcance.

—De acuerdo.

Tras confiar a Emiko y Asuka la búsqueda de Nanami por el interior del Palacio Presidencial, los dos hermanos salieron del recinto. Su zona anterior estaba sumida en la más absoluta oscuridad. Más allá solo había ruinas desiertas. Las calles habían perdido su forma original y en cualquier parte podían hallar una trampa que los condujera a la muerte.

Refrenando el impulso de echar a correr, avanzaron prudentemente vigilando cada paso que daban. En primer lugar, se encaminaron hacia el Palacio Imperial. Dirigirse hacia el norte por la avenida Uchibori-dori, dejando a la derecha el Palacio Imperial, era la forma más sencilla de ir al hospital donde trabajaba Nanami.

—Al parecer, ella tenía a su novio en ese hospital —dijo Seiya sin detenerse—. Decía que era médico.

—Ah, es por eso...

—La pérdida de un gran amor es la principal causa de la pérdida del deseo de vivir.

Fuyuki asintió con la cabeza mientras alumbraba el camino con su linterna.

No tardaron demasiado en salir a la avenida Uchibori-dori. Contribuyó a ello el hecho de que en el entorno de la residencia oficial no había muchos vehículos y los daños causados por seísmos e inundaciones eran también escasos. Sin embargo, dado que la avenida era habitualmente una de las de mayor tráfico de la capital, ella sí estaba atestada de coches accidentados que se amontonaban en un amasijo. Además, como también se habían acumulado multitud de objetos arrastrados por las inundaciones, ni siquiera resultaba sencillo pasar al otro lado.

Así las cosas, ambos decidieron seguir tal cual el curso de la avenida hacia el norte, sin cruzarla. Al poco tiempo vislumbraron una lucecita que destellaba intermitentemente.

—Mira. Allí.
—Ya... —respondió Seiya, que también la había visto.

Nanami se encontraba en la zona de Hanzomon. Desde allí, partía hacia el oeste una avenida que llevaba hasta Shinjuku, pero a lo largo de ella se había formado un muro de coches destrozados que impedía a Nanami cruzarla.

—¡Nanami! —la llamó Seiya. Ella dirigió su linterna hacia ellos.

Cuando los dos hermanos se le aproximaron, Nanami tiró su linterna y extrajo algo del bolsillo. Parecía moverse con agilidad, pero no podían ver qué era exactamente lo que hacía.

Ambos se aproximaron un poco.

—¡No os acerquéis más! —gritó ella.

Seiya la alumbró con su linterna. Tenía una manga subida hasta el codo. Y lo que llevaba en la otra mano parecía una jeringuilla. Era de suponer que contendría succinilcolina.

—Nanami, regresemos —le dijo Seiya.

—¿Por qué? —preguntó ella con aire compungido—. ¿Por qué me habéis seguido?

—Porque estábamos preocupados por ti. Es lógico, ¿no? Hasta ahora, siempre que alguien ha desaparecido, hemos ido a buscarlo. Y cuando sabíamos adónde iba, lo hemos seguido hasta allí.

—A mí podéis dejarme tranquila.

—No podemos hacer eso. Tú también eres una compañera muy importante para nosotros.

Nanami negó con la cabeza.

—Ya no hace falta que me consideréis vuestra compañera. Olvidaos de mí. Podéis apañároslas perfectamente sin mí... Así que os lo pido por favor: dejadme sola. Por favor, os lo ruego.

—Aunque pudiéramos sustituir a la enfermera, nadie podría sustituir a la persona. Solo tú puedes ser tú.

—¿Y qué hay de lo que yo siento? ¿Es que tengo que vivir solo por los demás? ¿He de seguir viviendo, a pesar de que ya no tengo ninguna expectativa? ¿Si ya sé que a él no voy a volver a verlo?... Pero, Seiya, tú lo dijiste. Dijiste que si seguíamos vivos, encontraríamos una salida para esto. Dijiste que, del mismo modo que él desapareció, podría volver a aparecer de repente. Pero eso ya no es posible. Entonces, ¿por qué tengo que seguir viviendo de todos modos? ¿Por qué no puedo morir?

Fuyuki sintió que ese angustioso dolor le oprimía el pecho. Tuvo la sensación de que, en esas circunstancias, era más cruel obligar a alguien a seguir viviendo.

—Yo no digo que no puedas morir.

Nanami abrió los ojos. También Fuyuki se volvió a mirar el perfil de su hermano.

—Personalmente pienso que suicidarse no está bien, pero no tengo ninguna intención de imponerte a ti esa idea. Aquí hay que descartar todas las ideas preconcebidas. Así que esto no es ninguna orden. Es solo un ruego de mi parte. Te ruego que me hagas el favor de seguir viviendo junto a nosotros.

Con la jeringuilla todavía en la mano, Nanami ladeó la cabeza con aire de tristeza.

—¿Para qué? ¿Acaso me espera algo bueno si lo hago?

—No lo sé. Pero lo que sí puedo asegurarte es que, si mueres ahora, nos entristeceremos. Y también puedo afirmar que no habrá nada de bueno en ello. Te estoy pidiendo que no nos entristezcas con tu muerte, por favor.

—Pero aunque yo falte...

—A mí me entristecería mucho que tú faltes —afirmó Seiya tajante y con tono enérgico—. No quiero perderte. Si lo hiciera, seguramente me sumiría en la misma desesperación que tú al perder a tu novio.

Nanami se retorció en una mueca de dolor.

—Eso... eso no vale, Seiya. Eso es jugar sucio. Es hacer trampa...

—Te lo ruego —insistió Seiya, dedicándole una reverencia con la cabeza—. Aguanta un poco más, por favor. Por supuesto, tienes derecho a morir. Puedes morir en cualquier momento. Pero no ahora, por favor. Hazlo por mí. No te mueras, por favor.

Las palabras de Seiya contenían una suerte de insinuación amorosa. Fuyuki no pudo discernir si se trataba de un verdadero sentimiento de amor hacia ella o no. Pero, por las señales que emitía todo el cuerpo de Seiya, dedujo que no las había pronunciado simplemente con la finalidad de que Nanami abandonara la idea del suicidio.

Ella agachó la cabeza y dejó caer lánguidamente la mano con que sostenía la jeringuilla.

Seiya se aproximó despacio a ella y extendió su mano derecha.

—Dámela.

—Eso es jugar sucio... —murmuró Nanami mientras le entregaba la jeringuilla.

39

Nada más despertarse, Fuyuki abrió la puerta corredera de papel que daba al jardín exterior. Al otro lado de la puerta de cristal se repetía la escena de la mañana anterior. El cielo estaba gris y seguía lloviendo. Mojados por la lluvia, los árboles mostraban tonalidades más intensas y las linternas de piedra del jardín brillaban con una negrura reluciente.

—¿Otra vez lluvia? —dijo una voz tras él.

Cuando se volvió, vio a Kawase entrando en la habitación con el cepillo de dientes en la boca. Llevaba puesta una camiseta de tirantes.

—Con este van ya cuatro días seguidos. Pero ¿hasta cuándo va a seguir así? —se quejó Fuyuki.

—Bueno, eso hay que preguntárselo al astro rey, que es el único que lo sabe. —Kawase se puso a su lado y alzó la vista hacia el cielo plomizo—. Llueve con ganas. A este paso, ahí abajo volverán a producirse inundaciones.

Kawase lo dijo sin ninguna intención, pero a Fuyuki el mero hecho de oír la palabra «inundación» ya lo entristecía. La imagen de Taichi siendo tragado por aquella turbia corriente de agua se había quedado grabada en su cabeza y no conseguía quitársela.

Cuando Fuyuki se dirigió al comedor, notó que ya había gente en la cocina. Primero vio moverse intermitentemente la silueta de Emiko y luego apareció Mio. Llevaba unos platos en las manos y empezó a disponerlos de manera ordenada sobre la mesa. Alzó la mirada hacia Fuyuki y luego hizo una rápida reverencia de saludo con la cabeza. Era la primera vez que la niña reaccionaba de ese modo.

—Buenos días —le dijo él. Mio movió ligeramente los labios y volvió a la cocina. Fuyuki interpretó que aquella era su forma de sonreír.

En la estancia contigua, Seiya tenía un mapa desplegado y una taza de café al lado.

—¿Qué estás averiguando? —le preguntó Fuyuki.

—Ah... —dijo Seiya—. Las distintas alturas sobre el nivel del mar del área metropolitana de Tokio. A juzgar por lo que pone aquí, tampoco es que estemos en una zona tan elevada.

—¿Y para qué quieres saber eso? —repuso Fuyuki, sentándose al otro lado de la mesa.

—Por esta lluvia. Tal vez abajo haya empezado a anegarse todo —respondió Seiya mirando al exterior a través de la ventana.

—¿Crees que en algún momento se inundará también esto?

—No lo sé. Pero es mejor estar preparados por si acaso.

—¿Y cómo vamos a prepararnos? Si ya tenemos alimentos y hasta contamos con una estación generadora de electricidad. Este sitio es perfecto —dijo Fuyuki extendiendo los brazos.

—¿Qué significa perfecto? ¿Que puede garantizar nuestra vida permanentemente?

—Bueno, permanentemente no, pero sí durante un tiempo.

—¿Y qué significa «durante un tiempo»? Como mucho, tenemos reservas de alimentos para un mes...

—¿Es que un mes no es suficiente?

Seiya apoyó los codos en la mesa y las manos en sus mejillas al tiempo que miraba a Fuyuki.

—¿Y si a lo largo de todo el mes el agua no se fuera nunca?

¿Qué haríamos? Porque no hay ninguna garantía de que vaya a dejar de llover en ningún momento. ¿Pretendes que salgamos a nado a través del agua embarrada?

—Bueno, eso ya... Es que si te preocupas hasta por eso, no acabas nunca.

—¿Y qué pasa por no acabar nunca? No querrás que, llegado el caso, improvisemos y sea lo que Dios quiera, ¿verdad?

Fuyuki se quedó en silencio. Seiya lo señaló con el dedo.

—Te voy a contar cómo está la situación. Si el agua no se va por sí sola, nos quedaremos encerrados aquí. Por supuesto, nadie vendrá a rescatarnos. Así que, cuando se agoten nuestros víveres, la única opción que nos quedará será morir de hambre. Todos.

Fuyuki contuvo la respiración.

—Entonces, ¿también vamos a abandonar este lugar?

—Si es necesario, sí.

—Pero las inundaciones ya han debido de empezar a producirse, ¿no? ¿Cómo vamos a irnos de aquí? ¿Y adónde?

—Lo estoy pensando —respondió Seiya antes de dirigir la mirada hacia la persona que apareció detrás de Fuyuki—. Buenos días.

Fuyuki se dio la vuelta. Asuka acababa de entrar vestida con un chándal.

—Buenos días —respondió ella en voz baja.

—¿Qué tal se encuentra Nanami? —le preguntó Seiya.

Asuka se encogió de hombros.

—Creo que como siempre.

—¿Quieres decir que no se encuentra bien?

—Sigue metida en la cama y dice que no quiere desayunar.

—Pero si anoche tampoco cenó nada —dijo Fuyuki—. ¿No sería mejor hablar con ella?

Seiya frunció el ceño, pensando en algo.

—Hermano... —dijo Fuyuki urgiéndole una respuesta.

—¿Y qué quieres que hagamos? ¿La obligamos a comer y le ordenamos que se comporte como si estuviera alegre? En estos momentos está sufriendo porque ha perdido su objetivo en la vida. Por ahora deberíamos conformarnos con que, a pesar de eso, no haya optado por matarse.

—Pero, si sigue así, no sabemos cuándo puede volver a intentar cometer una locura —dijo Asuka.

—Ya, pero eso tampoco significa que tengamos que estar todo el día pendientes de ella. Lo único que podemos hacer es confiar en que consiga sobreponerse por sus propias fuerzas, le cueste lo que le cueste.

—Para la gente normal, eso es imposible. No todo el mundo es tan fuerte como tú, Seiya. Hay veces en las que yo también tengo ganas de morir.

Sobresaltado, Fuyuki se quedó mirando a Asuka. Ella hizo un gesto y negó con la cabeza.

—Perdón. No quería decir eso. Tranquilos, no tengo ninguna intención de matarme —dijo, pasándose la mano por el pelo.

Al llegar la hora del desayuno, Kawase y Toda aparecieron también por el comedor. Toda tenía unos andares algo vacilantes. Cuando pasó a su lado, Fuyuki notó que olía a alcohol.

—Jo, cómo se agradece esto. Desayunar todos los días como Dios manda era algo que no hacía desde que iba a primaria —dijo Kawase sentándose a la mesa. En su plato había ensalada, jamón de York y tortilla.

Toda, sin embargo, no se sentó. Fue directamente a la cocina, se oyó cómo abría y cerraba la puerta del frigorífico y, al instante, reapareció en el comedor con una lata de cerveza en cada mano. Se sentó al otro extremo de la mesa y abrió una. Después de echar un buen trago dejó escapar un sonoro eructo.

—Toda —dijo Seiya—. ¿No cree que ha bebido más de la cuenta?

Toda lo miró con ojos desafiantes.

—¿Es que no se puede?

—Creo haberle rogado ya con anterioridad que, por favor, dejara el alcohol para los momentos antes de acostarse.

—Hum... —Toda soltó el aire por la nariz.

—Pero eso era antes, ¿no? Cuando me dijiste que no me emborrachara hasta la noche, porque no sabíamos en qué momento podríamos vernos en algún apuro. Pero ahora que ya estamos aquí, no veo cuál es el problema. Tenemos comida y dormimos cómodamente sobre futones. Así que ya podemos tomar la cerveza que queramos.

—Si es solo un poco, no pasa nada. Pero es evidente que usted ya ha bebido demasiado. Si continúa así, acabará dañándose la salud.

Toda sonrió con desprecio.

—¿Y? ¿Qué más da que me dañe la salud? ¿Qué hay de bueno en conservarla? Nada. No hay nada de bueno en vivir más tiempo. Solo más sufrimiento. Por eso quiero hacer lo que me apetezca mientras viva. Beber todo el alcohol que quiera, emborracharme y, si por eso tengo que morir, pues mejor que mejor. Es más, a mí me maravilla que vosotros seáis capaces de vivir sobrios en medio de todo esto —añadió.

Seiya pareció resignarse. Se calló y retomó el desayuno que había interrumpido. Sentado frente a Fuyuki, Kawase se comía su tortilla sonriendo con malicia.

Cuando Fuyuki y los demás terminaban ya de desayunar, apareció Komine. Iba en pijama. Tras recorrer la mesa con la mirada aún borrosa por el sueño, se sentó en una silla.

—Café —pidió.

—Voy —contestó solícita Emiko poniéndose en pie. Pero Seiya la detuvo con un gesto de la mano.

—Si lo que quieres es café, hay una jarra ya hecha en la cocina. Ve tú mismo a por él, por favor. Que Emiko tenga la amabilidad de prepararnos la comida a todos se debe solo a su buena voluntad. Ella no es nuestra criada, ni tu esposa.

Komine miró con gesto malhumorado a Seiya. Luego se levantó con desgana y se encaminó hacia la cocina.

Seiya se puso en pie y se dirigió a todos.

—¿Tenéis un momento? Hay algo que quiero deciros.

—Oh, por fin unas palabras del señor comisario. Ya las echaba yo de menos —dijo Kawase en tono burlón.

Seiya le lanzó una mirada y luego comenzó a hablar.

—Bueno, me gustaría que hablásemos de lo que vamos a hacer a partir de ahora. Lo he estado comentando antes con mi hermano y creemos que es muy probable que todos los aledaños estén ya inundados por culpa de esta lluvia tan persistente. Supongo que ya sabéis que las zonas más bajas se acaban convirtiendo en auténticas riadas. Por otro lado, en cuanto al tiempo que nos queda de permanencia aquí, a la vista de las reservas de alimentos yo diría que será más o menos de un mes. Durante ese tiempo deberíamos pensar en qué podemos hacer.

—¿A qué te refieres con «poder hacer»? —le preguntó Kawase, que ya se había puesto serio de nuevo.

—Mi hermano opina que deberíamos valorar la posibilidad de trasladarnos a otro lugar más seguro, antes de que todo se inunde a nuestro alrededor —dijo Fuyuki.

—¿Es que hay algún lugar más seguro que este? —preguntó Kawase revolviéndose en su silla.

—Si los alrededores se inundan y el agua no drena por sí sola, estaremos perdidos —dijo Seiya.

—Entonces, ¿vamos a tener que abandonar también este sitio? Ahora que ya nos habíamos asentado aquí tan bien... —refunfuñó Asuka frunciendo el ceño.

—Yo me opongo —terció Komine saliendo de la cocina con una taza de café en la mano—. Ya estoy harto. No quiero moverme más.

—Yo opino igual —dijo Toda, y abrió su segunda lata de cerveza—. Si lo que nos queda es un mes, habrá que conformarse con eso. Hasta entonces, deberíamos vivir tranquilamente y hacer lo que quisiéramos. Si lo único que nos espera es la muerte, habrá que aceptarlo. A fin de cuentas, ya morimos todos antes una vez. No tiene sentido que ahora nos obliguemos a seguir vivos.

—Si uno se mantiene con vida, a veces se acaba viendo la luz.

Toda rio burlonamente al oír las palabras de Seiya.

—¿La luz? ¿Qué luz? ¿Qué luz pretendes que brille en un mundo hecho solo de muertos? Tú no dices más que vaguedades y disparates. A mí ya no me lías.

—¿Cuándo ha dicho mi hermano un disparate? —replicó Fuyuki.

—¿Es que no los ha dicho? No ha hecho más que llenarnos la cabeza de falsas expectativas para no acertar ni una. Y si al menos lo hubiera hecho sin saber nada, pues vale. Pero es que él sí lo sabía. Sabía que este era un mundo solo de muertos y que no podríamos regresar nunca al mundo anterior. Pero nos lo ocultó y se dedicó a llevarnos de un lado para otro dándonos órdenes. Está claro que lo único que le interesaba era beneficiarse de nuestra mano de obra.

Fuyuki negó con la cabeza.

—Esa no es la razón por la que mi hermano nos lo ocultó. Algo así deberías saberlo hasta tú. Lo único que él quería era que todos sobreviviéramos. No quería que perdiéramos el deseo de vivir.

—Ya, pero al final lo hemos perdido. Hemos dado un fatigoso rodeo para acabar así de todos modos. Para eso, más valdría que nos lo hubiera dicho desde el principio. De haberlo sabido, no habríamos intentado sobrevivir aguantando tantos sufrimientos.

—¿Quieres decir que sería mejor estar muerto por ahí?

—Pues sí, sería mejor. Sería mucho más cómodo estar simplemente muerto —afirmó Toda, y bebió otro trago de cerveza.

Kawase entró en silencio en la cocina. Al poco tiempo salió con un cuchillo de cocina en la mano, fue directamente hasta Toda y lo agarró por la solapa del pijama.

—Pero ¿qué haces? —dijo Toda, asustado

—No sé, como has dicho que querías morir, me he decidido a facilitarte las cosas. ¿No decías que preferirías haber muerto hace tiempo? Entonces supongo que no tendrás inconveniente en que te mate ahora mismo. Al contrario, deberías agradecérmelo. Verás, me apetece probar a matar a alguien por una vez. Lamentablemente, en el mundo anterior nunca tuve la oportunidad. Venga, aparta esas manos, que solo será una estocada rápida en el pecho. ¿O prefieres la garganta? ¿Prefieres que te raje la garganta? Tú eliges. —Kawase blandió el cuchillo frente al rostro de Toda.

Emiko dio un grito y cogió en brazos a Mio, que estaba a su lado.

—¡Kawase! —gritó Seiya.

Toda estaba temblando ostensiblemente. Al verlo, Kawase lo apartó de un empujón.

—¿Qué pasa? ¿No haces más que soltar rollos deprimentes, pero luego realmente no quieres morir? ¡Pues entonces deja ya de encontrarle pegas a todo!

—El... el... el momento de mi muerte... quiero elegirlo yo —balbuceó Toda.

—Vale, pues cuando te decidas, me avisas. Tú tranquilo, que acabaré contigo sin vacilar. No fallaré. Mejor así, ¿no?

Kawase seguía apuntando con la punta del cuchillo a Toda cuando Komine se aproximó a él en silencio.

—¿Y a ti qué te pasa? ¿Alguna queja? —dijo Kawase.

—A mí puedes clavármelo —dijo Komine en tono monocorde—. ¿No quieres matar a alguien? Pues prueba conmigo.

No voy a escapar ni a oponer resistencia. A cambio solo te pido que lo hagas del modo más indoloro posible.

—¿Tú estás loco o qué?

—Claro que no. A diferencia de él, yo no hablo de boquilla. A mí, si me matas, me haces un favor —dijo Komine sin expresión alguna en su rostro. Los ojos con que miraba a Kawase parecían dos bolas de vidrio—. Venga, clávamelo ya. ¿O es que realmente te da miedo matar a un hombre?

Kawase sonrió moviendo solo una mejilla.

—¿Quieres asustarme? Te lo advierto, nunca he matado a un hombre, pero sí he apuñalado a varios. La única diferencia está en clavar el arma en un punto vital o no, y eso no me importa en absoluto.

—Entonces, ¿por qué no lo haces ya? —dijo Komine desabrochándose los botones de la camisa y mostrando su pecho descubierto. Las costillas se le marcaban bajo la piel.

Los labios de Kawase se desencajaron en una mueca. Incluso desde el sitio en que se encontraba Fuyuki, pudo apreciar con claridad cómo volvía a apretar con fuerza el cuchillo en su mano.

—Qué divertido. Vale, allá voy.

Cuando Kawase se disponía a lanzar el cuchillo hacia Komine, Seiya, que se había aproximado a él, lo agarró del brazo.

—Kawase, déjalo.

—¡Suéltame!

—Esto no beneficia a nadie. Solo demuestra lo simple que eres.

—Vale —dijo Kawase dejando de hacer fuerza. Seiya le quitó el cuchillo de la mano.

Sin perder su mirada serena, Komine volvió a abrocharse la camisa y se dirigió hacia la salida. A mitad de camino, se detuvo, se giró y miró a Seiya.

—Tú lo dijiste. Eso del bien y del mal. Que eran cosas que

tendríamos que ir definiendo por nosotros mismos. En tal caso, aún está por aclarar si el homicidio entra dentro del bien o el mal. Yo te daré ahora mi respuesta: para alguien que ruega su propia muerte, se trata sin duda de un bien.

40

Aunque el resultado estaba claro, la partida continuaba. Asuka llevó una pieza blanca hacia el único escaque que quedaba vacío. Después de colocarla, sus finos dedos fueron volviendo del revés, una tras otra, varias piezas negras. Cuando hubo terminado, alzó la mirada del tablero. Su rostro carecía de expresión.

—¿Contamos?

—¿Para qué? Está claro que he perdido. —Fuyuki hizo un gesto adelantando su labio inferior y comenzó a recoger las fichas—. Al final yo he ganado una vez y tú tres. No esperaba que fueras tan buena.

—O tú tan malo. De hecho, cuando juego al Otelo con mis amigos no creas que gano tantas veces.

—Es que no le acabo de pillar el truco a este juego. ¿Echamos otra partida?

—Lo siento. Para mí ya es suficiente. —Asuka se reclinó en el sofá y bebió un trago del zumo que tenía al lado.

Fuyuki comenzó a guardar las piezas y el tablero del Otelo en su estuche. Lo habían encontrado en un aparador. Tal vez fuera uno de los entretenimientos de la familia del primer ministro.

—Oye, ¿hasta cuándo crees que vamos a seguir llevando este estilo de vida?

—Pues no sé... —Fuyuki solo fue capaz de decir eso y de poner gesto pensativo ante la pregunta.

—Parece que Seiya piensa que dentro de poco tendremos que abandonar también este sitio, ¿verdad? Y tú, Fuyuki, ¿qué opinas?

—Que si lo dice mi hermano no habrá más remedio que hacerlo.

Asuka le lanzó una mirada furibunda.

—Pero ¿qué dices? ¿Es que no tienes opinión propia? ¿Haces siempre todo lo que dice Seiya?

—No es eso. Quiero decir que comprendo lo que dice mi hermano.

—Entonces, ¿por qué no lo has dicho así? Tal como has contestado, daba la impresión de que, si él dice derecha, tú vas a la derecha, y si él dice izquierda, tú vas a la izquierda.

—Ya te he dicho que no es así. Yo también le llevo la contraria muchas veces. Y tú deberías saberlo.

—Bueno, antes sí era así, pero ahora me parece que te limitas a hacer solo lo que él manda. Creo que, como la situación se ha puesto muy difícil, crees que es mejor que todas las decisiones las tome él.

—No es eso... —insistió Fuyuki haciendo un rotundo gesto de negación con la cabeza. Sin embargo, un instante después asentía levemente—. Bueno, sí... Si te soy franco, puede que algo de eso sí que haya. Yo no tengo tan buena cabeza como él. Cuando la situación es de vida o muerte, no se me da nada bien prever el futuro. Para eso mi hermano es mucho más inteligente y más frío que yo. Reconozco que mi opinión es que, en casos así, es mejor dejar que decida Seiya. Ahora bien, tampoco pienso que haya que confiarle absolutamente todo. Me parece que yo también soy capaz de pensar por mí mismo. Lo que pasa es que se me hace muy difícil llevarle la contraria.

—¿Difícil? ¿Por qué?

—Porque fui yo quien lo arrastró hasta aquí. —Fuyuki alzó el rostro—. Metí la pata y él murió por mi culpa.

Fuyuki le contó a Asuka lo que les había ocurrido en el mundo anterior. Ella lo escuchó frunciendo el entrecejo y asintiendo de vez en cuando con la cabeza.

—Así que fue eso... Los dos estabais a cargo del mismo caso e ibais a detener a unos delincuentes.

Fuyuki negó con la cabeza.

—No. A cargo del caso estaba Seiya. Los de la policía local estábamos simplemente de apoyo. A mí no me llamaron en el momento de las detenciones, aparecí allí por mi cuenta. Me entrometí, salí corriendo desenfrenadamente como un estúpido y me cargué toda la operación que mi hermano y su gente habían preparado. Al final, aquellos tipos nos dispararon a los dos. Quedé como un auténtico imbécil.

—Entiendo lo que dices, pero ¿no crees que preocuparse por eso no sirve de nada? Tampoco creo que Seiya te guarde rencor por ello.

—Lo que piense mi hermano no tiene nada que ver. Soy yo el que no se perdona a sí mismo. Por eso, cuando llega una situación como esta, no me veo capaz de decir nada. Me pregunto si tengo derecho a quejarme por lo que haga Seiya.

—No se trata de quejarse, sino de opinar. Se trata de poder decir tu propia opinión. Seiya también es humano, así que no es infalible. No siempre va a acertar. Precisamente el hecho de que en momentos como este los demás no quieran dar su propia opinión, es lo que puede llevarnos a la desaparición. Podemos morir todos. Así que olvidemos lo pasado y pensemos mejor en lo que debemos hacer para afrontar el mañana.

Mirando a Asuka mientras hablaba tan apasionadamente, Fuyuki no pudo evitar una sonrisa.

—¿A qué viene esa cara? ¿Es que te hace gracia lo que digo? —preguntó ella con gesto malhumorado.

—No, no es eso. Estaba pensando que eres igual de fuerte que mi hermano. ¿Será cosa de la juventud?

Asuka estalló en una sonora carcajada.

—¿Qué dices? Si nos llevamos diez años de diferencia.

—Debería aprender de ti. Y no solo yo. Si los demás tuvieran la mitad de la fuerza que tú tienes... —dijo Fuyuki—. Porque la verdad es que están perdiendo las ganas de vivir. Nanami, Komine, y ahora también el gerente.

—Ojalá las recuperen pronto.

Justo en el momento en el que Asuka terminaba de murmurar esa frase, se oyó un ruido en la zona de la entrada. Enseguida se abrió ligeramente la puerta. Alguien les estaba mirando desde fuera.

—¿Quién es?

Fuyuki se puso en pie, se acercó a la puerta y la abrió del todo. Nanami dejó escapar un gritito.

—Nanami... ¿qué ocurre?

Ella había palidecido. Llevaba la cremallera de la sudadera subida y se agarraba el cuello con las manos. Cuando Fuyuki se fijó mejor, comprobó que estaba temblando.

Asuka también se acercó.

—¿Qué te pasa? ¿Te ha ocurrido algo?

Los labios de Nanami se movieron.

—En la habitación... —se la oyó decir con voz ronca.

—¿La habitación? ¿Qué pasa allí?

—En la habitación... alguien... cuando yo estaba acostada...

Fuyuki se imaginó lo que había ocurrido. Se encaminó hacia la escalera. La habitación que Nanami compartía con las demás mujeres estaba en la segunda planta. Subió a toda prisa.

La puerta de la habitación estaba abierta. Fuyuki echó un vistazo al interior. Al descubrir quién estaba sentado sobre la cama, se sobresaltó. Desde la entrada podía verse su delgada espalda desnuda. Por su complexión, Fuyuki supo de quién se trataba.

—Komine, ¿se puede saber qué...? —le dijo Fuyuki.

Komine estaba sentado en *seiza* con la cabeza gacha.

—Di algo, Komine —insistió Fuyuki, ya al borde de la cama.

Komine solo llevaba puesto un calzoncillo.

—¿Por qué? —murmuró.

—¿Cómo?

—¿Por qué ha tenido que huir? ¿Qué más le daba a ella? A fin de cuentas, esto no es nada relevante —dijo él en voz baja, como si recitara una oración budista.

—¿Qué has intentado hacer a Nanami? Aunque no hace falta que me lo expliques, ya me hago a la idea, pero...

Komine alzó su rostro y miró a Fuyuki. Tenía una mirada ausente, sin el menor atisbo de energía vital.

—¿Acaso está mal? ¿Qué importancia tiene un poco de sexo cuando ya no tiene sentido seguir viviendo? Si los dos estamos ya muertos... ¿qué razón hay para rechazarlo? Yo no le estaba pidiendo que hiciera nada. Bastaba con que se quedara quieta y yo me apañaría por mi cuenta. Hasta me encargaría de recogerlo todo al terminar. Entonces, ¿qué es lo que está mal? Esa mujer pensaba suicidarse, ¿no? Ella cree que ya no sirve de nada seguir viviendo. Le da igual lo que le suceda a su cuerpo, ¿no? ¿Qué necesidad hay de huir? ¿No es raro?

—¡Tú sí que eres raro! —El grito de Asuka llegó desde atrás. Entró a grandes zancadas en la habitación y se quedó mirando la espalda de Komine—. Sea cual sea la situación, eso solo se puede hacer con el consentimiento de ambos. Es una cuestión de sentido común. Algo tan elemental que está por encima de leyes y normas. De verdad que no me lo puedo creer. ¿Tú estás bien de la cabeza?

Komine esbozó una sonrisa.

—Claro, vosotros no tenéis problema. Como ya tenéis pareja...

—¿Pareja? ¿Qué quieres decir? —le preguntó Fuyuki.

—No hace falta que te hagas el tonto. Es evidente que vosotros dos os gustáis. Si vais siempre juntos a todas partes. Y claro, como ya lo habréis hecho un montón de veces... Qué suerte, ¿eh? Poder hacerlo una y otra vez con una estudiante de instituto. Así da igual lo fea que se ponga la situación, teniendo semejante chollo...

Desconcertado, Fuyuki cruzó su mirada con la de Asuka. Ella apartó la suya.

—¿Qué tonterías dices? Entre nosotros no hay nada.

—Exacto. Así que déjate de excusas absurdas —añadió Asuka con gesto malhumorado.

Komine miró alternativamente los rostros de ambos, comparándolos despacio.

—¿Así que aún no lo habéis hecho? Bueno, pero tendréis intención de hacerlo en algún momento, ¿no? Qué envidia...

—¿Qué? ¿Quieres dejar ya de imaginarte cosas raras? Ahora no estamos hablando de eso. ¿Eres consciente de lo que has hecho?

—Solo he intentado hacer lo que quería. ¿Qué hay de malo en ello? Es lo único que podemos hacer los que, a pesar de no tener pareja, deseamos practicar sexo, ¿no? Si no, ¿qué? ¿O es que vas a dejar que lo practique contigo? —dijo Komine mirando a Asuka.

—¡Tú estás loco! —espetó ella.

Entonces se oyó un ruido de pasos que se aproximaban a toda prisa. Enseguida entró Seiya.

—¿A qué viene este alboroto?

—Este tipo ha intentado violar a Nanami —respondió Asuka.

Fuyuki notó cómo a Seiya se le tensaban las mejillas. Aquello reforzó su suposición de que, efectivamente, ella le gustaba.

—¿Se ha quedado en tentativa?

—Eso creemos. Mientras Fuyuki y yo estábamos hablando en la sala de estar, ha venido Nanami y nos ha dicho que alguien se había metido en su habitación...

—¿Y dónde está ella ahora?

—En la sala de estar.

—Ve a ver cómo se encuentra. Es mejor no dejarla sola.

—Pero...

—Rápido.

Apremiada por Seiya, Asuka obedeció. Seiya tenía la mirada fijada en Komine, que tenía de nuevo la cabeza gacha.

—Fuyuki, reúne a todos en el comedor, por favor.

Siete personas en total, entre hombres y mujeres, tomaron asiento en la larga mesa del comedor. A Komine lo habían sentado en una silla pegada a la pared. Su atuendo consistía en una camisa y un chándal. Sus ojos, vacíos y desprovistos de toda emoción, miraban hacia abajo.

—¡Es imperdonable! Esto no tiene ni punto de comparación con lo que hizo Taichi con la leche del niño. Esto es una violación. ¡Este tipo es un violador! ¡Para mí es imposible convivir con alguien así! De verdad que no puedo... —repetía una y otra vez Asuka a voz en grito.

Nanami estaba sentada entre Asuka y Emiko. Llevaba todo el tiempo con la cabeza gacha.

—Bueno, no te exaltes. Vamos a hablar con calma —dijo Seiya al tiempo que tendía una mano derecha para apaciguar a Asuka.

—¡Yo no puedo calmarme! ¿O qué pasa? ¿Acaso los hombres os vais a poner de su parte? ¡¿Quieres decir que comprendes sus ganas de hacerlo?! —gritó Asuka poniéndose en pie.

—Qué va, para nada —dijo Fuyuki—. Pero, de todos modos, cálmate.

Asuka volvió a sentarse, pero sin borrar su gesto malhumorado. Kawase, de brazos cruzados, dejó escapar una risita soterrada. Asuka clavó sus ojos en él.

—¿Qué pasa? ¿Qué te hace tanta gracia? ¿He dicho algo raro o qué?

—No, la que ha dicho algo raro no has sido tú. Ha sido él —respondió el mafioso sonriendo y señalando con la mirada a Fuyuki.

Este alzó las cejas, sorprendido.

—¿Yo?

—¿Es que no es así? No digo que estés de parte de Komine, pero sí que entiendes cómo se siente. Yo al menos lo entiendo. Yo también tengo ganas de hacerlo. Y me gustaría hacerlo ahora mismo. Lo que ocurre es que me aguanto. ¿A ti no te pasa lo mismo?

Fuyuki apretó los dientes. Hervía de cólera por dentro, pero no le salían las palabras.

—Así es el ser humano —dijo Kawase en tono grave y recuperando de nuevo su semblante serio—. Puestos a hablar, será mejor que digamos de veras lo que pensamos. No tiene sentido limitarse a guardar las apariencias.

Asuka lanzó una severa mirada a Fuyuki, que seguía en silencio, incapaz de replicar.

—Increíble... ¿Así que es eso?

Fuyuki negó con la cabeza.

—Yo no quiero violar a nadie.

—Eh, tú, no cambies mis palabras —dijo Kawase haciendo un mohín de enfado—. Que yo tampoco he dicho que quiera violar a nadie. Yo lo que he dicho es que, si me dejaran, me encantaría practicar sexo. Y eso es así en todos los hombres. Es nuestro instinto. No se puede evitar.

—Qué bestia. Encima pasa al contrataque —dijo Asuka.

—Venga ya, niña. No me vengas ahora con que no tenías ni idea de que los hombres fuéramos así. Deja ya de hacerte la mosquita muerta. Así que, señor comisario... —añadió volviéndose hacia Seiya—. Qué haremos con el violador este es un problema menor. ¿No crees que es más importante decidir qué vamos a hacer con el molesto instinto de los varones?

—Eso no tiene nada que ver con nosotras. Si es un asunto de hombres, lo tratáis y lo resolvéis entre vosotros. Y, en todo caso, de forma que no nos involucre a nosotras, porque...

—¡Qué niña tan pesada! —la interrumpió Kawase en tono amenazante y con el entrecejo arrugado—. Ya hemos entendido lo que quieres decir, así que ahora cállate un rato, ¿vale? Así no hay manera de que hablemos los mayores.

Asuka abrió muchísimo los ojos, desconcertada. Le parecía impensable estar oyendo aquello. Sin embargo, optó por mantener la boca cerrada.

Seiya seguía callado e inmóvil, con los ojos cerrados. Las miradas de todos se centraron en él. Entonces, como si se hubiera dado cuenta de que lo estaban mirando, los abrió.

—Quiero dejar algo bien claro desde el principio: si os he pedido que nos reuniéramos aquí, no ha sido para censurar a Komine, sino porque me ha parecido una buena oportunidad para pensar en cómo vamos a vivir a partir de ahora. Me gustaría que habláramos sobre nuestro futuro.

Toda, que hasta ese momento había permanecido en silencio bebiendo una cerveza, dejó escapar una risita sofocada.

—¿Futuro? ¿Es que queda de eso en alguna parte? ¡Si el mundo ya se ha acabado!

Seiya se puso en pie y miró a todos antes de proseguir.

—Ciertamente, todos hemos perdido nuestro mundo anterior. Pero seguimos vivos. Eso es un hecho incontestable. Así las cosas, si queremos pensar en un futuro, solo hay una cosa que podamos hacer: crear un mundo nuevo.

41

—¿Qué quieres decir? —le preguntó Fuyuki a Seiya.

—Un mundo construido por nosotros mismos. Olvidar todo lo anterior y empezar de cero. No limitarnos simplemente a seguir vivos. Aspirar entre todos a crear una forma de vivir que nos permita apreciar nuestras vidas.

—¿Y cómo se puede apreciar bien la vida en medio de todo esto? Si a duras penas subsistimos gracias a los alimentos que han quedado del mundo anterior... —dijo Toda con un tono de ligera embriaguez.

—Liberándonos de esta clase de vida. De seguir como hasta ahora, lo único que podremos hacer será sobrevivir con los restos del mundo anterior. Será cuestión de tiempo que acabemos vagando por ahí en busca de alimentos. Para que eso no ocurra, deberíamos ir construyendo un nuevo mundo a nuestra manera.

—Vale, pero ¿cómo?

Seiya inspiró profundamente y recorrió con la mirada los rostros de todos.

—Por favor, olvidad la época en que vivíamos rodeados de las ventajas de la civilización. Lo único que podemos hacer para liberarnos de esta vida que nos obliga a alimentarnos de restos es generar los alimentos con nuestras propias manos. El arroz, el pan o los vegetales: todo tendremos que producirlo nosotros.

Toda, que seguía bebiendo cerveza, estuvo a punto de atragantarse.

—¿Quieres que nos convirtamos en campesinos?

Seiya negó con la cabeza.

—No hablo de oficios. Se trata simplemente de hacer lo necesario para vivir. Antiguamente todo el mundo cultivaba su propia cosecha y nadie se cuestionaba esa forma de vida. No es nada complicado. Se trata de volver al modo de vida originario de la humanidad.

—No sé yo si seremos capaces de eso... —murmuró Fuyuki.

—Seguro que sí. Yo acabo de utilizar la expresión «empezar de cero», pero en realidad no sería así. Si salimos al extrarradio de la ciudad, seguro que encontramos campos que ya fueron cultivados por alguien en el mundo anterior y en los que siguen creciendo las cosechas. Porque, según parece, el Fenómeno P-13 no afecta a los vegetales. Así que bastaría con que heredáramos esos campos. Por supuesto, la agricultura no será fácil, pero tampoco será difícil encontrar libros que nos enseñen cómo practicarla. Bastará con que aunemos nuestras fuerzas y vayamos aprendiendo poco a poco hasta adquirir los conocimientos técnicos suficientes. Estoy seguro de que saldrá bien. —El tono de Seiya denotaba entusiasmo.

Todos se quedaron en silencio. Cada uno debía de estar dándole vueltas a la propuesta de Seiya. También Fuyuki se imaginó a sí mismo cultivando los campos. No tenía ni la menor idea de qué haría, pero tuvo la sensación de que aquella era la primera vez que veía el futuro de modo positivo, desde que fuera enviado a este desesperanzador mundo.

—¿Puedo preguntar algo? —dijo Asuka levantando la mano.

—Adelante —dijo Seiya.

—Entiendo lo que acabas de decir. Yo también creo que al

final no tendremos más remedio que vivir de ese modo. Pero ¿qué tiene que ver todo eso con lo que ha hecho este tipo? —Y señaló a Komine—. Si se trata precisamente de aunar fuerzas, lo menos adecuado es que alguien como él siga junto a nosotros, ¿no crees? Nosotras no podríamos estar tranquilas. No nos apetece nada tener que colaborar con él.

Tras lanzar una rápida mirada a Komine, Seiya miró de nuevo a Asuka.

—Ahora acabo de hablar de ir creando un mundo nuevo, pero con ello no me refería simplemente a dedicarnos a la agricultura. Tendríamos que ir estableciendo también distintas pautas de conducta. Seríamos, por así decirlo, como una aldea. Y para que esa aldea pudiera subsistir, sería necesario que todos pusiéramos de nuestra parte y aportáramos nuestros conocimientos.

—¿Y? —preguntó Asuka ladeando la cabeza, extrañada.

—Los aldeanos no deberían pensar solo en ellos mismos. En ocasiones deberían dar prioridad al desarrollo de la propia aldea. Y desarrollar la aldea supone, en definitiva, aumentar su población y crear un sistema que permita a las generaciones futuras vivir seguras y con comodidad.

Todos volvieron a quedarse en silencio. Pero esta vez la situación era bien distinta a la anterior. Ahora estaban desconcertados por algo que acababa de decir Seiya.

—¿Aumentar la población? —dijo Fuyuki—. ¿No te referirás a...?

—A tener hijos, claro.

—Hum... —Toda soltó el aire por la nariz—. Pensaba que eras una persona inteligente, pero ya veo que no lo eres tanto. ¿Cómo vas a aumentar la población con tan poca gente de partida? Solo hay tres mujeres. Cuatro, si contamos también a Mio. Si formas cuatro parejas, tienen hijos, y luego haces que sus hijos se casen entre ellos, tarde o temprano se acaba enturbiando la sangre. Se cae en la endogamia. Que tu método tiene límites es algo demostrado en las pequeñas aldeas de todo mundo.

—Es cierto que ese problema existe. Pero todavía faltaría mucho hasta que llegase el momento en que los parientes consanguíneos tuvieran que casarse entre sí. Y puede que, para entonces, ya hayamos encontrado una salida para esto. Incluso cabría esperar que encontrásemos a otras personas. Y hay algo más: el hecho de que solo haya cuatro mujeres no implica necesariamente que solo puedan formarse cuatro parejas.

Fuyuki creyó que sus oídos le engañaban. Miró el perfil de su hermano.

—¿Cómo has dicho?

—Espera un momento. ¿Qué significa eso? —saltó Asuka—. Te refieres a que, después de haberse casado, exista la posibilidad de divorciarse y volver a casarse, ¿no? Si es eso, lo entiendo, pero no estarás diciendo que pretendes que cada mujer tome como compañeros a varios hombres, ¿verdad?

—Me temo que eso es precisamente lo que está diciendo. —Emiko, que hasta entonces había permanecido en silencio, tomó la palabra por primera vez—. Seiya ha dicho que querría darle la máxima prioridad al aumento de la población, así que lógicamente pretende que las mujeres den a luz el máximo número posible de hijos. Pero, si cada mujer tiene solo un compañero, la genética se desequilibra, así que es necesario que tenga hijos con distintos varones...

—¿De veras? Esto no puede ser verdad. ¿Lo dices en serio? —Asuka volvió sus ojos abiertos como platos hacia Seiya.

Este se mordió el labio con gesto de sufrimiento y bajó la mirada.

—Es por el futuro. Sé que es duro, pero ¿no podríais pensar de un modo más pragmático? ¿No podríais aceptar que no se trata de un acto sexual destinado a demostrarse mutuamente amor, sino de un mero acto reproductivo indispensable para la supervivencia de la humanidad?

—¿Bromeas? —Asuka golpeó la mesa con ambas manos—. Por fin entiendo lo que querías decir. Por eso protegías a este violador. Con eso de que es por el futuro, tú lo que quieres es permitir que los hombres puedan practicar sexo con las mujeres siempre que les apetezca, que nos puedan violar, o lo que sea. Venga, aquí vale todo.

—No se trata de admitir la violación. Eso es un problema distinto. Solo digo que, a diferencia del mundo anterior, ahora la interpretación del sexo...

—¡Ya basta! —gritó Asuka—. Por mí, puedes seguir hablando todo lo que quieras. Pensaba que eras capaz de comprender mejor los sentimientos de los demás, pero me has decepcionado. No tiene sentido desarrollarse si es a costa de pisotear los corazones de la gente. Mamá, Nanami, vámonos. No podemos perder más tiempo con este tema.

Asuka agarró a Nanami del brazo y la hizo poner en pie. Luego fue tirando de ella hasta la salida. Cuando pasaron al lado de Seiya, Nanami lo miró de reojo, pero él seguía con la cabeza gacha.

Emiko se dispuso a salir tras ellas, pero antes de llegar al pasillo se detuvo y se dio la vuelta.

—Seiya, yo no creo que seas ningún bestia. Creo que has planteado eso a tu pesar y en busca del bien de todos, quiero decir, pensando en el futuro de la humanidad. Tal vez... No, tal vez no, es muy probable que lo que dices sea correcto. Pero yo tampoco puedo aceptarlo. Lo siento, me resulta imposible. Tal vez te rías de mí y pienses qué hace una señora ya mayor como yo rebatiendo esta idea, pero... —Emiko forzó una sonrisa, hizo una reverencia y salió de la habitación.

Una vez que las tres mujeres hubieron abandonado la estancia, quedó un ambiente muy opresivo. Seiya volvió a sentarse y se llevó las manos a la cabeza.

—¡Madre mía! —exclamó Kawase—. Menuda se ha liado, ¿eh? De todos modos, tampoco me extraña que la chica se haya enfadado. A fin de cuentas, ella tampoco es una trabajadora de un club de alterne. Si le dices de repente a una mujer que tiene que hacerlo con un hombre que no le gusta, no creo que haya ninguna que te vaya a decir que sí.

—¿Cómo? ¿Y eso lo dices tú? —farfulló Toda con la lengua espesa por el alcohol—. Pero ¿tú no te dedicabas a amarrar a chicas con préstamos que no podían devolver, para luego vendérselas por ahí a algún burdel hasta que saldaran su deuda? No creo que te importara mucho entonces la opinión de las afectadas...

El semblante de Kawase no varió ni un ápice.

—Es verdad que entre mis compañeros había quienes hacían cosas así. Pero lo hacían para ganar dinero, no para satisfacer su deseo sexual. Yo lo que digo es que no tiene ningún sentido obligar a estas mujeres a que se comporten como si fueran chicas de alterne.

—Yo no les pedí que se comportaran como chicas de alterne —dijo Seiya en tono bajo—. Les propuse desempeñar un importante papel para la subsistencia de la especie humana. Un papel, por así decirlo, de Eva. Les pedí que fueran la Eva de «Adán y Eva». No les estaba diciendo que se dedicaran a satisfacer los deseos sexuales de los varones.

—Verá, señor comisario, es que, en una situación como esta, unas reflexiones tan elevadas y tan complejas no las entiende nadie. Si ni siquiera sabemos lo que va a ser de nosotros mañana, ¿cómo vamos a pararnos a pensar en el futuro de la especie humana?

—Pero es algo en lo que tendremos que pensar en algún momento.

—Ya, pero yo digo que eso ahora es imposible. No todos somos capaces de pensar con la misma serenidad que tú. ¿No crees que sería mejor establecer alguna regla más sencilla?

—¿A qué te refieres? —le preguntó Fuyuki.

—A una que valga para convencer a las mujeres. Hablando claro, a alcanzar un acuerdo ofreciéndoles algo a cambio. Ellas también son conscientes de que, sin la ayuda de los hombres, no pueden sobrevivir. Propongo que enfaticemos eso a la hora de negociar.

—¿Negociar?

—Sí. Para constituir una relación tipo «hoy por ti, mañana por mí». Ellas obtienen seguridad para sus vidas y nosotros resolvemos el problema de nuestro instinto masculino. Todos contentos.

—No podemos hacer eso. —Seiya miró fijamente a Kawase—. No podemos admitir nada que hiera su dignidad.

Kawase abrió ambos brazos, extrañado.

—¿Por qué? Eres tú el que les ha pedido que se presten a practicar sexo sin amor. Lo que pasa es que les has ofrecido a cambio esa historia utópica del futuro de la humanidad, mientras que yo, como lo que dices es absolutamente incomprensible, propongo ofrecerles seguridad para sus vidas. ¿Qué hay de distinto entre tu propuesta y la mía?

—Son muy distintas —dijo Seiya negando con la cabeza—. Yo no les he puesto condiciones, ni les he ofrecido nada a cambio. Solo les he pedido su colaboración para perpetuar la especie. Nosotros, los hombres, no podemos exigirles una contraprestación por garantizar la seguridad de sus vidas. ¿No acabas de decir que no son chicas de alterne? Pues ponerles condiciones sería tanto como comprar sus cuerpos. No se me ocurre una afrenta mayor hacia ellas.

—Un momento, pensémoslo bien. ¡Si los dos pretendemos exactamente lo mismo!

—¡No es lo mismo! Me opongo rotundamente a tu propuesta.

Como si lo hubiera abrumado el fuerte tono de Seiya, Kawase se quedó en silencio. Instantes después se rascó la cabeza y se puso en pie.

—Yo no debo de ser muy inteligente, porque la verdad es

que no entiendo bien qué quieres decir, señor comisario. Así que, de acuerdo. Haremos lo que propones. Les rogaremos a las mujeres que lo hagan por el futuro de la humanidad. Me parece impensable que con eso nos digan que sí, pero...

Dicho eso, Kawase salió de la estancia dando sonoros pasos.

Toda también se puso en pie con semblante desabrido.

—Parece un problema complicado, ¿eh? —dijo como si la cosa no fuera con él. Acto seguido, se dirigió a la salida.

Seiya apoyó ambas manos en sus mejillas y dejó escapar un suspiro. A Fuyuki le pareció que estaba tremendamente agotado.

—Yo sí creo haber entendido lo que dices, hermano. No tengo la perspectiva de Emiko, pero también creo que es muy posible que estés en lo cierto.

—Sin embargo, de ese modo es imposible convencer a las mujeres. Eso es lo que quieres decirme, ¿no?

—Qué remedio. Hasta hace muy poco, todos eran personas corrientes. Reían, lloraban y llevaban sus vidas normales. A una gente así no puedes pedirle de repente que piense en el futuro de la especie humana. Ya les cuesta Dios y ayuda pensar en ellos mismos...

Seiya hizo una mueca como diciendo «ya lo sé».

Entonces se oyó el seco ruido de una silla al moverse. Komine se había puesto en pie.

—Bueno... ¿Y yo qué hago?

Fuyuki y Seiya intercambiaron miradas. Seiya torció la boca en un gesto de hastío.

—Lo de hoy... ha sido solo una tentación repentina. Lo he hecho sin pensar. No se repetirá. Creedme, por favor. Permitidme seguir con vosotros, por favor. Os lo ruego —insistió Komine haciendo varias reverencias con la cabeza.

—Eso no nos lo tienes que decir a nosotros —dijo Seiya—. Si has escuchado nuestra conversación de ahora, ya lo habrás entendido, pero las mujeres están muy ofendidas por lo que has hecho. A ellas les corresponde decidir si te seguimos aceptando en nuestro grupo o no.

Abatido, Komine apoyó la cabeza sobre el pecho. Por fin parecía haber tomado conciencia de la gravedad de la estupidez que había cometido.

—En tal caso, iré a pedirles disculpas. Será mejor que lo haga de rodillas, ¿verdad?

Seiya permaneció en silencio. A Fuyuki tampoco se le ocurría nada que decirle.

—De todos modos, reconozco que me he sentido algo aliviado. Porque a todos os pasaba un poco lo mismo, ¿no?

Seiya arqueó las cejas, perplejo.

—¿Lo mismo?

—Sí, porque viviendo hombres y mujeres juntos en el mismo lugar, y no habiendo más personas en otro sitio, es inevitable pensar constantemente en eso, ¿no? En el sexo, me refiero. Además, todas estas mujeres son bastante jóvenes y...

Seiya se levantó con gran ímpetu y agarró a Komine por la solapa. Lo empujo contra la pared y lo levantó unos centímetros del suelo. Komine quedó de puntillas. Estaba aterrado.

—Hermano... —dijo Fuyuki.

—¿Tú es que no entiendes el significado de lo que has hecho? —le espetó Seiya—. Escúchame bien. La única razón por la que no te mato ahora mismo es porque en este mundo solo quedamos diez personas. Y hasta los genes de alguien como tú pueden resultar valiosos en esta situación. Si supiera que tu material genético es igual que el mío, ya te habría matado.

Komine asintió con el terror reflejado en su rostro.

—Si vuelves a hacer algo así, no te perdonaré. Me haré a la idea de que tus genes no han existido desde el principio. No lo olvides.

—E... entendido... —respondió con un hilo de voz.

Seiya lo soltó y él cayó sentado sobre el suelo.

En ese instante, Fuyuki oyó una especie de estruendo que se aproximaba a ellos. Cuando se preguntó qué sería, el suelo ya había comenzado a temblar violentamente.

42

Era imposible mantenerse en pie. Para cuando intentó agarrarse a algo, Fuyuki ya estaba rodando por el suelo. La enorme mesa del comedor se deslizó y fue a estrellarse violentamente contra la pared. La lámpara de araña se balanceaba de lado a lado mientras los objetos de las estanterías caían al suelo uno tras otro.

El Palacio Presidencial contaría sin duda con una estructura excepcionalmente resistente, pero los chirridos que resonaban, provenientes de todas partes, eran pavorosos. Se diría que el propio edificio estaba dando alaridos. Seiya le gritaba a Fuyuki que se protegiera la cabeza, pero su voz quedaba eclipsada por el enorme fragor que los rodeaba.

Fuyuki pensó que la intensidad de aquel terremoto no era cosa de broma. Se habían producido varios hasta entonces, pero, en el momento de su llegada al palacio no habían encontrado ningún daño significativo. Sin embargo, estaba claro que este seísmo era capaz de poner en peligro hasta las edificaciones más resistentes. Se trataba del mayor terremoto que habían sufrido hasta entonces.

Fuyuki rodó por el suelo. Le resultaba imposible moverse a voluntad. Tenía la impresión de que Dios lo tenía sobre la palma de una mano y estaba jugueteando con él.

Por fin, el temblor se detuvo. No había durado ni un minuto, pero se les había hecho una eternidad. Cuando cesó,

Fuyuki seguía sin poder moverse. Estaba aturdido y había perdido el sentido del equilibrio. Ni siquiera era capaz de discernir bien lo que oía y lo que veía.

—¡¿Estáis bien?! —gritó Seiya.

Fuyuki se incorporó lentamente hasta quedar sentado en el suelo. Miró alrededor y se dio cuenta de que había llegado rodando hasta la entrada de la cocina. Seiya se había metido bajo la mesa del comedor y Komine estaba acurrucado contra la pared.

—¡¿Alguien está herido?! —preguntó de nuevo Seiya.

—Yo creo que estoy bien —respondió Fuyuki sacudiendo levemente la cabeza. Todavía se sentía mareado.

—Ve a echar un vistazo a la cocina. Comprueba el estado de los fuegos y los electrodomésticos. Pero no se te ocurra encender la luz. Solo haz una comprobación visual.

—De acuerdo.

Fuyuki se puso en pie apoyándose en la pared. Se tambaleaba como si acabara de bajar de una montaña rusa.

Afortunadamente, los enseres de la cocina no parecían haber sufrido daños. Cuando, tras verificarlo, Fuyuki salió de ella, se encontró a Seiya sentado en el suelo, manipulando el mando a distancia del aire acondicionado. Le había quitado la tapa posterior y había sacado las pilas.

—¿Qué estás haciendo?

—Mira esto —dijo Seiya dejando sobre el suelo las pilas tipo A3.

Las pilas comenzaron a rodar sin detenerse hasta alcanzar la pared.

—¿Lo entiendes? —preguntó Seiya.

—Parece que el suelo está inclinado, ¿no?

—Exacto. Si en una mansión como esta, dotada de un diseño antisísmico especial y de sólidos cimientos, ocurre esto, de haber estado en otro sitio los daños habrían sido muy distintos. Es más que probable que se hayan derrumbado también las edificaciones dañadas por los anteriores terremotos y que a duras penas seguían en pie.

—¿No crees que ya no hace falta preocuparse por los otros edificios? Seguramente nosotros no los vamos a usar, así que...

—A lo que me refiero no es a los edificios en sí. Quiero decir que, con los daños que han debido de producirse, el estado de las carreteras y las calles habrá empeorado. ¿Recuerdas lo que nos costó llegar hasta aquí? Pues trasladarse ahora quizá resulte todavía más difícil que antes.

—En las calles habrá hundimientos y socavones por todas partes —dijo Komine—. Tal vez sea mejor olvidarse ya de los mapas que hemos usado hasta ahora.

Fuyuki y Seiya intercambiaron miradas.

—Por lo pronto vamos a comprobar los daños que hayan podido producirse aquí. Komine, vienes con nosotros, ¿no?

—Eh... sí.

El mismo Komine que acababa de ser vapuleado por Seiya, asintió ahora con el cuerpo encogido. Se le veía atemorizado, pero ya no se apreciaban en él indicios de pérdida del deseo de vivir. Más bien daba la impresión de que su apego a la vida se había reforzado. Tal vez había adquirido conciencia de su pequeñez cuando se abordó el grave problema de la necesidad de pedir a las mujeres que asumieran el papel de Eva para fundar un nuevo mundo. O tal vez hubiera revivido en su interior el temor a la muerte al experimentar la aplastante fuerza de la naturaleza, encarnada en el último terremoto.

Fuyuki supuso que se tratara de ambas cosas. Y ello porque ambas eran también, en buena medida, lo que él sentía.

—Fuyuki, ve a ver cómo se encuentran los demás. De momento diles que nos reuniremos en el salón.

—Entendido —respondió Fuyuki, y se puso en marcha.

Cuando se dirigía hacia la escalera, se cruzó con Kawase, que venía del lado opuesto.

—¡Menudo temblor! Ha sido terrible, ¿no?

—Estoy examinando los daños. ¿Has visto algo?

—No, nada especial. Solo adornos que se han roto al caer de las estanterías y cosas así.

—Ve a ver cómo está Toda y dirigíos los dos directamente al salón.

Dicho eso, Fuyuki comenzó a subir la escalera a toda prisa. Cuando llegó a la segunda planta, Asuka había salido al pasillo.

—¿Estáis bien? ¿Alguna herida? —preguntó Fuyuki.

—Sí, estamos todas bien. Mio y el bebé, también.

—Vale. Id enseguida al salón.

Pero Asuka no respondió, sino que bajó la mirada.

—¿Qué te pasa? ¿Te ocurre algo?

Ella alzó el rostro y lo miró fijamente.

—Lo siento, pero nos vamos a quedar aquí. No vamos a ir adonde estáis vosotros.

—¿Por qué?

Sorprendida, Asuka ladeó ligeramente la cabeza.

—¿Es que ya has olvidado la conversación de antes? Hemos decidido que, de ahora en adelante, viviremos sin recurrir demasiado a los hombres. Si lo hiciéramos, tal vez exigiríais sexo a cambio. Así que hemos decidido no mostrar ninguna debilidad.

Fuyuki frunció el ceño.

—¿No crees que no es momento para hablar de esas cosas? Ni siquiera sabemos cómo están de dañados los alrededores tras el terremoto.

—¿Y qué más da? Total, la ciudad ya está completamente destruida. No creo que sufra grandes cambios porque se estropee algo más o incluso porque desaparezca del todo. Para nosotras las mujeres hay algo más importante que eso. Así que, lo siento, pero no vamos a ir allí.

—Asuka...

—No me malinterpretes. No pretendemos iniciar una guerra de los sexos. Pero hemos decidido que no nos someteremos más al control de los hombres. Lo que hagamos a partir de ahora, lo decidiremos nosotras y lo haremos a nuestra manera.

Asuka abrió la puerta, dijo «lo siento» una vez más y entró en la habitación. La puerta hizo un ruido seco al cerrarse.

Un instante después, se produjo una especie de impacto y el suelo pareció hundirse bajo sus pies. Fuyuki se agachó. El violento temblor que sobrevino entonces se prolongó unos diez segundos. Sin duda una réplica. Los gritos de las mujeres llegaban desde el interior de la habitación.

—¿Estáis bien? —gritó él.

La puerta se abrió y Asuka asomó la cara.

—Estamos bien. No te preocupes.

—Te lo pido por favor. Venid con nosotros. No podemos dejaros solas.

—Eso lo juzgaremos nosotras. Tú vuelve con los demás. —Asuka volvió a cerrar la puerta sin esperar respuesta.

Fuyuki resopló y se lanzó escaleras abajo. Cuando estaba a medio camino, se produjo otro ligero temblor. Cuando llegó al salón, Seiya ya había regresado. Toda estaba sentado en un sofá, con los ojos vidriosos por efecto del alcohol.

Fuyuki les transmitió las palabras de Asuka. Kawase se rascó la cabeza y forzó una sonrisa.

—¡Uf! Parece que han perdido toda la confianza. Bueno, tampoco me extraña, visto que rondan por ahí tipos que allanan las dependencias de las mujeres...

Komine estaba sentado con los hombros encogidos.

—¿Qué hacemos? —le preguntó Fuyuki a Seiya.

—Por hoy, dejémoslas que hagan lo que quieran. Fuera está completamente oscuro, así que, aunque nos reuniéramos, tampoco podríamos hacer nada. Creo que lo mejor será permanecer alerta hasta mañana por la mañana.

—¿Y cuando amanezca?

—Lo primero será comprobar cómo está el entorno. Todo lo demás puede esperar.

—Pero ¿y las mujeres? ¿Las dejamos allí solas?

—Intentaré hablar otra vez con ellas.

—¿Para decirles qué? ¿Vas a volver a pedirles que hagan de Eva para tu proyecto? En una situación como la actual, eso es imposible. Ahora no podrán escucharte con serenidad.

—Precisamente porque la situación es esta, espero que lo comprendan. Mientras no decidamos para qué vivimos y qué clase de vida queremos a partir de ahora, será imposible salir de esta situación tan crítica.

—¿Sí? Pues yo creo que lo prioritario debería ser la reconciliación.

—Una reconciliación superficial o aparente no sirve de nada. Ni consigue que la gente cambie de parecer. Hablamos de que la especie humana está al borde de la extinción.

—No exageres.

—¿Tú crees? Entonces deja que te haga una pregunta: ¿puedes garantizar que, una vez que nosotros hayamos muerto, quedará algún humano en este mundo? Yo no puedo...

Toda se puso en pie torpemente y la cerveza que tenía en la mesa se cayó.

—Esto es muy pesado. Demasiado. A mí no me contéis todas estas cosas. ¿Qué necesidad hay de pensar a tan largo plazo?... ¿No os parece que basta con hacerse a la idea de que estamos en una isla desierta? Cuando muramos, se acabó y punto. ¿No os parece mejor?

—O sea, comer, dormir y, cuando se agoten los alimentos, morir de inanición. ¿Esa es la vida que quiere? —le preguntó Seiya.

—Pues sí. Para mí eso está bien. No me hagáis cargar más peso sobre mis espaldas.

Toda se dirigió hacia la puerta con paso vacilante y salió sin más.

En medio del silencio subsiguiente, Kawase se puso también en pie.

—Bueno, yo también me voy a acostar. Si me necesitáis, avisadme —dijo, dirigiéndose hacia la puerta. Pero, una vez frente a ella, se detuvo y se dio la vuelta—. Por cierto, ¿hay alguien por aquí que se desenvuelva bien con el inglés?

—¿El inglés? ¿Por qué? —preguntó Fuyuki.

—Por lo del informe sobre el Fenómeno P-13 que estoy leyendo. Es que la parte final está en inglés. Creo que se trata de documentación complementaria, pero no entiendo ni jota lo que pone. Así que había pensado pedirle a alguien que me lo tradujera...

—Yo un poco de inglés sí que entiendo, pero me imagino que eso será demasiado difícil —dijo Seiya—. Y seguramente aparecerán muchos términos técnicos sobre física. Komine, ¿tú qué tal vas de inglés?

Komine dio un respingo.

—Bueno, yo no me atrevería a decir que sea mi punto fuerte, pero tratándose de leer un documento, tal vez...

—Vale, entonces ocúpate tú. Tradúcemelo, anda —pidió Kawase, indicándole con un gesto de la mano que se acercara a él.

—¿Quieres decir ahora mismo?

—Pues sí. Cuanto antes, mejor. ¿O es que estás ocupado con algún asunto?

—No, no es eso, pero...

—Entonces hazlo ahora mismo. Me muero de curiosidad por saber qué pone.

Komine se levantó con gesto confuso y salió de la habitación detrás de Kawase.

Seiya cruzó los brazos y se reclinó en el sofá.

—Fuyuki, ¿no te vas a dormir?

—¿Y tú?

—Me quedaré un poco más. Hay algunas cosas que quiero pensar.

—¿Te refieres a las mujeres?

—A eso también.

—Escucha, Seiya, yo no creo que tu idea sea errónea, pero también creo que cada cosa tiene su momento.

Seiya ladeó la cabeza, extrañado.

—¿Su momento?

—Para que la aldea se desarrolle, hay que tener hijos. Ese argumento lo entiendo. Pero, aun así, no es de recibo decirle sin más a una mujer que tiene que mantener relaciones con varios hombres. ¿No sería mejor respetar primero la opinión de la interesada y dejar que sea ella quien elija al hombre que desee?

—Hablas de Asuka, ¿verdad? Lo dices porque seguramente ella te elegiría a ti.

—No, no es eso, pero... —Fuyuki hizo una pausa para recuperar el aliento y asintió con la cabeza—. Bueno, sí, algo de eso también hay. La verdad es que me gusta esa chica.

—Me sorprende tanta franqueza viniendo de ti

—Pero no se trata solo de nosotros. A Nanami quizá le gustes tú. Y a ti también te gusta ella, ¿no? De hecho, cuando ella planeaba suicidarse, le dijiste bien claro que no querías perderla.

Seiya bajo la mirada y respondió lentamente, como eligiendo cuidadosamente las palabras.

—No solo no quiero perderla a ella. No quiero perder a ninguno de vosotros. Es más, no quiero perder a ninguna de las personas que tal vez pudieran quedar por ahí, en alguna parte. Eso es lo que pretendí explicarle a Nanami en aquel momento.

—¿Quieres decir que no sientes nada de amor hacia ella? Respóndeme honestamente.

Seiya miró al techo e inspiró profundamente.

—Procuro no pensar en ello. Albergar sentimientos de amor hace que se quiera poseer al otro en exclusiva. Igual que tú ahora. Y eso no es ninguna ventaja si queremos conseguir fundar un mundo nuevo.

Fuyuki lo miró y negó con la cabeza.

—Ni tú te crees eso. Que alguien te guste no consiste en eso. Lo único que estás haciendo es falsear tus sentimientos.

—Puede que sí, pero hay casos en los que es necesario hacerlo.

—Para mí es imposible. El mero hecho de imaginarme a la mujer que me gusta en brazos de otro hombre, ya me desagrada. Si tuviera que soportar eso, no me importaría que nos extinguiéramos todos sin más.

—Eso es porque en el mundo anterior, pensar así entraba en el concepto del bien. Sin embargo, aquí todo tiene que partir de cero. De todos modos, no pretendo imponer mis ideas a nadie, ni a ti ni a las mujeres. Pero sí pienso seguir intentando que me comprendáis. En este momento ellas estarán pensando que esa es su misión.

—Su misión...

—Una vida sin una misión que cumplir es algo vacío. —Dicho esto, Seiya se puso en pie y contempló el exterior a través de la puerta acristalada—. Sopla un viento que no me gusta nada. ¿Otra vez tormenta?

Un instante después el suelo volvió a temblar.

43

Finalmente, Fuyuki recibió al amanecer en el salón, junto a Seiya. Las réplicas se sucedían y no podían evitar ponerse nerviosos cada vez que se producía una. De todos modos, aunque hubieran estado en otro sitio, seguramente tampoco habrían podido dormir con tranquilidad.

Viendo que Seiya se preparaba para salir, Fuyuki le preguntó:

—¿Adónde vas?

—A inspeccionar los alrededores. Que aquí no tengamos problemas no significa que en los demás lugares no los haya.

—Voy contigo.

Cuando salían del palacio, la puerta del recibidor emitió un fuerte chirrido al abrirse. Tampoco cerraba bien.

—Está torcida —murmuró Fuyuki.

—Bueno, con lo inclinado que está el suelo, no es de extrañar que la hoja ajuste mal. El problema es cómo estarán los demás edificios.

Desde el Palacio Presidencial se trasladaron a la residencia oficial. Al estar construida en un terreno en pendiente, el lugar en que ahora se hallaban ambos coincidía con su primera planta. Descendieron por la escalera mientras escudriñaban el interior del edificio. No parecía haber desperfectos.

Una vez en la planta baja, se dirigieron hacia la puerta oeste. Seiya se detuvo repentinamente a medio camino y miró al cielo.

—¿Pasa algo? —preguntó Fuyuki.

—Las nubes se mueven muy rápido. Me temo que volverá a llover.

—Terremotos y tifones fuera de estación que se repiten una y otra vez. Pero ¿qué está pasando?

—Bueno, tal vez el universo esté intentando aniquilarnos.

—¿El universo? Eso ya lo dijiste cuando murió Taichi.

—En circunstancias normales, nosotros no deberíamos existir. Nuestra inteligencia es un estorbo para el tiempo y el espacio.

—Bueno, eso lo dices tú, porque no creo que el tiempo y el espacio tengan voluntad, ¿no?

—Por supuesto. Pero ¿y si el tiempo y el espacio estuvieran en sincronía con lo espiritual? En caso de que existiera inteligencia en algún lugar donde no debería haberla, el tiempo y el espacio actuarían para intentar exterminarla. Tal vez exista algún principio que actúe así.

—¿Lo dices en serio? —repuso Fuyuki mirando fijamente a su hermano.

—Claro que lo digo en serio. Si no pensara así, no podría aceptar las tremendas deformaciones de la corteza terrestre y los fenómenos climáticos tan anómalos que estamos sufriendo. Ahora bien... —Seiya se dio la vuelta—. Eso no significa que me rinda. Sean cuales sean los principios por los que se rija todo esto, pienso sobrevivir. Y también pienso lograr que sobreviváis todos. Creo que sería un milagro que en este mundo surgiera la vida. Si estoy en lo cierto, este universo se rige solo por el tiempo y el espacio. Pero si naciera nueva vida en él, con ella surgiría también esa cosa matemáticamente imposible de explicar que es la inteligencia. Para el tiempo y el espacio, eso supondría un error de cálculo imperdonable. De ser así, nosotros podríamos provocar ese nuevo error de cálculo aquí, ¿no? ¿No crees que podemos confiar en ello?

Fuyuki sonreía mientras contemplaba a su hermano, que le contaba todo aquello lleno de entusiasmo.

—¿Qué te resulta gracioso? —dijo Seiya mirándolo extrañado.

—No, no es que me haga gracia. Simplemente me preguntaba cuándo te das tú por vencido.

—Ya te lo he dicho, ¿no? No pienso rendirme. —Y echó a caminar.

Ambos salieron por la puerta oeste. Pero solo habían avanzado unos metros cuando se vieron obligados a detenerse. Fuyuki se quedó sin palabras al contemplar la escena que tenía ante sí.

La avenida había desaparecido.

La amplia calle, antiguamente denominada Sotobori-dori, se había hundido por completo. Incapaz de encontrar salida, el agua corría ahora por allí, formando un auténtico río de barro.

—Por aquí debajo pasaba la línea del metro de Ginza —dijo Seiya—. La calle ha debido de hundirse por eso. De todos modos, la fuerza del último terremoto ha sido impresionante.

—Y que se haya hundido esto... —Fuyuki consiguió por fin recuperar la voz.

Seiya asintió con la cabeza, imaginando lo que iba a decir su hermano.

—Sí. Significa que, seguramente, los demás lugares... Bueno, al menos aquellos en los que pasaba el metro, también se habrán hundido por completo. Y es evidente que el metro pasa por debajo de casi todas las avenidas principales de Tokio.

Los dos comenzaron a caminar por el borde de la avenida hundida. Allí se cruzaban las líneas de Ginza y Namboku, pero la calle situada encima de la línea de Namboku también se había hundido. A su vez, la línea de Namboku se cruzaba con la de Chiyoda. La residencia oficial del primer ministro estaba rodeada por las tres líneas.

—No podemos quedarnos para siempre en este lugar —dijo Seiya—. Las ciudades resultan cómodas precisamente porque tienen calles. Cuando se quedan sin ellas, no hay lugares más difíciles para desplazarse. Si nos descuidamos, podríamos quedar aislados y sin posibilidad de ir ya a ninguna parte.

—¿Hablas de evacuar el palacio?

—No tenemos opción. Tal como está todo, si se produce otra tormenta de viento y lluvia, nuestras posibilidades de trasladarnos desaparecerán por completo.

Regresaron al Palacio Presidencial. Cuando entraron en el comedor, las tres mujeres estaban sacando los alimentos enlatados y envasados al vacío, y colocándolos sobre la mesa.

—¿Qué estáis haciendo? —le preguntó Seiya a Asuka.

—Comprobar las existencias de alimentos. No son ilimitados, así que hemos decidido averiguar cuántos quedan.

—Ya veo. No es mala idea.

—Cuando averigüemos exactamente cuántos quedan, podremos saber la porción que le toca a cada uno. Y así, hacer que pase a ser ya de su propiedad.

—¿De su propiedad? —preguntó Fuyuki volviendo su mirada hacia Asuka—. ¿Y eso qué significa?

—Pues eso, exactamente. Sin saber cuál es la porción concreta de cada uno, no hay seguridad, ¿no? Ya que las cosas están así, será mejor que establezcamos hasta dónde consideramos que algo es común y a partir de dónde es privado —respondió Asuka mirando alternativamente a Fuyuki y Seiya.

—Este no es momento de pensar en la propiedad privada —dijo Seiya—. Nosotros lo compartimos todo. Tanto la comida como las herramientas y el vestido.

—¿Y nuestros cuerpos también? —Asuka miró a Seiya—. ¿Quieres que compartamos también el sexo?

Él soltó un suspiro.

—¿Así que es eso? Por eso habéis empezado ahora a preocuparos por la propiedad privada...

—¿Qué quieres decir? —preguntó Fuyuki.

—Están manifestando que no tienen necesariamente por qué compartir su destino con el nuestro. Que, llegado el caso, existe la posibilidad de que sigamos caminos diferentes. De ahí que tengan la necesidad de asignar a cada uno, lo antes posible, su cuota de propiedad sobre ese preciado bien que es la comida.

Fuyuki miró a Asuka.

—¿Crees que las mujeres podréis sobrevivir solas en un mundo como este?

Asuka negó con un gesto.

—El objetivo no es solo sobrevivir. Es una cuestión de dignidad. Lo que queremos dejar claro es que nosotras no somos instrumentos para tener hijos.

—Nadie piensa eso.

—Sí, Seiya lo piensa —replicó Asuka—. De no ser así, no nos pediría que dejáramos a un lado nuestros sentimientos para ponernos a tener hijos con hombres que no nos gustan.

—Yo no pienso que seáis instrumentos —respondió con calma Seiya—. Solo os he rogado que asumáis el papel de Eva en este mundo.

—Eso no es más que otra forma de decirlo. A fin de cuentas, lo que se nos pide es exactamente lo mismo. —Asuka sonrió irónicamente y se encogió de hombros—. En cualquier caso, creo que es importante que asignemos a cada uno su parte. ¿Quién sabe en qué momento podéis empezar a decirnos: «si queréis comer, haced lo que os ordenamos»?

—Pero ¿cómo íbamos a deciros eso? —repuso Fuyuki con una mueca de enfado.

—Tú tal vez no, pero... —dijo Asuka bajando la cabeza.

A su lado, Emiko y Nanami continuaban en silencio con su labor. Parecían estar dividiendo los alimentos en diez lotes iguales. El hecho de que, no solo a Mio, sino también al bebé, los hubieran contado como a dos personas más, daba cuenta de lo firme de su empeño.

—Ya que las cosas están así, os hablaré con claridad —dijo Seiya dando un paso al frente—. Tenemos que abandonar la idea de lo individual. Y tenemos que hacerlo porque aquí es imposible vivir solo. A duras penas conseguimos sobrevivir aunando las fuerzas de diez personas. Me gustaría que entendierais esto.

—Antes ya hemos dicho que... —repuso Asuka sin levantar la mirada del suelo— que lo importante no es solo sobrevivir.

—¿Y qué es lo importante? ¿La dignidad? Entonces ¿qué pasa con Yuto? Él no puede subsistir por sus propios medios. Nosotros debemos sobrevivir para mantenerlo a él con vida. Uno puede poner en la balanza la vida y la dignidad propias, pero nadie tiene derecho a poner sobre ella la vida de los demás. ¿O no es así? —Seiya se aproximó a Nanami y se quedó mirando su rostro de perfil—. No os digo que os convirtáis en Evas de repente. Y tampoco me gustaría que me malinterpretaseis. Lo único que pretendo es que no se extinga la humanidad. Quiero evitar que, cuando Yuto llegue a adulto, no pueda tener a nadie a su alrededor.

—Imposible —se obstinó Nanami en voz baja.

—¿Qué cosa?

—Digo que lo que dices es imposible. Yuto no llegará a adulto porque, para entonces, ya habremos muerto todos. Es imposible que sobrevivamos en este mundo.

—No pienso permitir que muráis ninguno.

—¿No piensas permitirlo? ¿Cómo puedes decir eso? ¿Acaso no han muerto ya Taichi y los Yamanishi? Y tú no pudiste hacer nada.

El semblante de Seiya enrojeció de furia. Fuyuki se sobresaltó al ver a su hermano en ese estado. Era algo a lo que no estaba acostumbrado.

—Lo siento —se disculpó Nanami con un hilo de voz—. Es absurdo echarle la culpa a Seiya. Él no solo no ha hecho nada malo, sino que se ha esforzado mucho para que todos... —Los ojos de Nanami se estaban congestionando. En un intento por ocultarlo, bajó la cabeza y salió sin más de la habitación.

Toda se cruzó con ella al entrar. Como siempre, tenía el rostro enrojecido.

—¿Qué ha pasado? —Al parecer, había captado el ambiente tenso que allí había.

—Nos vamos de aquí —dijo Seiya.

—¿Eh? ¿A qué te refieres? —dijo Toda, sorprendido.

—A que dejamos el Palacio Presidencial. Mi hermano y yo hemos ido a inspeccionar los alrededores. A causa de los repetidos terremotos, la mayoría de las vías están intransitables. Si nos quedamos aquí, llegará un momento en que ya no podremos escapar. Antes de que eso ocurra, tenemos que trasladarnos a un terreno más abierto.

Toda hizo una mueca de hastío.

—¿Otra vez esa historia de ir al campo y fundar una aldea? ¿En serio insistes en eso?

—Creo habérselo dicho ya. Para sobrevivir, no tenemos otra alternativa.

Toda negó moviendo lentamente la cabeza y tomó asiento en una silla.

—Yo así estoy bien. No quiero tratar más ese asunto. Yo me quedo aquí.

—Pero ¿es que no ha oído lo que acabamos de decir? Quedándonos aquí no tenemos ningún futuro.

—Y lo que yo digo es que me da igual —replicó Toda alzando la mirada hacia Seiya—. Tú aún eres joven, así que le tienes apego a la vida. Pero yo ya estoy muy mayor. Aunque, a partir de ahora, viviera muchos años, tampoco serían tantos. Tenía pensado pasar todos los días haciendo lo que quisiera cuando me jubilara. Pero ahora que sé que no va a ser posible, me da igual morirme un día que otro. Ya estoy cansado. Así que, si hay que irse de aquí, os vais vosotros y no pasa nada. Yo me quedo.

—Toda... —dijo Seiya con gesto de perplejidad.

—En tal caso, perfecto —dijo Asuka—. Mire, ahora mismo estábamos repartiendo los alimentos que hay. Aquí está su parte, así que, a partir de ahora preferiríamos que la administrara usted mismo.

—Espera un momento. Estas cosas no las puedes decidir tú sola —le dijo Fuyuki.

—¿Por qué no? Toda también necesitará su comida, ¿no? ¿O es que pretendes llevarte su parte si él decide quedarse aquí?

—Yo no he dicho eso.

—Pues entonces deja de poner pegas. Lo único que pretendo es garantizar el derecho de Toda a llevarse su parte. Y no solo Toda. Puede haber más gente que prefiera actuar de otro modo, así que está claro que hay que repartir los alimentos ahora.

—Eso no puede ser —dijo Seiya—. Toda, comprendo cómo se siente, pero, por favor, siga con nosotros. Se lo ruego.

—Jo, no lo entiendo. ¿Por qué? ¿Qué ventajas puede haber en que un viejo como yo os acompañe?

Seiya negó con la cabeza.

—Recuerdo que ya le dije lo mismo a Yamanishi: aquí no hay nadie innecesario. La capacidad de supervivencia es mayor en dos personas que en una, y en tres que en dos. Solo somos diez. Si cada uno actúa por su cuenta, no tardaremos en desaparecer.

—Ya te he dicho que eso me da igual.

—Y yo que, aunque a usted no le importe, no puedo consentirlo.

Seiya golpeó con fuerza la mesa al decir eso. Inmediatamente después, como presagio del inquietante futuro que les aguardaba, sonó con grave estruendo un potente trueno.

Fuyuki dirigió su mirada hacia la ventana. A pesar de que era por la mañana, fuera estaba completamente oscuro. Poco después se desató la lluvia.

—Lluvia torrencial otra vez —murmuró Emiko.

—Visto como están las calles, si llueve tanto como la otra vez, cuando se inundó todo, nos quedaremos aquí completamente aislados —dijo Seiya con gesto afligido—. Si no salimos de aquí cuanto antes...

En ese momento oyeron un fuerte ruido de pasos acercándose precipitadamente. La puerta se abrió abruptamente y entró Kawase. Detrás de él venía Komine.

—Ah, veo que estáis todos juntos. Perfecto —dijo Kawase con ligera excitación.

—¿Qué pasa? —preguntó Seiya.

—El texto en inglés. Ya lo hemos traducido. Bueno, no es que lo haya traducido yo, pero... —Kawase señaló con el pulgar a Komine, que se encontraba tras él.

—¿Y os habéis enterado de algo? —preguntó Fuyuki.

—¿Que si nos hemos enterado de algo? No te puedes imaginar lo que pone. —Kawase se volvió hacia Komine—. Venga, explícaselo tú.

Este avanzó unos pasos con semblante grave.

—Por decirlo en pocas palabras, que va a volver a producirse.

—¿Volver a producirse el qué? —dijo Fuyuki.

Komine respiró profundamente antes de responder.

—El Fenómeno P-13. Lo hará transcurridos treinta y seis días desde que tuvo lugar por primera vez.

44

Fuyuki dudaba de lo que acababa de escuchar. Y lo mismo debía de pasarles a los demás, porque durante unos instantes nadie dijo una sola palabra.

Kawase sonreía con suficiencia.

—Os ha sorprendido, ¿eh? Yo también aluciné la primera vez que lo oí. Tuve que pedirle a Komine que me lo confirmara. No me podía creer que fuera cierto.

Fuyuki miró a Komine.

—¿Seguro que es así? ¿De veras va a volver a producirse el fenómeno?

Komine bajo ligeramente la barbilla y puso una mirada muy seria.

—No hay ninguna duda. El inglés del documento no es complicado y todo el vocabulario que no entendía lo he buscado en el diccionario. El texto dice que, en la tarde del trigésimo sexto día a contar desde el 13 de marzo, esto es, el 18 de abril, a las trece horas, trece minutos y trece segundos, la onda de energía que provocó el fenómeno envolverá de nuevo al planeta. Lo definen como una especie de oscilación de retorno.

—Una oscilación de retorno... —Fuyuki intentó imaginar qué sería eso, pero no se le ocurrió nada. Para empezar, ni siquiera entendía bien en qué consistía el propio Fenómeno P-13 en sí.

—¿Y qué pasará cuando vuelva a ocurrir? —preguntó Asuka.

—Básicamente lo mismo que la vez anterior. Matemáticamente se producirá un salto del espacio-tiempo. Pero, sustancialmente, no habrá ningún cambio.

—Entonces tampoco es para alegrarse, ¿no?

—¿Eso crees? —repuso Kawase, sorprendido—. Ciertamente, si no hacemos nada, no habrá ningún cambio. Pero ahora ya sabemos cómo se utiliza el P-13.

—¿Sabemos cómo se utiliza? ¿Qué quieres decir? —preguntó Fuyuki.

Kawase se pasó la lengua por los labios.

—¿Acaso no está claro? Me refiero a qué pasaría si muriéramos durante los trece segundos de duración del próximo fenómeno.

—¿Cómo?

—La vez anterior, todos morimos durante los trece segundos de producción del fenómeno. Y por esa razón estamos ahora en este mundo. Hablo de qué pasaría si hiciéramos otra vez lo mismo.

—¿Quieres decir que, si muriéramos en ese intervalo de tiempo, podríamos regresar al mundo anterior?

—¡Bingo! A eso me refiero —dijo Kawase chasqueando los dedos.

Fuyuki contuvo la respiración. ¡Se podía regresar al mundo anterior! Y él que había perdido toda esperanza...

—¡Esperad! —dijo Seiya tajante—. No digáis esas cosas tan a la ligera.

—¿Por qué? ¿No te parece una buena noticia?

—¿Dónde ves tú la buena noticia? Eso no es más que una quimera de las que acaban liando a la gente. ¿Cómo puedes afirmar que con eso regresaríamos al mundo anterior?

—Yo no lo he afirmado. Solo digo que existe la posibilidad.

Seiya hizo un gesto de negación con la cabeza.

—Imposible.

Kawase alzó las cejas, sorprendido.

—¿Nos dices a los demás que no afirmemos nada y tú lo zanjas todo con un simple «imposible»?

—Ese «imposible» está fundamentado. Supongamos que el fenómeno vuelve a producirse. Si muriéramos durante el mismo, podríamos ser enviados a un mundo paralelo, pero no sería nuestro mundo de antes. Se trataría de otro mundo generado a partir de una traslación geométrica de este, así que no cambiaría nada: sus ciudades estarían igualmente devastadas por los terremotos y las lluvias torrenciales, y en él no habitaría nadie más que nosotros.

Fuyuki no pudo evitar estar de acuerdo con Seiya. Si de veras ocurría lo mismo que la vez anterior, simplemente se trasladarían a un mundo paralelo que tomaría como punto de partida el actual.

—Ya. Pero también podría no ser así —repuso Kawase—. Lo que acabas de decir ya se nos había ocurrido a Komine y a mí. Ya os lo dije antes, ¿no? Aquí donde me veis, yo de joven era un friki de la ciencia ficción. En fin, antes de poner más pegas, escuchad lo que tiene que decirnos Komine.

Kawase dirigió su mirada hacia Komine.

—¿De qué se trata?

Komine tragó saliva.

—Como ya he dicho antes, el fenómeno que se avecina es una especie de oscilación de retorno del primero. Matemáticamente se expresa como lo contrario de este. Por tanto, dicen que el tiempo y el espacio actuarán ahora para intentar suprimir la distorsión que se generó la primera vez que se produjo el fenómeno.

—¿Suprimir la distorsión? —preguntó Seiya con un gesto de extrañeza.

—Como sabéis, el primer P-13 supuso un salto en el tiempo de trece segundos. Con él se perdieron trece segundos de historia. Debido a esa pérdida, se generó una distorsión en el espacio-tiempo. Y por eso el próximo fenómeno intentará corregirla.

—¿Corregirla? ¿Cómo?

—Esa es la cuestión —dijo Komine con gesto de turbación—. Sobre ese aspecto no dan detalles. Para empezar, porque los propios científicos tampoco tenían idea de en qué consistiría el fenómeno tendente a paliar la paradoja matemática inicialmente generada por el P-13. Ellos ni siquiera podían prever que los muertos seríamos enviados a un mundo paralelo como el infierno en el que ahora nos hallamos. Lo único que sabían era que no se podía morir durante esos trece segundos.

Seiya miró fijamente a Komine.

—Entonces tampoco hay base para creer que, por el hecho de morir durante el segundo fenómeno, vayamos a poder regresar al mundo anterior.

—Pero tampoco la hay para creer que no —insistió Kawase, cruzando los brazos—. Al menos los científicos nos aseguran que el primer fenómeno y el que ahora se avecina son distintos y matemáticamente opuestos. En tal caso, cabe esperar que el segundo sea el inverso del anterior, ¿no?

—Esas esperanzas a medias solo sirven para liar a la gente. ¿De veras quieres que nos juguemos la vida en eso?

—No estoy diciendo que todo el mundo tenga que hacerlo. Si a uno no le gusta la idea, pues que la descarte y punto. Cada cual que haga lo que quiera. Pero yo sí creo que voy a intentarlo —dijo el mafioso.

Seiya clavó su mirada en él.

—¿Hablas en serio?

—Por supuesto. Viviendo aquí no hay ninguna posibilidad de volver al mundo anterior. La probabilidad es de cero. Por eso voy a apostar por la opción que sí me ofrece alguna posibilidad, aunque sea ínfima.

—Pero es posible que lo único que hagas sea matarte.

—Es posible. Eso lo sabré cuando llegue el momento. Pero no voy a arrepentirme. —Kawase esbozó una sonrisa—. Porque, una vez muerto, ya no hay arrepentimiento que valga.

Seiya hizo un gesto de negación con la cabeza y luego miró a Komine.

—¿Tú también piensas igual?

El aludido asintió levemente.

—Aunque no consiguiera volver al mundo anterior, no creo que mi situación empeorase mucho respecto de la actual. No confío en poder sobrevivir en este mundo. Por eso, si al final he de morir de todos modos, prefiero apostar por la posibilidad de volver, aunque sea baja.

Seiya golpeó la mesa, enojado.

—¡Esa idea es un error! Lo cierto es que aquí y ahora estamos vivos. Tenemos que manifestar aprecio por nuestras actuales vidas.

—Yo no digo que no las apreciemos —respondió Toda—. Soy consciente de que se trata de una apuesta muy alta.

Seiya resopló y puso los brazos en jarras. Parecía estar buscando las palabras para intentar persuadirles.

Entonces intervino Asuka.

—¿Y da igual el lugar en que mueras?

Sobresaltado, Fuyuki la miró fijamente.

—Asuka...

Ella se percató de que él la estaba mirando, pero no le devolvió la mirada. Miró a Komine con gesto desabrido e insistió.

—Quiero decir, si no hay ninguna regla que diga que tienes que morir en el mismo sitio que la otra vez, o algo así.

Komine negó con la cabeza.

—Como ya he dicho, no conocemos ningún detalle. Puede que exista alguna regla de ese tipo. Qué ocurriría en caso de no respetarla es algo que tampoco sabemos.

—Asuka —le dijo Seiya con un tono disuasorio—. No pienses en esas estupideces.

Ella se limitó a bajar la mirada hacia el suelo y no contestó. Era evidente que la propuesta de Kawase la había cautivado.

—Yo también podría embarcarme en esa historia —murmuró Toda—. Total, de seguir así, voy a morir de todos modos. Así que tampoco pierdo nada por intentarlo.

—¿Al señor gerente también le interesa la idea? —dijo Kawase sin disimular su alegría—. Entonces ya somos tres. ¿Y tú qué dices, nena? Nos animaría mucho si una estudiante de instituto se uniera a nuestro grupo.

—¡Déjalo ya! —espetó Seiya, cortante—. Eso no es jugarse la vida. No es más que desperdiciarla. ¿Por qué no intentáis vivir en este mundo? Es verdad que hemos pasado muchas penalidades, pero también que las hemos conseguido sortear, ¿no? Seguro que también encontramos el modo de sobrevivir de ahora en adelante. No desesperéis. Mantened la calma.

—Yo no desespero —dijo Kawase en tono grave—. Es simplemente la respuesta que he encontrado, a mi manera, después de pensarlo mucho. Verás, yo no me conformo solo con vivir. No me gusta esa idea. Si me conformara con esa clase de vida, no me habría hecho *yakuza*.

—Si lo que buscas es una razón para vivir, seguro que también puedes encontrarla en este mundo.

—¿Fundando una aldea? Eso tal vez esté bien para ti. Pero yo soy distinto. Si dejara escapar esta oportunidad, me arrepentiría el resto de mi vida. Estaría todo el día atormentado, preguntándome por qué no me atreví a aceptar el desafío. Para mí sería peor que la muerte.

Seiya se quedó callado ante la réplica de Kawase. Hasta ese instante no había reparado en el sonido que provenía del exterior. Estaba cayendo un auténtico diluvio.

—¿Qué día es hoy? —murmuró Asuka.

—Lo he mirado antes en un reloj con calendario incorporado —respondió Komine—. Hoy es 11 de abril. Falta justo una semana para que tenga lugar el nuevo fenómeno.

—¿Una semana? Entonces no hay necesidad de complicarse la vida.

Fuyuki se sorprendió.

—¿Quieres decir que te quedas? ¿No piensas huir de aquí?

—Es que no tiene sentido. Basta con hacer lo necesario para sobrevivir durante esta semana que falta.

—Anda, ¿así que se trata solo de eso? —dijo Toda dando una palmada—. Tenemos alimentos suficientes, de modo que ni siquiera hay que salir a pasar frío. La cosa consiste simplemente en pasar aquí la semana que queda, haciendo lo que queramos. Eso me gusta. —En cuanto terminó su intervención, se fue a la cocina. Seguramente en busca de otra lata de cerveza.

—¿De veras quieres hacerlo? —le preguntó Fuyuki a Asuka—. ¿Vas a suicidarte dentro de una semana?

Ella ladeó levemente la cabeza, dubitativa.

—Todavía no me atrevo a decir nada. Por un lado, me da miedo, pero por otro me apetece intentarlo. ¿No te pasa lo mismo?

—Bueno, yo... —A Fuyuki no le salían las palabras. Sin darse cuenta, estaba escrutando el rostro de Seiya.

—Parece que en mi presencia no lográis hablar con sinceridad —dijo este—. En fin, tendré que retirarme para que lo habléis tranquilamente. Pero antes, dejad que os diga una cosa: es un error pensar que nuestra vida nos pertenece solo a nosotros. Lo he dicho muchas veces: cuanto más disminuya el número de personas, más difícil será la supervivencia de los que se queden. Por ejemplo, Yuto. Si los demás dejan de existir, él no podrá sobrevivir solo. Y, a diferencia de vosotros, tampoco puede escoger la muerte por sí mismo. Eso no obsta a que, además, nadie tenga derecho a matarlo. En definitiva, la única opción que le queda a él es permanecer en este mundo. Y para no abandonarlo aquí, yo me quedaré con él. No voy a huir.

Fuyuki acompañó con la mirada a su hermano mientras este salía de la habitación.

Kawase se encogió de hombros.

—Tu hermano tiene la sangre demasiado caliente, ¿no?

—Yo... no había pensado en Yuto... —dijo Asuka—. Tiene razón. Si todos desaparecemos, el niño no podrá sobrevivir.

—Solo es cuestión de morir todos juntos —dijo Toda con una cerveza en la mano—. No hay que complicarse la vida. De todos modos, el niño tampoco iba a sobrevivir aquí mucho tiempo.

—¿Y eso nos da derecho a matarlo? —preguntó Fuyuki.

—No se trata de matarlo. Se trata solo de llevarlo al otro mundo con nosotros —respondió Kawase.

—Pero no sabemos si realmente podremos ir a ese mundo. Y, aunque pudiéramos, tampoco sabemos si no será peor que este. No me parece mal que cada uno recoja lo que él mismo ha sembrado. Pero ¿quién y cómo va a asumir la responsabilidad en cuanto a Yuto?

—¿Qué necesidad hay de pensar ahora en responsabilidades? Ya veremos lo que hacemos cuando llegue el momento.

—Pero mi hermano pretende asumirla. Piensa que es una irresponsabilidad hacer morir al niño sin saber a ciencia cierta lo que va a pasar luego. Y yo, en eso, opino como él.

—Bueno, qué se le va a hacer. Vosotros podéis hacer lo que queráis. Yo, desde luego, pienso aprovechar el fenómeno para decirle adiós a este mundo.

Kawase salió de la habitación. Komine y Toda fueron tras él.

Fuyuki acercó una silla y se sentó.

—Parece que la cosa se ha complicado. Hay demasiada disparidad de pareceres.

—¿Y tú, Fuyuki? ¿Qué opinas? ¿Crees que Seiya está en lo cierto?

—Creo que no se equivoca. Me admira que en una situación como esta sea capaz de tener en cuenta hasta al bebé. Solo a él se le ocurren esas cosas. Pero también comprendo a Kawase y los otros. Es más, a mí también me apetece arriesgarme como ellos. Si pudiera, me gustaría regresar al mundo anterior. Además, tampoco confío mucho en que podamos sobrevivir en este, así que...

—Supongo que es porque, tanto tú como yo, somos gente normal.

—Tal vez. Pero, dejando al margen a Kawase, ¿crees que Toda y Komine serán capaces de morir? ¿No les dará miedo?

—Bueno... No sé, tal vez llegado el momento se echen atrás... —Asuka sonrió y miró a Emiko—. ¿Y tú, mamá? ¿Qué vas a hacer?

Emiko alzó la mirada con gesto de desánimo.

—Yo... —empezó, pero se interrumpió para quedarse mirando la puerta. Mio entraba en ese momento—. Mio, todavía no has desayunado, ¿verdad? —le preguntó a su hija en tono cariñoso—. Cuando esté listo el desayuno, te aviso. Mientras tanto, quédate un poco más en la habitación, ¿vale?

La niña asintió con la cabeza y salió al pasillo.

—Mio está más alegre que antes —dijo Fuyuki.

—Sí, desde que le confesé lo del suicidio. Tal vez eso la liberara de su sufrimiento. —Emiko se cubrió la cara con las manos—. Recuerdo como si fuera ahora el momento en que las dos saltamos desde aquella azotea. Ella me estaba mirando fijamente a la cara. Más que atemorizada, parecía sorprendida. Y, tal vez, también tremendamente triste. No es de extrañar, ¿verdad? La pobre no habría imaginado ni en sueños que su propia madre fuera a matarla. —Emiko se apretó los párpados con la punta de los dedos—. Para mí sería imposible obligarla a volver a pasar por eso. No puedo decirle que nos matemos juntas porque tal vez así consigamos regresar al mundo anterior.

45

La lluvia seguía arreciando. Por más tiempo que transcurriera, el cielo permanecía teñido de un gris plomizo y no mostraba el menor indicio de ir a despejarse. Además, las inquietantes réplicas del terremoto seguían sucediéndose.

Sentado en la sala de visitas, Seiya sostenía una copa de brandi. En su cabeza solo había espacio para pensar en cómo conseguir un lugar seguro para vivir. Estaba convencido de que seguir allí, en el Palacio Presidencial, equivalía a la muerte. La situación no sería tan grave si, aunque todos los alrededores se anegaran, el agua no tardara mucho tiempo en desaparecer. Pero no había ninguna garantía de ello. En el palacio les quedaban alimentos para un mes a lo sumo. Si, una vez agotados los víveres, seguían rodeados de agua, todo habría acabado.

Sin embargo, supuso que, en la actual situación, nadie querría aceptar su propuesta. Llegar hasta allí ya les había costado Dios y ayuda, por lo que, sin duda, a esas alturas ya no les quedarían ánimos para trasladarse de nuevo a otro sitio, entre escombros, cubiertos de barro y sin rumbo.

A Seiya le pareció lógico que todos se sintieran atraídos por la hipótesis de Kawase. De hecho, poder regresar al mundo anterior era también su más ferviente deseo. Pero no le parecía nada probable que con el método propuesto por Kawase fueran a obtener un resultado tan satisfactorio. Para el mundo anterior, ellos estaban muertos. Precisamente por eso se encontraban ahora allí. ¿Podía la gente así regresar a su mundo anterior? ¿No provocaría eso una nueva paradoja en el tiempo y el espacio?

Ladeó la cabeza y volvió a verter brandi en su copa.

Por más que ensayó argumentos disuasorios, llegó a la conclusión de que le resultaría muy difícil hacerles abandonar el sueño de retornar al mundo anterior. Y es que Kawase, Komine y Toda no temían a la muerte en su mundo actual.

Acababa de beber un sorbo de licor cuando oyó un ruido cerca de la entrada. Era Nanami. Abrió la puerta y se quedó allí de pie.

«Aquí tenemos a otra mujer que también ansía la muerte», pensó Seiya mientras la miraba.

—¿Qué ocurre? —le preguntó.

Nanami se acercó a él bastante nerviosa.

—Asuka me lo ha contado. Lo de... Bueno, eso de que tal vez se pueda regresar al mundo anterior.

—Es una historia sin fundamento. Kawase y Komine interpretan a su antojo los fenómenos y se les acaba disparando la imaginación, solo eso.

—Pero sí existe la posibilidad de que ocurra algo, ¿verdad? Quiero decir, si uno muere en esos precisos momentos.

—No hay ninguna garantía de que ese algo pueda traernos felicidad.

Nanami se acercó al sofá.

—¿Puedo sentarme?

—Claro.

Ella llevaba puesta una sudadera. En los últimos días parecía aún más delgada que de costumbre. Los pómulos se acentuaban en su rostro y la barbilla se le notaba más afilada.

—A juzgar por tu forma de hablar, supongo que no vas a hacer nada, ¿verdad? Aunque vuelva a producirse el fenómeno...

—Así es. No tengo la intención de hacer nada. Si la anterior vez me hubiera quedado sin hacer nada, tal como me habían ordenado mis superiores, no habría acabado en este mundo. Así que esta vez pienso hacer caso de esas instrucciones.

—¿De veras? Pero Kawase y los demás tienen previsto suicidarse, ¿no es así?

Seiya dejó escapar un suspiro.

—Justamente ahora me estaba devanando los sesos intentando encontrar la manera de disuadirles.

—¿Es que piensas detenerlos?

—Creo que es mi obligación. Lo mismo que cuando te detuve a ti. La diferencia está en que, aunque lo que pretenden no es otra cosa que suicidarse, personalmente lo perciben como algo positivo. Por eso el problema tiene tan mala solución. —Bebió de su copa y miró a Nanami—. ¿Tú también apruebas lo que piensan hacer?

Seiya creía que ella iba a asentir, pero, contrariando esa expectativa, la joven tardó en contestar.

—No lo sé. Es cierto que he estado deseando morir todo este tiempo. Pero era porque este mundo me desesperaba. Porque pensaba que no servía de nada seguir viva. Y, ahora que conozco esa posibilidad, creo que ese sentimiento tampoco ha cambiado mucho. Suicidarme para vivir en otro mundo es algo que... cómo decirlo... que no me convence. Yo lo que no quiero ya es vivir.

—¿Aunque exista la posibilidad de volver al mundo anterior?

Nanami le devolvió la mirada.

—Pero tú piensas que esa posibilidad no existe, ¿no?

—Yo no creo que el resultado pueda ser tan ventajoso.

—¿Verdad? Es la misma impresión que tengo yo. De alguna manera, me da miedo que me envíen a un mundo donde tenga aún menos ganas de vivir que en este. —Bajó la mirada y luego alzó las pupilas mientras mantenía la cabeza gacha—. Además, allí no estarías tú.

Ante la cariñosa mirada de Nanami, Seiya sintió que el corazón se le disparaba, pero contuvo la emoción para que no se reflejara en su rostro y se limitó a asentir con la cabeza.

—Yo no tengo la intención de jugarme la vida en una apuesta temeraria.

—En tal caso, yo tampoco. Y no solo porque poder volver al mundo anterior sea poco probable. Es que el mero hecho de imaginarme en un mundo en el que solo estén esas otras personas ya me produce escalofríos... —Mientras decía eso, Nanami se frotó con la mano derecha el brazo izquierdo.

Seiya entendió por fin cuál era su intención. Lo que le estaba diciendo era que, si él decidía suicidarse, a ella tampoco le importaría jugarse la vida en el mismo empeño. Y eso podía interpretarse igualmente como la confesión de que quería unir su destino al de él.

—Así pues, la mitad —dijo Seiya.

—¿La mitad?

—La mitad de los diez que somos. De ellos, cinco ya hemos declarado que no vamos a jugarnos la vida en esa insensatez. Bueno, para ser exactos, solo tres hemos dicho eso. Lo que ocurre es que asumimos la responsabilidad de los otros dos. Emiko dice que no quiere volver a hacer pasar a Mio por el trance de un suicidio. Y yo cuidaré de Yuto cueste lo que cueste. Por eso, contándote a ti, somos cinco en total.

—¿Y Fuyuki?

—No acaba de decidirse. Y me temo que lo mismo le ocurre a Asuka.

—Sí, eso parece. Cuando me contó el plan de Kawase y los otros, me dio la impresión de que ella tampoco había decidido qué iba a hacer.

—Es probable que los dos nos acaben dando la misma respuesta. No puedo imaginar cuál será, pero no contamos con margen de tiempo para quedarnos a esperarla. Es mejor que comencemos inmediatamente con los preparativos para partir.

Las palabras de Seiya pillaron desprevenida a Nanami, que abrió los ojos sobresaltada.

—¿Partir? ¿Adónde?

—Aún no está decidido. Pero creo que a un lugar lo más elevado posible. Supongo que lo mejor será salir de Tokio. Si nos dirigimos hacia el norte, el invierno se hará más duro, así que tal vez sea preferible ir hacia el oeste... —Se interrumpió. Nanami estaba cabizbaja y con semblante abatido—. ¿Qué te ocurre? ¿Te encuentras mal?

Sin levantar la cabeza, ella hizo un amplio gesto de negación.

—Ya vale.

—¿Ya vale? ¿Qué quieres decir?

—Que no me cuentes entre los vuestros. No sois cinco, sino cuatro. No me apetece tener que colaborar con Kawase y los demás, pero eso tampoco significa que quiera seguir prolongando mi existencia en este mundo.

—Nanami...

—Lo siento. Me temo que te he hecho albergar alguna extraña esperanza —dijo ella, poniéndose en pie para dirigirse hacia la puerta. Antes de salir, se volvió hacia Seiya—. A mi podéis dejarme atrás tranquilamente. A fin de cuentas, no sirvo para nada.

Él la miró mientras ella hacía una reverencia a modo de despedida y abandonaba la estancia. Luego dejó caer su cabeza, consternado.

Había un tablero de Otelo entre ambos, pero ninguno de los dos parecía tener intención de colocar ninguna ficha en él. Fuyuki dejó escapar una risita corta.

—No sé yo si estamos ahora para jugar a esto...

—Pero si has sido tú el que lo ha propuesto... —dijo Asuka con gesto ligeramente malhumorado.

—Creí que nos vendría bien para refrescar los ánimos, pero la verdad es que no consigo ordenar mis ideas.

—Todavía no te has decidido, ¿verdad?

Fuyuki asintió con una mueca.

—Ni en sueños habría imaginado que llegaría un momento en que tendría que decidir si ejecutaba o no mi propia muerte. ¿Y tú? ¿Ya te has decantado por alguna de las dos opciones?

—Todavía no. Me resulta absolutamente imposible —dijo Asuka encogiéndose de hombros—. La primera vez que lo oí, pensé en intentarlo. A fin de cuentas, de seguir así tampoco iba a poder vivir aquí mucho más. Pero luego, viéndolo de un modo más realista, he de reconocer que morir me da miedo. No puedo evitar pensar que tal vez lo único que consiga con ello sea matarme.

—Lo mismo me pasa a mí. Yo tampoco quiero morir. Y creo también que, a pesar de lo duro que es este mundo, si le echamos ganas y logramos sobrevivir, al final algo bueno ocurrirá.

—Entonces, ¿lo descartas?

Fuyuki se cruzó de brazos y soltó un gruñido.

—De todos modos, cuando pienso que podría regresar al mundo anterior, me siento muy confuso. Si Kawase y los demás tuvieran éxito, seguro que me arrepentiría.

—Es verdad. Si la jugada les sale bien, el fenómeno no volverá a producirse, así que nosotros ya no podremos hacer lo mismo.

—O sea que... solo tenemos una oportunidad.

—Por cierto, se me acaba de ocurrir ahora, pero si Kawase y los demás tienen éxito, ¿qué pasará con ellos?

—Pues eso, que volverán al mundo anterior.

—No, me refiero a qué pasará con ellos en este mundo. ¿Desaparecerán de repente sus cuerpos ante nuestros ojos?

Una vez que hubo comprendido la pregunta, Fuyuki ladeó la cabeza, pensativo.

—Es posible. Cuando se produjo el fenómeno la vez anterior, toda la gente desapareció a nuestro alrededor, así que supongo que ahora será algo parecido.

El rostro de Asuka denotaba que eso no la convencía.

—Pero, en aquel momento, no es que la gente despareciera a nuestro alrededor, es que a nosotros nos mandaron a un mundo en el que no había nadie. Es algo distinto, creo yo.

—Ah, pues es verdad. Te refieres a cómo nos vieron en ese momento los demás a nosotros en el mundo anterior. Si desaparecimos o... —Fuyuki se rascó la cabeza—. No lo sé. No tengo ni idea.

—Entonces, fijaos bien en mí cuando lo haga. A ver qué me pasa —dijo alguien desde la puerta. Kawase—. ¿Molesto?

—Qué va, pasa —le dijo Fuyuki—. ¿Vienes a buscar alcohol?

—No, alcohol ya tengo en mi habitación. La verdad es que hay algo que me preocupa, así que he decidido consultaros. —Kawase se aproximó y se sentó en el sofá.

—Qué raro se me hace que vengas tú a consultarnos algo a nosotros...

Kawase forzó una media sonrisa.

—Bueno, a fin de cuentas, me propongo aceptar un desafío de los que solo se pueden afrontar una vez en la vida, así que toda precaución es poca. En este juego, al primer error te eliminan.

—¿De qué se trata?

—De los relojes.

—¿Los relojes? —Fuyuki y Asuka se miraron.

—El 18 de abril por la tarde, a las trece horas, trece minutos y trece segundos, se producirá el segundo Fenómeno

P-13. Hasta ahí todo bien. Pero hemos descubierto un grave problema. Y es que no hay ningún reloj que pueda mostrarnos la hora de manera exacta.

—¡Ah! —Fuyuki no pudo evitar soltar un gritito.

Kawase torció la boca en gesto de contrariedad.

—Por supuesto, tenemos relojes. En la residencia oficial había hasta de esos radio-relojes que ajustan la hora automáticamente por ondas de radio. Pero no hay ninguna garantía de que ahora indiquen la hora exacta. Según Komine, las ondas de radio que permiten su autoajuste ya no se emiten, seguramente porque las estaciones emisoras también han sufrido daños. Y si no recibe periódicamente la onda con la señal horaria, un radio-reloj no es más que un simple reloj de cuarzo.

—Ya entiendo... —dijo Fuyuki asintiendo—. En definitiva, tal como están las cosas, no se puede saber el momento exacto en que se producirá el fenómeno.

—No disponemos de televisión ni de servicio telefónico de información horaria. Y resulta que las ondas con la señal del tiempo estándar, de las que dependen los radio-relojes, tampoco se emiten. Así que no hay forma de saber qué hora es exactamente en cada momento.

—Claro.

Escuchando la explicación de Kawase, Fuyuki volvió a ser consciente de que, al fin y al cabo, la hora no era más que algo creado artificialmente por el hombre. Si se estropearan todos los relojes del mundo, la hora exacta también se perdería con ellos.

—Pues ya ves, nos hemos quedado sin hora... —murmuró.

—Bien, ¿y qué vais a hacer? —le preguntó Asuka a Kawase.

—Bueno, no se puede utilizar lo que no se tiene. Lo único que podemos hacer es servirnos de lo que tenemos. Puestos a descender al nivel de los relojes de cuarzo, los más precisos son los radio-relojes. No sabemos cuándo fue la última vez que captaron la onda para su autoajuste, pero seguramente en ese momento su desfase no fuera ni de un segundo. El problema es cuánto tiempo ha transcurrido desde entonces y cuánto desajuste ha supuesto. Según Komine, si hubiera transcurrido más de un mes y tratándose de relojes de cuarzo, el desajuste sería de unos diez segundos. Pero eso es un margen de error muy grande. Si nos equivocamos, podríamos morir en el instante equivocado. De ahí que... —se humedeció los labios y levantó el dedo índice antes de añadir—: hayamos decidido hacer un promedio.

—¿Un promedio?

—Sí. Reuniremos todos los radio-relojes que podamos y consideraremos que la hora correcta es el promedio de las que marquen. ¿Qué os parece? Tiene pinta de poder funcionar, ¿no?

En la cabeza de Fuyuki apareció una hilera de relojes.

—No digo que no funcione, pero... No sé...

—No hay otra manera. Es lo único que podemos hacer. Y de ahí lo que os quería consultar. Nos gustaría que nos echarais una mano.

—Un momento. No irás a pedirnos que nos pongamos a buscar relojes, ¿verdad?

Kawase chasqueó los dedos.

—¡Respuesta correcta! Como acabo de decir, nos gustaría reunir el máximo número posible de relojes. Nuestro objetivo es juntar más de veinte.

—¿Y cuántos tenéis ahora?

—Dos. Teníamos uno más, pero Komine tuvo que resetearlo para comprobar si le llegaba la onda o no.

—¿Y hay alguna diferencia entre las horas que marcan esos dos?

—Pues sí. De unos cinco segundos.

Fuyuki sacudió la cabeza.

—Pues eso es tanto como decir que ya no sabemos la hora exacta.

—Así es. Por eso tenemos que reunir más relojes.

—Pero nosotros todavía no hemos decidido lo que vamos a hacer —dijo Asuka—. Si no vamos a suicidarnos cuando se produzca el P-13, tampoco necesitamos saber cuál es la hora exacta.

Kawase la miró con una amplia sonrisa.

—Si lo que quieres decir es que no te apetece ayudarnos, tranquila, no pasa nada. Ahora bien, si luego cambias de opinión y te planteas suicidarte, nosotros tampoco te diremos cuál es la hora exacta. Solo quienes colaboren en la recogida de relojes tendrán derecho a saberla. Esa es la norma que hemos establecido.

46

Mientras subían por la escalera, volvieron a notar otro pequeño movimiento sísmico. Fuyuki se detuvo y se volvió para mirar a Asuka, que subía tras él. Aunque con cara de preocupación, ella asintió con un gesto que parecía decir «no pasa nada».

—Son demasiados temblores, ¿no? ¿No será cosa del edificio?

—No creo. Me da la impresión de que los intervalos entre temblores son cada vez más cortos.

—A ver si va a venir otro terremoto de los grandes...

—Podría ser.

Los dos se encontraban en la residencia oficial. Habían accedido por el primer piso, que conectaba con el Palacio Presidencial, y estaban recorriendo una por una todas las plantas. Cuando llegaron a la más alta, esto es, a la quinta, Fuyuki alumbró el pasillo con su linterna. La estación generadora debía de haber dejado de funcionar, porque las luces de emergencia ya se habían apagado.

El letrero a la entrada del despacho rezaba SECRETARIO JEFE. Fuyuki abrió la puerta y entró. Olía a humedad. Era una habitación muy sobria. Solo contaba con un escritorio y un sencillo tresillo para las visitas. Fuyuki recordó la cara de funcionario del secretario jefe del Gabinete, al que había visto muchas veces por televisión. Aquí era donde preparaba los textos para engatusar a los medios antes de las ruedas de prensa.

Había un pequeño reloj de sobremesa encima del escritorio. Fuyuki lo cogió.

—¿Y bien? —le preguntó Asuka.

—Perfecto. Es un radio-reloj.

—Vale —murmuró ella en voz baja.

—Estaría mal que el secretario jefe llegara tarde a los sitios, ¿no? —dijo Fuyuki mientras escudriñaba la estancia. No vio ningún otro reloj. Miró también en el cajón del escritorio, pero sin éxito.

El despacho contiguo era el del subsecretario jefe del Gabinete. También lo inspeccionaron, pero lo único que encontraron fue un reloj de cuarzo normal.

—Bien, pues ahora toca ya entrar aquí —dijo Fuyuki señalando la puerta del despacho del primer ministro.

Al abrirla, vieron una gran mesa con varios sofás alrededor. Al fondo se hallaba un robusto escritorio. Cuando Fuyuki vio lo que había un poco más allá, se llevó un gran sobresalto. Sentado en la silla del escritorio estaba Seiya.

—¡Hermano! Pero ¿qué haces tú...?

—Eso mismo iba a preguntaros. ¿Qué hacéis aquí vosotros?

—Bueno, nosotros... estamos buscando relojes.

—¿Relojes?

—Radio-relojes.

Fuyuki le contó la conversación que habían tenido con Kawase. Seiya asintió con semblante sereno.

—Ya veo. Así que ahora lo de saber la hora exacta se ha convertido en moneda de cambio para negociar. Cómo se nota que ese tipo era un *yakuza*. ¿Debo suponer entonces que vosotros también os habéis pasado al lado de los suicidas?

—Todavía no lo hemos decidido. Simplemente pensamos

que tampoco nos vendría mal conocer la hora exacta, por si acaso.

Seiya alzó la mirada hacia Fuyuki sin levantar la cabeza.

—El sistema horario es algo creado por el hombre. En la antigüedad, las personas percibían el tiempo a través de las fases de la luna o del movimiento del sol. Para vivir, eso era más que suficiente.

—¿Tú todavía no has abandonado ese sueño de fundar un mundo nuevo?

—No tengo ninguna razón para hacerlo. Mientras siga vivo, mantendré mi objetivo.

—Pero, una vez terminado el nuevo fenómeno, Kawase y los otros desaparecerán. ¿Qué hará el resto, siendo tan pocos?

—El cielo ayuda a quien se ayuda —respondió Seiya.

—¿Cómo?

—Que para poder lograr la felicidad, antes tienes que hacer todo el esfuerzo del que seas capaz. Bajo esa premisa, yo aceptaré lo que venga. Y si cuando llegamos a nuestro destino no hay en él más que muerte, empezaré a preocuparme. Pero hasta entonces no voy a renunciar. Yo le tengo un gran apego a la vida.

—Bueno, Kawase y los demás también.

Seiya hizo un gesto de negación.

—Eso no es tenerle apego a la vida. Lo que ellos pretenden es un simple reseteo.

—¿Un reseteo?

—Quizás aprovechando el Fenómeno P-13 se pueda crear otra vez un mundo paralelo. Pero no hay que olvidar que las personas muertas nunca podrán trasladarse a él. Nosotros tendemos a pensar que nos trasladamos aquí desde el mundo anterior, pero eso no fue así. Lo que en realidad ocurrió es que fuimos creados al mismo tiempo que surgió este mundo. Si el tiempo y el espacio crean un mundo paralelo para evitar que se produzca una paradoja, es imposible que las mismas personas que estamos ahora aquí podamos regresar al mundo anterior. De ser así, se produciría una paradoja aún mayor.

—Vale, entonces, ¿qué crees que pasará?

—Puede que, si unas personas mueren durante el fenómeno, otras con idéntica apariencia surjan en algún mundo paralelo. Pero esas personas no serán las mismas que las primeras. Se podrá decir lo que se quiera, pero las primeras están muertas. Eso es un hecho incontestable.

Oyendo a Seiya, Fuyuki tuvo la sensación de estar despertando de un sueño. Tenía razón. Era imposible que ellos se hubieran trasladado a un mundo paralelo.

—Ven aquí —le dijo Seiya poniéndose en pie. Luego se aproximó a la ventana, cogió unos prismáticos y se los tendió a Fuyuki—. Échale un vistazo a la ciudad con esto. Comprueba con tus propios ojos en qué se ha convertido Tokio.

Fuyuki se puso a su lado y miró al exterior a través de la ventana. Se quedó estupefacto.

El paisaje que se abría ante él solo tenía un color: gris oscuro. Exactamente el mismo que adquiere el agua cuando, tras pintar un cuadro con varios colores, se lavan los pinceles en ella. Dado que todo era absolutamente monocromo y que la lluvia continuaba cayendo con fuerza, era imposible apreciar el estado de la ciudad.

Fuyuki ajustó el enfoque de los prismáticos. Lo primero que distinguió fue un semáforo prácticamente sumergido en agua embarrada. Por lo que anteriormente fueron avenidas, corrían ahora impetuosos ríos de agua turbia. Eran corrientes complejas, que formaban remolinos por todas partes.

—Las inundaciones se están agravando —murmuró.

—Así es. Por lo que he podido averiguar, solo nos queda ya una ruta de escape. Y como el nivel del agua suba medio metro más, ya no nos quedará ninguna.

—Vale que está lloviendo sin parar, pero, aun así, ¿cómo es posible semejante...?

—Es por los terremotos —dijo Seiya—. El terreno se ha hundido. En algunos lugares ha bajado más de dos metros. Si, además de que no deja de llover torrencialmente, el nivel del suelo disminuye, es natural que todo se inunde.

—Entiendo.

—¿Sabes lo que significa?

Fuyuki ladeó la cabeza, dubitativo.

—¿A qué te refieres?

—A que vosotros tal vez esperéis que, si deja de llover, el agua evacúe enseguida. Pero esa posibilidad es muy baja. Si los hundimientos de terrenos continúan, es posible que la altura disminuya por debajo del nivel del mar. De ser así, los alimentos se agotarán antes de que el agua se haya retirado.

—Venga ya...

—¿En qué te basas para negarlo?

Fuyuki se quedó callado. Estaba claro que no se basaba en nada en concreto.

—Si queréis sobrevivir, hay que salir ahora mismo de aquí. Eso es exactamente lo que voy a hacer yo. Emiko ya ha comenzado con los preparativos. Nos llevamos también a Mio y Yuto. No podemos permitirnos la menor dilación.

—¿Con este temporal?

—Si tuviera visos de mejorar, tal vez podríamos esperar un poco. Pero no los tiene.

—¿Y Nanami?

El rostro de Seiya se ensombreció.

—Pienso llevarla con nosotros de una forma u otra. Ha perdido las ganas de vivir. Si no estamos nosotros, es muy probable que se suicide. —Miró una vez más los rostros de Fuyuki y Asuka—. Os lo digo por vuestro bien. Hacedme caso. Salgamos juntos de aquí. Si no lo hacemos, no lograremos sobrevivir. No os toméis esto como un consejo, sino como una petición de mi parte. Ya sé que os lo he dicho un montón de veces, pero nuestra probabilidad de sobrevivir depende en gran medida de que vosotros nos acompañéis.

Fuyuki y Asuka intercambiaron miradas. Ella bajó la suya.

—Danos un poco más de tiempo —pidió Fuyuki—. Déjanos pensarlo tan solo un día más.

Seiya negó con la cabeza y un gesto de exasperación.

—No podemos prever hasta qué punto puede empeorar la situación en un día. Por eso os apremio tanto.

—Hasta mañana por la mañana. No te haremos esperar más.

Seiya soltó un suspiró.

—Bueno, qué remedio... Partiremos por la mañana. Pero no habrá más prórrogas. Si queréis venir con nosotros, tened todo preparado para entonces.

—De acuerdo —respondió Fuyuki.

Cuando puso los radio-relojes que le habían traído Fuyuki y Asuka junto al resto, Kawase sonrió satisfecho.

—Con esto ya tenemos seis. Entre el más adelantado y el más retrasado hay una diferencia de unos veinte segundos. Y entre esos veinte segundos está la hora exacta.

—Pero cuantos más relojes reunamos, mayor será el desfase, ¿no? ¿Crees que bastará con sacar la media para acertar? —preguntó Fuyuki.

—Yo no digo que no haya problemas. Pero es que no hay otro modo...

—¿Puedo preguntar algo más?

—¿El qué?

—¿Cómo pensáis hacerlo?

Kawase esbozó una amplia sonrisa.

—Así que eso te preocupa, ¿eh?

—Supongo que ya lo sabéis, pero es que hay que morir justamente durante esos trece segundos cruciales.

—Así es. Si quedara en nosotros el mínimo aliento de vida, habríamos fracasado. Así que necesitamos que la muerte sea instantánea. Así pues, será mejor no usar armas de filo o similares. Si te cortan el cuello, mueres de forma instantánea, pero aquí no disponemos de guillotinas ni nada parecido. De ahí que me haya preparado esto —dijo Kawase, y sacó una pistola. El arma relucía con un brillo negro y siniestro.

—Pero ¿de dónde...?

—La encontré mientras buscaba relojes por la residencia oficial. Está cargada y ya la he probado. Te la pones así... —dijo Kawase introduciendo por un segundo el cañón en su boca— y luego basta con apretar el gatillo. La muerte es instantánea, no falla.

—¿Y vosotros? ¿Vais a hacer lo mismo? —les preguntó Fuyuki a Toda y Komine, que se encontraban a su lado.

Ninguno de los dos respondió.

—Ya les he dicho que piensen en algún otro método —dijo Kawase—. Si usaran la pistola después de mí, probablemente no llegarían a tiempo. Y si a eso le sumas que ellos nunca han disparado un arma, pues... No obstante, existen varios métodos seguros. El más sencillo es lanzarse al vacío. Saltando desde la azotea de la residencia, la muerte instantánea está garantizada.

Fuyuki comprendió entonces el porqué de los semblantes de desánimo de Toda y Komine. Les resultaba muy duro tener que elegir la forma de morir.

—¿Seguro que no queréis reconsiderarlo? —les preguntó Fuyuki—. Como ya os he dicho, no es que desde este mundo se pueda ir a otro. Si morís en este mundo, vuestra vida aquí se termina. Puede que con ello aparezcan en otro mundo unas personas de aspecto idéntico al vuestro, pero reamente se trataría de personas diferentes. ¿Os da igual?

Komine se volvió hacia Fuyuki.

—Eso ya lo hemos pensado. Y hemos tomado nuestra decisión teniéndolo en cuenta. Así que, ¿te importaría dejarnos en paz, por favor?

—Aquí lo que pasa es que quien tiene dudas eres tú, ¿verdad? —le dijo Kawase a Fuyuki—. Y, como tienes dudas, te dedicas a ponerles pegas a los que ya están decididos. ¿No es así?

Fuyuki lo miró brevemente y apartó la mirada.

—Sí. Puede que tengas razón.

Kawase no debía de esperarse un reconocimiento tan directo por parte de Fuyuki, porque la cara que puso fue de sorpresa.

Tras salir de la habitación en que se encontraban Kawase, Toda y Komine, Fuyuki se dirigió al comedor. Allí encontró a Asuka, que estaba sentada sola, tomando un té.

—¿Quieres té?

—No, gracias. —Fuyuki se sentó frente a ella—. ¿Ya has tomado una decisión?

Ella asintió con la cabeza

—Sí. No voy a ir con Seiya. Haré lo mismo que Kawase y los otros.

—¿Vas a morir cuando se produzca el fenómeno?

—Hum... —asintió ella con un leve gruñido—. A mí me resulta imposible eso de crear un mundo nuevo. Y tampoco puedo convertirme en Eva. Así que tiro la toalla, me rindo. Lo siento.

—No, no tienes por qué disculparte conmigo.

—¿Y tú? ¿Ya te has decidido?

—Pues no... Todavía estoy dudando. Me he dejado el equipaje hecho para poder partir por si acaso, pero...

Asuka bajó la mirada y rodeó la taza de té con ambas manos.

—La verdad, también pensé que si decidías ir con Seiya, tal vez yo también me iría contigo. No me hago a la idea de convertirme en Eva, pero creo que contigo conseguiría vivir.

Lo que pasa es que luego no es tan sencillo. Seguro que la construcción de ese nuevo mundo en el que piensa Seiya resulta mucho más dura. Por eso... Fuyuki... tú me gustas. Pero para mí eso es imposible. Así que he decidido escapar de todo esto.

A Asuka le temblaba la voz. Sus lágrimas comenzaron a resbalarle por las mejillas.

El corazón de Fuyuki estaba a punto de salírsele. Incapaz de permanecer sentado, rodeó la mesa y puso una mano en el hombro de Asuka.

Ella se la apretó.

—Lo siento... —repitió.

—No pasa nada. De veras, no pasa nada... —dijo Fuyuki—. No es necesario que hagas nada a la fuerza. Lo de mi hermano no es más que una idealización. Además, nadie sabe realmente qué es lo correcto. Y menos aún en este mundo. En un mundo en el que no existen ni el bien ni el mal, hay que dar prioridad a los sentimientos propios.

—Gracias —dijo Asuka alzando la mirada. Sus ojos estaban empañados por las lágrimas—. Entonces, supongo que ya no te volveré a ver...

—Bueno, eso es lo que ocurriría si finalmente decidiera ir con mi hermano. Pero no voy a hacerlo. Lo he decidido ahora mismo. Tú acabas de confesarme tus sentimientos, así que voy a decirte también lo que pienso sinceramente. No puedo irme y dejarte aquí. Yo también me quedo.

Asuka negó con la cabeza.

—Pero eso no está bien. Yo no quiero retenerte...

—Tú no me retienes. Me quedo porque quiero. Por favor, no te preocupes por eso.

Fuyuki fue quien apretó entonces la mano de Asuka.

47

Soplaba un viento cálido y había dejado de llover. Sin embargo, aquello parecía solo una tregua. A pesar de que ya había amanecido, unas oscuras nubes negras se expandían por el cielo de poniente.

Seiya estaba en la sala noble de invitados y miraba al exterior a través de la ventana. Además de una gran mochila, tenía también a su lado varias bolsas. La mayoría estaban llenas de alimentos. No sabían cuánto tardarían en descubrir un lugar seguro para vivir, así que habían hecho acopio de todo cuanto habían podido.

—Seiya. —Oyó una voz a su espalda.

Se dio la vuelta y vio a Emiko, de pie junto a la puerta.

—He traído a Nanami.

—Menos mal —sonrió Seiya—. Pasa, por favor.

Nanami lo hizo. Tenía la cabeza gacha y no hizo el menor ademán de alzarla para mirarlo a la cara.

—Bueno, yo os dejo, ¿vale? —dijo Emiko.

Seiya asintió. Tras esperar a que Emiko saliera y la puerta se cerrara, volvió a mirar a Nanami. Ella seguía con la cabeza gacha.

—Pensamos salir inmediatamente —le dijo Seiya—. Es peligroso permanecer aquí. Por favor, ven con nosotros.

Nanami retrocedió ligeramente.

—Ya te lo dije antes. No tengo ningún interés especial en

seguir viviendo. No hay nada de bueno en sobrevivir a la fuerza.

—Eso no lo sabes. Si no intentas vivir, no puedes saberlo. No te des por vencida, por favor.

La joven negó con la cabeza.

—Déjame, por favor. Yo no sería más que un estorbo.

—Pero ¿cómo puedes decir eso? Te lo diré con franqueza: si no vienes con nosotros, lo pasaremos mal. Hay personas como Yuto o Mio que no pueden vivir si no se las protege. Necesitamos tu ayuda. Préstanosla, por favor. —Seiya se puso de rodillas, apoyó las palmas en el suelo y bajó la cabeza—. Te lo ruego.

—Por favor, no hagas eso... Haces que me sienta mal.

—Quiero que comprendas cómo me siento.

—Pero cuentas también con Fuyuki y Asuka, ¿no?

—Todavía no sabemos si van a unirse a nosotros. Si finalmente no podemos contar con ellos, Emiko se verá obligada a asumir ella sola una carga demasiado pesada. Y eso es algo que también quiero evitar.

—Si ellos no van con vosotros, aunque yo sí lo hiciera, solo seríamos cinco, contando un bebé y una niña. ¿Cómo vamos a sobrevivir así?

—No lo sé. Pero, si vienes con nosotros, haré cualquier cosa que sea necesaria para cuidar de todos. Aunque tenga que empeñar la vida en ello.

Nanami hizo un mohín y negó con la cabeza.

—Aunque consiguiéramos sobrevivir un tiempo, siendo tan pocos, tarde o temprano acabaríamos muriendo. ¿Qué sentido tiene eso?

—Lo que dices es así, sea cual sea el mundo en que te encuentres. Todo lo que está vivo tiene que morir algún día. Lo importante es cómo se vive. Lo único que se puede hacer para conocer el sentido de la vida, es desear vivir con toda el alma.

—A mí el sentido de la vida me da igual. Lo siento por Yuto y Mio, pero...

—No lo sientas solo por ellos —dijo Seiya alzando el rostro—. Yo también te necesito. Tengo la impresión de que, junto a ti, sería capaz de sacar muchas más fuerzas de las que realmente tengo.

El sufrimiento y la turbación se mezclaban en el rostro de Nanami.

—Aunque digas eso, yo...

—Si fueras a quitarte la vida como Kawase y los demás, aprovechando el nuevo fenómeno, no intentaría disuadirte de este modo. A fin de cuentas, yo tampoco sé cuál de las dos opciones es la correcta. Pero si no es así, si lo único que pretendes es provocar tu muerte, entonces escapa de aquí con nosotros, por favor. Confíame tu vida.

Los ojos de Nanami reflejaron un atisbo de duda.

—Vayamos a donde vayamos, siempre llevaremos la muerte pegada a los talones. Eso no va a variar. ¿No crees que es mejor al menos ir acompañado? —Seiya hablaba poniendo el corazón en sus palabras—. Quiero estar junto a ti. No quiero morir solo.

Los hombros de Nanami perdieron de repente su tensión.

—¿De veras... te sirvo de algo?

—Me dolería mucho que faltaras tú. Te lo ruego —insistió Seiya mirándola a la cara.

Nanami cerró lentamente los párpados y permaneció unos instantes así, sin moverse. Finalmente, sus labios se abrieron.

—Bueno... creo que intentaré vivir un poco más.

—Hazlo, por favor. Muchas gracias.

Ella abrió por fin los ojos. Luego esbozó una leve sonrisa.

—Seiya, por tu culpa no me acabo de decidir. Y yo que quería acabar ya y descansar de una vez...

—No puedo dejar que mueras —dijo él poniéndose en pie.

Ocurrió en ese momento: el suelo se movió de lado a lado

con una amplia oscilación. Nanami dejó escapar un grito y se acercó a Seiya. Él la sujetó y separó las piernas para afianzarse en el suelo. Se oían crujidos por todas partes.

El temblor pasó enseguida. Nanami se disculpó y se separó de Seiya.

—Date prisa con tus preparativos, por favor. Basta con que te cambies de ropa para ponerte algo más cómodo y resistente. Comida y artículos de primera necesidad ya llevamos nosotros.

—De acuerdo —dijo Nanami, y se marchó.

Aunque era por la mañana, el exterior estaba muy sombrío. Las nubes, que parecían hechas de algodón sucio, se arremolinaban en el cielo.

Frente a la puerta del Palacio Presidencial, Fuyuki despedía a Seiya y al resto. Al lado de su hermano estaban Emiko y Nanami. Seiya llevaba una gran mochila a su espalda y bolsas en ambas manos. Emiko cogía a Mio de la mano y Nanami sostenía a Yuto en brazos.

—Lo siento, hermano —dijo Fuyuki—. Ya sabes, así son las cosas...

Seiya asintió levemente con la cabeza.

—Descuida. Me gustaría que hubiéramos podido charlar un poco más de todo esto, pero ya estamos al límite de tiempo.

—Hum —asintió Fuyuki con una especie de gruñido—. Komine también lo decía, que hasta las edificaciones más resistentes están llegando a su límite y que si se produce otro temblor medianamente fuerte, puede pasar cualquier cosa. Para intentar sobrevivir en este mundo, hay que trasladarse a otro lugar lo antes posible.

—Para que se vuelva a producir el fenómeno faltan... —dijo Seiya mirando su reloj— poco más de dos días. Me gustaría quedarme y acompañaros hasta el final, pero no puedo.

—Seiya... —dijo Asuka, que estaba al lado de Fuyuki—. Lo siento mucho. Deberíamos haberte dado nuestra respuesta antes. Así podríais haber partido antes...

Seiya hizo un gesto de negación.

—No te preocupes. Pensad mejor en cómo resistir durante los dos días que quedan. No tiene sentido perder la vida antes de que se produzca el fenómeno.

—Por supuesto. Somos conscientes de ello.

—¿Ya tenéis claro la hora exacta?

—Al final vamos a seguir el «método Kawase». Hemos conseguido reunir unos diez relojes, así que...

Tras hacer un gesto de asentimiento, Seiya se quitó su reloj de pulsera.

—Quédate también este. Creo que ya lo sabes: antes de proceder a una detención, tenía la manía de ponerlo siempre en hora. Escuchaba la información horaria y ajustaba hasta el segundero, así que supongo que la hora que marca es bastante exacta. Tal vez os sirva de algo.

—¿Y tú no lo necesitarás?

Seiya se rio.

—A los que nos quedamos a vivir en este mundo la hora nos da igual.

—De acuerdo. —Fuyuki tomó el reloj y lo ciñó inmediatamente a su muñeca.

—Bueno, nos vamos ya —dijo Seiya.

Fuyuki miró a su hermano y luego a Emiko y Nanami, que estaban detrás. Ninguna de las dos hacía nada por ocultar el temor y la intranquilidad que sentían. Era lógico, teniendo en cuenta que no sabían qué peligros les depararía el viaje que se disponían a emprender. Sí sabían que no iban a encontrar caminos por los que transitar con facilidad, ni establecimientos donde alojarse. Fueran adonde fueran, no iban a encontrar más que una jungla de ruinas.

Fuyuki pensó entonces cómo verían a los que se quedaban. Tal vez, a sus ojos, quienes habían decidido renunciar a la vida en ese mundo para confiar en un milagro incierto, aparecieran como unos perfectos idiotas.

—¿Qué te pasa? —le preguntó Seiya.

—No, nada. Hermano... espero que te vaya muy bien. Cuídate mucho.

—Lo mismo digo.

A pesar de que no iban a volver a verse, el corazón de Fuyuki apenas albergaba sentimientos de emoción. Era consciente de que se debía a que ya no podía permitirse ese lujo.

Seiya giró sobre los talones y echó a andar. Las dos mujeres y Mio lo imitaron. Para la extrema crueldad del camino que les aguardaba, su ritmo de marcha se antojaba bastante frágil.

Cuando sus figuras dejaron de verse, Fuyuki regresó con Asuka al interior del Palacio Presidencial. La puerta de entrada seguía aún abierta. La inclinación del edificio se había acentuado tanto que ya era imposible abrirla o cerrarla. Pero el problema no era solo la puerta. El edificio estaba deformado por todas partes.

Kawase, Komine y Toda estaban en el comedor. Como de costumbre, Toda estaba tomando cerveza desde primera hora de la mañana. Se diría que pretendía quitarse la vida a base de alcohol.

Kawase y Komine contemplaban la fila de relojes que había sobre la mesa, mientras este iba anotando algo en un papel.

—¿Ya se han ido? —preguntó Kawase.

Fuyuki asintió con un lacónico «sí».

—¿Podrá sobrevivir en este mundo tan devastado con dos mujeres y dos niños? He de reconocer que ese comisario consigue que me descubra ante él.

—Mi hermano es así. Creo que él tampoco puede comprendernos a nosotros.

—Eso parece. Bueno, en lo que sí coincidimos unos y otros es en que todos nos vamos a jugar la vida. Anda, ¿y ese reloj? —dijo Kawase haciendo gala de su gran capacidad de observación.

—Me lo ha dado mi hermano. Pero es un reloj normal, no un radio-reloj.

—Pues no nos sirve. Al no poder saber cuándo fue puesto en hora por última vez...

—No, eso sí lo sabemos. Lo puso en hora justo antes de que se produjera el P-13. Dice que ajustó hasta el segundero.

—Hum... Déjamelo ver.

Fuyuki se lo entregó a Kawase, que lo estudió con interés. Luego lo comparó con el resto de los relojes que había sobre la mesa y torció el gesto en un mohín de extrañeza.

—¿Qué le pasa a esto? Va fatal, ¿no?

—¿Fatal? No, no lo creo.

—Sí, sí que va mal. Míralo tú mismo. Lleva casi un minuto de retraso respecto de los demás relojes.

Fuyuki comprobó la hora que marcaban los otros relojes. Kawase estaba en lo cierto. Todos señalaban un minuto más que el reloj de Seiya.

—Qué raro, ¿no? ¿Por qué será?

—Bueno, tampoco es tan sorprendente. Simplemente el comisario se confundiría al ponerlo en hora.

—Es impensable que mi hermano cometiera un error así. Se estaba preparando para una detención, así que seguramente tenía en alerta los cinco sentidos.

—Entonces es que el reloj va mal. En cualquiera de los dos casos, no lo podemos usar.

—No, un momento —dijo Komine aproximándose a ellos para coger el reloj—. Ostras...

—¿Qué pasa? ¿Qué te preocupa?

Komine no respondió. Una sombra de duda atravesó su rostro.

—¡Eh! —insistió Kawase, irritado ante la falta de respuesta por parte de Komine.

—Puede que... —murmuró Komine— este reloj sea el que va bien.

—¿Cómo dices? ¿A qué te refieres?

—Los radio-relojes son más exactos que los relojes convencionales. Pero eso es porque captan periódicamente la onda que les permite ajustar automáticamente su hora. Ahora bien, si la propia onda estuviera desajustada, la hora que marcaran los radio-relojes también lo estaría.

—¿Desajustarse la onda? ¿Y por qué iba a ocurrir eso?

—Bueno, podría ocurrir si la estación emisora hubiera sufrido algún problema. En este mundo, cualquier cosa que pase no es de extrañar. No hay ninguna garantía de que la estación estuviera emitiendo correctamente hasta el último instante.

Kawase chasqueó la lengua, contrariado.

—Si empezamos con este tipo de cosas, no acabaremos nunca. ¿Vamos a confiar más en el viejo reloj del comisario que en diez radio-relojes de los más modernos?

Komine ladeó la cabeza con gesto dubitativo.

—Si la onda estuviera desajustada, todos los radio-relojes también lo estarían. No importa cuántos sean.

Kawase se rascó la cabeza. Luego le quitó a Komine el reloj y se lo devolvió a Fuyuki.

—Toma, guárdatelo y no lo enseñes más. En cierto sentido, es una tentación. Si nos va a hacer dudar en el momento de quitarnos la vida, no quiero ni verlo.

Cuando Fuyuki tomó el reloj, Kawase apuntó con el dedo a Komine.

—La hora la fijaremos con los radio-relojes. Está decidido. ¿Alguna queja?

Pálido, Komine asintió moviendo la cabeza.

En ese momento, Fuyuki recibió un fuerte impacto que lo

impulsó hacia arriba. Su cuerpo estuvo suspendido en el aire durante un instante y luego cayó de espaldas sobre el suelo.

Lo primero que vieron sus ojos fue la lámpara de araña oscilando violentamente en el techo.

El sonido amortiguado de las sacudidas retumbaba de modo intermitente. A continuación, se oyó cómo la madera rozaba entre sí en toda la habitación.

—¡Cuidado! —gritó Komine—. ¡Salgamos de aquí! ¡Hay que salir! ¡Esto se derrumba!

Fuyuki agarró a Asuka de la mano e intentó dirigirse hacia la puerta, pero el temblor era demasiado fuerte y no conseguían mantenerse de pie. Se desplazaron gateando por el suelo hasta refugiarse bajo la gran mesa de mármol.

Un instante después, el mundo entero se sacudió. Fuyuki estaba abrazado a Asuka.

48

Los impactos estremecían todo su cuerpo. Era realmente como si se encontraran dentro de un enorme tambor mientras lo golpeaban violentamente desde fuera. Sin dejar de abrazar a Asuka, el cuerpo de Fuyuki dio repetidos brincos. Aun así, aguantó como pudo para evitar salir rodando de debajo de la mesa.

No supo cuánto tiempo permanecieron así. Tenía los ojos fuertemente cerrados y la boca también. Su sentido del oído estaba abotargado por los continuos estruendos que resonaban inundándolo todo.

Llegó a pensar que iban a morir allí mismo. Había algo, algo realmente apabullante, que superaba los límites del entendimiento humano. Y Fuyuki sintió que ese algo estaba intentando aniquilarlos.

De los cinco sentidos que tenía prácticamente paralizados, el primero en revivir fue el del olfato. Percibió un tenue aroma dulce en medio de aquel olor a polvo. Era aroma de champú.

Después se despertó su sentido del tacto, haciéndole saber que el cabello de Asuka estaba tocando su mejilla. Al mismo tiempo, sintió también la temperatura corporal de ella.

—Asuka —la llamó con voz ronca—. ¿Estás bien?

La cabeza de ella se movió levemente adelante y atrás. Parecía estar asintiendo.

Fuyuki abrió los ojos. Todo estaba completamente a oscuras. No se veía nada. Él estaba a cuatro patas. Asuka estaba bajo él. Cuando intentó levantarse, se quedó estupefacto. Estaban rodeados de escombros y maderas, de modo que apenas podían mover las extremidades.

—¿Qué ocurre? —preguntó ella.

Fuyuki no respondió. Intentó extender los brazos con todas sus fuerzas. Pero el gran bloque de madera que había caído justo a su lado y que debía de formar parte de alguna columna, no se movió.

—Fuyuki...

—Estamos atrapados.

—¿Eh?

—Parece que el Palacio Presidencial se ha derrumbado. Debemos de estar aprisionados bajo el techo o alguna pared. Si no llegamos a meternos bajo la mesa de mármol, ahora estaríamos los dos aplastados.

—¿Y qué hacemos?

Fuyuki se puso nervioso. Quería decir algo que sonara a remedio para poder afrontar la situación, pero no se le ocurría nada.

—¿Vamos a quedarnos así aquí, sin poder salir?

—Claro que no.

—¿Y cómo? Si no podemos movernos...

Fuyuki se pasó la lengua por los labios y gritó:

—¡Kawase! —Asuka dio un respingo, sobresaltada por su grito—. Perdona. Aguanta un poco, ¿vale?

—Sí, tranquilo.

Fuyuki volvió a llamar a Kawase. Luego llamó a los demás.

—¡Toda! ¡Komine!

No hubo respuesta. Tal vez los tres estuvieran también sepultados.

—No responden... —dijo Asuka—. Y aquí no hay ni bomberos, ni policía ni hospitales. Nadie va a venir a rescatarnos.

—No te des por vencida tan pronto.

Fuyuki empujó con todas sus fuerzas los obstáculos que tenía a su alrededor. Pero, debido en gran parte a la posición en que se encontraba, no conseguía aplicar su fuerza de un modo efectivo.

—Déjalo, Fuyuki. No te esfuerces. Además, no me he dado por vencida.

—¿Qué quieres decir?

—Fuyuki, ¿puedes mirar el reloj? ¿O con esta oscuridad es imposible?

—¿El reloj? Sí, claro.

Tal cual estaba, con los brazos rodeando el cuello de Asuka, Fuyuki pulsó con el dedo índice de su mano derecha el botón del reloj que llevaba ceñido en la izquierda. Una tenue lucecita iluminó la esfera. Las agujas marcaban las 8.45. De la mañana, por supuesto.

Cuando Fuyuki se lo dijo, Asuka se alegró.

—Menos mal. Con tal de saber la hora, el resto ya es cosa nuestra.

—No entiendo...

—Basta con esperar a que vuelva a producirse el P-13. Vamos a pasar hambre, pero siendo solo dos días, podremos aguantar, ¿no?

Fuyuki comprendió entonces a qué se refería.

—¿Pretendes que recibamos al fenómeno en esta posición?

—¿Y qué otra opción tenemos? Tal como estamos ahora, sin poder movernos, lo único que nos queda es morir. Pero eso ya lo teníamos planeado desde el principio, así que basta con hacerse a la idea de que los preparativos se han adelantado un poco, ¿no crees?

Fuyuki soltó un suspiro.

—Tienes razón. Tampoco hay ningún problema por recibir

al fenómeno en esta postura. Me maravilla que puedas pensar así en un momento como este. Eres una persona realmente fuerte.

Rodeada por los brazos de Fuyuki, Asuka negó con la cabeza.

—No soy nada fuerte. Por eso no pude ir con Seiya. Para mí, morir es escapar. Pero al hecho en sí de morir no quiero tenerle miedo. Además, ahora estoy junto a ti...

—Es verdad. Yo voy a pensar igual —dijo Fuyuki, estrechándola más.

—De todos modos, hay algún problema.

—¿Te refieres al reloj? El que llevo yo iba con un minuto de retraso respecto de los radio-relojes. Habrá que pensar en cómo solucionar eso.

—Sí, eso también es un problema, pero hay algo más importante.

—¿El qué?

—La manera. Pensar en la manera de morir. ¿Cómo se puede morir en esta postura?

Fuyuki volvió a quedarse en silencio. Ese sí era un problema serio. Se le ocurrieron varios métodos, pero todos tenían inconvenientes.

—Pensémoslo con calma. Tenemos tiempo.

—Es verdad —dijo Asuka con tono esperanzado.

Abrazados el uno al otro, en medio de la oscuridad, solo podían esperar pacientemente a que el tiempo transcurriera. Se contaron sus vivencias, sus recuerdos, sus impresiones y, en ocasiones, rieron juntos. Fuyuki pensó que tal vez esa fuera la primera vez, desde que llegara a ese mundo, en la que había sentido algo de paz de espíritu. Al estar todo el tiempo en la misma postura, sentía el sufrimiento físico, pero apenas estaba fatigado mentalmente.

De vez en cuando miraba la hora. Había momentos en los que sentía que el tiempo corría muy rápido y otros en los que le parecía demasiado lento. Si pensaba en su deseo de salir cuanto antes de esa situación, le parecía que el tiempo avanzaba muy lento. Pero cuando era consciente de los distintos problemas que aún tenían por resolver, sus ganas de posponer la decisión aumentaban. En esos momentos, le parecía que el tiempo avanzaba muy deprisa.

—Oye, Fuyuki, ¿si te estrangulan con fuerza, te mueres al instante? —le preguntó la joven.

—No, no es así. Morir por asfixia requiere cierto tiempo.

—¿Cuánto, más o menos?

—No te sé decir. Puede que un minuto, o unos treinta segundos...

—Entonces, empezar a estrangular un poco antes de que se produzca el fenómeno no sería viable...

—Claro que no. —Fuyuki moduló el tono para aparentar tranquilidad, pero no estaba para nada tranquilo. Asuka parecía pensar en pedirle que la estrangulara.

—En efecto, habrá que pensar en algún método para...
—Iba a completar la frase con «morir instantáneamente», pero Asuka lo interrumpió.

—¡Qué frío!

Fuyuki supo a qué se refería. Y ello porque también él sintió cómo el brazo se le iba empapando de agua.

—Es agua... —murmuró—. Está entrando agua.

—¿Cómo? ¿Agua aquí?

—No lo sé. Tal vez con el último terremoto se hayan producido más hundimientos de terreno a gran escala.

—¿Quieres decir que esta agua no va a irse nunca por sí sola? ¿Que va a seguir aumentando sin más?

—Bueno, eso tampoco lo sé, pero...

Que el nivel iba subiendo podían percibirlo perfectamente a pesar de la oscuridad. De seguir así, el rostro de Asuka pronto quedaría sumergido. Y lo mismo le ocurriría poco después a Fuyuki.

—Fuyuki, tengo la espalda encharcada.

—Lo sé.

Intentó desesperadamente mover el cuerpo con todas sus fuerzas. Si no conseguían levantarse de alguna manera, pronto morirían los dos ahogados.

Asuka se aferró a él. Fuyuki le cogió la cabeza con ambas manos en un intento por retrasar, aunque solo fuera un poco, la llegada del agua al límite fatídico. Pero la velocidad con que el nivel ascendía dinamitaba esa expectativa. El agua estaba ya a la altura de las orejas de Asuka.

—Ya no hay nada que hacer —dijo ella—. Tampoco llegaremos a tiempo para el fenómeno P-13. Moriremos sin más y se acabó.

—Aún no lo sabemos.

—No; ya vale. Me rindo. Solo quiero pedirte algo. Bésame. Ya que voy a morir, me gustaría hacerlo mientras tú me besas.

No sabiendo cómo responder, Fuyuki se quedó en silencio. Ella repitió su ruego.

—Por favor...

Fuyuki también pensó que ya no tenían salvación. Desplazó el cuerpo verticalmente e intentó colocar sus labios sobre los de Asuka.

En ese momento, el rostro de ella, hasta entonces oculto debido a la oscuridad, apareció de repente ante él. Estaba entrando luz por alguna parte.

—¡Fuyuki! —Se oyó una voz. Fuyuki pensó que sus oídos le traicionaban, pero un instante después volvió a escuchar—: ¡Asuka!

No había duda. Era la voz de Seiya.

—¡Hermano! —gritó Fuyuki—. ¡Hermano, estamos aquí! ¡Ayúdanos! —Y continuó dando voces sin parar—: ¡Eeeeeh! ¡Eeeeeh!

Entretanto, el volumen de agua continuaba aumentando y Asuka a duras penas conseguía mantener la boca fuera para respirar. Tenía los ojos cerrados.

—¡Están aquí debajo! —se oyó decir a Seiya—. ¡Hay que apartar esta columna! ¡Cuidado con los pies!

Parecía que Seiya no estaba solo. Debía de haber regresado por alguna razón.

Se oyó un fuerte ruido, como de algo derrumbándose, y lo que quiera que cubriera a Asuka y Fuyuki fue retirado. Al mismo tiempo, Fuyuki sintió la lluvia cayendo sobre su espalda.

—Fuyuki, ¿estás bien?

Fuyuki giró el cuello. Seiya estaba a su lado. Llevaba la ropa completamente llena de barro. Nanami y Komine también estaban allí.

Fuyuki incorporó a Asuka. Afortunadamente, no parecía haber tragado apenas agua. Tras toser unas cuantas veces, se abrazó a él con fuerza, llorando.

—Ya estamos a salvo —le dijo a Asuka antes de alzar la mirada hacia Seiya—. Hermano, ¿qué haces tú aquí?

Seiya sacudió la cabeza.

—Como suponía, ya era demasiado tarde.

—¿Demasiado tarde?

—Levántate y echa un vistazo alrededor.

Fuyuki dobló lentamente las rodillas. Como llevaba mucho tiempo en la misma posición, mover las articulaciones le resultaba muy doloroso.

Al ponerse en pie y recorrer el entorno con la mirada, se quedó sin habla. El panorama que tenía ante sus ojos superaba con creces todo lo imaginable.

La ciudad entera estaba a punto de ser engullida por el agua. Casi todos los edificios se habían derrumbado o estaban inclinados. Y olas provenientes de todas las direcciones se agolpaban salpicándolo todo.

—Me equivoqué al valorar la situación. Era demasiado tarde para salir de aquí. Ahora ya no hay forma de trasladarse a otro sitio —explicó Seiya.

—¿Y por eso habéis regresado?

—Era lo único que podíamos hacer. De todos modos, me ha sorprendido ver el Palacio Presidenciál derrumbado. A Kawase y Komine los hemos encontrado enseguida, pero no teníamos ni idea de dónde podríais estar vosotros. Y luego está lo de Toda. En cierto modo, él ya estaba mentalizado, pero...

—¿Es que le ha ocurrido algo?

Komine y Nanami bajaron sus cabezas. Seiya respiró profundamente antes de responder.

—Ha fallecido. El techo se desprendió y lo aplastó.

Fuyuki contuvo la respiración. En su mente apareció el rostro enrojecido por el alcohol de Toda.

Asuka prorrumpió de nuevo en un sonoro llanto.

Los demás se habían refugiado en la residencia oficial. Habían conseguido rescatar a Kawase, que se había fracturado un pie.

A pesar de las especiales características de aquel edificio, nadie podía saber cuánto resistiría. Además, ya estaba inundado casi hasta el segundo piso. Los nueve supervivientes se habían reunido en la sala de visitas de la tercera planta.

—Visto como están las cosas, parece que no tenemos elección —dijo Fuyuki—. Solo podemos esperar a que se produzca el Fenómeno P-13 y morir todos. Es lo único que nos queda.

Algunos asintieron en silencio. Entre ellos, Nanami y Emiko.

Seiya no respondió. Estaba mirando fijamente por la ventana.

—¿Qué hora es? —le preguntó Komine a Fuyuki.

—Poco más de las tres de la tarde. Faltan veintidós horas para que tenga lugar el P-13.

Asuka suspiró.

—¿Tanto? —Sus palabras reflejaban el sentir de todos. También Fuyuki deseaba que el tiempo pasara cuanto antes.

En ese momento, el edificio empezó a temblar violentamente una vez más. Las paredes y las columnas emitían crujidos. Las mujeres gritaron. El temblor era tan fuerte que todos se arrodillaron en el suelo. Kawase salió rodando del sofá en el que estaba sentado, profiriendo un fuerte gemido de dolor.

Por fin el temblor se apaciguó. El edificio parecía haber aguantado milagrosamente.

—Si la residencia oficial se derrumba, hasta aquí habremos llegado —murmuró Komine.

En ese instante, Seiya, que estaba mirando por la ventana, ordenó a voz en grito:

—¡Todos a la planta de arriba, rápido! ¡Se avecina una ola gigante! ¡Puede que el agua llegue hasta aquí!

Situado detrás de Seiya, Fuyuki también la vio venir. El agua fangosa que cubría la ciudad se abalanzaba hacia ellos al tiempo que se hinchaba como un globo. Su altura era suficiente para engullir un edificio pequeño.

Todos se dirigieron hacia la escalera con paso inseguro. Seiya le prestó su hombro a Kawase para ayudarle a caminar.

—Estoy bien, comisario. A mí puede dejarme. Ya me las apaño yo solo.

—Venga, no te hagas el duro. Si no puedes ni andar. Fuyuki, echa también una mano.

Fuyuki ayudó a Seiya y, entre los dos, consiguieron que Kawase subiera por la escalera. Instantes después, justo cuando alcanzaban la planta superior, el edificio se estremeció con una fuerte sacudida. La ola lo había impactado de lleno. Una columna de agua ascendió por la escalera desde abajo. Su fuerza era tan impresionante que, por un instante, alcanzó los pies de Fuyuki y los de sus dos acompañantes.

—¡¿Estáis todos bien?! —gritó Seiya nada más culminar el ascenso.

—¿Y Nanami? ¡Nanami no está! —gritó Asuka.

49

Seiya agarró por el hombro a Fuyuki, que se disponía a bajar por la escalera a toda prisa.

—¡Espera! ¿Qué vas a hacer?

—Voy a buscar a Nanami. La tromba de agua se la ha llevado.

—Voy yo. Tú ocúpate de poner al resto a salvo.

—Pero...

—Llegarán más olas. Y con ellas más columnas de agua que subirán por la escalera. Y sabes que soy mejor nadador que tú.

Fuyuki no pudo rebatir esas palabras. En su época de estudiante, Seiya había pertenecido al club de natación y, además, tenía el diploma de socorrista.

Seiya se quitó la chaqueta y descendió por la escalera. Cuando estaba a la mitad, se detuvo para girarse y alzó la mirada hacia Fuyuki.

—Ocúpate de todos. Sin concesiones de ningún tipo. El cielo ayuda a quienes se ayudan. Recuerda que, a quienes no luchan por sobrevivir, tampoco les ocurren milagros.

—¡Entendido!

Seiya asintió a la respuesta de Fuyuki y continuó su descenso a toda prisa. Tras acompañar a su hermano con la mirada, Fuyuki se volvió hacia los demás.

—¡Todos al despacho del primer ministro! ¡Rápido!

Acto seguido, el edificio entero volvió a vibrar fuertemente. Tal como había dicho Seiya, esas gigantescas olas iban a golpearlo una y otra vez.

Cuando comprobó que todos se habían refugiado en el despacho del mandatario, Fuyuki se dispuso a hacer lo propio. En ese instante, oyó un gran estruendo tras él y se vio salpicado por un torrente de agua. Era como si una potente ola hubiera roto contra las rocas de la costa.

Se asomó para mirar por las escaleras. En la planta de abajo, el agua fluía impetuosa con gran estrépito. Su nivel llegaba hasta la mitad de la escalera.

—¡Hermano! —gritó—. ¡¿Dónde estáis?! ¡Nanami! ¡Seiya!

Los chirridos resonaban por todas partes, entremezclados con el fragor del agua. Se diría que el edificio estaba dando alaridos.

—¡Fuyuki! —se oyó una voz. Era la de su hermano.

Al instante, apareció por una curva del pasillo. El agua le llegaba hasta el cuello e iba remolcando a Nanami, de espaldas a él. Ella debía de haber perdido el conocimiento.

—¡¿Estáis bien?! —preguntó Fuyuki.

—Me he hecho daño en un pie y me cuesta moverme. Entre mis cosas hay una cuerda. Ve a buscarla y lánzamela.

—De acuerdo.

Fuyuki entró precipitadamente en la oficina del primer ministro. Rebuscó en la mochila de Seiya y encontró la cuerda. Era la misma que había utilizado Kawase para salvarlos a él y Asuka.

—¿Qué ocurre? ¿Y Seiya? —le preguntó Asuka.

—Está bien. Voy a traerlo hacia aquí con una cuerda —respondió Fuyuki antes de salir a toda prisa de la habitación.

Bajó por la escalera y tuvo la impresión de que el nivel del agua estaba más alto que antes. Fue deslizando la cuerda lentamente. Arrastrada por la corriente, su extremo llegó hasta Seiya.

Una vez la tuvo en su poder, Seiya rodeó con ella el cuerpo de Nanami e hizo un nudo.

—¡Vale, tira!

Fuyuki fue recogiendo la cuerda tirando hacia sí lentamente. La corriente era bastante fuerte y la operación requería fuerza. En algún momento, Komine y Asuka aparecieron para ayudarlo a tirar.

Finalmente, Nanami estuvo al alcance de las manos de Fuyuki.

—¡Hay que llevarla enseguida a la habitación! —dijo Seiya a grandes voces—. Hacedle la respiración boca a boca y un masaje cardíaco. Si no nos damos prisa, puede que sea demasiado tarde.

Komine cargó con Nanami y subió por la escalera.

Fuyuki volvió a lanzar la cuerda. Seiya seguía prácticamente en el mismo lugar de antes. Aunque el sufrimiento no se traslucía en su rostro, la lesión de su pie debía de ser grave.

Tras comprobar que Seiya agarraba la cuerda, Fuyuki comenzó a tirar.

—¿Te has roto el pie?

—Eso parece. ¿Ves lo que me pasa por dármelas de buen nadador?

Entonces se oyó algo que parecía una explosión y el edificio empezó a temblar. La vibración se fue haciendo más intensa hasta que, finalmente, Fuyuki ya no pudo mantenerse en pie.

El agua se embraveció más y empezó a fluir vertiginosamente escaleras abajo con una fuerza imponente, como un estanque al que le hubieran quitado el fondo de repente. Seiya fue desplazado violentamente por la corriente. Fuyuki aferraba la cuerda con todas sus fuerzas. Asuka también le ayudaba tirando desde atrás, pero no conseguían atraer a Seiya hacia ellos.

—Asuka, rodea mi cuerpo con la cuerda. Y átala bien para que no se suelte.

Ella le enrolló la parte sobrante de la cuerda a la cintura. Pero, al instante siguiente, ocurrió algo increíble.

En medio de un gran estruendo, una parte del techo se desprendió y fue a caer sobre la cuerda que unía a Seiya con Fuyuki, aplastándola. Además, la cuerda se enroscó en el cuerpo de Seiya y estuvo a punto de arrastrarlo.

Fuyuki apretó los dientes y afianzó los pies en el suelo con todas sus fuerzas. Pero la fuerza que tiraba de la cuerda era mayor. Como la llevaba anudada a la cintura, si la situación se prolongaba, Fuyuki también podía acabar arrastrado al agua.

En ese momento, sus ojos se cruzaron con los de Seiya.

«Déjalo ya —parecía decir su hermano—. Si sigues así, te acabará arrastrando.»

«No pienso abandonar», respondían los ojos de Fuyuki.

Una fuerza tremenda tiró de la cuerda lanzando a Fuyuki al agua. Él pensó que era el fin. Sin embargo, un instante después la fuerza se había desvanecido. Se debatió como pudo en el agua y consiguió regresar a la escalera. Atrajo hacia sí la cuerda. Seiya, que debía estar agarrado al otro extremo, había desaparecido.

—¡Hermanoooo! —gritó Fuyuki, en vano.

El agua se retiró a toda velocidad y Fuyuki descendió por la escalera. Allí se habían acumulado escombros y fragmentos arrancados del edificio. Seiya estaba tumbado entre ellos. Tenía clavado en el tronco lo que parecía un madero plano. Prácticamente lo había atravesado.

—Hermano... —dijo Fuyuki mientras lo abrazaba.

Seiya entreabrió los ojos. En su rostro ya no había vida. Aun así, intentó susurrar algo. Quería transmitirle algo a su hermano, pero no le salía la voz. Ni siquiera podía respirar.

Negros nubarrones cubrían el cielo. Con el paso de la luz del sol obstruido, los restos de esa ciudad antaño llamada Tokio se hallaban ahora sumidos en la más completa oscuridad.

En ocasiones, las nubes brillaban acompañadas de un siniestro sonido. Relampagueaba. Y esos eran los únicos instantes en que la ciudad dejaba ver su despiadada imagen.

El edificio seguía moviéndose. Ninguno sabía ya si era por culpa de un nuevo terremoto, del batir de las olas, o si se trataba de un mero error de percepción de todos ellos.

Fuyuki miró su reloj. Era el que le había regalado Seiya.

—Ya son más de las cinco de la mañana —dijo volviéndose hacia atrás.

—¿Aún faltan ocho horas? —Komine suspiró—. Qué largo se hace esto...

Nadie le acompañó en la conversación. Ya no tenían ni ánimos ni energía para ello. Kawase seguía exhausto por efecto del dolor de la fractura. Nanami había revivido gracias al masaje cardíaco y la respiración boca a boca que le habían practicado, pero no podía moverse. Además, había sufrido una fuerte conmoción al enterarse de lo de Seiya. También Emiko, que hasta entonces se había ocupado de Mio y Yuto con la energía vital de una madre, daba la impresión de estar extenuada, tanto física como psíquicamente. Y lo mismo le ocurría a Asuka, que, sentada sobre el suelo y abrazada a sus rodillas, no hacía el menor ademán de moverse.

Lo único que los mantenía con vida era saber que el Fenómeno P-13 iba a volver a producirse. Si conseguían aguantar hasta esos instantes, ya no importaba morir. O, mejor dicho, tenían que morir precisamente en esos instantes.

A Fuyuki aquello le pareció muy extraño. Que lo único que los mantenía con vida fuera precisamente el hecho de tener decidido el momento en que iban a morir.

Se sentó en la silla del primer ministro y cerró los ojos. Tenía grabados en su mente los últimos momentos de Seiya. Se sentía triste, pero no experimentaba una sensación de pérdida. Tal vez sintiera que el mero hecho de estar vivo en un mundo tan despiadado ya era un verdadero milagro y que, por lo tanto, lo más lógico allí era morir. O tal vez, asumiendo que en algún momento él iba a correr la misma suerte, creyera inconscientemente que lo único que había ocurrido era que la muerte de Seiya se había adelantado unas cuantas horas.

De repente, se oyó un ruido como si temblara la tierra. Fuyuki abrió los ojos y se levantó de la silla.

Asuka alzó la mirada.

—¿Qué va a ser esta vez?

Fuyuki miró por la ventana. Al instante siguiente, una potente luz lo cegó y oyó una tremenda explosión. Un rayo acababa de caer justo a su lado. A continuación, se oyó un sonido similar al de una ametralladora proveniente de todas las direcciones. Asuka, que estaba sentada en el suelo, se puso en pie de un salto.

—¡¿Qué es eso?!

Fuyuki volvió a mirar por la ventana y se quedó atónito. Había empezado a caer una granizada enorme. El pedrusco que había quedado en el alféizar exterior de la ventana tendría unos diez centímetros de diámetro.

—Es una granizada —informó Fuyuki.

—Madre mía. Primero rayos y después granizo —murmuró Kawase desde su postura tumbada—. Ya solo nos queda echarnos a reír, ¿eh?

El ruido del granizo golpeando el edificio se iba intensificando. Asuka gritó algo, pero Fuyuki no consiguió oírlo.

De pronto, el suelo se inclinó violentamente. Pero esta vez se trataba de algo distinto de los temblores que habían sufrido hasta entonces. El suelo se estaba inclinando en una dirección determinada.

Fuyuki comprendió que el edificio se desplomaba. La residencia oficial se estaba viniendo abajo. Unos temblores potentes e irregulares comenzaron a producirse con gran estruendo. Podía imaginar cómo el edificio se iba cayendo poco a poco.

Las paredes se combaron ostentosamente. La inclinación estaba produciendo grandes deformaciones.

—¡Protegeos la cabeza! —gritó Fuyuki, pero no pareció que su voz hubiera llegado al resto. El ruido que emitía el edificio mientras se desmoronaba era espantoso.

Algo comenzó a caer desde arriba. El techo también se estaba desprendiendo. Fuyuki se refugió bajo el escritorio.

Aquellos momentos infernales se prolongaron durante varias horas. Los sucesivos terremotos habían transformado los cimientos de la residencia oficial en algo inservible. Así estaba el edificio que las inundaciones y las enormes olas seguían invadiendo. Había techos caídos, columnas partidas y paredes desplomadas. Aunque todavía seguía en pie, aquel ya no era un espacio capaz de proteger a las personas.

A pesar de todo, Fuyuki y los demás seguían vivos. Agrupados en un rincón de la planta más alta, se guarecían de aquella lluvia mezclada con granizo, que no parecía cesar nunca.

El suelo seguía muy inclinado. Debido a ello, todos estaban sentados en el suelo, acurrucados y pegados a la pared. Pero todos sabían también que el lado opuesto a esa pared estaba destruido.

—¡La una! —gritó Fuyuki mirando el reloj—. ¡El reloj acaba de dar la una!

—Entonces quedan trece minutos, ¿no? —dijo Kawase.

—No, quedan doce minutos —precisó Komine—. Ese reloj va un minuto retrasado.

—Es verdad. Bastará con saltar desde aquí dentro de doce minutos.

—¿Y así moriremos seguro? —preguntó Asuka.

—Probablemente. Lo de abajo es hormigón. Por mucha agua que corra, si caes de cabeza te quedas frito seguro.

—No sé si seré capaz de hacerlo bien...

—Si no sale bien, ya veremos cuando llegue el momento. Ahora lo único que podemos hacer es aceptar deportivamente lo que venga. —La voz de Kawase denotaba cierta alegría. Sin duda se debía a su confianza en que todo iba a acabar pronto.

Fuyuki miró a los demás. Emiko abrazaba con semblante triste a su hija. Su sentimiento de duda ante el hecho de tener que volver a matar a la niña era evidente. Sin saber lo que pensaba su madre, Mio se aferraba a ella con un gesto de terror en el rostro.

Nanami tenía a Yuto en brazos. Apenas quedaba en él un último aliento. En las últimas horas, no es que no hubiera llorado, es que ni siquiera había movido las extremidades. Nanami opinó que, aunque no hicieran nada con él, iba a morir de todos modos. Y esas breves palabras suyas bastaron para que todos decidieran que el bebé les acompañaría en su viaje.

Volvió a mirar el reloj. Habían pasado otros cinco minutos. Entonces, cuando se disponía a informar de ello al resto, se oyó un potente sonido, grave y profundo, como si la tierra entera rugiera.

«Pero ¿qué más va a ocurrir ahora?», pensó Fuyuki, e inmediatamente quedó suspendido en el aire, flotando durante unos instantes. Era la misma sensación que se tiene dentro de un avión cuando atraviesa fuertes turbulencias.

Segundos después, sintió un tremendo impacto. El suelo se estaba inclinando más. La pared sobre la que se apoyaban comenzó a derrumbarse.

Komine miró hacia abajo. La escena que se desarrollaba a sus pies era dantesca. La tierra se había abierto e intentaba tragarse todo cuanto hallaba.

De repente, recordó lo que Seiya le había dicho en una ocasión: en caso de que existiera inteligencia en algún lugar donde no debería haberla, el tiempo y el espacio actuarían para intentar exterminarla.

Pensó que tal vez fuera eso lo que estaba ocurriendo. Esa inteligencia, que en circunstancias normales debería estar muerta, seguía existiendo debido a la paradoja generada por el Fenómeno P-13. Por eso quizás ahora el universo estaba intentando resolver la paradoja.

Pero, de ser así, ¿hasta cuándo? ¿Habría un límite de tiempo para ello?

Tal vez fuera el próximo Fenómeno P-13. ¿Sería él el límite? Suponiendo que el universo estuviera intentando acabar con la inteligencia antes de que el fenómeno volviera a producirse, ¿qué pasaría si ellos lograran superarlo? ¿No se generaría así una nueva paradoja? ¿Sería eso el milagro al que Seiya se refería?

Alguien lo agarró del brazo. Era Komine. Estaba mirando su reloj.

—¡Falta un minuto! —gritó—. ¡Si aguantamos un minuto más, ya podemos morir!

—¡Espera! Puede que no sea así. Tal vez el P-13 que se va a producir ahora sea el límite máximo de tiempo para la existencia de la inteligencia. Si es así, tenemos que aguantar vivos todo lo que podamos.

—¡Pero qué dices a estas alturas!

El edificio se iba derrumbando por instantes. Las partes que se desprendían de él, caían y eran engullidas por las grietas del suelo. Apurando al máximo sus últimas fuerzas, todos se aferraron desesperadamente a algo para intentar no caer también.

—¡Es la hora! —anunció Komine justo antes de saltar al vacío.

Fuyuki lo vio caer oscilando lentamente, como la hoja de un árbol. Su cuerpo golpeó contra algo y salió despedido con fuerza, para acabar perdiéndose entre los escombros.

—Ha muerto... —murmuró Fuyuki—. Y no ha ocurrido nada. Eso significa que el fenómeno aún no ha empezado.

—Miró su reloj. Las agujas acababan de señalar la una y trece.

La tierra lanzó su grito de guerra definitivo y bramó con fuerza. Aquello no era ya un terremoto, sino algo mucho peor. Fuyuki saltó por los aires. Simultáneamente, todos los sonidos se apagaron. Luego se apagó la luz.

Por último, se apagó también su conciencia. Lo último que pensó, antes de perderla, fue que el reloj de su hermano marcaba la hora correcta.

50

Oyó un disparo a sus espaldas. Sin desasirse de la parte trasera del descapotable al que iba aferrado, Fuyuki se giró para mirar.

Al hacerlo, se quedó atónito. Seiya estaba tirado en el suelo y de su pecho manaba abundante sangre.

—¡Hermanooo! —gritó al tiempo que soltaba las manos del vehículo.

Un instante después, volvió a oírse otro disparo. Sin embargo, esta vez sonó desde una dirección distinta, mucho más cerca de él que el anterior. Además, tuvo la impresión de que algo le rozaba el oído.

Nada más soltarse del vehículo, Fuyuki ejecutó una caída acrobática y rodó sobre el asfalto. Había sangre a sus pies. Debía de haberse herido en alguna parte, pero no le dio importancia. Se puso en pie con agilidad y salió corriendo, no hacia donde huía el descapotable, sino hacia Seiya.

Al hombre de la cabeza rapada lo estaban deteniendo en ese momento varios agentes. Y los dos ocupantes del Mercedes también habían sido rodeados. Pero a Fuyuki todo eso le daba igual.

Seiya seguía tirado en la calle. A su lado, un agente hablaba por su radio. Debía de estar pidiendo una ambulancia y refuerzos.

—Hermano... —Fuyuki se acercó a él.

—Es mejor no moverlo.

El agente intentó contenerlo, pero Fuyuki le apartó la mano con un empujón y abrazó a Seiya para incorporarlo. Por alguna razón, intuía que su hermano ya no tenía salvación. O, mejor dicho, que ya ni siquiera estaba en este mundo.

El rostro de Seiya era el de un muerto. Tenía los párpados semicerrados y sus dilatadas pupilas miraban al vacío.

De repente, experimentó una profunda sensación de pérdida y fue consciente por primera vez de cuán doloroso era para él perder a su hermanastro.

—Pero qué he hecho... ¡Ha sido culpa mía! ¡He cometido una estupidez y he hecho que mataran a mi hermano!

Sin importarle que la gente lo viera, Fuyuki rompió a llorar a voz en grito.

Tras avanzar un paso, Emiko respiró profundamente. Se encontraba en la azotea de un edificio y llevaba a su hija cogida de la mano. Ese era el único sitio en que la barandilla tenía una altura más baja.

No hay otra cosa que pueda hacer, se dijo intentando convencerse.

Hacía un año que su esposo había fallecido debido a una enfermedad.

Desde entonces, se había ocupado de cuidar a Mio ella sola, pero ya no podía más. La empresa para la que trabajaba había quebrado hacía tres meses. Además, había contraído deudas de enorme cuantía para poder atender los gastos de hospitalización y terapia de su esposo. El salario de su trabajo a tiempo parcial apenas le daba para comer a diario y no le permitía pagar siquiera los intereses de los préstamos. Debía también varios recibos de alquiler y la inmobiliaria le había pedido que abandonara el apartamento esa misma semana.

Obligar a su hija a acompañarla le resultaba muy duro. Pero pensaba que, si solo moría ella y dejaba a la niña, esta no iba a hacer más que sufrir.

«Es lo único que puedo hacer», se repitió una vez más antes de disponerse a dar el paso definitivo.

—Mamá —la llamó Mio.

Emiko bajó la mirada hacia su hija. Mio señaló sus pies.

—Mamá, hormigas.

—¿Eh?

Emiko miró hacia donde señalaba Mio y vio que, efectivamente, allí había hormigas pululando.

—Son tremendas, ¿no? Mira que subir hasta aquí, con lo alto que está... ¡Y con lo pequeñas que son! ¿A que son tremendas? —A Mio le brillaban los ojos.

Mientras miraba fijamente el rostro de su hija, los negros nubarrones que cubrían el corazón de Emiko se fueron desvaneciendo como disipados por el viento. Sintió que la sensación de opresión desaparecía.

Se dijo a sí misma: «Yo tengo a esta niña. ¿Es que eso no es suficiente? Aunque me lo quitaran todo, siempre seguiría teniéndola a ella. Y si un día la pierdo, entonces sí me plantearé dejar este mundo.»

Emiko le dirigió una sonrisa a su hija.

—Hace frío. ¿Volvemos dentro?

—Vale —asintió Mio sonriente.

De las piezas capturadas al adversario que podía reutilizar, eligió el caballo y lo colocó sobre el tablero. Al ver la cara avinagrada que ponía Takuji al otro lado de la mesa, Kawase empezó a regodearse riendo entre dientes.

—Se acabó la partida. Así que, venga, déjate de forcejeos inútiles y saca la cartera, que me debes pasta.

—No, espera, deja que lo intente un poco más —dijo Takuji mirando fijamente el tablero de *shogi* al tiempo que cruzaba los brazos.

Kawase miró el reloj de pared. Las agujas señalaban la una y trece.

De repente, se produjo un alboroto al otro lado de la puerta. Se oía a varios hombres vociferando encolerizados.

Kawase abrió el cajón que tenía a su lado, donde escondía su pistola. Consiguió coger el arma prácticamente en el mismo instante en que se abría la puerta. Kawase se agachó de manera instintiva y las balas pasaron por encima de su cabeza, para ir a incrustarse en la pared de detrás.

El que había entrado era un hombre que llevaba un casco de motorista.

—¡Tú! ¡Eres un maldito topo de los Aramaki! —gritó Kawase apuntándolo con la pistola y apretando el gatillo. Sin embargo, la pistola no disparó ninguna bala. Lo intentó varias veces, en vano—. ¿Cómo, no está cargada? —masculló Kawase con una mueca de contrariedad.

Pudo ver cómo Takuji lo miraba mientras sonreía burlonamente. El hombre del casco volvió a apuntarle con su arma.

—¡Un momento, espera...!

Y el cañón escupió fuego.

Hacía mucho tiempo que el contador situado en el ángulo inferior de la pantalla marcaba 000.

El encargado miró su reloj y luego asintió en dirección a Ootsuki.

—Podemos decir que el Fenómeno P-13 ha transcurrido sin problemas.

La sensación de alivio se extendió por toda la sala y las sonrisas aparecieron en los rostros de los responsables de los distintos ministerios.

Ootsuki alzó la vista hacia Taue.

—Averíguame lo antes posible si ha habido algún suceso relevante o algún accidente mortal durante los trece segundos en cuestión.

—Muy bien.

Tras comprobar que Taue había empezado a comentar el asunto con los miembros de la Agencia Nacional de Policía, Ootsuki cruzó los brazos y cerró los ojos. No parecía haberse producido ningún cataclismo ni nada similar. Sin embargo, todavía no podían estar tranquilos. Los expertos les habían explicado que, si durante el Fenómeno P-13 tuviera lugar alguna extinción de inteligencia, es decir, si alguien muriera, se produciría una paradoja temporal con riesgo de alteración parcial del curso de la historia. No obstante, nadie podía saber de qué magnitud sería.

—Primer ministro —dijo una voz a su oído.

Ootsuki abrió los ojos. Taue se encontraba de nuevo a su lado.

—Hasta ahora hemos podido confirmar dos asuntos: un incidente y un accidente.

—¿En qué ha consistido el incidente?

—Un agente que iba detrás de una banda de atracadores asesinos ha fallecido en acto de servicio. Era comisario en la Jefatura Superior de Policía.

—¿La Jefatura? Vaya, tenía que ser precisamente un policía —dijo Ootsuki, contrariado—. ¿Y el accidente? ¿Ha sido de tráfico?

—Sí. Un automóvil ha invadido una acera en Nakano. Dos empleados de una empresa que ocupaban el vehículo y un matrimonio de ancianos que caminaba por la acera han resultado muertos.

—Entonces, cinco fallecidos, ¿no? Bueno, qué se le va a hacer.

En ese momento, un miembro de la Agencia Nacional de Policía se aproximó y le susurró algo al oído a Taue. Ootsuki vio cómo el rostro de su secretario jefe se ensombrecía.

—¿Qué pasa?

—Me temo que ha habido otro accidente. Dicen que en una obra de Iidabashi se ha caído una estructura metálica. Ha aplastado a una persona y ha muerto. Parece que se trata de un hombre joven.

—Vaya fastidio... —dijo Ootsuki pasándose la mano por el flequillo—. Bien, entonces seis en total. Espero que la cosa no pase de ahí. De todos modos, a pesar de haber muerto seis personas, no se aprecia ningún efecto significativo. ¿No será que la paradoja temporal no se ha producido?

—Eso todavía es pronto para afirmarlo —dijo el responsable de JAXA que se encontraba allí—. Como he dicho, dentro de un mes se producirá la oscilación de retorno del Fenómeno P-13. Hasta entonces no podremos extraer ninguna conclusión definitiva.

—Oscilación de retorno... Si no recuerdo mal, durante ella también había que intentar que no muriera nadie, ¿no?

—Así es —asintió el responsable—. Una vez que haya pasado el próximo P-13, podremos determinar a ciencia cierta cuáles han sido los efectos producidos por la paradoja.

Las profundas arrugas que surcaban el entrecejo del inspector jefe se habían mantenido fijas de principio a fin. Fuyuki hacía todo lo posible por no mirarlas, pero, en cuanto el inspector le hacía una pregunta, los ojos se le iban hacia ellas. Cada pregunta le recordaba hasta qué punto era grave el error que había cometido. No era solo el inspector jefe. Que el oficial jefe de la sección primera o el subdirector general estaban también profundamente consternados por la pérdida de su subordinado, Seiya Kuga, era algo que Fuyuki también pudo captar perfectamente.

Fuyuki se encontraba en la Jefatura Superior de Policía.

Todos los agentes que pudieran tener algo que ver con la muerte en acto de servicio de Seiya debían someterse a una entrevista. Fuyuki refirió sin ambages todo lo que ocurrió ese día. Por supuesto, ya se había hecho a la idea de que le impondrían alguna medida disciplinaria.

—Entiendo lo que dices. Tu relato coincide sustancialmente con el de los demás agentes —dijo el inspector jefe—. No tengo más preguntas que hacerte en relación con el caso. Pero sí hay algo más que me gustaría preguntar. Verás, ha llegado hasta mis oídos información que dice que tu hermano y tú no os llevabais muy bien. ¿Es cierto? Y, en caso de serlo, ¿existe la posibilidad de que haya tenido algo que ver con esta tragedia? Me gustaría que me respondieras honestamente.

Fuyuki bajó la mirada un instante y volvió a alzarla hacia el inspector jefe.

—Es verdad que yo no comprendía la manera de pensar de mi hermano. Y eso sin duda ha tenido que ver con el error que cometí. Pero yo lo estimaba. No solo como policía, sino también como persona. Y estoy convencido de que él también me quería a mí.

El inspector jefe asintió levemente con la cabeza.

—Me alegro de que así fuera —dijo.

Cuando, tras salir de la habitación, Fuyuki caminaba por el pasillo, se encontró con el agente Ueno, uno de los subordinados de Seiya que también había tenido que someterse a la entrevista.

—Ya habéis terminado, ¿eh? —le preguntó Ueno.

—Sí, ya hemos terminado. No sé qué sanción me caerá, pero...

—Qué va, no creo que te pongan ninguna —dijo Ueno. Ladeó la cabeza con gesto pensativo y dirigió su mirada al oído izquierdo de Fuyuki—. ¿Qué tal va esa herida?

—Hoy precisamente voy al hospital a que me quiten los puntos.

—Eso está bien. Me alegro —dijo Ueno justo antes de sacar su móvil para mirar un mensaje—. Lo siento, pero tengo que dejarte.

—Te veo muy ocupado...

Ueno hizo una mueca de disgusto.

—Es un caso y muy desagradable. De suicidio forzado. Una madre ha intentado suicidarse llevándose con ella a su bebé de tres meses. La han trasladado al hospital y ahora está ingresada, pero aún permanece inconsciente.

—¿Y el bebé? ¿Ha muerto?

—No. Al parecer, lo estrangularon, pero milagrosamente ha vuelto a respirar. Dicen que ya se encuentra bien.

—Vaya.

Fuyuki se entristeció al pensar en la vida que le esperaba a ese pobre niño a partir de ahora. Era realmente un caso muy desagradable.

Tras salir de la jefatura, Fuyuki se dirigió hacia el hospital Teito, que estaba situado en Iidabashi. De camino, entró en una librería y compró una revista deportiva. Pensaba leerla en la sala de espera.

La herida de su oído era la que había recibido en el mismo altercado en que murió Seiya. A Fuyuki le había disparado el hombre que conducía el descapotable. Pero, gracias a que se había soltado del vehículo una milésima de segundo antes, la bala solo le había rozado el oído izquierdo. Aun así, la herida había requerido cinco puntos de sutura. Sin embargo, aquel día Fuyuki no se había percatado de ella hasta que la gente le dijo que estaba sangrando. Y es que, en aquellos momentos, en su cabeza solo había sitio para Seiya.

Frente al hospital Teito había un edificio en obras, pero también ese día estaban paradas. Por lo que había oído, se había producido un accidente a causa de la caída de una estructura metálica. Al parecer, había aplastado a un joven.

Cuando Fuyuki pasó por allí, una mujer joven, vestida de

enfermera, estaba poniendo unas flores en lo que debía de ser el lugar del accidente. Él se quedó mirándola y sus ojos se encontraron. Con un gesto de turbación, ella hizo una pequeña reverencia hacia él a modo de saludo.

—¿Conocía usted al difunto? —le preguntó Fuyuki.

—No, no lo conocía de nada. Es simplemente que yo también me encontraba aquí en ese momento.

—¿De veras?

—Sí. Y la que pudo haber muerto aplastada entonces fui yo.

—¿Y eso?

—Pasaba por aquí cuando oí que él me gritaba «¡cuidado!» y acto seguido me apartó a un lado de un empujón. Gracias a eso me salvé. En cambio, él... —dijo ella bajando la cabeza—. En fin, le debo mi vida a esa persona.

—Ah, así que fue eso...

—Lo siento. Me he puesto aquí a contarle cosas raras y... Por cierto, ¿va usted a mi hospital? —le preguntó fijándose en el oído izquierdo de Fuyuki. Sin duda había reparado en la gasa que llevaba fijada con esparadrapo.

—Así es. Voy a cirugía plástica.

—¿Sabe dónde está?

—Sí, gracias. Ya es la tercera vez que voy.

—Bueno, pues que se mejore.

—Gracias.

Tras despedirse de ella, entró en el hospital. Una vez allí, se presentó en la ventanilla de recepción y luego fue a la sala de espera de cirugía plástica. Había dejado la cita concertada en su visita anterior.

En la sala de espera había tres pacientes. Uno de ellos era una chica. Parecía una estudiante de instituto. Llevaba un gorro de punto tan calado que le tapaba hasta las cejas. Daba la impresión de tener una venda bajo él. Fuyuki se sentó a su lado y se puso a leer la revista que había comprado.

Al poco tiempo, se dio cuenta de que la chica no hacía más que estirar el cuello para mirar la revista.

—¿Te interesa esta revista? —le preguntó.

—Es que esa que sale ahí es una compañera mía, más mayor —dijo ella.

Fuyuki bajó la mirada hacia la revista. Había un reportaje especial sobre fútbol femenino.

—¿Juegas al fútbol?

—Al fútbol sala. ¿Puedo ver un momento ese reportaje?

—Claro —respondió él.

La puerta de al lado se abrió y una enfermera se asomó.

—Señorita Nakahara, Asuka Nakahara...

—Soy yo —respondió la estudiante mirando a Fuyuki con un gesto de fastidio.

Él le dirigió una sonrisa y le tendió la revista.

—Toma, quédatela.

—¡Muchas gracias! —dijo ella con cara de alegría—. Te debo una.

—Qué va, no te preocupes.

La chica entró en la consulta. Mientras contemplaba la puerta cerrada, Fuyuki pensó que acababa de surgirle un buen motivo para desear volver a ese hospital.